तुलसी रामायण . . . जगमंगल परायण

तुलसी रामायण . . . जगमंगल-परायण

लेखक
डा॰ सत्य प्रकाश अग्रवाल
पी॰ एच॰ डी॰
दक्षिण एशिया अध्ययन केन्द्र
कैलिफोर्निया विश्वविद्यालय
बर्कले, कैलिफोर्निया, यू॰ एस॰ ए॰

Publisher
Urmila Agarwal
11293 Ridermark Road
Columbia MD 21044
U.S.A.

प्रकाशक
उर्मिला अग्रवाल
११२९३ राइडरमार्क रोड
कोलम्बिया, मेरीलैण्ड २१०४४
यू॰ एस॰ ए॰

प्रथम संस्करण : कोल्मबिया, मैरीलैंड, १९९७
First Edition: Columbia, MD., 1997

ISBN: 81-208-1465-7

प्रकाशक
उर्मिला अग्रवाल
११२९३ राईडरमार्क रो, कोलम्बिया,
मैरीलैंड २१०४४ यू० एस० ए०

Publisher
Urmila Agarwal
11293 Ridermark Row, Columbia, MD. 21044
USA

वितरक

उर्मिला अग्रवाल
सी–१५७, आनन्द विहार, दिल्ली–११० ०९२

मोतीलाल बनारसीदास
बंगलो रोड, दिल्ली–११० ००७

मुद्रक
श्री जैनेन्द्र प्रेस, नारायणा, फेज़–१, नई दिल्ली ११० ०२८

समर्पण

लेखक तथा प्रकाशक के

पूर्वजों एवं हितैषियों को

जिन्होंने दोनों परिवारों में

मानस के प्रति रुचि उत्पन्न की

सो कुल धन्य उमा सुनु जगत पूज्य सुपुनीत।

श्री रघुवीर परायन जेहिं नर उपज विनीत॥

पाठकों की सेवा में

इससे पहले कि पाठक इस पुस्तक को पढ़ना आरम्भ करें, उनकी सुविधा के लिए कुछ शब्द लेखक तथा प्रकाशक की ओर से यहाँ प्रस्तुत हैं। आज की सामाजिक परिस्थिति में रामचरितमानस को पढ़कर उसमें से क्या संदेश लें—इस प्रश्न का उत्तर देने का प्रयत्न इस पुस्तक में किया गया है। लेखक के विचार से मानस में से केवल भक्ति का संदेश लेना तुलसीदासजी के प्रति अन्याय करना है क्योंकि मानस में एक नहीं, चार संदेश हैं—भक्ति, पर-हित, स्वांत:सुख, जगमंगल—और कलियुग के कलुष को मिटाने के लिए विशेष आवश्यकता है जगमंगल की, जिस पर इस पुस्तक ने ध्यान केंद्रित किया है। लोकप्रिय ग्रंथों के लोकोपकारी पक्ष को प्रधानता न देना ऐसी ही भूल हो सकती है जैसी कि पूर्वजों द्वारा दी गई सबसे मूल्यवान् वस्तु की अवहेलना करना।

इस पुस्तक में तुलसी रामायण की जगमंगल-परायणता अर्थात् लोककल्याण में संलग्नता का विस्तृत विवेचन है। इसका मुख्य आधार है 'पर-हित' जिसके समर्थन में तुलसीदासजी की प्रसिद्ध घोषणा है—

पर हित सरिस धर्म नहिं भाई। पर पीड़ा सम नहिं अधमाई॥
निर्नय सकल पुरान बेद कर। कहेउँ तात जानहिं कोविद नर॥

मानस की भक्ति भी पर-हित-भावना से ओत-प्रोत है और इन दोनों को अलग नहीं किया जा सकता क्योंकि अयोध्याकाण्ड की प्रसिद्ध उक्ति से इनकी अभिन्नता स्पष्ट है—

राम भगत परहित निरत पर दुख दुखी दयाल।

इस भावना पर आधारित आदर्श समाज का वर्णन करते हुए तुलसीदासजी ने पारस्परिक प्रेम और निर्वैर को प्रधानता दी है—

सब नर करहिं परस्पर प्रीती। . . . . .
बयरु न कर काहू सन कोई। . . . . .

मानस के इन विचारों की पुष्टि करने के लिए इस पुस्तक में गीता के समान-भाव-दर्शी शब्दों का भी उल्लेख है—

परस्परं भावयन्तः श्रेयः परमवाप्स्यथ॥३.११॥

निर्वैरः सर्वभूतेषु यः स मामेति पाण्डव॥११.५५॥

मानस तथा गीता पर लिखी गई नई पुस्तकों को पढ़ने वाले कभी-कभी यह प्रश्न उठाते हैं कि क्या मूल ग्रंथों के रचयिताओं ने स्वयं इतना व्यापक दृष्टिकोण अपनाया था? हमारी सम्मति में इस प्रश्न से भी अधिक उपयोगी प्रश्न यह है कि क्या इस प्रकार के विचारों से आज के समाज का भला हो सकता है? यदि सर्वहित के लिए पुराने ग्रंथों से कोई कल्याणकारी विचार मिल सकता है तो वह अवश्य ग्रहण करने योग्य है—चाहे उसकी उपादेयता का पूरा चित्र प्राचीन लेखकों के नेत्रों के सम्मुख था या नहीं। मूल लेखकों के व्यापक दृष्टिकोण का एक महत्त्वपूर्ण प्रमाण यह भी है कि उन्होंने देश-काल-अवसर-समाज की माँगों का उल्लेख किया है।

इस ग्रंथ के पाठकों से निवेदन है कि वे मूल लेखक या वर्तमान टीकाकारों पर ही सारा ध्यान केंद्रित न करें, बल्कि साथ ही अपनी ओर भी देखें अर्थात् अपने मन में पूर्वजों के प्रति आदर-भाव रखकर ही मूल ग्रंथों तथा उन पर लिखी नई पुस्तकों को पढ़ें। कहने का तात्पर्य यह है कि सन्देश को देने वाले—लेखक या वक्ता—तथा संदेश को ग्रहण करने वाले—पाठक या श्रोता—दोनों पक्षों की मनःस्थिति का बहुत महत्त्व है। उपनिषद्, गीता, मानस—सभी महान् ग्रंथों ने यह समझाने का प्रयत्न किया है। इन तीन ग्रंथों पर आधारित एक-एक दृष्टान्त देना उपयुक्त होगा।

बृहदारण्यक उपनिषद् की प्रसिद्ध कथा का शीर्षक है 'द द द'। प्रजापति ने देवों, मनुष्यों तथा असुरों को बारह वर्ष के अध्ययन के पश्चात् अपने उपदेश का सारांश केवल एक अक्षर 'द' के रूप में दिया किंतु तीनों प्रकार के श्रोताओं ने अपनी-अपनी मनःस्थिति के अनुसार उसको समझा। देवों ने कहा कि हम विषयों में रुचि रखते हैं इसलिए आपने हमें 'द' शब्द के द्वारा दमन अर्थात् संयम की शिक्षा दी है। मनुष्यों ने कहा कि हम लोग स्वार्थ में लीन हैं इसलिए आपने हमें 'द' शब्द के द्वारा दान की शिक्षा दी है। असुरों ने कहा कि हम निर्दयी हो गए हैं इसलिए आपने हमें 'द' शब्द के द्वारा दया की शिक्षा दी है। प्रजापति ने कहा कि तुम तीनों ने मेरे उपदेश को ठीक प्रकार समझ लिया है।

गीता के श्लोक १८.६३ में भगवान् श्रीकृष्ण अर्जुन से कहते हैं कि मेरे द्वारा दिया

गया ज्ञान गुह्य अर्थात् गूढ है और इस पर संपूर्णता से, सब दृष्टिकोणों से विचार करने की आवश्यकता है। श्लोक २.११ में अपना ज्ञान-प्रदायी वक्तव्य आरम्भ करते समय भगवान् श्रीकृष्ण ने अर्जुन को यह भी कहा था कि यद्यपि तू पंडितों के से वचन बोल रहा है किंतु तेरी मन:स्थिति पंडितों की सी नहीं है। बाद में धीरे-धीरे अर्जुन की मन:स्थिति बदली और उसने गीता के संदेश को ठीक प्रकार समझा।

मानस में तुलसीदासजी ने बालकाण्ड में वर्णित नारद-मोह की कथा के अन्तर्गत यह विचार प्रकट किया है कि यदि श्रोता की मन:स्थिति ठीक नहीं है तो वह वक्ता के स्पष्ट वचनों को भी ठीक प्रकार नहीं समझ सकता। निम्नलिखित प्रसंग में नारद जैसे मुनि भी मोह के कारण भगवान् की अगूढ अर्थात् स्पष्ट वाणी को समझने में असमर्थ दिखलाए गए हैं—

जेहि बिधि होइहि परम हित नारद सुनहु तुम्हार।
सोइ हम करब न आन कछु बचन न मृषा हमार॥
कुपथ माग रुज ब्याकुल रोगी। बैद न देइ सुनहु मुनि जोगी॥
एहि बिधि हित तुम्हार मैं ठयऊ। कहि अस अंतरहित प्रभु भयऊ॥
माया बिबस भए मुनि मूढ़ा। समुझी नहिं हरि गिरा निगूढ़ा॥

इस प्रसंग की समाप्ति होने पर नारद मुनि की मन:स्थिति फिर से पूर्ववत् हो गई जैसाकि तुलसीदासजी ने अरण्यकाण्ड में स्पष्ट किया है।

इस पुस्तक के लेखक ने पुनरुक्ति का दोष स्वीकार करके भी बार-बार कहा है कि तुलसीदासजी ने अपनी ओर से जगमंगल को प्रमुखता देने में कोई कसर नहीं छोड़ी है। इस कथन का समुचित प्रमाण मानस की अनेकों उक्तियों से मिलता है जिनमें से तीन निम्नलिखित हैं—

रामकथा जगमंगल करनी

राम जनमु जगमंगल हेतू

जगमंगल गुनग्राम राम के

स्वर्गीय श्री हनुमान प्रसाद पोद्दार, संपादक, गीताप्रेस, गोरखपुर ने भी अपनी मानस की टीका में जगमंगल को प्रधानता दी है। उनके शब्द हैं—

"ऐसी दशा में इस अलौकिक ग्रंथ का जितना भी प्रचार किया जाएगा, जितना अधिक पठन-पाठन एवं मनन-अनुशीलन होगा, उतना ही जगत् का मंगल होगा—इसमें तनिक भी संदेह नहीं है।"

जगमंगल-सम्बंधी मानस की उपरोक्त तीन उक्तियों का एक नवीन पक्ष यह है कि ये तीनों 'द्वादश अक्षर मंत्र' के नाना-रूप-धारण-क्रम में सम्मिलित हो सकती हैं क्योंकि इनमें से प्रत्येक में बारह अक्षर हैं और इनका उच्च विचार मंत्रवत् है। बालकाण्ड में उल्लिखित द्वादश अक्षर मंत्र को गीता प्रेस, गोरखपुर की टिप्पणी में "ॐ नमो भगवते वासुदेवाय" का प्रतीक समझा गया है। इस अर्थ की मान्यता के साथ-साथ उपरोक्त सुझाव देने का तात्पर्य यह है कि जगमंगल के भाव का प्रचार करने वालों को द्वादश अक्षर मंत्र के नवीन रूपों को भी ग्रहण करने की संभावना दिखलाई दे।

मानस में काकभुशुण्डि ने गरुड़ को राम-कथा सुनाकर अंत में श्रीराम से प्रार्थना की कि वे वक्ता तथा श्रोता, दोनों के प्रति कृपा-भाव बनाए रखें। वही प्रार्थना वर्तमान प्रसंग के लिए भी उपयुक्त है—

जासु नाम भव भेषज हरन घोर त्रय सूल।
सो कृपाल मोहि तो पर सदा रहउ अनुकूल॥

हमें पूरा विश्वास है कि पाठक इस पुस्तक को जगमंगल की भावना से ही पढ़ेंगे जिससे तुलसीदासजी का सर्व-हित का संदेश देश-काल-अवसर-समाज की मांगों को पूरा करने के लिए सबका सहयोग प्राप्त कर सकेगा—उसी प्रकार का सहयोग जिसके लिए अयोध्याकाण्ड में श्रीराम ने भरत से आग्रह किया था—

सो तुम्ह करहु करावहु मोहू।

हमारी धारणा है कि मानस के जगमंगल-संदेश को उच्चरित करने तथा करवाने में गीता की नई टिप्पणियों से प्रोत्साहन मिला है। यद्यपि गीता-आधारित जनसेवा-प्रेरणा-क्रम उन्नीसवीं शताब्दी में आरम्भ हो गया था, किंतु बीसवीं शताब्दी के स्वतंत्रता आंदोलन के समय मानस को भी इस क्रम में सम्मिलित कर लिया गया—बालकाण्ड के निम्नलिखित शब्दों के आधार पर—

पराधीन सपनेहुँ सुखु नाहीं।

आज से पचास वर्ष पहले, अर्थात् १९४६ में, गीता तथा मानस के विचारों की समानता का उल्लेख आचार्य विनोबा भावे द्वारा लिखित रूप से, किंतु संक्षेप में, किया गया। इसी विषय को आगे बढ़ाने के प्रयत्नों ने मानस के जगमंगल-संदेश को नवीन प्रेरणा दी है, जैसाकि इस पुस्तक में वर्णित है। इस दृष्टि से वर्तमान पुस्तक का प्रकाशन आचार्य विनोबा की गीता-आधारित रचना 'स्थितप्रज्ञ दर्शन' के हिंदी संस्करण की स्वर्ण-जयंती का ही एक अंग है—क्योंकि यह रचना १९४६ में प्रकाशित हुई थी। हमें

आशा है कि पाठक इस पुस्तक को आचार्य विनोबा के प्रति हमारी कृतज्ञता के प्रतीक के रूप में स्वीकार करेंगे।

वर्तमान काल में तुलसीदासजी के सर्वहित-संदेश का प्रचार करने वाले व्यक्तियों में हम गणना करते हैं स्वर्गीय श्रीमती कुंती गोयल की, जिनका नाम इस पुस्तक के साथ भी जुड़ गया है—अंतर्राष्ट्रीय कुन्ती गोयल पुरस्कार के माध्यम से। पाठकों की जानकारी के लिए प्रकाशकीय परिशिष्ट में श्रीमती कुन्ती गोयल का जीवन-वृत्त दिया जा रहा है और साथ ही सतीश कुन्ती गोयल फाउण्डेशन के उद्देश्यों की सूची भी। इस पुस्तक को सम्मानित करते हुए गोयल फाउण्डेशन ने लेखक को जो प्रशस्ति-पत्र दिया है वह भी पाठकों की सेवा में इस निवेदन के साथ-साथ, किंतु अलग पृष्ठ पर, प्रस्तुत है।

१२ दिसम्बर १९९६ **लेखक तथा प्रकाशक**

ॐ

ईश्वर सत्य है, सत्य शाश्वत है

कुन्ती गोयल अन्तर-राष्ट्रीय पुरस्कार 1996

卐 प्रशस्ति-पत्र 卐

विशिष्ट समाजविज्ञानी एवं लब्धप्रतिष्ठ विद्वान् **डॉ. सत्य पी. अग्रवाल** को पाँच अभिलषित स्वर्णपदकों से सम्मानित होने का श्रेय सम्प्राप्त है। निर्भीक, प्रगतिशील एवं प्राचीन भारतीय संस्कृति पर गर्वित डॉ. अग्रवाल के प्रेरणास्रोत महाकाव्य एवं हमारी चिरस्थायी सांस्कृतिक विरासत है, जो यह वैश्विक सन्देश प्रदान करती है कि किस प्रकार हम अपनी चेतना को दिक्काल से ऊपर उठाकर शाश्वत एवं अनन्त में समाहित हो जायें। डॉ. अग्रवाल ने संयुक्त राष्ट्र संघ में प्रमुख तकनीकी सलाहकार के रूप में कार्य किया है। दक्षिण एशिया अध्ययन केन्द्र, कैलिफोर्निया यूनिवर्सिटी, बर्क्ले, यू.एस.ए. में आपके वर्तमान शोधकार्य का केन्द्रबिन्दु 'गीता एवं रामायण का सामाजिक सन्देश' है।

सुविज्ञ निर्णायक मण्डल द्वारा आपकी कृति **तुलसी रामायण - जगमंगल परायण** शोधोन्मुख, सर्जनात्मक एवं मौलिक रचना निर्धारित की गई, एतदर्थ डॉ. अग्रवाल को इस कृति के लिए यह अन्तर-राष्ट्रीय पुरस्कार प्रदान किया गया है। आपने रामचरितमानस के देवत्व के सिद्धान्त एवं मानवता की सेवा के व्यावहारिक दर्शन का विलक्षण सामंजस्य प्रस्तुत किया है। उपर्युक्त सम्बद्ध विषयों पर आपकी तीन पुस्तकें भी हैं।

कुन्ती गोयल अन्तर-राष्ट्रीय पुरस्कार 1996 से आपको सम्मानित करते हुए यह फाउण्डेशन अपने आप को गौरवान्वित अनुभव करता है। व्यावहारिक विदग्धता और प्रज्ञाशीलता के विरल समुच्चय रूप आप सदृश व्यक्तित्व का नाम अपने सम्मानपट्ट पर अंकित करना फाउण्डेशन के लिए परम सौभाग्य का विषय है।

जोधपुर, भारत
जनवरी 4, 1997

(एस.सी. गोयल)
प्रेजिडेन्ट, सतीश कुन्ती गोयल फाउण्डेशन

विषय-सूची

परिशिष्ट

प्रकाशकीय परिशिष्ट

आभार

यह पुस्तक पूर्वजों तथा हितैषियों को समर्पित की गई है क्योंकि ईश्वर की कृपा उन्हीं के आशीर्वाद के रूप में मुझे प्राप्त हुई है। इसमें कोई संदेह नहीं कि बचपन के संस्कारों का विशेष प्रभाव पड़ा है। माता-पिता, भाई-बहन, चचेरे भाई तथा संयुक्त परिवार के अन्य सदस्यों ने जो नींव स्थापित की, उसी के आधार पर आगे प्रगति हुई। उदाहरणतः हमारे परिवार में गीता और रामायण के अनेकों प्रसंग बचपन से ही सबको, सहज भाव से, अनायास ही कण्ठस्थ हो गए थे। घर के वरिष्ठ सदस्यों ने लोकमान्य तिलक की 'गीता-रहस्य' का गूढ़ ज्ञान भी सरल भाषा में सबको दिया। विश्वविद्यालय में शिक्षा-प्राप्ति के समय गांधी-साहित्य ने प्रेरित किया। आचार्य विनोबा भावे की पुस्तक 'स्थितप्रज्ञ दर्शन' से विशेष प्रेरणा मिली। परिवार से संबंधित हितैषियों में प्रमुख स्थान रहा श्री हनुमान प्रसाद पोद्दार का जो मेरे पिताजी के घनिष्ठ मित्र थे और जिन्होंने गीता प्रेस, गोरखपुर के माध्यम से गीता तथा मानस को घर-घर में पहुंचाने का प्रयत्न किया। इन सब पूर्वजों तथा हितैषियों को मेरा नत-मस्तक आभार-प्रदर्शन।

सन् १९४८ में उच्च शिक्षा प्राप्ति के लिए अमेरिका आने पर भी गीता-रामायण-आधारित स्वाध्याय में कोई कमी नहीं आई। संस्कृत के छात्रों को—जिनमें कार्ल पोटर का नाम उल्लेखनीय है—अध्ययन में सहायता देना मेरे अपने स्वाध्याय-क्रम के लिए बहुत लाभकारी सिद्ध हुआ। इसी प्रकार सन् १९५३ में डॉ॰ जोन बोंड्यूरैंट की गांधी-विषयक पुस्तक में सहायता देने से मुझे तथा उर्मिला—दोनों को स्वाध्याय के नए अवसर प्राप्त हुए। सन् १९५४ में जब मैंने कैलिफोर्निया विश्वविद्यालय, बर्कले में हिन्दी पढ़ाने का नया कार्यक्रम आरम्भ किया तब विद्यार्थियों को रामचरितमानस का संक्षिप्त परिचय देते समय मेरा ध्यान मानस के निम्नलिखित शब्दों की ओर गया—

तैसेहि सुकवि कवित बुध कहहीं। उपजहिं अनत अनत छवि लहहीं॥

आज से अनेकों वर्षों पूर्व, भारत से दूर, गीता-रामायण के अध्ययन-क्रम में योगदान देने वाले उपरोक्त व्यक्तियों का मैं आभारी हूँ।

सन् १९७० में भारत में मनाए गए एक सार्वजनिक समारोह ने 'सर्वहित' के संदेश के साथ हमारे परिवार के पुराने संबंधों को प्रमुखता दी। यह समारोह था—सर्वहितकारिणी सभा, राजगढ़ (बीकानेर) की र्स्वण-जयन्ती का। इस सभा के संचालकों ने बतलाया कि मेरे पूज्य पिताजी, श्रीरामस्वरूप ने सन् १९२० में 'सर्वहित' के लिए इस संस्था को स्थापित करने में प्रमुख भाग लिया था—और लगभग तीस वर्षों तक उन्होंने इस सभा के द्वारा जनसेवा की। यद्यपि विदेश में होने के कारण मैं स्वयं इस समारोह में सम्मिलित नहीं हो सका, फिर भी मुझे इस बात से बहुत प्रोत्साहन मिला कि गीता तथा मानस से समयानुकूल सेवा का संदेश ग्रहण करने में मेरे पूर्वजों ने लगातार प्रयत्न किया। अनेकों मित्रों की सम्मति में परिवार द्वारा कृत सेवा के कई उदाहरणों का हमें पूरा ज्ञान नहीं है क्योंकि उनके मूल में आंतरिक सद्भावना थी, न कि ख्याति प्राप्त करने की इच्छा। इन सब प्रसंगों के माध्यम से लोकहित के कार्यों के लिए प्रेरित करने वालों का मैं आभारी हूँ।

सन् १९८८-८९ में काहिरा (मिश्र) में रहने वाले भारतीयों ने मुझसे अनुरोध किया कि मैं सप्ताह में एक बार गीता तथा मानस की नई टीकाओं के विषय में अपने विचार प्रकट करूं। इन दोनों ग्रंथों के तुलनात्मक अध्ययन से मेरा यह विश्वास दृढ़ हो गया कि इनके विचारों की समानता के विषय में गहरा अध्ययन करने की आवश्यकता है। ऐसा दृष्टिकोण अपनाने से मानस में अनेकों नये विचार मिले जिनकी वर्तमान समाज को बहुत आवश्यकता है। काहिरा में दिये गए भाषणों ने कालांतर में लिखी जाने वाली पुस्तकों के लिए भूमिका तैयार कर दी। काहिरा में सम्पन्न इस कार्यक्रम का मुख्य श्रेय डॉ॰ आर॰ एस॰ एस॰ शर्मा, डॉ॰ शिवमूर्ति तथा डॉ॰ अंजलि को है और मैं इनको हार्दिक धन्यवाद देना चाहता हूँ।

सन् १९९२ में कैलिफोर्निया विश्वविद्यालय के दक्षिण एशिया अध्ययन केन्द्र ने मुझे रिसर्च एसोशिएट का अवैतनिक किंतु विद्वत्ता-सूचक पद दिया जिसके लिए प्रोफेसर रोबर्ट गोल्डमैन, अध्यक्ष तथा डॉ॰ स्टीव पूलोस, उपाध्यक्ष का मैं आभारी हूँ। बर्कले में चल रहे वाल्मीकि रामायण प्रोजेक्ट से मुझे बहुत प्रेरणा मिली। मुझे यह भी अवसर मिला कि मैं प्रो॰ वैन नूटन तथा प्रो॰ लिंडा हेस से विचारों का आदान-प्रदान कर सकूं और इसके लिए मैं उनके प्रति भी अपनी कृतज्ञता प्रकट करना चाहता हूँ।

सन् १९९४ में मेरीलैंड स्टेट के गवर्नर, विलियम डोनल्ड शेफर ने मेरी गीता पर लिखी पहली पुस्तक को जनसेवा-प्रेरक ग्रंथ के रूप में सम्मानित किया। गवर्नर की

ओर से प्रो० मुकुट विहारी माथुर ने कोलम्बिया, मेरीलैंड की जनसभा में मुझे प्रशस्ति-पत्र दिया। इस सम्मान के लिए मैं इन दोनों प्रमुख व्यक्तियों का आभारी हूँ।

मार्च १९९५ में मिशिगन विश्वविद्यालय के संस्कृत के प्रोफेसर, डॉ० माधव देशपाण्डे ने यह विचार प्रकट किया कि गीता-रामायण का गहरा अध्ययन और समाज-सेवा में रुचि—इन दोनों के मिश्रण से ही नवीन भारत का निर्माण आरम्भ हुआ है। इस दृष्टि से उन्होंने मेरे गीता पर लिखे दूसरे ग्रंथ को अनुपम रचना बतलाया—विशेषतः इसलिए कि मैंने स्वरचित संस्कृत के श्लोकों के माध्यम से गीता का सामाजिक संदेश दिया। इस प्रकार के विद्वत्तापूर्ण प्रोत्साहन के लिए मैं प्रो० देशपाण्डे का आभारी हूँ।

१० जुलाई १९९५ को भारत के राष्ट्रपति, डॉ० शंकर दयाल शर्मा ने मुझे तथा उर्मिला को यह अवसर प्रदान किया कि मेरी गीता-आधारित पुस्तक—जिसमें स्वरचित संस्कृत के श्लोक हैं—राष्ट्रपति-भवन, दिल्ली में चुने हुए व्यक्तियों के सम्मुख सम्मानित होकर प्रकाशित हो। राष्ट्रपतिजी ने इस नव-प्रकाशित पुस्तक के विषय में तो अपने प्रशंसापूर्ण विचार प्रकट किए ही, साथ ही यह भी पूछा कि अगली पुस्तक का क्या विषय होगा। जब मैंने कहा कि अगली पुस्तक में मानस का जगमंगल-संदेश प्रस्तुत होगा, तब राष्ट्रपतिजी ने विशेष हर्ष प्रकट किया। राज्यसभा के वरिष्ठ सदस्य श्री त्रिलोकीनाथ चतुर्वेदी भी इस समारोह में निमंत्रित थे और उन्होंने राष्ट्रपतिजी के समक्ष मेरी नव-प्रकाशित पुस्तक की विद्वत्सभानुकूल ढंग से सराहना की, तथा जगमंगल-विषयक नई पुस्तक के प्रति स्वागत-भाव-पूर्ण शब्द कहे। आज, सत्रह महीने बाद, मानस की जगमंगल-परायणता पर लिखी पुस्तक को पूर्ण करते हुए राष्ट्रपति-भवन के उस समारोह की ओर ध्यान जाना स्वाभाविक है। मैं उस विशेष अवसर के लिए, तथा वहां कहे हुए सम्मान-भरे एवं हर्षपूर्ण शब्दों के लिए, राष्ट्रपतिजी और श्री चतुर्वेदी का अत्यंत आभारी हूँ।

सन् १९९६ में भी वरिष्ठ व्यक्तियों तथा संस्थाओं के आशीर्वादों का क्रम बना रहा जिनमें से विशेषतः उल्लेखनीय हैं—सतीश कुन्ती गोयल फाउण्डेशन और उसके अध्यक्ष प्रो० सतीश चन्द्र गोयल। प्रो० गोयल ने मुझे सूचित किया कि विद्वत्तापूर्ण एवं निष्पक्ष विशेषज्ञों ने ३९ पुस्तकों का मूल्यांकन करने के बाद मेरी इस पुस्तक को कुन्ती गोयल अन्तर्राष्ट्रीय पुरस्कार प्रदान करने का निर्णय लिया है। मैं प्रो० गोयल तथा कुन्ती गोयल फाउण्डेशन का आभारी हूँ कि उन्होंने पुरस्कार-योजना के द्वारा अनेकों लेखकों को मानस से सम्बंधित पुस्तकें लिखने का अवसर प्रदान किया और जो कुछ मैंने ईश्वर की प्रेरणा से जगमंगल-भाव से लिखा उसको सम्मान प्रदान करने के योग्य समझा। 'प्रस्तुति' में इस पुस्तक के प्रति प्रकट की गई सद्भावना तथा शुभ-कामनाओं

के लिए भी मैं प्रो॰ गोयल को धन्यवाद देना चाहता हूँ।

आभार प्रदर्शित करते समय घर के सदस्यों द्वारा दी गई अमूल्य सहायता तथा प्रोत्साहन को भुलाया नहीं जा सकता। ईश्वर की प्रेरणा से हमारे परिवार ने गीता-रामायण-अध्ययन तथा पुस्तक-लेखन और प्रकाशन में अपना तन-मन-धन लगा रखा है—व्यापार-भावना से नहीं बल्कि जनसेवा की इच्छा से, जैसाकि किष्किंधाकाण्ड में वर्णित है—

सो अनन्य जाकें असि मति न टरइ हनुमंत।
मैं सेवक सचराचर रूप स्वामि भगवंत॥

इस प्रसंग में हमारे संयुक्त परिवार के थोड़े-से चुने हुए सदस्यों के नाम ही यहाँ लिखे जा रहे हैं, और उनमें भी प्राथमिकता दी है अगली पीढ़ी को क्योंकि जगमंगल का भविष्य उन्हीं को संभालना है। यद्यपि पूर्वजों के प्रति ग्रंथ-समर्पण और आभार-प्रदर्शन पहले ही किया जा चुका है, फिर भी हृदय से प्रथम नाम निकलता है श्री ईश्वरचन्द्र गुप्ता का (जिन्हें सब याद करते हैं 'अर्जुन' के नाम से और जो इसी वर्ष स्वर्गवासी हुए)—क्योंकि उन्होंने गीता-रामायण की इस ग्रंथ-माला के साथ अनेकों संबंधियों तथा हितैषियों को जोड़ने का महत्त्वपूर्ण कार्य किया। परिवार के अन्य सदस्यों में—जो पूर्वज नहीं हैं—विशेष स्थान है उर्मिला का जिन्होंने सब परिस्थितियों में लगातार कंधे-से-कंधा जोड़कर सारे प्रयास में हाथ बँटाया, प्रकाशन का भार संभाला, पुस्तकालयों आदि से उपयोगी सामग्री ढूंढी, अन्य लेखकों तथा विद्वानों से विचार-विनिमय का सराहनीय कार्य पूरी लग्न से सम्पन्न किया, आदि, आदि। विभिन्न रूपों में सहयोग एवं प्रोत्साहन देने वाले घर के अन्य सदस्यों में से—आयु-संतुलन बनाए रखते हुए —निम्नलिखित नाम उल्लेखनीय हैं—निष्काम, कोकिला, सीमा, डेविड, मदनमोहन, महावीर प्रसाद, प्रेमचंद, कृष्ण मोहन, रेणु, अरुण कुमार, वीणा, धनेंद्र कुमार, पंकज कुमार, पूनम गोयल, प्रदीप, नवनीत, रंजन, ईशा, किरण, प्रिया, माया।

विस्तृत परिवार के अनेकों सदस्यों तथा हितैषियों ने प्रेरणा, परामर्श तथा शुभ-कामनाओं के द्वारा कार्य को सफल बनाने में—प्रत्यक्ष तथा परोक्ष रूप से—बहुमूल्य योगदान दिया। उनमें से कुछ चुने हुए व्यक्तियों के नाम हैं—डॉ॰ नटवरलाल एस॰ जानी, डॉ॰ अनिल एवं सरिता वाजपेयी, श्री हरिश कश्यप, श्री आर्यभूषण, श्री हरदेवसिंह पाल्टा, श्री चेलाकरा शर्मा, श्री प्रदीप जोशी, डॉ॰ जगदीश रुस्तगी, प्रो॰ राधेश्याम द्विवेदी, डॉ॰ धनंजय कुमार, प्रो॰ उमा सैनी, श्री दीपक भूटानी, श्रीमती चित्रा कुमार, प्रो॰ हरिश्चंद्र गुप्त, प्रो॰ राधेश्याम, श्री सुरेंद्रजित गोयल, प्रो॰ परमात्मा शरण संगल, डॉ॰ ब्रह्मानंद शर्मा, श्री प्रकाश चन्द्र गुप्ता, प्रो॰ उषा गुप्ता, प्रो॰ रामरत्न गुप्ता, श्री प्रेमस्वरूप

शर्मा, डॉ॰ प्यारेलाल गर्ग, श्री आनंद प्रकाश मित्तल, प्रो॰ रजनीकांत एम॰ पंचोली, प्रो॰ भगवानदास, श्री निहालसिंह चौधरी, श्री मूलचंद कल्ला, श्री चंपालाल राँका। इन सबके प्रति कृतज्ञता प्रकट करने में मुझे हर्ष हो रहा है क्योंकि जगमंगल की भावना के लिए कृतज्ञता का महत्त्व मानस ने पांडित्य से भी अधिक बतलाया है—

सब गुनग्य पंडित सब ग्यानी। सब कृतग्य नहिं कपट सयानी॥

विचारों तथा कर्मों के व्यापक प्रभाव को ध्यान में रखते हुए यह प्रश्न उठता है कि क्या जगमंगल पर पुस्तक लिखने वाले व्यक्ति के लिए आभार-प्रदर्शन या धन्यवाद देने का क्षेत्र सीमित हो सकता है? मानस के अंत में शिवजी ने उन सब परिवारों को धन्यवाद के पात्र बतलाया है जिनके सदस्य श्रीरघुवीर-परायण हों। आज की विषम सामाजिक परिस्थिति में श्रीरघुवीर-परायण और जगमंगल-परायण व्यक्तियों में कोई भेद नहीं है, इसलिए उन सबके प्रति कृतज्ञता प्रकट करना मानस में वर्णित शिवजी के विचारों के अनुकूल है।

अंत में यह स्पष्ट करना भी आवश्यक है कि इस पुस्तक में लिखे हुए विचारों के लिए दक्षिण एशिया अध्ययन केंद्र उत्तरदायी नहीं है क्योंकि ये विचार पूर्णतया लेखक के हैं, किसी अन्य व्यक्ति या संस्था के नहीं।

सत्य प्रकाश अग्रवाल

दक्षिण एशिया अध्ययन केंद्र
कैलिफोर्निया विश्वविद्यालय,
बर्कले, कैलिफोर्निया, यू॰ एस॰ ए॰

प्रो. सतीशचन्द्र गोयल
पूर्व कुलपति, जोधपुर विश्वविद्यालय

प्रस्तुति

ग्रन्थों का अपना व्यक्तित्व होता है। ईश्वर ने अभी तक जितने भी अवतार ग्रहण किये हैं उनमें ग्रन्थावतार की गणना केवल श्रीमद्भागवत में ही की गई है –

तेनेयं वाङ्मयी मूर्तिः प्रत्यक्षः वर्तते हरिः।

सम्भवतः भागवत के ही समान अनेक अमर ग्रन्थों को ईश्वर के अवतारों की संज्ञा दी जा सकती है। **हरि अनन्त हरिकथा अनन्ता** की उक्ति भी यह सिद्ध करती है कि हरि और हरिकथा समतुल्य हैं। इस दृष्टिकोण से तुलसीदासजी का *मानस* भी उन सभी लक्षणों को अपने में समाहित किये हुए है जो किसी पूर्णावतार के सन्दर्भ में उल्लिखित किये गये हैं। श्री राम की ही भाँति *मानस* भी **मंगलभवन** एवं **अमंगलहारी** है। स्वयं श्री राम की अपेक्षा *मानस* एक अर्थ में श्रेष्ठतर है : श्री राम किसी युगविशेष में व्यक्ति और विश्व की समस्याओं का निराकरण करने हेतु अवतार ग्रहण करते हैं किन्तु *मानस* तो सर्वदा ही **जगमंगल** करती रहती है। डॉ. सत्यप्रकाश अग्रवाल की अवधारणा पूर्णतः युक्तियुक्त एवं तर्कसंगत है। लेखक ने तुलसी-*मानस* की रामकथा में विश्वकल्याण के समस्त पक्षों पर सम्यक् प्रकाश डाला है। उन्होंने अपने विचारों की पुष्टि में *मानस* से यथेष्ट उद्धरण दिये हैं। तुलसी का *मानस* आज भी पूर्णतः प्रासंगिक लगता है। आधुनिक युग के समस्त दूषणों से तुलसीदासजी परिचित थे। उन्होंने इन सभी समस्याओं की निराकृति करने हेतु स्थान-स्थान पर प्रत्यक्ष अथवा परोक्ष उपायों का उल्लेख किया है। कभी-कभी तो ऐसा प्रतीत होता है कि वे भविष्य की समस्याओं का भी पूर्वानुचिन्तन करते हैं और उनका समीचीन हल भी सुझाते हैं। डॉ. अग्रवाल ने तुलसी के रामराज्याभिषेक के प्रसंग को भारतीय स्वतन्त्रता आन्दोलन की प्रतीकात्मक परिणति का संकेत माना है – *मानस* की रचना का आरम्भ संवत् १६३१ अर्थात् सन् १५७३ में हुआ। उस समय उत्तर भारत में मुगलसम्राट् अकबर का राज्य था। कुछ लोग यह प्रश्न उठाते हैं कि अयोध्या के क्षेत्र में कोई स्वतन्त्रता आन्दोलन उस समय चल रहा था? इसका उत्तर चाहे हाँ हो या ना, इसमें कोई सन्देह नहीं कि यह अनमोल वचन (**पराधीन सपनेहुँ सुखु नाहीं**) लिख कर तुलसीदासजी ने भविष्य में होने वाले स्वतन्त्रता आन्दोलनों के लिए तो अपना तथा भारतीय संस्कृति का पूरा समर्थन प्रकट कर ही दिया है। उदाहरणतः बीसवीं शताब्दी में भारत में जो स्वतन्त्रता आन्दोलन चला, उसमें *मानस* के दो प्रसंगों का बहुत उपयोग हुआ – एक तो मैना द्वारा कथित अनमोल वचन का और दूसरा रामराज्य का जिसमें पारस्परिक प्रेम के आधार पर सभी सुखी थे। (५८)

लेखक ने *मानस* की **सर्वहित** धारणा पर विशेष जोर दिया है। *मानस* आज की लोकतान्त्रिक अवधारणा **बहुजनहिताय** के स्थान पर **सर्व-जन-हिताय** पर बल देता है। शायद गांधी और विनोबा के द्वारा प्रणीत सर्वोदय

के विचार को रस्किन से अधिक तुलसी ने प्रेरित किया हो। सम्पूर्ण *मानस* में **सकल मंगल, सकल सुख** जैसे शब्दों की भरमार है। रामकथा सर्वहितकारिणी है :

कथा जो सकल लोक हितकारी

तुलसीदास सन्तों का सबसे बड़ा लक्षण **सर्वभूतहिते रतः** ही मानते हैं। सन्त वेश से नहीं, गुणों से जाने जाते हैं। हरिभक्त और सन्त पर्याय हैं –

उमा जे राम चरनरत विगतकाम मद क्रोध।
निज प्रभुमय देखहिं जगत केहि सन करहिं विरोध।।

डॉ. अग्रवाल ने पर्याप्त उद्धरण देकर यह पुष्ट करने का प्रयास किया है कि सन्त की परहित-भावना उसको प्रभु का अतिप्रिय बनाती है। सन्त स्वयं में प्रभु की अहैतुकी कृपा हैं। इनका मिलन ही प्रभु की प्राप्ति है।

अभी तक अनेक समीक्षकों एवं सन्तों का यह मत रहा है कि *मानस* मन्त्रात्मक है। इसकी सहस्राधिक उक्तियाँ नित्य उपयोग में आती हैं। ये उक्तियाँ भारतीय जनजीवन के लिए ध्रुवनक्षत्र की भाँति मार्गदर्शन करती हैं। लेखक ने एक सम्पूर्ण अध्याय (१०) में समस्त लोकोपयोगी सूक्तियों का संकलन करके इस ग्रन्थ को बहुमूल्य बना दिया है। सम्पूर्ण ग्रन्थ में लेखक ने समास शैली में ही अपने भावों को व्यक्त किया है। इससे स्पष्ट है कि उन्होंने न्यूनतम शब्दों में ही इतनी व्यापक विषयवस्तु को समायोजित कर दिया है। विश्वास है, यह पुस्तक समस्त *मानस*-प्रेमियों के लिए पठनीय एवं संग्रहणीय होगी।

सतीशचन्द्र गोयल

जोधपुर
4.1.1997

सतीशचन्द्र गोयल

अध्याय १

मानस का—तथा इस पुस्तक का भी—आरम्भ जगमंगल से

गोस्वामी तुलसीदासजी ने रामचरितमानस के प्रारम्भिक भाग में यह स्पष्ट किया है कि उन्होंने रामकथा को साधारण जनता की भाषा में क्यों और किस-किस के सहारे से लिखा। उनके द्वारा जनभाषा का उपयोग विशेष रूप से उल्लेखनीय है क्योंकि उन्होंने संस्कृत-काव्य-रचना में भी उच्च कोटि की प्रतिभा प्राप्त की थी। इस रोचक प्रसंग की गहरी छानबीन करने पर यह कहा जा सकता है कि उनके इस महत्त्वपूर्ण निर्णय के चार मुख्य आधार थे—

(अ) रामकथा के लोकोपकारी पक्ष को प्रधानता देना

(आ) भाषा को सरल बनाना जिससे लोकमंगल का संदेश सबकी समझ में आ सके

(इ) पुराने तथा नए कवियों द्वारा मार्गदर्शन, विशेषत: जिन्होंने जनभाषा का उपयोग किया था

(ई) श्रीहरिहर तथा गणेशजी, सरस्वतीजी आदि की प्रेरणा, कृपा एवं आशीर्वाद।

तुलसीदासजी ने यह विश्वास प्रकट किया है कि जो भी उनकी लिखी हुई रामकथा को स्नेहपूर्ण एवं सजग होकर कहेंगे, सुनेंगे और समझेंगे वे कलियुग के पापों से रहित होकर श्रीराम के चरणों में भक्तिभाव प्राप्त करेंगे और उनका परम मंगल भी अवश्य होगा।

जे एहि कथहि सनेह समेता। कहिहहिं सुनिहहिं समझि सचेता॥
होइहहिं राम चरन अनुरागी। कलिमल रहित सुमंगल भागी॥

रामकथा का लोकोपकारी पक्ष

रामकथा के माध्यम से प्राप्त मंगल सब लोगों का कल्याण ही है—यह बतलाने के लिए तुलसीदासजी ने जगमंगल अथवा जगहित जैसे शब्दों का उपयोग किया है।

उन्होंने लिखा है कि श्रीराम का कल्याणकारी स्वभाव (निकाई) निश्चित रूप से संसार के सभी प्राणियों के लिए हितकर (नीक) है, इसलिए इसमें संकुचित दृष्टिकोण के लिए कोई स्थान नहीं है।

राम निकाई रावरी है सब ही को नीक।

'रामकथा जगमंगल करनी' —सर्वकल्याण की विशाल भावना को जागृत करने वाले ये शब्द तो तुलसीदासजी ने मानस के आरम्भ अर्थात् बालकाण्ड में ही प्रस्तुत कर दिए हैं। उन्होंने इसी विशाल भावना को अन्य काण्डों में अनेक प्रकार से सुदृढ़ किया है, जैसाकि इस पुस्तक के अगले अध्यायों में दिखलाया जाएगा। यहाँ दो उदारहण देना पर्याप्त होगा। एक तो यह कि तुलसीदासजी ने उत्तरकाण्ड में श्रीराम के लिए सर्वहित शब्द का उपयोग किया है—

सदा सर्वगत सर्वहित जानि करेहु अति प्रेम।

दूसरा यह कि अयोध्याकाण्ड में उन्होंने श्रीराम के भक्तों के विषय में लिखा है कि वे निरन्तर परोपकार के कार्यों में लगे रहते हैं।

राम भगत पर हित निरत............।

सरल भाषा का उपयोग

तुलसीदासजी जैसे अनन्य भक्त ने स्वयं सारे प्राणियों के लिए यह महान् उपकार का कार्य किया कि मंगलकारी रामकथा को सरल भाषा में लिखकर भक्ति और पर-हित का संदेश घर-घर में पहुँचा दिया। उन्होंने न केवल कविता (भनिति) के लिए बल्कि कीर्ति और सम्पत्ति (भूति) के लिए भी यह मापदंड निर्धारित कर दिया कि इन तीनों में से कोई भी तभी उत्तम कहलाने के योग्य है जबकि वह पावन गंगामाता की तरह सबका हित करने वाली हो।

कीरति भनिति भूति भलि सोई। सुरसरि सम सब कहँ हित होई॥

सरल भाषा में लोकोपकरी रामकथा को लिखने में तुलसीदासजी अपनी विनम्रता के कारण एक चिंता प्रकट करते हैं। वे कहते हैं कि रामकथा के सुन्दर भावों को सुचारू रूप से प्रकट करने के लिए कविता भी सुन्दर अर्थात् उच्च कोटि की होनी चाहिए। विनम्रता और निरहंकारभावना से ओतप्रोत तुलसीदासजी स्वयं अपनी कविता को असुन्दर (भद्दी, भदेस) बतलाकर इस कठिनाई से चिंतित हैं कि श्रीराम की सुन्दर कीर्ति और तुलसी की असुन्दर कविता में असामंजस्य है अर्थात् इन दोनों का मेल नहीं मिलता।

राम सुकीरति भनिति भदेसा। असमंजस अस मोहि अँदेसा॥

इस कठिनाई को लाँघने के लिए तुलसीदासजी ने दो स्त्रोतों का सहारा लिया है—बाह्यत: कवि-कोविदों का तथा आन्तरिक रूप से भगवत्कृपा का।

कवियों की वन्दना

काव्यक्षेत्र में मार्गदर्शन के लिए तुलसीदासजी महर्षि वाल्मीकि, व्यास आदि से लेकर कलियुग के उन कवियों को भी प्रणाम करते हैं जिन्होंने श्रीराम के सद्गुणों का वर्णन किया है। जनभाषा के कवियों से वे वरदान माँगते है कि उनकी (अर्थात् तुलसी की) अपनी रामकथा (जिसे वे लिखने जा रहे हैं) सज्जन व्यक्तियों के द्वारा सम्मानित हो।

मुनिन्ह प्रथम हरि कीरति गाई। तेहिं मग चलत सुगम मोहि भाई॥

कलि के कविन्ह करउँ परनामा। जिन्ह बरने रघुपति गुन ग्रामा॥
जे प्राकृत कवि परम सयाने। भाषाँ जिन्ह हरि चरित बखाने॥
भए जे अहहिं जे होइहहिं आगें। प्रनवउँ सबहि कपट सब त्यागें॥
होहु प्रसन्न देहु बरदानू। साधु समाज भनिति सनमानू॥

तुलसीदासजी को यह भी भरोसा है कि काव्यशास्त्र की दृष्टि से असुन्दर होने पर भी और उनकी भाषा ग्राम्य (अर्थात् गँवारू) होने पर भी उनकी कविता (भनिति) रामकथा की पावन संगति के कारण गुणग्राही सज्जन पाठकों के द्वारा सम्मानित होगी।

भनिति मोरि सब गुन रहित बिस्व बिदित गुन एक॥
सो बिचारि सुनिहहिं सुमति जिन्ह कें बिमल बिबेक॥
एहि महँ रघुपति नाम उदारा। अति पावन पुरान श्रुति सारा॥

सब गुन रहित कुकबि कृत बानी। रामनाम जस अंकित जानी॥
सादर कहहिं सुनहिं बुध ताही। मधुकर सरिस संत गुनग्राही॥
जदपि कबित रस एकउ नाहीं। राम प्रताप प्रगट एहिं माहीं॥
सोइ भरोस मोरें मन आवा। केहिं न सुसंग बड़प्पनु पावा॥

इसी भरोसे के बल पर निरुत्साहित न होकर तुलसीदासजी कवियों से पुन: प्रार्थना करते हैं कि उनकी कृपा से सरल भाषा में लिखी जाने वाली तुलसीकृत रामकथा ऐसी हो जिसे सुनकर शत्रु भी स्वाभाविक वैर-भाव को भुलाकर आदर के साथ उसमें वर्णित श्रीराम की सुन्दर कीर्ति का रसास्वादन करें। वे कवि-कोविदों को रामचरित्ररूपी मानसरोवर के सुन्दर हंस के रूप में पूजते हैं और उन्हें विश्वास दिलाते हैं कि बुद्धिबल में बालक के समान होने पर भी तुलसी को रामचरित्र में हार्दिक रुचि है।

सरल कबित कीरति बिमल सोइ आदरहिं सुजान।

सहज बयर बिसराइ रिपु जो सुनि करहिं बखान॥

सो न होइ बिनु बिमल मति मोहि मति बल अति थोर।
करहु कृपा हरि जस कहउँ पुनि पुनि करउँ निहोर॥

कबि कोबिद रघुबर चरित मानस मंजु मराल।
बाल बिनय सुनि सुरुचि लखि मो पर होहु कृपाल॥

भगवत्कृपा का सहारा

लोककल्याणकारी रामकथा को जनभाषा में लिखने के लिए तुलसीदासजी को वास्तविक सहारा मिला भगवान् से तथा उनकी अनन्त शक्तियों से जिनके विभिन्न नाम-रूप भारतीय परम्परागत शास्त्रों में वर्णित हैं। उदारहणतः मानस के प्रथम श्लोक में (जो संस्कृत में है और जो नीचे उद्धृत है) तुलसीदासजी ने सरस्वतीजी और गणेशजी की वन्दना की है किन्तु साथ ही उन दोनों को 'मंगल करने वाले' बतलाकर अपनी रामकथा के जगमंगलकारी रूप की ओर भी आरम्भ से ही पाठकों का ध्यान आकर्षित कर दिया है।

वर्णानामर्थसंघानां रसानां छन्दसामपि।
मंगलानां च कर्त्तारौ वन्दे वाणीविनायकौ॥

अर्थात् अक्षरों, अर्थसमूहों, रसों, छन्दों और मंगलों की करने वाली सरस्वतीजी और गणेशजी की मैं वन्दना करता हूँ।

इसी प्रकार सीताजी की वन्दना करते हुए तुलसीदासजी ने उन्हें सर्वश्रेयस्करी अर्थात् 'सम्पूर्ण कल्याणों की करने वाली' कहकर पुकारा है।

श्रीभगवान् को तुलसीदासजी अनेकों शब्दों के द्वारा सम्बोधित करते हैं किन्तु जगमंगल की दृष्टि से 'दयालु' शब्द उल्लेखनीय है। इसी प्रकार शिवजी के लिए भी तुलसीदासजी ने 'करुना अयन' शब्द का उपयोग किया है जिसका अर्थ है 'दया के धाम'। शिवजी के लिए दूसरा उल्लेखनीय सम्बोधन है 'जाहि दीन पर नेह' अर्थात् 'जिनका दीनों पर स्नेह है'। मानस के आरम्भ में की गई भगवान् की तथा शिवजी की वन्दना का एक-एक सोरठा नीचे उद्धृत है जिसमें 'दयाल' तथा 'करुना अयन' शब्दों का उपयोग है।

मूक होइ बाचाल पंगु चढइ गिरिबर गहन॥
जासु कृपाँ सो दयाल द्रवउ सकल कलि मल दहन॥

कुंद इंदु सम देह उमा रमन करुना अयन।
जाहि दीन पर नेह करउ कृपा मर्दन मयन॥

तुलसीदासजी अपनी ज्ञानभक्तिजनित विनम्रता की पराकाष्ठा पर पहुँचकर न केवल सब देवताओं की बल्कि दैत्यों, मनुष्यों और निशाचरों की भी वन्दना करते हैं और सबसे कहते हैं कि मुझ पर कृपा करें जिससे मैं रामकथा लिख सकूँ।

देव दनुज नर नाग खग प्रेत पितर गंधर्व।
बंदउँ किंनर रजनिचर कृपा करहु अब सर्व॥

सीय राममय सब जग जानी। करउँ प्रनाम जोरि जुग पानी॥

तुलसीदासजी ने शिवजी की प्रथम वन्दना तो 'करुना अयन' के रूप में आरम्भ में ही की है जिसका उल्लेख ऊपर किया जा चुका है। तदनन्तर वे शिवजी तथा पार्वतीजी —दोनों को प्रणाम करते हैं और उन्हें 'दीन बन्धु' कहकर सम्बोधित करते हैं। उनका कहना है कि शिव-पार्वतीजी ने शावरमंत्रसमूह की रचना 'जग हित' के लिए ही की है और उन्हें भरोसा है कि शिवजी की कृपा से तुलसीकृत रामकथा आनद और मंगल उत्पन्न करने वाली बन सकेगी।

गुर पितु मातु महेस भवानी। प्रनवउँ दीनबंधु दिन दानी।।
सेवक स्वामि सखा सिय पी के। हित निरुपधि सब विधि तुलसी के॥
कलि विलोकि जगहित हर गिरिजा। सावर मंत्र जाल जिन्ह सिरजा॥
अनमिल आखर अरथ न जापू। प्रगट प्रभाउ महेस प्रतापू॥
सो महेस मोहि पर अनुकूला। करिहिं कथा मुदमंगल मूला॥

श्रीराम, सीताजी तथा उनसे सम्बंधित सभी व्यक्तियों तथा तत्त्वों की तुलसीदासजी बार-बार वन्दना करते हैं। श्रीराम की माता कौशल्याजी की वन्दना करते हुए वे कहते हैं कि उन्होंने 'विस्व सुखद' (अर्थात् सारे विश्व को सुख देने वाले) श्रीराम को जन्म दिया। दशरथजी की वन्दना करते हुए तुलसीदासजी कहते हैं कि उन्होंने 'दीन दयालु' श्रीराम के वियोग में अपने शरीर को मामूली तिनके की तरह त्याग दिया।

बंदउँ कौसल्या दिसि प्राची। कीरति जासु सकल जग माची।
प्रगटेउ जहँ रघुपति ससि चारू। विस्व सुखद खल कमल तुसारू॥

बंदउँ अवध भुआल सत्य प्रेम जेहि राम पद।
बिछुरत दीनदयाल प्रिय तनु तृन इव परिहरेउ॥

सीताजी को 'करुणा निधान' श्रीराम की प्रियतमा के रूप में सम्बोधित करके तुलसीदासजी यह मनाते हैं कि वे कृपा करके उन्हें (तुलसीदास को) निर्मल बुद्धि दें।

जनकसुता जग जननि जानकी। अतिसय प्रिय करुनानिधान की॥
ताके जुग पद कमल मनावउँ। जासु कृपाँ निरमल मति पावउँ॥

तुलसीदासजी मन-वचन-कर्म से श्रीराम की वन्दना करते हैं जो सर्वसमर्थ हैं और जो भक्तों की विपत्ति का नाश करके उन्हें पूर्ण सुख देते हैं।

पुनि मन वचन कर्म रघुनायक। चरन कमल वंदउँ सब लायक॥
राजिवनयन धरें धनु सायक। भगत विपति भंजन सुखदायक॥

तत्पश्चात् तुलसीदासजी कहते हैं कि श्रीराम और सीताजी वास्तव में अभिन्न (एक) हैं क्योंकि उनकी भिन्नता केवल कहने मात्र के लिए है जैसे वाणी (गिरा) और उसका अर्थ अथवा जल और जल की लहर (वीचि)। तुलसीदासजी दीन-दुखियों (खिन्न) को आश्वासन देते हैं कि श्रीसीतारामजी ऐसे ही व्यक्तियों के प्रति परम प्रेम की भावना धारण किए हुए हैं।

गिरा अरथ जल वीचि सम कहिअत भिन्न न भिन्न।
बंदउँ सीताराम पद जिन्हहि परम प्रिय खिन्न॥

न केवल श्रीराम की बल्कि रामनाम के दोनों अक्षरों की भी तुलसीदासजी 'सुखद सब काहू' अर्थात् 'सबको सुख देने वाले' कहकर वन्दना करते हैं। वे यह भी कहते हैं कि ये दोनों अक्षर जगहित के लिए चन्द्रमा (विधु) और सूर्य (पूषन) की तरह हैं तथा वे गरीबों पर विशेष कृपा करने वाले हैं।

आखर मधुर मनोहर दोऊ। बरन बिलोचन जन जिय जोऊ॥
सुमिरत सुलभ सुखद सब काहू। लोक लाहु परलोक निबाहू॥

जग हित हेतु विमल विधु पूषन।

नाम गरीब अनेक नेवाजे।.......

श्रीराम एवं रामनाम की जगहितकारी महिमा गाकर तुलसीदासजी अपना 'निज अनुभव' भी सुनाते हैं। वे कहते हैं कि रामनाम का सहारा लेकर भाँग-सा (निकृष्ट) तुलसीदास तुलसी के समान (पवित्र) हो गया। तुलसीदासजी कहते हैं कि मेरे जैसे कुसेवक को भी दयानिधि श्रीराम ने अपना लिया क्योंकि वे सेवक की बौद्धिक क्षमता से नहीं रीझते, केवल विशुद्ध प्रेम से ही रीझते हैं।

नामु राम को कलपतरु कलि कल्यान निवासु।
जो सुमिरत भयो भाँग तें तुलसी तुलसीदासु॥

राम सुस्वामि कुसेवक मोसो। निजदिसि देखि दयानिधि पोसो॥

रीझत राम सनेह निसोतें। को जग मंद मलिन मति मोतें॥

रामचरितमानस की अपनी रचना के विषय में तुलसीदासजी कहते हैं कि उनका यह प्रयास श्रीहरि की प्रेरणा से ही आरम्भ हुआ है और इसलिए यह रचना 'सकल जन रंजनि' अर्थात् सबको आनन्द प्रदान करने वाली बनेगी। विशेषत: यह रामकथा तुलसीदास के लिए अपनी माता हुलसी के समान हृदय से हित करने वाली सिद्ध होगी।

जस कछु बुधि बिवेक बल मोरें। तस कहिहउँ हियँ हरि के प्रेरें॥

बुध विश्राम सकल जन रंजनि। रामकथा कलि कलुष विभंजनि॥

रामहि प्रिय पावनि तुलसी सी। तुलसिदास हित हियँ हुलसी सी॥

कथा आरम्भ करने के लिए प्रेरणा

जिस समय तुलसीदासजी रामकथा आरम्भ करने का वर्ष (संवत् १६३१) घोषित करते हैं, उस समय वे विशेषरूप से श्रीहरि के चरणों में सिर टेककर भगवान् का आशीर्वाद प्राप्त करते हैं।

संवत सोरह सौ एकतीसा। करउँ कथा हरि पद धरि सीसा॥

तुलसीदासजी कहते हैं कि रामचरितमानस लिखने में आन्तरिक उत्साह की जो भावना उनमें उमड़ पड़ी, उसका श्रेय है शिवजी और पार्वतीजी से प्राप्त आशीर्वाद अथवा प्रसाद (पसाऊ) को। शिवजी की कृपा के बल पर ही वे अपने-आपको 'रामचरितमानस के कवि' के रूप में पाठकों के सामने लाते हैं, बल्कि उनका तो यह भी कहना है कि इस कथा का नाम 'रामचरितमानस' शिवजी ने ही रखा है।

सुमिरि सिवा सिव पाइ पसाऊ। बरनउँ रामचरित चित चाऊ॥

सादर सिवहि नाइ अब माथा। बरनउँ बिसद रामगुन गाथा॥

संभु प्रसाद सुमति हियँ हुलसी। रामचरितमानस कवि तुलसी॥

रामचरितमानस मुनि भावन। बिरचेउ संभु सुहावन पावन॥
त्रिविध दोष दुख दारिद दावन। कलि कुचालि कुलि कलुष नसावन॥
रचि महेस निज मानस राखा। पाइ सुसमउ सिवा सन भाषा॥
तातें रामचरितमानस बर। धरेउ नाम हियँ हेरि हरषि हर॥

गीताप्रेस गोरखपुर द्वारा प्रकाशित 'गोस्वामी तुलसीदासजी की संक्षिप्त जीवनी' के अनुसार जनभाषा में रामचरितमानस लिखने का आदेश उन्हें शिवजी से मिला—

''काशी में तुलसीदासजी ने प्रह्लादघाट पर निवास किया। वहाँ उनके अन्दर कवित्वशक्ति का स्फुरण हुआ और वे सस्कृत में पद्य-रचना करने लगे। परंतु दिन में वे जितने पद्य रचते, रात्रि में वे सब लुप्त हो जाते। यह घटना रोज घटती। आठवें दिन तुलसीदासजी को स्वप्न हुआ। भगवान् शंकर ने उन्हें आदेश दिया कि तुम अपनी भाषा में काव्य-रचना करो। तुलसीदासजी की नींद उचट गई। वे उठकर बैठ गए। उसी समय भगवान् शिव और पार्वती उनके सामने प्रकट हुए। तुलसीदासजी ने उन्हें साष्टांग प्रणाम किया। शिवजी ने कहा— 'तुम अयोध्या में जाकर रहो और हिन्दी में काव्य-रचना करो। मेरे आशीर्वाद से तुम्हारी कविता सामवेद के समान फलवती होगी।' इतना कहकर श्रीगौरी-शंकर अन्तर्धान हो गए। तुलसीदासजी उनकी आज्ञा शिरोधार्य कर काशी से अयोध्या चले आए। संवत् १६३१ का प्रारम्भ हुआ। उस साल रामनवमी के दिन प्राय: वैसा ही योग था जैसा त्रेतायुग में रामजन्म के दिन था। उस दिन प्रात:काल श्री तुलसीदासजी ने श्रीरामचरितमानस की रचना आरम्भ की।''

जगमंगल का ही अंग है स्वान्त:सुख

उपरोक्त विवरण से यह स्पष्ट हो जाता है कि मानस के प्रारम्भिक भाग से ही जगमंगल, जगहित, विश्व-सुख जैसे शब्दों के द्वारा लोककल्याण की प्राप्ति को ही तुलसीकृत रामकथा का मुख्य उद्देश्य घोषित किया गया है। किंतु तुलसीदासजी को ऐसा कोई अहंकारभाव नहीं था कि मैं अपनी रचना के द्वारा लोककल्याण जैसा महान् कार्य कर सकूँगा। वे तो अपने-आपको श्रीराम का तुच्छ भक्त ही समझते थे। इसलिए उन्होंने 'आन्तरिक सुख की प्राप्ति' जैसे सीमित उद्देश्य का उल्लेख भी मानस के प्रारम्भ में एक संस्कृत श्लोक में किया है—

नानापुराणनिगमागमसम्मतं यद् रामयाणे निगदितं क्वचिदन्यतोऽपि।
स्वान्त:सुखाय तुलसी रघुनाथगाथाभाषानिबन्धमतिमंजुलमातनोति॥

अर्थात् अनेक पुराण, वेद और तंत्र शास्त्र से सम्मत तथा जो रामायण में वर्णित है और कुछ अन्यत्र से भी उपलब्ध श्रीरघुनाथजी की कथा को तुलसीदास अपने अन्त:करण के सुख के लिए अत्यन्त मनोहर भाषारचना में विस्तृत करता है।

मानस के अनुसार जैसे परोपकारभावना और ईश्वरभक्ति साथ-साथ चलते हैं, उसी प्रकार जगमंगल और स्वान्त:सुख भी साथ-साथ ही प्राप्त होते हैं। दूसरे अध्याय में इस विषय पर प्रकाश डाला जाएगा। यहाँ संक्षेप में कहना पर्याप्त होगा। उदाहरणत:

उत्तरकाण्ड में काकभुशुंडिजी ने कहा है कि—**कबहुँ कि दुख सब कर हित ताकें** अर्थात् सबका हित चाहने से क्या कभी दु:ख हो सकता है? मानस में स्वान्त:सुख और सबके सुख में पूर्ण समन्वय है। तुलसीदासजी बालकाण्ड में कहते हैं कि श्रीराम की कथा से सभी सुख प्राप्त करते हैं—अन्तर केवल इतना है कि संत लोगों के लिए रामकथा विशेष सुखकारी है।

रामचरित राकेस कर सरिस सुखद सब काहु।
सज्जन कुमुद चकोर चित हित बिसेषि बड़लाहु॥

इसीलिए अन्य व्यक्तियों को दुखी बनाकर केवल अपना ही सुख खोजने वाले को मानस के उत्तरकाण्ड में अभागी और असंत कहा है—

पर दुख हेतु असंत अभागी।

तुलसीदासजी का स्वान्त:सुख स्वार्थरहित है, वे चाहते हैं कि ऐसा सुख सभी प्राप्त करें। इसलिए ऐसा कह सकते हैं कि उनका स्वान्त:सुख का सीमित उद्देश्य जगमंगल के महान् उद्देश्य का ही एक अंग है।

जगमंगल तथा 'सब कहँ हित' की आरम्भिक घोषणा करने वाला बालकाण्ड का प्रसंग प्रथम परिशिष्ट में प्रस्तुत है।

आगामी अध्यायों का संक्षिप्त परिचय

यह अध्याय तो मुख्यत: मानस के प्रारम्भिक भाग पर ही आधारित है। किन्तु मानस में 'आदि मध्य अवसाना' अर्थात् आदि, मध्य एवं अन्त—तीनों भागों को बराबर महत्त्व देने का सुझाव है। इस पुस्तक के शेष अध्यायों में, थोड़ा-थोड़ा करके, सारे मानस का लोककल्याणकारी सार योजनाबद्ध ढ़ंग से प्रस्तुत किया गया है—जिसका संकेत इस अध्याय के शीर्षक में निहित है क्योंकि जगमंगल का आरम्भ-मात्र ही प्रथम अध्याय का विषय है।

दूसरे अध्याय में मानस में वर्णित चार संवादों का विवेचन है। रामकथा के सबसे प्रमुख वक्ता हैं शिवजी जिनसे पार्वतीजी ने कथा सुनी। दूसरे प्रमुख वक्ता हैं काकभुशुंडि जिन्होंने गरुड़ को रामकथा सुनाई। तीसरे संवाद में कथा के वक्ता हैं याज्ञवल्क्य मुनि तथा श्रोता हैं भरद्वाज मुनि। चौथे संवाद में तुलसीदासजी स्वयं् कलियुग के संतों को मानस सुना रहे हैं। प्रत्येक संवाद के अनुसार रामकथा का क्या उद्देश्य है—इस प्रश्न पर प्रकाश डाला गया है।

तीसरे अध्याय में मर्यादा पुरुषोत्तम श्रीराम तथा सीताजी के आदर्श व्यवहार का वर्णन है जिसके सहारे सारा मानस टिका हुआ है। जिस आदर्श की रूपरेखा मानस के आरंभ में जगमंगल शब्द के द्वारा प्रस्तुत की गई है, उसी आदर्श पर आधारित समाज

का वर्णन मानस के अन्त में रामराज्य के रूप में दिया गया है, जिसका सार भी तीसरे अध्याय में है।

चौथे तथा पाँचवें अध्यायों में कुछ चुने हुए चरित्रों की विशेषताएँ बतलाई गई हैं। श्रीराम एवं सीताजी के आदर्शों का वर्णन तो तीसरे अध्याय में है ही—उनके अतिरिक्त पाँच पुरुष तथा पाँच नारियाँ इन दो अध्यायों में वर्णित हैं। इस बात पर विशेष ध्यान दिया गया है कि किस प्रकार इन व्यक्तियों ने अपने विचारों तथा कार्यों के द्वारा जगमंगल के संदेश को दूर-दूर तक पहुँचाया।

छठे अध्याय में मानस में प्रयुक्त जगमंगल के पर्यायवाची शब्दों का विवेचन है। मानस के सातों काण्डों में जगमंगल के भाव की व्यापकता निरंतर बनाए रखने के लिए तुलसीदासजी ने अनेकों शब्दों का प्रयोग किया है जिनमें से मुख्य शब्द हैं—सकल मंगल, सकल सुख तथा सकल लोकहित। इस अध्याय में यह स्पष्ट किया गया है कि जगमंगल के समानार्थक शब्दों के द्वारा सामूहिक मंगल का संदेश किस प्रकार पुष्ट हुआ है।

सातवें अध्याय में यह दिखलाया गया है कि मानस में पर-हित का संदेश किस प्रकार संत-महिमा के माध्यम से, स्थान-स्थान पर, अनेकों बार दिया गया है। पर-हित के संदेश को ही सुदृढ़ करने के लिए मानस में उपकार-कथाएँ भी कही गई हैं। इसलिए आठवें अध्याय में काकभुशुंडि द्वारा वर्णित मानस की दो उपकार-कथाएँ प्रस्तुत की गई हैं।

नवें अध्याय में पर-हित की भावना से कार्य करने वाले दस व्यक्तियों के उन प्रयत्नों का वर्णन है जो कठिन-से-कठिन परिस्थितियों में भी किए गए यद्यपि उनको सफलता नहीं मिली क्योंकि जिसका वे हित करना चाहते थे वह था रावण स्वयं। सफलता न मिलने पर भी पर-हित के लिए प्रयत्न करना—यह कर्मयोग की विशेषता है और यह उल्लेखनीय है कि रावण को हित-वचन कहने वाले दस व्यक्तियों में से आठ राक्षसकुल के ही थे।

दसवें अध्याय में मानस की चुनी हुई उक्तियों का संग्रह है—विशेषत: उन उक्तियों का जिनके द्वारा मानस का लोककल्याण का संदेश घर-घर में पहुँच गया है।

ग्यारहवाँ अध्याय इस पुस्तक का अन्तिम अध्याय है। प्रथम अध्याय की भाँति इस अध्याय के भी दो मुख्य भाग हैं। पहले भाग में यह दिखलाया गया है कि सामाजिक उद्देश्य की दृष्टि से मानस और गीता में समानता है। दोनों ही ग्रन्थों का उपयोग भारत के स्वतंत्रता-संग्राम में हुआ। लोक-कल्याण के आदर्श को गीता में कहा है लोकसंग्रह, जो मानस के जगमंगल से मिलता-जुलता है। अब इस समानता से ऐसी भावना का जागृत होना स्वाभाविक है कि जिस प्रकार गीता का सामाजिक उद्देश्य नई-नई पुस्तकों

के द्वारा सब जगह पहुँचाया जा रहा है, उसी प्रकार मानस का संदेश भी क्यों न पहुँचाया जाय। ग्यारहवें अध्याय के प्रथम भाग में इसे कहा है—जगमंगल के लिए नई प्रेरणा। ग्याहरवें अध्याय का द्वितीय भाग इस पुस्तक का सारांश प्रस्तुत करता है—और वह जुड़ा हुआ है इस पुस्तक के शीर्षक से अर्थात् मानस के जगमंगलकारी संदेश से जो सदा सर्वदा अक्षुण्ण रहने वाला है।

पुस्तक के अंत में चार परिशिष्ट हैं जिनमें से एक का उल्लेख ऊपर किया जा चुका है। शेष के तीन परिशिष्टों का उल्लेख प्रसंगानुसार चुने हुए अध्यायों में किया जायगा।

इस पुस्तक के लेखक की रचना समाप्त होने पर दो प्रकाशकीय परिशिष्ट भी जोड़े गए हैं जिनका उल्लेख 'पाठकों की सेवा में' शीर्षक निवेदन के अंत में किया जा चुका है।

अध्याय २

रामकथा का उद्देश्य—मानस के चार संवादों का सार

प्रथम अध्याय में यह दिखलाया गया कि तुलसीदासजी ने मानस के आरम्भ से ही 'रामकथा जगमंगल करनी' तथा इसी आशय के अन्य शब्द लिखकर कथा के लोककल्याणकारी पक्ष को प्रधानता दी। अब धीरे-धीरे मानस के अन्य भागों में कथित विचारों का भी अध्ययन करना है। इस दिशा में आगे बढ़ने के लिए एक विकल्प यह हो सकता है कि मानस के सातों काण्डों की एक-एक करके छानबीन की जाय। किन्तु इससे भी अधिक उपयोगी विकल्प यह है कि मानस में वर्णित चार संवादों का एक-एक करके सार निकाला जाय। इस कार्य को इस अध्याय में सम्पन्न किया जायगा, किन्तु पहले यह बतलाना आवश्यक है कि तुलसीदासजी ने चार संवादों को मानस के चार घाटों के साथ जोड़ते हुए किस प्रकार की उपमा प्रस्तुत की है।

मानसरोवर के चार घाटों पर चार संवाद

तुलसीदासजी ने रामचरितमानस को पवित्र जलाशय मानसरोवर के रूप में चित्रित किया हैं। वे बालकाण्ड में कहते हैं कि श्रीराम और सीताजी का यश (जस) ही मानसरोवर के अमृत-तुल्य जल जैसा है।

राम सीय जस सलिल सुधा सम।

जब कवि श्रद्धा और भक्तिभाव से सरस्वतीजी का स्मरण करता है तब सरस्वतीजी ब्रह्मलोक से दौड़कर कवि के पास आती हैं और उन्हें दौड़ने की थकावट हो जाती है। इस थकावट को दूर करने का, तुलसीदासजी की सम्मति में, एक ही उपाय है कि सरस्वतीजी को रामचरित्ररूपी मानसरोवर में स्नान कराया जाय अर्थात् सरस्वतीजी की सहायता से केवल हरियश ही गाया जाय, न कि सांसारिक व्यक्तियों के गुण।

भगति हेतु विधि भवन विहाई। सुमिरत सारद आवति धाई॥
राम चरित सर बिनु अन्हवाएँ। सो श्रम जाइ न कोटि उपाएँ॥

कवि कोविद अस हृदयँ बिचारी। गावहिं हरिजस कलि मल हारी॥
कीन्हें प्राकृत जन गुन गाना। सिर धुनि गिरा लगत पछिताना॥

तुलसीदासजी कहते हैं कि राम-सुयशरूपी जल से भक्तों के सत्कर्मरूपी धान को बहुत लाभ होता है अर्थात् भक्ति एवं सत्कर्म दोनों में साथ-साथ वृद्धि होती है।

सो जल सुकृत सालि हित होई।

तुलसीदासजी की सम्मति में रामचरितमानस के सात काण्ड मानसरोवर की सुन्दर सात सीढ़ियों के समान हैं।

सप्त प्रबंध सुभग सोपाना।

रामकथा के विभिन्न वक्ताओं एवं श्रोताओं के विचारों का अध्ययन आरम्भ करने के लिए मानस का निम्नलिखित दोहा बहुत उपयुक्त है—

सुठि सुंदर संवाद बर बिरचे बुद्धि बिचारि।
तेइ एहि पावन सुभग सर घाट मनोहर चारि॥

कलियुग से पूर्व रामकथा के जिन तीन वक्ताओं एवं श्रोताओं का संकेत उपरोक्त दोहे में है, उनके विषय में तुलसीदासजी ने मानस में विस्तार से लिखा है। उदाहरणत: वे बालकाण्ड में ही तीनों वक्ताओं के नाम तथा क्रम को स्पष्ट करते हैं—

संभु कीन्ह यह चरित सुहावा। बहुरि कृपा करि उमहि सुनावा॥
सोइ सिव कागभुसुंडिहि दीन्हा। राम भगत अधिकारी चीन्हा॥
तेहि सन जागबलिक पुनि पावा। तिन्ह पुनि भरद्वाज प्रति गावा॥

पाठकों की जानकारी के लिए यहाँ चारों संवादों के वक्ताओं तथा श्रोताओं के नाम स्पष्ट रूप से लिखना आवश्यक प्रतीत होता है—

(अ) शिव-पार्वती
(आ) काकभुशुंडि-गरुड़
(इ) याज्ञवल्क्य-भरद्वाज
(ई) तुलसीदास-कलियुग के संत

शिव-पार्वती तथा याज्ञवल्क्य-भरद्वाज—ये दो संवाद किन परिस्थितियों में और कहाँ हुए, इसका विस्तृत विवरण बालकाण्ड में है किन्तु अन्य काण्डों में भी उनके संवाद के कुछ अंश हैं। काकभुशुंडि-गरुड़ संवाद मुख्यत: उत्तरकाण्ड में है यद्यपि उसके भी कुछ अंश अन्य काण्डों में यत्र-तत्र मिल जाते हैं। मानस में जहाँ-जहाँ इन

तीनों में से किसी भी संवाद का कोई निश्चित संकेत नहीं है, उसे तुलसी तथा कलियुग के संतों का संवाद समझ सकते हैं। यह संवाद मानस के आदि–मध्य–अंत—सब भागों में है। अब इन संवादों पर बारी–बारी से दृष्टि डालें।

शिव–पार्वती संवाद

रामकथा—और उससे भी पहले राम–अवतार—से सम्बंधित शिव–पार्वती संवाद दो चरणों में हुआ। पहला चरण पार्वतीजी के पूर्व जन्म में ही आरम्भ हो गया था जबकि वे 'सती' नाम से शिवजी की अर्धाङ्गिनी थीं। बालकाण्ड में वर्णित है कि शिवजी एवं सती ने उस समय श्रीराम और लक्ष्मण को दंडकवन में देखा जब वे सीताजी की खोज कर रहे थे। सती को संदेह हो गया कि यदि श्रीराम विष्णु के अवतार हैं तो वे अज्ञानी पुरुष की भाँति अपनी पत्नी की खोज क्यों कर रहे हैं। शिवजी ने सती को समझाया कि यह तो भगवान् की नर–अनुरूप लीला है, किंतु सती को विश्वास नहीं हुआ। तब शिवजी ने कहा कि यदि तुम चाहो तो परीक्षा ले सकती हो।

सती ने सीताजी का रूप धारण किया और उस मार्ग पर चलना आरम्भ किया जिधर राम–लक्ष्मण जा रहे थे।

किन्तु राम तो सर्वज्ञ हैं। उन्होंने सब कुछ जान लिया कि सती के मन में क्या है, और सती को प्रणाम करके बोले कि शिवजी कहाँ हैं और आप वन में अकेली क्यों चल रही हैं?

तब सती को अपने किये पर पश्चात्ताप हुआ और वे शिवजी के पास पहुँचीं। किन्तु शिवजी ने यह निश्चय कर लिया कि जब तक सती का यह वर्तमान शरीर रहेगा तब तक वे उनके साथ पत्नी–रूप में नहीं मिलेंगे क्योंकि उन्होंने सीता का वेष धारण कर लिया था।

सती तथा शिवजी के बीच जो संकट की स्थिति उत्पन्न हुई उसका अन्त तभी हुआ जब सती ने अपने पिता दक्ष के यज्ञ को विध्वंस करने के लिए अपना शरीर त्याग दिया। दूसरे जन्म में जब वे पार्वती के रूप में अवतरित हुईं तब उनका शिवजी के साथ रामकथा–सम्बंधी वार्तालाप का दूसरा चरण आरम्भ हुआ जिसमें शिवजी ने अपनी पत्नी के सारे प्रश्नों के उत्तर दिए और जिसके अंत में पार्वतीजी को भी पूरा संतोष प्राप्त हुआ। यह संवाद कैलाश पर्वत पर हुआ।

सबसे पहले शिवजी ने पार्वतीजी के इस प्रश्न का उत्तर दिया कि

नाथ धरेउ नरतनु केहि हेतू।

शिवजी ने यह स्पष्ट किया कि भगवान् का अवतार 'जनहित' के लिए होता है। मानस की अवतार–घोषणा का यह प्रसंग गीता में दी गई अवतार–घोषणा से मिलता–

जुलता है। मानस के शब्द, जो बालकाण्ड में हैं, इस प्रकार हैं—

जब जब होइ धरम कै हानी। बाढ़हिं असुर अधम अभिमानी॥
करहिं अनीति जाइ नहिं बरनी। सीदहिं विप्र धेनु सुर धरनी॥
तब तब प्रभु धरि विविध सरीरा। हरहिं कृपानिधि सज्जन पीरा॥
असुर मारि थापहिं सुरन्ह राखहिं निज श्रुति सेतु।
जग विस्तारहिं विसद जस राम जन्म कर हेतु॥
सोइ जस गाइ भगत भव तरहीं। कृपासिंधु जनहित तनु धरहीं॥

शिवजी ने राम-अवतार की भूमिका के रूप में रावण तथा उसके साथी राक्षसों के द्वारा किए गए अत्याचारों का भी वर्णन किया। निशाचारों का सारा आचरण सामाजिक शांति को भंग करने वाली हिंसा तथा अनीति पर आधारित था। राक्षसों के द्वारा किया जाने वाला परद्रोह (दूसरों का अनिष्ट) पृथ्वी के लिए असह्य भार बन गया। मानस का यह प्रसंग गीता में वर्णित आसुरी संपद की याद दिलाता है।

बरनि न जाइ अनीति घोर निसाचर जो करहिं ।
हिंसा पर अति प्रीति तिन्ह के पापहि कवनि मिति।।
बाढे खल बहु चोर जुआरा। जे लंपट परधन परदारा॥
मानहिं मातु पिता नहिं देवा। साधुन्ह सन करवावहिं सेवा॥
जिन्ह के यह आचरन भवानी। ते जानेहु निसिचर सब प्रानी॥
अतिसय देखि धरम कै ग्लानी। परम सभीत धरा अकुलानी।
गिरी सरि सिधुंभार नहिं मोही। जस मोहि गरुअ एक परद्रोही॥

जब पृथ्वी एवं देवताओं ने भगवान् से प्रार्थना की कि राक्षसों के अत्याचारों से हमारी रक्षा करो, तब आकाशवाणी के द्वारा भगवान् ने आश्वासन दिया कि मैं राम के रूप में अवतार लूँगा और पृथ्वी का सब भार हर लूँगा।

हरिहउँ सकल भूमि गरुआई।

पृथ्वी का भार हटाने के लिए श्रीराम ने जो-जो चरित्र किए उन सबका वर्णन तो शिवजी ने किया ही, साथ ही श्रीराम के मंगलमय रूप की वन्दना के लिए उन्होंने जिन शब्दों का प्रयोग बालकाण्ड में किया वे बहुत लोकप्रिय हो गए हैं—

मंगल भवन अमंगलहारी। द्रवउ सो दसरथ अजिर विहारी॥

शिवजी पार्वतीजी से कहते हैं कि तुमने श्रीराम के विषय में शंका करके और प्रश्न पूछकर संसार का बहुत उपकार किया है क्योंकि रामकथा जगत् को पवित्र करने वाली

गंगाजी के समान है। शिवजी द्वारा बालकाण्ड में प्रयुक्त शब्द हैं—जगतहित, सब कर हित—जो कि जगमंगल के ही पर्यायवाची हैं।

धन्य धन्य गिरिराजकुमारी। तुम्ह समान नहिं कोउ उपकारी॥
पुँछेहु रघुपति कथा प्रसंगा। सकल लोक जग पावनि गंगा॥
तुम्ह रघुबीर चरन अनुरागी। कीन्हिहु प्रस्न जगत हित लागी॥
राम कृपा तें पारवति सपनेहुँ तब मन माहिं।
सोक मोह संदेह भ्रम मम बिचार कछु नाहिं॥
तदपि असंका कीन्हिहु सोई। कहत सुनत सब कर हित होई॥

बालकाण्ड में ही श्रीराम और सीताजी के विवाह के समय शिवजी सब देवताओं को बतलाते हैं कि राम और सीता का नाम ही सारे अमंगलों को नष्ट कर देता है और धर्म-अर्थ-काम-मोक्ष—चारों पुरुषार्थों को प्राप्त करवा देता है।

जिन्ह कर नाम लेत जग माहीं। सकल अमंगल मूल नसाहीं॥
करतल होहिं पदारथ चारी। तेइ सिय राम कहेउ कामारी॥

श्रीराम ने अपने वनवास के समय जटायु तथा वानरों के प्रति जैसा प्रेमपूर्ण व्यवहार किया, उसका विशेष उल्लेख शिवजी द्वारा वर्णित प्रसंगों में है। उदाहरणत: अरण्यकाण्ड में शिवजी कहते हैं कि जटायु को परमगति देना श्रीराम की कृपा का ही कल्याणकारी रूप है।

कोमल चित अति दीनदयाला। कारन बिनु रघुनाथ कृपाला॥
गीध अधम खग आमिष भोगी। गति दीन्ही जो जाचत जोगी॥
सुनहु उमा ते लोग अभागी। हरि तजि होहिं बिषय अनुरागी॥

इसी प्रकार किष्किन्धाकाण्ड में शिवजी कहते हैं कि जब सुग्रीव ने सब वानरों को इकट्ठा करके सीताजी की खोज करने के लिए सब दिशाओं में भेजा तब श्रीराम ने प्रत्येक वानर से कुशल पूछी।

बानर कटक उमा मैं देखा। सो मूरुख जो करन चह लेखा॥
आइ राम पद नावहिं माथा। निरखि बदनु सब होहिं सनाथा॥
अस कपि एक न सेना माहीं। राम कुसल जेहि पूछी नाहीं॥

शिवजी ने रामकथा कहते हुए विभीषण के प्रसंग को भी बहुत महत्त्व दिया है। उन्होंने बतलाया कि विभीषण ने आरम्भ से ही भगवान् के चरणकमलों में निष्काम और अनन्य प्रेम का वर ब्रह्माजी से माँगा—जैसाकि बालकाण्ड में वर्णित है।

गए विभीषन पास पुनि कहेउ पुत्र वर मागु।
तेहि मागेउ भगवंत पद कमल अमल अनुरागु॥

जब रावण की सभा में उसके मंत्री डर के मारे उसकी हाँ मे हाँ कर रहे थे, तब विभीषण ने आदरपूर्वक किन्तु निर्भय होकर उसके हित की बात कही। यह प्रसंग सुन्दरकाण्ड में वर्णित है—

अवसर जानि विभीषनु आवा। भ्राता चरन सीसु तेहिं नावा॥
पुनि सिरु नाइ बैठ निज आसन। बोला बचन पाइ अनुसासन॥
जौ कृपाल पूँछिहु मोहि बाता। मति अनुरूप कहउँ हित ताता॥

बुध पुरान श्रुति संमत बानी। कही बिभीषन नीति बखानी॥

किन्तु रावण तो अभिमान और क्रोध के वश में था। उसने कटु शब्दों में विभीषण पर आरोप लगाया कि तू मेरे शत्रुओं से सहानुभूति कर रहा है। ऐसा कहकर रावण ने विभीषण को लात से मारा, किंतु विभीषण ने बदले में किसी प्रकार का अनादरभाव प्रकट नहीं किया। शिवजी ने सुन्दरकाण्ड में ही पार्वतीजी से कहा कि विभीषण ने लगातार संत की तरह व्यवहार किया और हृदय से रावण का हित चाहा—

उमा संत कइ इहइ बड़ाई। मंद करत जो करइ भलाई॥
तुम्ह पितु सरिस भलेहिं मोहि मारा। राम भजें हित नाथ तुम्हारा॥

राम-रावण युद्ध के समय रावण ने प्रचंड़ शक्ति छोड़कर विभीषण को मारना चाहा किन्तु श्रीराम ने उसे बचा लिया। तब विभीषण भी गदा लेकर सीधे रावण के साथ ऐसे युद्ध करने लगा मानो वे दोनों बराबर पराक्रम वाले योद्धा हों। इसका वर्णन करते हुए लंकाकाण्ड में शिवजी ने पार्वतीजी से कहा कि देखो, श्रीराम के प्रभाव से ही विभीषण में कितना बल आ गया—

उमा विभीषनु रावनहि सन्मुख चितव कि काउ।
सो अब भिरत काल ज्यों श्रीरघुवीर प्रभाउ॥

उत्तरकाण्ड में रामराज्य का वर्णन करते हुए शिवजी कहते हैं कि श्रीराम के सिंहासन पर बैठने के बाद भी सीताजी निरन्तर अपनी सासुओं की सेवा में लगी रहीं क्योंकि उन्होंने अभिमान को दूर रखा—

कौसल्यादि सासु गृह माहीं। सेवइ सबन्हि मान मद नाहीं॥
उमा रमा ब्रह्मादि वंदिता। जगदंबा संततमनिंदिता॥

शिवजी से रामकथा सुनकर पार्वतीजी को बहुत हर्ष हुआ और उन्होंने उत्तरकाण्ड

में कहा कि इस कथा का विशेष रस तो अनेकों बार सुनने से ही जाना जा सकता है—

सुनि सुभ कथा उमा हरषानी। बोली अति विनीत मृदु बानी॥
धन्य धन्य मैं धन्य पुरारी। सुनेउँ रामगुन भव भय हारी॥
नाथ तवानन ससि स्त्रवत कथा सुधा रघुबीर।
श्रवन पुटन्हि मन पान करि नहिं अघात मतिधीर॥
रामचरित जे सुनत अघाहीं। रस बिसेष जाना तिन्ह नाहीं॥

यद्यपि पार्वतीजी ने रामकथा के विशेष रस के विषय में विस्तार से नहीं बोला, किंतु हिंसा पर आधारित आधुनिक समाज की दुर्दशा को मिटाने वाला विशेष रस तो लोकमंगल का संदेश ही हो सकता है।

काकभुशुंडि-गरुड़ संवाद

इस संवाद की विशेषता यह है कि कौए का शरीर होते हुए भी काकभुशुंडि इतनी उच्च कोटि के रामभक्त बने कि उन्होंने पक्षिराज गरुड़ को रामकथा सुनाई और उनके प्रश्नों का समुचित उत्तर देकर उनका संदेह दूर किया। काकभुशुंडि के विकास को 'दुर्लभ' कहने वाले मानस के शब्दों में गीता के श्लोक ७.३ की स्पष्ट झलक है।

काकभुशुंडि ने गरुड़ को बतलाया कि पूर्व जन्मों में उनके दो गुरुओं की कृपा से उन्हें भक्ति प्राप्त हुई। इस प्रसंग का विस्तृत वर्णन दो उपकार-कथाओं के रूप में आठवें अध्याय में दिया जायगा।

गरुड़ के मोह की उत्पत्ति, जिसको दूर करने के लिए वे काकभुशुंडि के पास गए, राम-रावण युद्ध की एक विशेष घटना से जुड़ी हुई है। नर-अनुरूप लीला करते हुए श्रीराम ने अपने-आपको मेघनाद द्वारा रचित नागपाश में बँधवा लिया। पक्षिराज गरुड़ ने माया-सर्पों को खाकर श्रीराम को मुक्त किया, किन्तु गरुड़ को यह सन्देह होने लगा कि क्या राम सचमुच ही विष्णु के अवतार हैं। गरुड़ का मोह उत्तरकाण्ड में वर्णित है।

सो अवतार सुनेउँ जग माहीं। देखेउँ सो प्रभाव कछु नाहीं॥
नाना भाँति मनहि समुझावा। प्रगट न ग्यान हृदयँ भ्रम छावा॥

अपने मोह को दूर करने का उपाय ढूँढते-ढूँढते गरुड़ शिवजी के पास गए। शिवजी ने कहा कि तुम नील पर्वत पर जाकर काकभुशुंडि के आश्रम में सत्संग करो और रामकथा सुनो।

तबहिं होइ सब संसय भंगा। जब बहु काल करिअ सतसंगा॥
सुनिअ तहाँ हरि कथा सुहाई। नाना भाँति मुनिन्ह जो गाई॥

ऐसा ही हुआ। काकभुशुंडि के आश्रम में गरुड़ का मोह नष्ट हो गया और उन्होंने सुख देने वाली, पवित्र रामकथा को विस्तार से सुनने की इच्छा प्रकट की—

अब श्रीराम कथा अति पावनि। सदा सुखद दुख पुंज नसावनि॥

रामकथा सुनाने के अतिरिक्त काकभुशुंडि ने गरुड़ के अन्य प्रश्नों के उत्तर भी दिए जो मुख्यत: उत्तरकाण्ड में वर्णित हैं।

काकभुशुंडि ने रामकथा को अति पवित्र एवं सुखकारी कहकर गरुड़ को सम्बोधन किया—

पूँछिहु राम कथा अहि पावनि। सुक सनकादि संभु मन भावनि॥

कहइ भुसुंड सुनहु खगनायक। राम चरित सेवक सुखदायक॥

अस रघुपति लीला उरगारी। दनुज विमोहनि जन सुखकारी॥

काकभुशंडि ने कहा कि सुख के भंडार श्रीराम करुणा के भी धाम हैं और वे अपने भक्त के आन्तरिक भाव को अधिक महत्त्व देते हैं—

भाव बस्य भगवान सुख निधान करुना भवन।
तजि ममता मद मान भजिअ सदा सीता रवन॥

प्रभु का सच्चा सेवक वही है जो अखिल विश्व के स्वामी श्रीराम को ही सर्वस्व समझकर अपने हृदय से अभिमान को दूर रखे। काकभुशुंडि उत्तरकाण्ड में कहते हैं कि सेवक का हित करने के लिए प्रभु उसके अभिमान को दूर कर देते हैं—

संसृत मूल सूलप्रद नाना। सकल सोक दायक अभिमाना॥
ताते करहिं कृपानिधि दूरी। सेवक पर ममता अति भूरी॥

तिमि रघुपति निज दास कर हरहिं मान हित लागि।

काकभुशुंडि ने बतलाया कि स्वयं श्रीराम ने उनको 'निज सिद्धान्त' सुनाया जिसके अनुसार संसार के सारे प्राणी बिना किसी भेदभाव के ईश्वर-कृपा के पात्र हैं—

निज सिद्धान्त सुनावउँ तोही। सुनु मन धरु सब तजि भजु मोही॥
अखिल विस्व यह मोर उपाया। सब पर मोरि बराबीर दाया॥
तिन्ह महँ जो परिहरि मदमाया। भजै मोहि मन वच अरु काया॥
पुरुष नपुंसक नारि वा जीव चराचर कोइ।
सर्वभाव भज कपट तजि मोहि परम प्रिय सोइ॥

काकभुशुंडि ने इसी प्रसंग की व्याख्या करते हुए कहा कि श्रीराम के 'निज सिद्धान्त' के अनुसार कार्य करने वाले व्यक्तियों पर ही राम की कृपादृष्टि होती है और फिर उनके लिए संसार में शत्रु भी मित्र बन जाते हैं। यह व्याख्या सुंदरकाण्ड में वर्णित है—

गरल सुधा रिपु करहिं मिताई। गोपद सिंधु अनल सितलाई॥
गरुड़ सुमेरु रेनु सम ताही। राम कृपा करि चितवा जाही॥

इसी प्रसंग का दूसरा पक्ष प्रकट करते हुए काकभुशुंडि ने अरण्यकाण्ड में गरुड़ को बतलाया कि श्रीराम के 'निज सिद्धान्त' के विपरीत चलने पर, अर्थात् श्रीराम के विमुख होने पर, मित्र भी शत्रु बन जाते हैं—

मातु मृत्यु पितु समन समाना। सुधा होइ विष सुनु हरिजाना॥
मित्र करइ सत रिपु कै करनी। ता कहँ विवुधनदी वैतरनी॥
सब जग ताहि अनलहु ते ताता। जो रघुवीर विमुख सुनु भ्राता॥

श्रीराम के विमुख होने का ही दूसरा नाम है कुमार्ग पर चलना। काकभुशुंडि कहते हैं कि कुमार्ग पर पैर रखते ही विनाश की यात्रा आरम्भ हो गई—ऐसा समझना चाहिए, और जो कुछ बुद्धि तथा बल पहले प्राप्त किया होगा वह भी समाप्त हो जाता है। काकभुशुंडि का यह कथन भी अरण्यकाण्ड में आता है जब रावण सीताजी को चुराने का कुकर्म करने के लिए दंडकवन जाता है।

जाकें डर सुर असुर डेराहीं। निसि न नींद दिन अन्न न खाहीं॥
सो दससीस स्वान की नाईं। इत उत चितइ चला भड़िहाईं॥
इमि कुपंथ पग देत खगेसा। रह न तेज तन बुधि बल लेसा॥

किष्किंधाकाण्ड में बालि को भी श्रीराम कहते हैं कि तूने अभिमानवश अपने छोटे भाई की स्त्री को छीन लिया था। किंतु बालि ने शरीर छोड़ते समय अपने कुकर्मों के लिए क्षमायाचना की और अपने बेटे अंगद को श्रीराम को सौंप दिया। काकभुशुंडि कहते हैं कि अंगद ने अपनी सेवा के द्वारा श्रीराम का प्रेम तथा विश्वास प्राप्त किया। श्रीराम ने अंगद को अपना दूत बनाकर रावण के पास भेजते हुए कहा—

बालितनय बुधि बल गुन धामा। लंका जाहु तात मम कामा।
काजु हमार तासु हित होई। रिपु सन करेहु बतकही सोई॥

अंगद ने रावण को समझाने के लिए बहुत यत्न किया। अन्त में उसने श्रीराम के प्रताप को स्मरण करके रावण की सभा में अपना पैर रोप दिया और कहा कि यदि तुम

लोग मेरे पैर को हटा सको तो इस युद्ध में हम तुम्हारी विजय स्वीकार कर लेंगे। काकभुशुंडि लंकाकाण्ड में कहते हैं कि श्रीराम के दूत का प्रण कैसे टल सकता है?

पुरुष कुजोगी जिमि उरगारी। मोह विटप नहिं सकहिं उपारी।।
भूमि न छाँड़त कपि चरन देखत रिपु मद भाग।
कोटि विघ्न ते संत कर मन जिमि नीति न त्याग।।

श्रीराम के राजतिलक के बाद जब अंगद ने उनसे विदा ली तब श्रीराम ने उसे हृदय से लगा लिया। काकभुशुंडि उत्तरकाण्ड में कहते हैं कि प्रत्येक व्यक्ति के आन्तरिक भाव के अनुसार ही प्रभु का चित्त कठोर है या कोमल—ऐसा आभास होता है, किन्तु वास्तव में श्रीराम कृपा के धाम हैं—

अंगद वचन विनीत सुनि रघुपति करुना सींव।
प्रभु उठाइ उर लायउ सजल नयन राजीव।।
निज उर माल बसन मनि बालितनय पहिराइ।
विदा कीन्हि भगवान तब बहु प्रकार समुझाइ।।
कुलिसहु चाहि कठोर अति कोमल कुसुमहु चाहि।
चित्त खगेस रामकर समुझि परइ कहु काहि।।

काकभुशुंडि को श्रीराम की कृपा पर इतना विश्वास है कि उन्होंने गरुड़ के वहाँ आने को भी रामकृपा का ही एक अंग समझा। उन्होंने कहा कि इस बहाने से श्रीराम ने उन्हें संत-समागम का एक अवसर प्रदान किया।

आजु धन्य मैं धन्य अति जद्यपि सब विधि हीन।
निज जन जानि राम मोहि संत समागम दीन।।

तुम्हहि न संसय मोह न माया। मो पर नाथ कीन्हि तुम दाया।।
पठइ मोह मिस खगपति तोही। रघुपति दीन्हि बड़ाई मोही।।

सकुनाधम सब भाँति अपावन। प्रभु मोहि कीन्ह विदित जग पावन।।
सिव अज पूज्य चरन रघुराई। मो पर कृपा परम मृदुलाई।।
अस सुभाउ कहुँ सुनउँ न देखउँ। केहि खगेस रघुपति सम लेखउँ।।

गरुड़ को सम्बोधित करते हुए अपने अंतिम शब्दों में काकभुशुंडि ने भगवान् से यही प्रार्थना की कि वे अपनी कृपा वक्ता एवं श्रोता—दोनों के प्रति बनाए रखें—

जासु नाम भव भेषज हरन घोर त्रय सूल।
सो कृपाल मोहि तो पर सदा रहउ अनुकूल।।

गरुड़ ने काकभुशुंडि के प्रति अपनी कृतज्ञता प्रकट करते हुए कहा कि रामकथा के द्वारा उन्हें न केवल सुख और शान्ति प्राप्त हुई, बल्कि पर–हित का संदेश भी मिला। उन्होंने कहा कि परोपकार में लीन काकभुशुंडि जैसे संत का मिलना भी रामकृपा का ही फल है। संतों के कोमल हृदय के विषय में गरुड़ उत्तरकाण्ड में कहते हैं कि बहुत से कवि इसकी तुलना मक्खन से करते हैं किंतु यह तुलना तो अधूरी है—क्योंकि मक्खन पिघलता है जब स्वयं उसे ताप मिलता है जबकि संतों का हृदय दूसरों के दुःख से पिघल जाता है।

संत हृदय नवनीत समाना। कहा कविन्ह परि कहै न जाना॥
निज परिताप द्रवइ नवनीता। पर दुख द्रवहिं संत सुपुनीता॥

याज्ञवल्क्य-भरद्वाज संवाद

पिछले दो संवाद तो पर्वतों पर हुए—एक कैलाश पर्वत पर और दूसरा नील पर्वत पर। शेष के दो संवाद धरती पर हुए—एक प्रयाग में और दूसरा अयोध्या में।

प्रयाग में भरद्वाज मुनि का आश्रम सत्संग का एक प्रमुख केन्द्र था जहाँ ज्ञान, कर्म एवं भक्ति—सभी विषयों पर लोकोपयोगी चर्चा होती थी, जैसाकि बालकाण्ड में वर्णित है—

ब्रह्म निरूपन धरम विधि बरनहिं तत्त्व विभाग।
कहहिं भगति भगवंत कै संजुत ग्यान विराग॥

इसी आश्रम में याज्ञवल्क्य मुनि ने भरद्वाज मुनि को रामकथा सुनाई। इस कथा के लिए याज्ञवल्क्य मुनि ने 'सकल लोकहितकारी'—शब्दों का प्रयोग किया। फिर उन्होंने कलियुग के लोगों के कल्याण को विशेष रूप से ध्यान में रखते हुए कहा—

रामकथा कलिमल हरनि मंगल करनि सुहाइ।

याज्ञवल्क्य मुनि ने भरद्वाज मुनि को न केवल रामकथा सुनाई बल्कि शिवजी की कथा भी सुनाई। उन्होंने इस बात पर बल दिया कि राम–भक्ति और शिव–भक्ति में कोई भेद नहीं समझना चाहिए। शिवजी की कथा सुनकर जब भरद्वाज मुनि प्रेम में मुग्ध हो गये, तब याज्ञवल्क्य मुनि ने पहचान लिया कि भरद्वाज राम के भी सच्चे भक्त हैं।

संभु चरित सुनि सरस सुहावा। भरद्वाज मुनि अति सुख पावा॥
प्रेम विवस मुख आव न बानी। दसा देखि हरषे मुनि ग्यानी॥

प्रथमहिं मैं कहि सिव चरित बूझा मरमु तुम्हार।
सुचि सेवक तुम्ह राम के रहित समस्त विकार॥

सिव पदकमल जिन्हहि रति नाहीं। रामहि ते सपनेहुँ न सोहाहीं॥
बिनु छल विस्वनाथ पद नेहू। राम भगत कर लच्छन एहू॥

याज्ञवल्क्य मुनि ने शिवजी का वर्णन 'सबके हितकारी' कहकर किया। उन्होंने यह भी कहा कि—

परहित लागि तजइ जो देही। संतत संत प्रसंसहिं तेही॥

किन्तु साथ ही उन्होंने यह चेतावनी भी दी कि पर-हित का ढोंग रचकर और मुनि का वेष धारण करके कपट करने वालों से सावधान रहना चाहिए। प्रतापभानु की कहानी उन्होंने इसी उद्देश्य से सुनाई। इस कहानी में कपटी मुनि ने तपस्वी का वेष बनाकर और उदासीनता की बातें करके राजा का विश्वास प्राप्त कर लिया और बाद में उसको भाई सहित नष्ट करवा दिया।

जिमि जिमि तापस कथइ उदासा। तिमि तिमि नृपहि उपज विस्वासा॥
देखा स्ववस कर्म मन बानी। तब बोला तापस बगध्यानी॥

तेहिं खल जहँ तहँ पत्र पठाए। सजि सजि सेन भूप सब धाए॥
घेरेन्हि नगर निसान बजाई। विविध भाँति नित होइ लराई॥
जूझे सकल सुभट करि करनी। बंधु समेत परेउ नृप धरनी॥

पवित्र कथा की समाप्ति करते हुए याज्ञवल्क्य मुनि उत्तरकाण्ड में कहते हैं कि—

रघुपति कृपाँ जथामति गावा। मैं यह पावन चरित सुहावा॥

कथा सुनकर भरद्वाज मुनि प्रेम में इतने मुग्ध हो गए कि उनके मुख से वाणी नहीं निकली। इस प्रकार इस संवाद में श्रोता ने बोलकर नहीं, बल्कि संकेत से, अपने भाव वक्ता तक पहुँचा दिए।

तुलसीदास तथा कलियुग के संतों का संवाद

मानस में वर्णित यह चौथा संवाद कलियुग में हुआ। यद्यपि मानस में यह लिखा नहीं है कि इस संवाद में श्रोताओं ने क्या कहा, फिर भी ऐसा अनुमान लगाया जा सकता है कि उन्होंने कलियुग की समस्याओं के विषय में प्रश्न किया होगा, क्योंकि तुलसीदासजी ने मानस को सकलकलिकलुषविध्वंसन के रूप में प्रस्तुत किया है।

यह संवाद अयोध्या में हुआ जहाँ कि मानस की रचना हुई। यद्यपि सारा मानस

तुलसीदासजी का ही लिखा हुआ है, फिर भी जहाँ–जहाँ किसी अन्य वक्ता का संकेत नहीं है, वे भाग विशेषतः इस संवाद के अन्तर्गत हैं।

तुलसीदासजी द्वारा वर्णित रामकथा में आरम्भ से अन्त तक एक भाव की प्रधानता स्पष्ट है और वह है 'मंगल' अर्थात् कल्याण, जिसके लिए अन्य पर्यायवाची शब्द भी प्रयुक्त किए गए हैं। मानस के प्रथम श्लोक में सरस्वतीजी एवं गणेशजी की वन्दना करते हुए उनको 'मंगलानां कर्त्तारौ' अर्थात् कल्याण करने वाले कहकर सम्बोधित किया है। मानस के अन्तिम श्लोक में रामकथा को 'सदा शिवकरं' अर्थात् सदा कल्याणकारी कहकर उसका भक्तिपूर्वक पठन–पाठन एवं मनन–अनुशीलन करने का सुझाव दिया गया है। मानस के मध्य में श्रीराम के लिए जो अनेकों स्तुतिवाचक शब्द प्रयुक्त हुए हैं उनमें से सबसे अधिक गाये जाने वाले शब्द हैं 'मंगल भवन अमंगल हारी'—ये शब्द बालकाण्ड में अलग–अलग दो प्रसंगों में बोले गए हैं, एक बार तुलसीदासजी द्वारा और दूसरी बार शिवजी के द्वारा। सुंदरकाण्ड में तुलसीदासजी ने कहा है—

सकल सुमंगल दायक रघुनायक गुन गान।

अब प्रश्न यह उठता है कि यह मंगल क्या थोड़े–से चुने हुए व्यक्तियों का है या सभी प्राणियों का। इस प्रश्न का उत्तर देने के लिए तुलसीदासजी ने जगमंगल या सकल मंगल शब्दों का प्रयोग अनेकों बार किया है। इसमें कोई सन्देह नहीं कि मानस का मंगल सभी प्राणियों का मंगल है। जो स्वार्थवश केवल अपना ही मंगल चाहते हैं उनको अयोध्याकाण्ड में 'निज तनु पोषक' कहकर ऐसा ही निन्दनीय बतलाया है जैसा निर्दयी, दूसरों का अनिष्ट करने वाला, क्रोधी, या गुरुजनों का विरोध करने वाला।

सोचिअ पिसुन अकारन क्रोधी। जननि जनक गुर बंधु बिरोधी॥
सब बिधि सोचिअ पर अपकारी। निज तनु पोषक निरदय भारी॥

तुलसीदासजी ने मानस के आरम्भिक पृष्ठों में 'राम कथा जगमंगल करनी' कह–कर तुरन्त ही एक छन्द लिखा है जिसकी पहली पंक्ति इस प्रकार है—

मंगल करनि कलि मल हरनि तुलसी कथा रघुनाथ की।

यह स्पष्ट है कि इस छन्द में प्रयुक्त 'मंगल' शब्द 'जगमंगल' का ही सूचक है। इसी प्रकार 'कलि मल हरनि' शब्दों के द्वारा संकेत मिलता है 'सकलकलिकलुषविध्वंसन' शब्द का जिसका उपयोग तुलसीदासजी ने प्रत्येक काण्ड की समाप्ति करते हुए किया है। सामजिक दृष्टि से कलियुग का सबसे अधिक हानिप्रद प्रभाव वैर–विरोध के रूप में सामने आता है—

तामस बहुत रजोगुन थोरा। कलि प्रभाव विरोध चहुँ ओरा॥

तुलसीदासजी उत्तरकाण्ड में कहते हैं कि ऐसे कलिकाल से अपनी तथा समाज की रक्षा करने का सबसे अच्छा साधन श्रीराम के गुणों को सुनना और जीवन में उन्हें लागू करना ही हो सकता है।

एहिं कलिकाल न साधन दूजा। जोग जग्य जप तप व्रत पूजा॥
रामहि सुमिरिअ गाइअ रामहि। संतत सुनिअ राम गुन ग्रामहि॥

इन पंक्तियों में तुलसीदासजी श्रीराम के 'गुन ग्राम' की ओर ध्यान आकर्षित करते हैं। बालकाण्ड में उन्हीं के द्वारा यही शब्द प्रयुक्त हुए हैं—जगमंगल के प्रसंग में—

जगमंगल गुन ग्राम राम के।

जब तुलसीदासजी ने जगमंगल के उद्देश्य से रामकथा को जनसाधारण की भाषा में लिखा तो उन्हें आन्तरिक सुख भी मिला जिसको उन्होंने मानस के आरम्भ में 'स्वान्तः सुख' कहा है। इसी बात को उन्होंने मानस के अन्त में—उत्तरकाण्ड में—'अन्तःकरण के अंधकार को मिटाने' का रूपक देकर फिर कहा है—

मत्वा तद्रघुनाथनामनिरतं स्वान्तस्तमःशान्तये
भाषाबद्धमिदं चकार तुलसीदासस्तथा मानसम्।

अर्थात् उस रामायण को श्रीरामनाम में निरत मानकर अपने अन्तःकरण के अंधकार को मिटाने के लिए तुलसीदास ने मानस के रूप में भाषाबद्ध किया।

मानस में स्वान्तःसुख या स्वान्तस्तमःशान्ति का ही पर्यावाची शब्द है 'विश्राम'। तुलसीदासजी ने मानस के आरम्भ, मध्य तथा अन्त—सब स्थानों में 'विश्राम' शब्द का उपयोग किया है—

रामचरितमानस एहि नामा। सुनत श्रवन पाइअ विश्रामा॥

ताहि कि संपति सगुन सुभ सपनेहुँ मन विश्राम।
भूतद्रोह रत मोहबस राम विमुख रति काम॥

जाकी कृपा लवलेस ते मतिमंद तुलसीदासहूँ।
पायो परम विश्राम राम समान प्रभु नाहीं कहूँ॥

किन्तु मानस में व्यक्तिगत विश्राम को लोक-विश्राम का ही एक अंग माना है। जैसे श्रीराम का जन्म जगमंगल के साथ जुड़ा हुआ है, उसी प्रकार यह लोकविश्राम के साथ

भी है। अयोध्याकाण्ड में तुलसीदासजी लिखते हैं—

राम जनमु जग मंगल हेतू।

और बालकांड में राम–जन्म का वर्णन करते हुए वे कहते हैं—

जगनिवास प्रभु प्रगटे अखिल लोक विश्राम।

बालकाण्ड में ही नामकरण संस्कार के समय 'राम' नाम की व्याख्या इस प्रकार की गई है—

जो आनंद सिंधु सुख रासी। सीकर तें त्रैलोक सुपासी॥
सो सुखधाम राम अस नामा। अखिल लोक दायक विश्रामा॥

उत्तरकाण्ड में रामकथा समाप्त करते समय तुलसीदासजी ने अपने–आपको दीन–दुखी और भगवान् को सबसे बड़ा 'दीन–हित' अर्थात् दीनों का हित करने वाला कहकर श्रीराम के करुणामय रूप की ओर ध्यान आकर्षित किया है—

मो सम दीन न दीन हित तुम्ह समान रघुवीर।

उत्तरकाण्ड में ही तुलसीदासजी कहते हैं कि मन की कुटिलता को छोड़ना बहुत महत्त्वपूर्ण है—

सरल सुभाव न मन कुटिलाई।

कुटिलता को छोड़ने का सन्देश मानस की अन्तिम चौपाई में फिर दिया गया है— इसके बाद केवल छंद, दोहे तथा श्लोक हैं—

जासु पतित पावन बड़ बाना। गावहिं कवि श्रुति संत पुराना॥
ताहि भजहि मन तजि कुटिलाई। राम भजें गति केहिं नहिं पाई॥

उपरोक्त चौपाई में तुलसीदासजी ने श्रीराम को 'पतित पावन' कहकर कलियुग के लोगों को निराश होने से रोका है। इस प्रसंग में यह भी उल्लेखनीय है कि 'पतित पावन' शब्द का उपयोग महात्मा गाँधी ने रामधुन में किया जिसके माध्यम से भारत की सारी जनता एक सूत्र में बँधकर अहिंसा के द्वारा स्वतंत्रता प्राप्त करने में सफल हुई। किंतु जब तक रामराज्य अर्थात् जगमंगल का उद्देश्य पूर्ण नहीं होगा, तब तक तुलसीदासजी द्वारा दर्शित मार्ग या उपाय को अपनाना ही मानस प्रेमियों का कर्तव्य है—

जगमंगल हित एक उपाऊ।

अध्याय ३

राम एवं सीता का आदर्श व्यवहार—और वही बना रामराज्य का आधार

पहले दो अध्यायों में मुख्यत: रामकथा के वक्ताओं के विचार प्रस्तुत किए गए—जिनमें से एक वक्ता तुलसीदासजी स्वयं हैं। इन सभी ने तथा कथा के श्रोताओं ने भी लोककल्याण की भावना को प्राथमिकता दी। अब तीन अध्यायों में मानस के बारह चुने हुए पात्रों की विशेषताओं पर प्रकाश डाला जाएगा—इस दृष्टि से कि उन्होंने अपने विचारों तथा कार्यों के द्वारा जगमंगल के साक्षात् उदाहरण सबके सामने रखे। चरित्र-चित्रण के इस प्रसंग में सबसे पहले आवश्यक है श्रीराम तथा सीताजी के आदर्श व्यवहार का अध्ययन—जो इस अध्याय में प्रस्तुत है। तुलसीदासजी ने राम एवं सीता की अभिन्नता—एकरूपता—की भावना को जागृत रखने के लिए बालकाण्ड में जो प्रसिद्ध दोहा लिखा है वह इस प्रसंग में उल्लेखनीय है—

गिरा अरथ जल वीचि सम कहिअत भिन्न न भिन्न।
बंदउँ सीता राम पद जिन्हहि परम प्रिय खिन्न॥

राम एवं सीता का आदर्श व्यवहार

श्रीराम ने वैदिक धर्म के अनुसार अपना जीवन व्यतीत करके ऐसा व्यावहारिक आदर्श स्थापित कर दिया कि उनको सभी 'मर्यादा पुरुषोत्तम' के रूप में याद करते हैं। अयोध्याकाण्ड में जब राम-सीता-लक्ष्मण महर्षि वाल्मीकि के आश्रम में पहुँचते हैं, तब वाल्मीकिजी उन्हें 'श्रुति सेतु पालक' अर्थात् वेद की मर्यादा के रक्षक कहकर उनका सम्बोधन करते हैं—

श्रुति सेतु पालक राम तुम्ह जगदीस माया जानकी।
जो सृजति जगु पालति हरति रुख पाइ कृपानिधान की॥

जो सहससीसु अहीसु महिधरु लखनु सचराचर धनी।
सुर काज धरि नरराज तनु चले दलन खल निसिचर अनी॥

बचपन से ही श्रीराम ने अपने प्रेमपूर्ण एवं सुशील व्यवहार से माता-पिता-गुरु-बंधु-सखा तथा अयोध्या के सभी लोगों को सुख पहुँचाया, जैसाकि बालकाण्ड में वर्णित है—

कोसलपुर वासी नर नारि वृद्ध अरु बाल।
प्रानहु ते प्रिय लागत सब कहुँ राम कृपाल॥
अनुज सखा सँग भोजन करहीं। मातु पिता अग्या अनुसरहीं॥
जेहि बिधि सुखी होहिं पुर लोगा। करहिं कृपानिधि सोइ संजोगा॥
वेद पुरान सुनहिं मन लाई। आपु कहहिं अनुजन्ह समुझाई॥
प्रातकाल उठि कै रघुनाथा। मातु पिता गुरु नावहिं माथा॥
आयसु मागि करहिं पुर काजा। देखि चरित हरषइ मन राजा॥

बड़े होने पर जब राम-लक्ष्मण ऋषि विश्वामित्र के साथ जनकपुर पहुँचे, तब विश्वामित्रजी ने भी उनको 'धर्म की मर्यादा का पालन करने वाले' कहकर सम्बोधित किया—

सुनि मुनीसु कह वचन सप्रीती। कस न राम तुम्ह राखहु नीती॥
धरम सेतु पालक तुम्ह ताता। प्रेम विवस सेवक सुखदाता॥

विवाह के बाद जब सीता ने जनकपुर से विदा होकर राम के साथ अयोध्या के लिए प्रस्थान किया तब जनकपुर के नर-नारी तो व्याकुल हुए ही, साथ में वहाँ के पशु-पक्षी भी सीता के वियोग के कारण बहुत दुखी हुए—

प्रेम विवस नर नारि सब सखिन्ह सहित रनिवासु।
मानहुँ कीन्ह विदेहपुर करुनाँ विरहँ निवासु॥
सुक सारिका जानकी ज्याए। कनक पिंजरन्हि राखि पढ़ाए॥
व्याकुल कहहिं कहाँ वैदेही। सुनि धीरजु परिहरइ न केही॥
भए विकल खग मृग एहि भाँती। मनुज दसा कैसें कहि जाती॥

अयोध्या में राजा दशरथ ने मंत्रियों से पूछा कि राम को युवराज-पद देने के विषय में उनकी क्या राय है। मंत्रियों ने प्रसन्न होकर कहा कि राम का युवराज बनना जगमंगल के हित में है।

जगमंगल भल काजु विचारा। बेगिअ नाथ न लाइअ बारा॥
कहेउ भूप मुनिराज कर जोइ जोइ आयसु होइ।

राम राज अभिषेक हित बेगि करहु सोइ सोइ॥

जब मंथरा ने कैकेयी को राम के विरुद्ध भड़काना आरम्भ किया, तब कैकेयी ने भी राम और सीता के प्रति अपना विश्वास प्रकट किया—

जौं विधि जनमु देइ करि छोहू। होहुँ राम सिय पूत पुतोहू॥
प्रान तें अधिक रामु प्रिय मोरें। तिन्ह कें तिलक छोभु कस तोरें॥

राजा दशराथ ने भी कैकेयी से कहा कि राम तो शत्रुओं का भी अनहित नहीं कर सकते, फिर तुम्हारा अनहित वे कैसे कर सकते हैं?

जासु सुभाउ अरिहि अनुकूला। सो किमि करिहि मातु प्रतिकूला॥

राम ने कैकेयी को विश्वास दिलाया कि माता-पिता की आज्ञा का पालन करना उनकी दृष्टि में परम धर्म है।

सुनु जननी सोइ सुतु बड़भागी। जो पितु मातु वचन अनुरागी॥
तनय मातु पितु तोषनिहारा। दुर्लभ जननि सकल संसारा॥
मुनिगन मिलनु विसेषि बन सबहि भाँति हित मोर।
तेहि महँ पितु आयसु बहुरि संमत जननी तोर॥

राजतिलक और वनवास—दोनों को समान समझकर राम ने गीता में वर्णित कर्मयोग का ज्वलन्त उदाहरण संसार के सामने रखा।

जब राम ने सीता का आग्रह मानकर उनके वन जाने के लिए सहमति दे दी तब सीता ने कौशल्याजी से क्षमायाचना करते हुए विदा ली।

तब जानकी सासु पग लागी। सुनिअ माय मैं परम अभागी॥
सेवा समय दैअँ वन दीन्हा। मोर मनोरथु सफल न कीन्हा॥

सीतहि सासु असीस सिख दीन्हि अनेक प्रकार।
चली नाइ पद पदुम सिरु अति हित बारहिं बार॥

जब राम-सीता-लक्ष्मण ने वन के लिए प्रस्थान किया तब अयोध्या के नर-नारियों की तो बात ही क्या, पशु-पक्षी भी अत्यन्त व्याकुल हुए।

हय गय कोटिन्ह केलिमृग पुरपसु चातक मोर।
पिक रथांग सुक सारिका सारस हंस चकोर॥

राम वियोग विकल सब ठाढ़े। जहँ तहँ मनहुँ चित्र लिखि काढ़े॥

राम-सीता-लक्ष्मण ने अपने आदर्श व्यवहार के द्वारा वन-वासियों के साथ प्रेम का

सम्बंध स्थापित किया। गंगा-तट-वासी निषादराज गुह को राम ने 'सुजान सखा' कहकर सम्बोधित किया और उसे अपने पास बैठाकर कुशलता पूछी।

यह सुधि गुहँ निषाद जब पाई। मुदित लिए प्रिय बंधु बोलाई।

सहज सनेह बिबस रघुराई। पूँछी कुसल निकट बैठाई॥

केवट की नाव से गंगा पार करने का प्रसंग तो राम-भक्तों को विशेष प्रिय है। जो प्रभु भक्तों को भवसागर पार करवाते हैं, वही केवट के साथ प्रेम-लीला करते हैं।

सुनि केवट के बैन प्रेम लपेटे अटपटे।
बिहसे करुनाऐन चितइ जानकी लखन तन॥
कृपासिंधु बोले मुसुकाई। सोइ करु जेहिं तव नाव न जाई॥

बहुत कीन्ह प्रभु लखन सियँ नहि कछु केवटु लेइ।
बिदा कीन्ह करुनायतन भगति बिमल बरु देइ॥

सीताजी का वन के गाँवों की स्त्रियों के साथ इतना मधुर व्यवहार था कि उन्होंने यह इच्छा प्रकट की कि लौटते समय भी वे इसी रास्ते से जाएँ।

सीय समीप ग्रामतिय जाहीं। पूँछत अति सनेहँ सकुचाहीं॥
बार बार सब लागहिं पाएँ। कहहिं बचन मृदु सरल सुभाएँ॥

सुनि सनेहमय मंजुल बानी। सकुची सिय मन महुँ मुसुकानी॥

सकुचि सप्रेम बाल मृगनयनी। बोली मधुर बचन पिकबयनी॥
सहज सुभाय सुभग तन गोरे। नामु लखनु लघु देवर मोरे॥
बहुरि बदनु बिधु अंचल ढाँकी। पिय तन चितइ भौंह करि बाँकी॥
खंजन मंजु तिरीछे नयननि। निज पति कहेउ तिन्हहि सियँ सयननि॥
भईं मुदित सब ग्राम बधूटीं। रंकन्ह राय रासि जनु लूटीं॥

पुनि पुनि बिनय करिअ कर जोरी। जौं एहि मारग फिरिअ बहोरी॥

चित्रकूट में दो कुटियाँ बनाकर जब राम-सीता एवं लक्ष्मण वहाँ रहे, तब सीताजी ने मुनियों की स्त्रियों को सास के समान आदर दिया और पशु-पक्षियों को अपना कुटुम्बी समझा।

परनकुटी प्रिय प्रियतम संगा। प्रिय परिवारु कुरंग बिहंगा॥
सासु ससुर सम मुनितिय मुनिवर। असनु अमिअ सम कंद मूल फर॥

राम-भरत-मिलन के समय राजा जनक भी सपरिवार चित्रकूट पहुँचे। अपनी पुत्री सीता को तपस्विनी-वेष में देखकर जनकजी को उनके प्रति विशेष प्रेम हुआ और उन्होंने कहा कि बेटी! तूने दोनों कुल पवित्र कर दिए।

तापस वेष जनक सिय देखी। भयउ पेमु परितोषु विसेषी॥
पुत्रि पवित्र किए कुल दोऊ। सुजस धवल जगु कह सबु कोऊ॥

स्वामी विवेकानंद के शब्दों में सीता आदर्श नारी बनी—और समाज के लिए आदर्श का महत्त्व गीता के श्लोक ३.२१ में वर्णित है।

धर्म-नीति-व्यवहार—सभी दृष्टिकोणों से चित्रकूट का मिलन तथा विचार-विनिमय बहुत महत्त्वपूर्ण था। तुलसीदासजी कहते हैं कि कठिन समस्याओं को सुलझाने के लिए श्रीराम द्वारा दिए गए सुझाव सबको अच्छे लगे क्योंकि वे देश, काल, अवसर और समाज के अनुकूल थे।

देखि दयाल दसा सबही की। राम सुजान जानि जन जी की॥
धरम धुरीन धीर नय नागर। सत्य सनेह सील सुख सागर॥
देसु कालु लखि समउ समाजू। नीति प्रीति पालक रघुराजू॥
बोले वचन वानि सरबसु से। हित परिनाम सुनत ससि रसु से॥

अगस्त्य ऋषि का सुझाव मानकर राम-सीता-लक्ष्मण दंडकवन में पंचवटी नामक स्थान में रहे। वहाँ गीधराज जटायु को उन्होंने पिता-तुल्य समझा। बाद में जब रावण सीता को चुराकर लंका ले जा रहा था तब जटायु ने सीता को छुड़ाने का प्रयत्न करते हुए अपनी जान हथेली पर रखकर रावण से युद्ध किया। प्राण छोड़ने से पहले जटायु ने राम को सीता-हरण के विषय में बतलाया।

तब कह गीध वचन धरि धीरा। सुनहु राम भंजन भव भीरा॥
नाथा दसानन यह गति कीन्ही। तेहिं खल जनकसुता हरि लीन्ही॥

जैसे पुत्र पिता का दाहकर्म करता है, उसी प्रकार राम ने स्वयं अपने हाथों से जटायु का दाहकर्म किया। परोपकार करते हुए जटायु ने अपने जीवन की बलि दी, ऐसा कहकर राम ने पर-हित की भावना के प्रति अपना सम्मान प्रकट किया।

अविरल भगति मागि वर गीध गयउ हरिधाम।
तेहि की क्रिया जथोचित निज कर कीन्ही राम॥

जल भरि नयन कहहिं रघुराई। तात कर्म निज तें गति पाई॥
परहित बस जिन्ह के मन माहीं। तिन्ह कहुँ जग दुर्लभ कछु नाहीं॥

सीता को खोजते हुए राम–लक्ष्मण शबरी के आश्रम में भी गए। यद्यपि शबरी ने अपने–आपको एक मन्दबुद्धि स्त्री समझा किन्तु राम ने उन्हें विश्वास दिलाया कि वे तो केवल भक्ति का ही सम्बंध मानते हैं।

पानि जोरि आगें भइ ठाढ़ी। प्रभुहि विलोकि प्रीति अति बाढ़ी॥
केहि विधि अस्तुति करौं तुम्हारी। अधम जाति मैं जड़मति भारी॥
कह रघुपति सुनु भामिनि बाता। मानउँ एक भगति कर नाता॥

भक्त इस बात से बहुत प्रेरणा लेते हैं कि राम ने शबरी के झूठे बेर खाए। मानस में तुलसीदासजी ने लिखा है कि शबरी द्वारा अर्पित फलों को प्रभु ने बार–बार प्रशंसा करके प्रेम सहित खाया।

कंद मूल फल सुरस अति दिए राम कहुँ आनि।
प्रेम सहित प्रभु खाए बारंबार बखानि॥

तुलसीदासजीने श्रीराम को 'शीलनिधान स्वामी' कहकर उनके बड़प्पन के गुण इसलिए गाए हैं कि उन्होंने बन्दरों को भी अपने समान समझा।

प्रभु तरु तर कपि डार पर ते किए आपु समान।
तुलसी कहूँ न राम से साहिव सीलनिधान॥

सुग्रीव से मित्रता करते समय राम ने सच्चे मित्र के लक्षण बतलाए और इस बात पर बल दिया कि दु:ख और विपत्ति के समय ही मित्रता की परख होती है।

जे न मित्र दुख होहिं दुखारी। तिन्हहि विलोकत पातक भारी॥
कुपथ निवारि सुपंथ चलावा। गुन प्रगटै अवगुनन्हि दुरावा॥
देत लेत मन संक न धरई। बल अनुमान सदा हित करई॥
विपत्ति काल कर सतगुन नेहा। श्रुति कह संत मित्र गुन एहा॥

वानरों में से विशेषकर हनुमान्जी ने श्रीराम और सीताजी की सेवा करके उनका ऐसा विश्वास प्राप्त कर लिया कि वे बाद में अयोध्या में रामदरबार के सदस्य ही बन गए। हनुमान्जी कृत प्रभु–सेवा का वर्णन अगले अध्याय में दिया जाएगा। फिर नवें अध्याय में यह भी दिखलाया जाएगा कि हनुमान् ने रावण को भी 'हित–वाणी' कही।

भारत–लंका के बीच जब सेतु–रचना पूरी हो गई, तब श्रीराम ने शिवलिंग की स्थापना करके यह महत्त्वपूर्ण घोषणा की कि रामभक्ति और शिवभक्ति में कोई भेद नहीं समझना चाहिए। विभिन्न धर्मों एवं संप्रदायों के बीच पारस्परिक मेल–जोल

बढ़ाने के लिए मानस के कई प्रंसग बहुत उपयोगी हैं। रामेश्वर-स्थापना के समय स्वयं श्रीराम ने सबको इस आशय का संदेश दिया।

सिव द्रोही मम भगत कहावा। सो नर सपनेहुँ मोहि न पावा॥
संकर विमुख भगति चह मोरी। सो नारकी मूढ़ मति थोरी॥
संकरप्रिय मम द्रोही सिव द्रोही मम दास।
ते नर करहिं कलप भरि घोर नरक महुँ वास॥

केवल श्रीराम ही नहीं, उनके भक्त भी जाति-पाँति-धर्म पर आधारित भेदभाव से दूर रहते हैं। मानस में महर्षि वाल्मीकि कहते हैं कि ऐसे भक्तों के हृदय में ही प्रभु का निवास होता है।

जाति पाँति धनु धरमु बड़ाई। प्रिय परिवार सदन सुखदाई॥
सब तजि तुम्हहि रहइ उर लाई। तेहि के हृदयँ रहहु रघुराई॥

महर्षि वाल्मीकि द्वारा वर्णित भक्त का एक लक्षण यह भी है कि वह प्रभु-प्रेम के लिए परिवार-प्रेम का त्याग कर सकता है। तुलसीदासजी की सम्मति में विभीषण इस प्रकार का भक्त था क्योंकि वह राक्षस-परिवार को छोड़कर श्रीराम की शरण में आया। सुग्रीव ने उस पर संदेह किया किंतु श्रीराम ने उसे शरण दी।

दीन वचन सुनि प्रभु मन भावा। भुज विसाल गहि हृदयँ लगावा॥
अनुज सहित मिलि ढिग बैठारी। बोले वचन भगत भयहारी॥

निज जन जानि ताहि अपनावा। प्रभु सुझाव कपि कुल मन भावा॥

राम-रावण युद्ध के समय रावण ने विभीषण को मारने के लिए प्रचंड शक्ति छोड़ी किंतु श्रीराम ने विभीषण को पीछे कर लिया और शक्ति का प्रहार स्वयं अपने ऊपर लिया।

पुनि दसकंठ क्रुद्ध होइ छाँड़ी सक्ति प्रचंड।
चली विभीषन सन्मुख मनहुँ काल कर दंड॥
आवत देखि सक्ति अति घोरा। प्रनतारति भंजन पन मोरा॥
तुरत विभीषन पाछें मेला। सन्मुख राम सहेउ सोइ सेला॥

राम ने रावण के विरुद्ध युद्ध में विजय प्राप्त करने का श्रेय स्वयं न लेकर भालुओं और वानरों को दिया। विभीषण से कहकर उन्होंने सबको गहने, कपड़े आदि दिलवाए और युद्ध में दिखलाई हुई वीरता के लिए उनकी प्रशंसा की॥

भालु कपिन्ह पट भूषन पाए। पहिरि पहिरि रघुपति पहिं आए॥

नाना जिनस देखि सब कीसा। पुनि पुनि हँसत कोसलाधीसा॥
चितइ सबन्हि पर कीन्ही दाया। बोले मृदुल वचन रघुराया॥
तुम्हरें बल मैं रावनु मार्यो। तिलक बिभीषन कहँ पुनि सार्यो॥

अयोध्या लौटने पर श्रीराम ने पहले गुरु–वन्दना की और फिर भरत से मिले। सीताजी ने अपनी तीनों सासुओं का चरण–स्पर्श किया। सबको यथायोग्य सम्मान देना भी मर्यादा–पालन का एक प्रमुख अंग है जिसे श्रीराम और सीताजी ने पूरी तरह निभाया।

धाइ धरे गुर चरन सरोरुह। अनुज सहित अति पुलक तनोरुह॥

गहे भरत पुनि प्रभु पद पंकज। नमत जिन्हहि सुर मुनिसंकर अज॥

सीता चरन भरत सिरु नावा। अनुज समेत परम सुख पावा॥

सासुन्ह सबनि मिली वैदेही। चरनन्हि लागि हरषु अति तेही॥

अमित रूप प्रगटे तेहि काला। जथाजोग मिले सबहि कृपाला॥

रामराज्य का आधार

तुलसीदासजी ने रामराज्य का जो आदर्श वर्णन उत्तरकाण्ड में दिया है, उसका आधार भी श्रीराम और सीताजी द्वारा स्थापित की हुई सबके प्रति सद्व्यवहार की भावना ही थी।

राम राज बैठें त्रैलोका। हरषित भए गए सब सोका॥
बयरु न कर काहू सन कोई। राम प्रताप विषमता खोई॥

सब नर करहिं परस्पर प्रीती। चलहिं स्वधर्म निरत श्रुति नीती॥

यह उल्लेखनीय है कि निर्वैर, साम्य, पारस्परिक प्रेम और स्वधर्म—इन चारों से गीता की याद आना स्वाभाविक है।

तुलसीदासजी कहते हैं कि रामराज्य के नागरिक जिस धर्म का आचरण करते थे वह इतना विशाल था कि उसके चारों चरण समान रूप से बलवान थे—सत्य, शौच, दया एवं दान। सत्य तथा शौच का पालन करने से सब व्यक्ति पाप से बचे हुए थे। दया तथा दान का समुचित उपयोग होने से सामाजिक स्तर पर ईर्ष्या–द्वेष के स्थान पर पारस्परिक सद्भाव एवं सहायता का वातावरण था। रामभक्ति का यह व्यापक स्वरूप

था जिसमें पर-हित की भावना का प्राधान्य होने के कारण लोग केवल अपना ही नहीं बल्कि सभी का परम कल्याण चाहते थे।

चारिउ चरन धर्म जग माहीं। पूरि रहा सपनेहुँ अघ नाहीं॥
राम भगति रत नर अरु नारी। सकल परम गति के अधिकारी॥
सब उदार सब पर उपकारी।......

रामराज्य में लोगों के आध्यात्मिक उत्थान के साथ-साथ सभी को भौतिक सुख भी प्राप्त था। स्वास्थ्य सुविधाएँ अच्छी होने के कारण छोटी अवस्था में किसी की मृत्यु नहीं होती थी। दरिद्रता का दुःख किसी को सताता नहीं था। शिक्षा एवं ज्ञान का पूर्ण प्रसार होने के कारण सभी नर-नारी पंडित एवं समझदार थे।

रामराज कर सुख संपदा। बरनि न सकइ फनीस सारदा॥
अल्पमृत्यु नहिं कवनिउ पीरा। सब सुन्दर सब विरुज सरीरा॥
नहिं दरिद्र कोउ दुखी न दीना। नहिं कोउ अबुध न लच्छनहीना॥
सब निर्दम्भ धर्मरत पुनी। नर अरु नारि चतुर सब गुनी॥
सब गुनग्य पंडित सब ग्यानी। सब कृतग्य नहिं कपट सयानी॥

तुलसीदासजी ने लिखा है कि रामराज्य में मानव-समाज को प्रकृति का भी पूर्ण सहयोग प्राप्त था। धूप और वर्षा ठीक मात्रा में होती थी, इसलिए खेती अच्छी होती थी। पहाड़ों में मणियों की नई-नई खानें प्रकट हो गईं। नदियों का पानी स्वादिष्ट हो गया। समुद्रों से रत्न प्राप्त हुए। तालाबों में कमल खिले और सभी प्रदेशों में प्रसन्नता छा गई। सबको इच्छानुसार शहद और दूध प्राप्त हो गया।

विधु महि पूर मयूखन्हि रवि तप जेतनेहि काज।
मागें बारिद देहिं जल रामचन्द्र कें राज॥
ससि संपन्न सदा रह धरनी। त्रेताँ भइ कृतजुग कै करनी॥
प्रगटीं गिरिन्ह विविध मनि खानी। जगदातमा भूप जग जानी॥
सरिता सकल बहहिं वर बारी। सीतल अमल स्वाद सुखकारी॥
सागर निज मरजादा रहहीं। डारहिं रत्न तटन्हि नर लहहीं॥
सरसिज संकुल सकल तड़ागा। अति प्रसन्न दसदिसा विभागा॥
लता विटप मागें मधु चवहीं। मनभावतो धेनु पय स्त्रवहीं॥

यह ऊपर लिखा जा चुका है कि रामराज्य में मानव-समाज ने पारस्परिक वैर-भाव छोड़ दिया। पशु-पक्षियों ने भी ऐसा ही किया। हाथी और सिंह वैर भूलकर एक साथ

रहने लगे। वनों में फलते-फूलते वृक्षों में पक्षी मीठी बोली बोलते और पशु निर्भय विचरते। भौंरें गुंजार करते तथा शीतल, मन्द, सुगंधित हवा बहती।

फूलहिं फरहिं सदा तरु कानन। रहहिं एक सँग गज पंचानन॥
खग मृग सहज बयरु बिसराई। सबन्हि परस्पर प्रीति बढाई॥
कूजहिं खग मृग नाना बृंदा। अभय चरहिं बन करहिं अनंदा॥
सीतल सुरभि पवन बह मंदा। गुंजत अलि लै चलि मकरंदा॥

रामराज्य की आदर्श स्थिति को बनाए रखने में सीताजी का भी पूरा सहयोग था। यद्यपि उनके घर में सेवक तथा सेविकाएँ थीं, फिर भी सीताजी स्वयं गृहकार्य में समुचित भाग लेतीं। अपने पति श्रीराम की सेवा के साथ-साथ वे अपनी सासुओं की भी सेवा करतीं और उन्हें किसी प्रकार का अभिमान या मद नहीं था।

पति अनुकूल सदा रह सीता। सोभा खानि सुसील बिनीता॥
जद्यपि गृहँ सेवक सेवकिनी। बिपुल सदा सेवा बिधि गुनी॥
निज कर गृह परिचरजा करई। रामचंद्र आयसु अनुसरई॥
जेहि बिधि कृपासिंधु सुख मानइ। सोइ कर श्री सेवा बिधि जानइ॥
कौसल्यादि सासु गृह माहीं। सेवइ सबन्हि मान मद नाहीं॥

तुलसीदासजी ने लिखा है कि श्रीराम और सीताजी के अनंत गुणों के कारण ही रामराज्य की स्थापना हुई और उसी का दूसरा नाम है जगमंगल अर्थात् सारे जगत् का कल्याण और सबका सुख।

जग मंगल गुनग्राम राम के। दानि मुकुति धन धरम धाम के॥
जननि जनक सिय राम प्रेम के। बीज सकल ब्रत धरम नेम के॥

रामचरित राकेस कर सरिस सुखद सब काहु।
सज्जन कुमुद चकोर चित हित बिसेषि बड़ लाहु॥

रामराज्य के महत्त्व को ध्यान में रखते हुए तुलसीदासजी द्वारा लिखा हुआ उसका विस्तृत विवरण परिशिष्ट ३ में प्रस्तुत है।

अध्याय ४

वसिष्ठ, वाल्मीकि, भरत, जटायु एवं हनुमान् सरीखे जगमंगल के समर्थक

राम एवं सीता के आदर्श व्यवहार का संक्षिप्त वर्णन तो तीसरे अध्याय में किया गया। अब दो अध्याय मानस के दस चुने हुए व्यक्तियों से सम्बंधित हैं। इस अध्याय में श्रीराम के अतिरिक्त पाँच नर-पात्रों के चरित्र पर प्रकाश डाला गया है—वसिष्ठ, वाल्मीकि, भरत, जटायु एवं हनुमान्। विशेषत: इस बात का विवेचन है कि इन व्यक्तियों से जगमंगल के संदेश को किस प्रकार प्रोत्साहन मिला। चरित्रों की संख्या केवल इसलिए सीमित रखी गई है जिससे पुस्तक का आकार अधिक बड़ा न हो जाय।

वसिष्ठ द्वारा जगमंगल का पूर्ण समर्थन

चित्रकूट में राम-भरत मिलन के समय गुरु वसिष्ठ ने सबके सम्मुख बोलते हुए कहा—**राम जनमु जग मंगल हेतू**। लोक कल्याण को स्थापित करने के लिए यह आवश्यक है कि समाज के सभी सदस्यों को भेदभावरहित समदृष्टि से देखा जाय। गुरु वसिष्ठ ने न केवल अपने भाषण में जगमंगल शब्द का प्रयोग किया, उन्होंने अपने व्यवहार के द्वारा भी इस आदर्श का समर्थन किया।

जब भरत और अयोध्या के प्रमुख व्यक्ति राम से मिलने चित्रकूट गए, तब परम्परा के अनुसार गुरु वसिष्ठ का रथ सबसे आगे चला। इसलिए निषादराज ने सबके चित्रकूट पहुँचने का समाचार श्रीराम को यह कहकर दिया कि मुनिनाथ वसिष्ठजी के साथ सब माताएँ तथा मंत्री आदि भी आए हैं—

नाथ साथ मुनिनाथ के मातु सकल पुर लोग।
सेवक सेनप सचिव सब आए विकल वियोग॥

फिर क्या था? गुरु वसिष्ठ का आगमन सुनकर श्रीराम एकदम चले और उन्होंने

तथा लक्ष्मण ने गुरुजी को प्रणाम किया।

सीलसिंधु सुनि गुर आगवनू। सिय समीप राखे रिपुदवनू॥
चले सवेग रामु तेहि काला। धीर धरम धुर दीनदयाला॥
गुरहि देखि सानुज अनुरागे। दंड प्रनाम करन प्रभु लागे॥
मुनिवर धाइ लिए उर लाई। प्रेम उमगि भेंटे दोउ भाई॥

निषादराज (केवट) ने गुरु वसिष्ठ की महान्ता को ध्यान में रखते हुए दूर से ही उन्हें दण्डवत् प्रणाम किया। किंतु गुरु वसिष्ठ की दृष्ठि में छोटे-बड़े का कोई भेद नहीं था, इसलिए उन्होंने जबर्दस्ती निषादराज को हृदय से लगा लिया। तुलसीदासजी ने इस प्रसंग के विशेष महत्त्व का विस्तृत वर्णन किया है—

प्रेम पुलकि केवट कहि नामू। कीन्ह दूरि तें दंड प्रनामू॥
रामसखा रिषि बरबस भेंटा। जनु महि लुठत सनेह समेटा॥
रघुपति भगति सुमंगल मूला। नभ सराहि सुर बरिसहिं फूला॥
एहि सम निपट नीच कोउ नाहीं। बड़ वसिष्ठ सम को जग माहीं॥
जेहि लखि लखनहु तें अधिक मिले मुदित मुनिराउ।
सो सीतापति भजन को प्रगट प्रताप प्रभाउ॥

चित्रकूट में जब अनेकों जटिल प्रश्नों पर विचार हो रहा था, तब गुरु वसिष्ठ ने राम, भरत, जनक आदि के सामने कई सुझाव रखे। तुलसीदासजी ने गुरु वसिष्ठ के वचनों की यह कहकर सराहना की है कि वे 'देश, काल और अवसर के अनुकूल' थे।

बोले मुनिवरु बचन बिचारी। देस काल अवसर अनुसारी॥

गुरु वसिष्ठ ने अन्य अवसरों पर भी राजा दशरथ तथा भरत को उचित सलाह दी। जब मुनि विश्वामित्र ने राजा दशरथ से कहा कि राम-लक्ष्मण को मेरे साथ भेज दो, तब दशरथ ने एक बार तो विश्वामित्रजी को 'ना' बोल दिया।

सब सुत प्रिय मोहि प्रान कि नाईं। राम देत नहिं बनइ गोसाईं॥

बाद में वसिष्ठजी के समझाने पर दशरथजी को विश्वामित्रजी की बात पर विश्वास हो गया और उन्होंने राम-लक्ष्मण को भेज दिया, जिसके परिणाम स्वरूप जगमंगल का कार्य आगे बढ़ा।

तब वसिष्ठ बहुविधि समुझावा। नृप संदेह नास कहँ पावा॥
अति आदर दोउ तनय बोलाए। हृदयँ लाइ बहुभाँति सिखाए॥
मेरे प्रान नाथ सुत दोऊ। तुम्ह मुनि पिता आन नहिं कोऊ॥

पुरुषसिंह दोउ वीर हरषि चले मुनि भय हरन।
कृपासिंधु मतिधीर अखिल बिस्व कारन करन॥

गुरु वसिष्ठ के विचारों को समझने के लिए अयोध्याकाण्ड का वह प्रसंग बहुत महत्त्वपूर्ण है जब भरत अपने पिता दशरथ की मृत्यु का समाचार सुनकर शोक में डूब गए। वसिष्ठजी ने भरत को समझाया कि शोक तो उस व्यक्ति के मरने पर करना चाहिए जिसने अपने जीवन में अच्छाई को छोड़ दिया हो। ऐसे कुमार्ग पर चलने वाले व्यक्तियों में से गुरु वसिष्ठ ने उनको बहुत सोचनीय बतलाया जो दूसरों का अनिष्ट करते हैं और स्वार्थी हैं।

तात बिचारु करहु मन माहीं। सोच जोगु दसरथु नृपु नाहीं॥
सोचिअ नृपति जो नीति न जाना। जेहि न प्रजा प्रिय प्रान समाना॥

सब बिधि सोचिअ पर अपकारी। निज तनु पोषक निरदय भारी॥

वाल्मीकि की सम्मति में पर-हित भाव की महत्ता

तुलसीदासजी ने अयोध्याकाण्ड में लिखा है कि राम-सीता-लक्ष्मण प्रयाग के निकट यमुना नदी पार करके अनेकों गाँवों के पास से चलते-चलते वाल्मीकि आश्रम पहुँचे। उस आश्रम के वातावरण की यह विशेषता थी कि प्राकृतिक सुंदरता के मध्य बसने वाले पशु-पक्षी भी वैर-भावना को छोड़कर प्रसन्न मन से विचर रहे थे।

देखत बन सर सैल सुहाए। बालमीकि आश्रम प्रभु आए॥
राम दीख मुनि बासु सुहावन। सुंदर गिरि काननु जलु पावन॥
सरनि सरोज बिटप बन फूले। गुंजत मंजु मधुप रस भूले॥
खग मृग बिपुल कोलाहल करहीं। बिरहित बैर मुदित मन चरहीं॥

परस्पर अभिनंदन करने के बाद श्रीराम एवं महर्षि वाल्मीकि का जो संवाद हुआ वह मानस का बहुत महत्त्वपूर्ण प्रसंग माना जाता है। श्रीराम ने वाल्मीकिजी से कहा कि सीता और लक्ष्मण के सहित वन में रहने के लिए वे ऐसा स्थान ढूँढ रहे हैं जहाँ मुनियों और तपस्वियों को कोई कष्ट न हो।

अब जहँ राउर आयसु होई। मुनि उदबेगु न पावै कोई॥
मुनि तापस जिन्ह तें दुखु लहहीं। ते नरेस बिनु पावक दहहीं॥
अस जियँ जानि कहिअ सोइ ठाऊँ। सिय सौमित्रि सहित जहँ जाऊँ॥
तहँ रचि रुचिर परन तृन साला। बासु करौं कछु काल कृपाला॥

श्रीराम के कथन का पूरा उत्तर वाल्मीकिजी ने धीर-धीरे तीन चरणों में दिया।

आरम्भ में तो उन्होंने श्रीराम से कहा कि आप वास्तव में जगदीश्वर हैं जिसका वर्णन वेदों ने 'नेति-नेति' कहकर किया है और जो सर्वत्र व्याप्त है। इसलिए ऐसा कोई स्थान ही नहीं है जहाँ आप न हों।

पूँछेहु मोहि कि रहौं कहँ मैं पूँछत सकुचाउँ।
जहँ न होहु तहँ देहु कहि तुम्हहि देखावौं ठाउँ॥

दूसरे चरण में वाल्मीकिजी ने श्रीराम से कहा कि आप तो भक्ति और प्रेम से आकर्षित होते हैं इसलिए जहाँ-जहाँ सच्चे भक्त हैं वहीं आपका निवास है। महर्षि वाल्मीकि ने चौदह प्रकार के भक्तों का वर्णन किया। यद्यपि सभी प्रकार के भक्तों के लक्षणों का पठन-पाठन एवं मनन-अनुशीलन व्यक्ति तथा समाज के हित में है फिर भी पर-हित की दृष्टि से सातवें और आठवें प्रकार के भक्तों के लक्षण विशेषतः प्रभावशाली हैं। इसलिए इन दो अंशों की ओर ध्यान आकर्षित करना बहुत आवश्यक है। पहले सातवें प्रकार के भक्तों के लक्षण उद्धृत हैं—

सबके प्रिय सबके हितकारी। दुख सुख सरिस प्रसंसा गारी॥
कहहिं सत्य प्रिय वचन विचारी। जागत सोवत सरन तुम्हारी॥
तुम्हहि छाड़ि गति दूसरि नाहीं। राम बसहु तिन्ह के मन माहीं॥

जिनको मानस में 'सबके हितकारी' कहा है उन्हीं को गीता में 'सर्वभूतहिते रताः' कहकर पुकारा है। इसी प्रकार सुख-दुःख एवं प्रशंसा-निंदा में समत्त्वभाव रखने की महत्ता जैसी मानस में है, वैसी गीता में भी है।

अब आठवें प्रकार के भक्तों के लक्षण जो वाल्मीकिजी ने बताए उन पर ध्यान दें।

जननी सम जानहिं परनारी। धनु पराव विष तें विष भारी॥
जे हरषहिं पर संपति देखी। दुखित होहिं पर विपति विसेषी॥
जिन्हहि राम तुम्ह प्रानपिआरे। तिन्ह के मन सुभ सदन तुम्हारे॥

इन लक्षणों में भी पर-हित-भाव की महत्ता है क्योंकि ये भक्त दूसरों की संपत्ति देखकर हर्षित होते हैं और दूसरों की विपत्ति देखकर विशेष रूप से दुखी होते हैं।

महर्षि वाल्मीकि ने तीसरे चरण में श्रीराम से कहा कि इस समय चित्रकूट पर्वत पर निवास करना आपके लिए उपयुक्त होगा।

चित्रकूट महिमा अमित कही महामुनि गाइ।
आइ नहाए सरित वर सिय समेत दोउ भाइ॥

भरत के लिए सच्चे सिद्धान्तों का स्थान माँ से भी ऊँचा

तुलसीदासजी ने मानस के आरम्भ में सबकी वन्दना करते हुए भरतजी के नियम और व्रत अर्थात् सिद्धान्तों तथा आदर्शों की विशेष रूप से सराहना की है।

प्रनवउँ प्रथम भरत के चरना। जासु नेम व्रत जाइ न बरना॥
राम चरन पंकज मन जासू। लुबुध मधुप इव तजइ न पासू॥

भरतजी के आदर्शों की परीक्षा उस समय हुई जब उनकी माता कैकेयी ने बिना उनसे पूछे, मंथरा के बहकावे में आकर, राजा दशरथ से दो वर माँग लिए।

सुनहु प्रानप्रिय भावत जी का। देहु एक वर भरतहि टीका॥
मागउँ दूसर वर कर जोरी। पुरवहु नाथ मनोरथ मोरी॥
तापस वेष बिसेषि उदासी। चौदह बरिस रामु वनवासी॥

भरत उस समय अपने नाना के घर गए हुए थे। उनकी अनुपस्थिति में ही राम-सीता-लक्ष्मण वन को चले गए और राजा दशरथ ने राम के वियोग में प्राण त्याग दिए।

गुरु वसिष्ठ के बुलाने पर जब भरत अयोध्या पहुँचे, तब भरत को यह पता चला कि उनकी माँ ने क्या-क्या अनर्थ कर डाला।

कैकेयी ने तो अपनी करनी को प्रसन्न होकर सुनाया, किन्तु सारे अनर्थ का कारण अपने को ही जानकर भरत घोर दुःख से भर गए और सन्न रह गए।

आदिहु तें सब आपनि करनी। कुटिल कठोर मुदित मन वरनी॥
भरतहि विसरेउ पितु मरन सुनत राम वन गौनु॥
हेतु अपनपउ जानि जियँ थकित रहे धरि मौनु॥

कैकेयी ने भरत को समझाने का प्रयत्न किया, यह कहकर कि राजा दशरथ के स्वर्गवासी होने का शोक छोड़ो और अयोध्या का राज्य सँभालो।

तात राउ नहिं सोचै जोगू। बिढ़इ सुकृत जसु कीन्हेउ भोगू॥
अस अनुमानि सोच परिहरहू। सहित समाज राज पुर करहू॥

भरतजी के लिए यह परीक्षा की घड़ी थी। एक ओर मां के प्रति परम्परागत नम्रता तथा जहां तक हो सके उनकी आज्ञा का पालन करने की इच्छा। दूसरी ओर था बड़े भाई राम के प्रति आदर, और कपट से छीने हुए राज्य को फिर से उन्हीं को सौंपना। भाई का प्रेम और जीवन के सच्चे सिद्धान्त—दोनों ने मिलकर भरत को ऐसा आदर्शवादी बना दिया कि वे अपनी माँ से भी विमुख हो गए। उन्होंने अपनी माँ को कुमति बतलाकर इतना तक कह डाला कि तुम मुँह काला करके मेरे सामने से हट जाओ।

जब तैं कुमति कुमत जियँ ठयऊ। खंड खंड होइ हृदय न गयऊ॥
वर मागत मन भइ नहिं पीरा। गरि न जीह मुँह परेउ न कीरा॥
भूपँ प्रतीत तोर किमि कीन्ही। मरन काल विधिमति हरि लीन्ही॥
अस को जीव जंतु जग माहीं। जेहि रघुनाथ प्रानप्रिय नाहीं॥
भे अति अहित रामु तेउ तोही। को तू अहसि सत्य कहु मोही॥
जो हसि सो हसि मुँह मसि लाई। आँखि ओट उठि बैठहि जाई॥

भरतजी ने श्रीराम की माता कौशल्याजी को विश्वास दिलाया कि कैकेयी कृत कपट में उनका (अर्थात् भरत का) कोई हाथ नहीं था। और कौशल्याजी ने यह तथ्य स्वीकार भी कर लिया।

तजि श्रुतिपंथु वाम पथ चलहीं। वंचक विरचि वेष जगु छलहीं।
तिन्ह कै गति मोहि संकर देऊ। जननी जौं यहु जानौं भेऊ॥
मातु भरत के वचन सुनि साँचे सरल सुभायँ ।
कहति राम प्रिय तात तुम्ह सदा वचन मन कायँ॥
भएँ ग्यानु वरु मिटै न मोहू। तुम्ह रामहि प्रतिकूल न होहू॥
मत तुम्हार यहु जो जग कहहीं। सो सपनेहुँ सुख सुगति न लहहीं॥

गुरु वसिष्ठ, माता कौशल्या तथा मंत्रीगणों ने भरतजी से अनुरोध किया कि वे राज्यभार सँभालें। किन्तु भरतजी ने यह स्पष्ट कह दिया कि राज्य के सच्चे अधिकारी श्रीराम हैं, इसलिए मैं चित्रकूट जाकर श्रीराम को अयोध्या लौटने के लिए प्रार्थना करना चाहता हूँ।

भरतु कमल कर जोरि धीर धुरंधर धीर धरि।
वचन अमिअँ जनु वोरि देत उचित उत्तर सबहि॥

एकहि आँक इहइ मन माहीं। प्रातकाल चलिहउँ प्रभु पाहीं॥
तुम्ह पै पाँच मोर भल मानी। आयसु आसिष देहु सुवानी॥
जेहिं सुनि विनय मोहि जनु जानी। आवहिं बहुरि रामु रजधानी॥

अयोध्या के सभी प्रमुख व्यक्तियों ने चित्रकूट के लिए प्रस्थान किया। थोड़े-से विश्वसनीय व्यक्तियों को भरतजी ने यह कहकर अयोध्या में रोका कि वे राज्य की सम्पति की रक्षा करें, क्योंकि सारी सम्पत्ति तो श्रीराम की है।

भरत जाइ घर कीन्ह विचारू। नगरु बाजि गज भवन भँडारू॥
संपति सब रघुपति कै आही। जौं विनु जतन चलौं तजि ताही॥
तौ परिनाम न मोरि भलाई। पाप सिरोमनि साइँ दोहाई॥

चित्रकूट के रास्ते में निषादराज गुह से भरतजी ऐसे प्रेम से मिले जैसे दो भाई मिले हों। तुलसीदासजी ने भरतजी के ऐसे मृदुल व्यवहार की महत्ता पर प्रकाश डाला है।

गाउँ जाति गुहँ नाउँ सुनाई। कीन्ह जोहारु माथ महि लाई॥
करत दंडवत देखि तेहि भरत लीन्ह उर लाइ।
मनहुँ लखन सन भेंट भइ प्रेम न हृदयँ समाइ॥
रामसखहि मिलि भरत सप्रेमा। पूँछी कुसल सुमंगल खेमा॥
देखि भरत कर सीलु सनेहू। भा निषाद तेहि समय विदेहू॥

चित्रकूट पहुँचकर भरतजी ने पूरा प्रयत्न किया कि श्रीराम एवं सीताजी अयोध्या लौट जायँ। भरतजी ने यह भी कहा कि स्वर्गीय पिताजी की आज्ञा का पालन करने के लिए वह स्वयं वन में रहने को तैयार हैं। धीरे-धीरे जब श्रीराम ने उन्हें समझाया तो भरतजी अयोध्या लौट आए। अवलम्बन के रूप में वे श्रीराम की खड़ाऊँ लाए जिनको उन्होंने राज्य सिंहासन पर स्थापित कर दिया।

प्रभु करि कृपा पाँवरी दीन्हीं। सादर भरत सीस धरि लीन्हीं॥

मुनि सिख पाइ असीस बड़ि गनक बोलि दिनु साधि।
सिंघासन प्रभु पादुका वैठारे निरुपाधि॥
नित पूजत प्रभु पाँवरी प्रीति न हृदयँ समाति।
मागि मागि आयसु करत राज काज बहु भाँति॥

राम-सीता-लक्ष्मण के वन में रहते हुए भरत ने यह निर्णय लिया कि वे भी बनवास-जैसा ही जीवन व्यतीत करेंगे। इसलिए वे अयोध्या के निकट नन्दिग्राम में पर्णकुटी बनाकर रहे।

राम मातु गुर पद सिरु नाई। प्रभु पद पीठ रजायसु पाई॥
नंदिगावँ करि परन कुटीरा। कीन्ह निवासु धरम धुर धीरा॥
लखन राम सिय कानन बसहीं। भरतु भवन वसि तप तनु कसहीं॥
दोउ दिसि समुझि कहत सब लोगू। सब विधि भरत सराहन जोगू॥

त्याग और तपस्या का जीवन व्यतीत करते हुए भी भरत आयोध्या की रक्षा और भलाई के प्रति सजग रहते थे। लंकाकाण्ड में तुलसीदासजी ने लिखा है कि जब हनुमान्जी औषधि वाला पर्वत लेकर हिमालय से लंका आकाशमार्ग से जा रहे थे, तब भरतजी ने सोचा कि यह कोई राक्षस है और उन्होंने बाण मारा। पृथ्वी पर गिरते ही हनुमान्जी ने 'राम-राम' कहा और सारी बात भरतजी को बतलाई। हनुमान्जी ने अपनी यात्रा फिर से आरम्भ कर दी किंतु वे भी भरतजी की सजगता

तथा रामभक्ति की सराहना करते हुए गए।

भरत बाहु बल सील गुन प्रभु पद प्रीति अपार।
मन महुँ जात सराहत पुनि पुनि पवनकुमार॥

उत्तरकाण्ड के आरम्भ में भरत-हनुमान् मिलन फिर होता है क्योंकि हनुमान्जी ही विप्र-रूप धारण करके राम-सीता-लक्ष्मण के आगमन की सूचना भरतजी को देते हैं।

भरत नयन भुज दच्छिन फरकत बारहिं बार।
जानि सगुन मन हरष अति लागे करन विचार॥
राम विरह सागर महँ भरत मगन मन होत।
विप्ररूप धरि पवनसुत आइ गयउ जनु पोत॥

तुलसीदासजी ने रामकथा समाप्त करने से पहले राम-भरत संवाद के विषय में विस्तार से लिखा है। भरतजी ने संत और असंत का भेद जानने की इच्छा प्रकट की।

संत असंत भेद विलगाई। प्रनतपाल मोहि कहहु बुझाई॥

श्रीराम ने जो उत्तर दिया वह संत-महिमा-सम्बंधी सातवें अध्याय में प्रस्तुत किया जायगा। किंतु यहाँ संक्षेप में इतना बतलाना आवश्यक है कि मानस की प्रसिद्ध चौपाई, जो निम्नलिखित है, श्रीराम द्वारा इसी प्रसंग में कही गई है।

पर हित सरिस धर्म नहिं भाई। पर पीड़ा सम नहिं अधमाई॥
निर्नय सकल पुरान वेद कर। कहेउँ तात जानहिं कोविद नर॥

वक्ता राम तथा श्रोता भरत—मानस के इन दो उच्चतम चरित्रों के साथ इस चौपाई का मेल बैठाकर तुलसीदासजी ने पर-हित का संदेश घर-घर में पहुँचा दिया है।

जटायु द्वारा पर-हित के लिए जीवन की बलि

मानस में पर-हित का उपदेश तो अनेकों प्रसंगों में दिया गया है, किंतु जटायु की यह विशेषता है कि उन्होंने इस उपदेश का पालन करने के लिए अपने जीवन की बलि दे दी।

जब राम-सीता-लक्ष्मण अगस्त्य ऋषि की सलाह मानकर दंडक वन में पंचवटी नामक स्थान में रहे, तब गृध्रराज जटायु को उन्होंने पिता-तुल्य समझा।

गीधराज सैं भेट भइ बहु विधि प्रीति बढाइ।
गोदावरी निकट प्रभु रहे परन गृह छाइ॥

रावण द्वारा सीता-हरण करने पर जटायु का राम-सीता-लक्ष्मण के प्रति प्रेम तथा

र-हित-भाव प्रबल हो उठा। उन्होंने सीताजी की दु:खभरी वाणी सुनकर उन्हें पहचान लेया और वे बोले, हे पुत्री! तू डर मत, मैं तुझे इस राक्षस से बचाऊँगा।

गीधराज सुनि आरत वानी। रघुकुलतिलक नारि पहिचानी॥
अधम निसाचर लीन्हें जाई। जिमि मलेछ बस कपिला गाई॥
सीते पुत्रि करसि जनि त्रासा। करिहउँ जातुधान कर नासा॥

तुलसीदासजी ने लिखा है कि आरम्भ में जटायु ने रावण के प्रति क्रोध तो प्रकट किया किंतु साथ ही उसे चेतावनी देकर समझाने का भी प्रयत्न किया।

सुनत गीध क्रोधातुर धावा। कह सुनु रावन मोर सिखावा॥
तजि जानकिहि कुसल गृह जाहू। नाहिं त अस होइहि बहुबाहू॥
राम रोष पावक अति घोरा। होइहि सकल सलभ कुल तोरा॥

जब जटायु के नीतिपूर्ण शब्दों का रावण ने कोई उत्तर नहीं दिया तो जटायु ने आक्रमण करके रावण को एक घड़ी के लिए मूर्च्छित कर दिया।

उतरु न देत दसानन जोधा। तबहिं गीध धावा करि क्रोधा॥
धरि कच विरथ कीन्ह महि गिरा। सीतहि राखि गीध पुनि फिरा॥
चोचन्ह मारि विदारेसि देही। दंड एक भइ मुरुछा तेही॥

किन्तु रावण के पास तो भयानक कृपाण थी जिससे उसने जटायु के पंख काट डाले और वे श्रीराम की अद्भुत लीला का स्मरण करके पृथ्वी पर गिर पड़े।

तब सक्रोध निसिचर खिसिआना। काढ़सि परम कराल कृपाना॥
काटेसि पंख परा खग धरनी। सुमिरि राम करि अदभुत करनी॥

रावण सीताजी को लेकर लंका चला गया। श्रीराम और लक्ष्मण सीताजी को ढूँढते-ढूँढते उस स्थान पर पहुँचे जहाँ जटायु पृथ्वी पर पड़े थे। जटायु ने श्रीराम को सीता-हरण के विषय में बताया और कहा कि अब मेरे प्राण चलना चाहते हैं।

तब कह गीध वचन धरि धीरा। सुनहु राम भंजन भव भीरा॥
नाथ दसानन यह गति कीन्ही। तेहिं खल जनक सुता हरि लीन्ही॥
लै दच्छिन दिसि गयउ गोसाईं। विलपति अति कुररी की नाईं॥
दरस लागि प्रभु राखेउँ प्राना। चलन चहत अब कृपा निधाना॥

श्रीराम ने नेत्रों में जल भरकर जटायु से कहा कि आपके द्वारा किए गए श्रेष्ठ कर्म का उदाहरण संसार को पर-हित की शिक्षा देगा।

जल भरि नयन कहहिं रघुराई। तात कर्म निज तें गति पाई॥
परहित बस जिन्ह के मन माहीं। तिन्ह कहुँ जग दुर्लभ कछु नाहीं॥

लोक-हित जैसे उत्तम कर्मों से दुर्लभ गति पाना:यह भाव गीता के श्लोक ३.२० में वर्णित है।

हनुमान् को निरन्तर रामकाज करने की धुन

जब जाम्बवान्, अंगद और हनुमान् समुद्र के तट पर पहुँचकर लंका पहुँचने के विषय में विचार कर रहे थे, तब जाम्बवान् ने हनुमान्‌जी को याद दिलाया कि तुम्हारा तो अवतार ही रामकाज करने के लिए हुआ है।

कहइ रीछपति सुनु हनुमाना। का चुप साधि रहेउ बलवाना॥
पवन तनय बल पवन समाना। बुधि विवेक विग्यान निधाना॥
कवन सो काज कठिन जग माहीं। जो नहिं होइ तात तुम्ह पाहीं॥
राम काज लगि तव अवतारा। सुनतहिं भयउ पर्वताकारा॥

गीता में श्रीकृष्ण ने कहा 'मत्कर्म करो' अर्थात् मेरा काम या भगवान का काम करो। मानस में हनुमान्‌जी को रामकाज करने की धुन है। गीता के मत्कर्म और मानस के रामकाज का एक ही तात्पर्य है, ऐसा समझने से भक्ति पर आधारित कर्मयोग की परम्परा स्पष्ट हो जाती है।

जब हनुमान्‌जी आकाशमार्ग से लंका जा रहे थे, तब समुद्र ने मैनाक पर्वत से कहा कि तुम इनको अपने ऊपर थोड़ा विश्राम करने के लिए कहो। हनुमान्‌जी ने मैनाक पर्वत को आदरपूर्वक छुआ और कहा कि रामकाज को पूरा किये बिना मैं विश्राम कैसे कर सकता हूँ।

जलनिधि रघुपति दूत विचारी। तैं मैनाक होहि श्रमहारी॥
हनूमान तेहि परसा कर पुनि कीन्ह प्रनाम।
राम काजु कीन्हें बिनु मोहि कहाँ विश्राम॥

देवाताओं ने सर्पों की माता सुरसा से कहा कि तुम हनुमान् की बल-बुद्धि की परीक्षा लो। परीक्षा में हनुमान्‌जी खरे उतरे। तब सुरसा ने उनको आशीर्वाद दिया और बताया कि मुझे देवताओं ने भेजा था। सुरसा ने यह विश्वास प्रकट किया कि तुम रामकाज करने में सफलता प्राप्त करोगे।

मोहि सुरन्ह जेहि लागि पठावा। बुधि बल मरमु तोर मैं पावा॥
राम काजु सबु करिहहु तुम्ह बल बुद्धि निधान।
आसिष देइ गई सो हरषि चलेउ हनुमान ॥

लंका में हनुमान्जी ने विप्र-रूप धारण करके विभीषण से परिचय किया और उन्हें आश्वासन दिया कि सच्चे हृदय से सेवा करने वाले को श्रीराम की कृपा और प्रेम अवश्य प्राप्त होंगे।

विप्र रूप धरि वचन सुनाए। सुनत बिभीषन उठि तहँ आए॥
तब हनुमंत कही सब रामकथा निज नाम।
सुनत जुगल तन पुलक मन मगन सुमिरि गुन ग्राम॥

सुनहु विभीषन प्रभु कै रीती। करहिं सदा सेवक पर प्रीती॥

अशोक वाटिका में पहुँचकर हनुमान्जी ने सीताजी को बताया की मैं श्रीराम का दूत और मैं ही श्रीराम की मुद्रिका आपके लिए लाया हूँ।

राम दूत मैं मातु जानकी। सत्य सपथ करुनानिधान की॥
यह मुद्रिका मातु मैं आनी। दीन्हि राम तुम्ह कहँ सहिदानी॥

कपि के वचन सप्रेम सुनि उपजा मन विस्वास।
जाना मन क्रम वचन यह कृपासिंधु कर दास॥

रावण के दरबार में पहुँचकर हनुमान्जी ने उसको समझाया कि तुम अभिमान का ाग करो जिसके कारण तुम कुपथ पर ही लगातार चल रहे हो। किंतु रावण ने तकारी सुझाव को सुना-अनसुना कर दिया। हनुमान्जी ने यह भी कहा कि रामकाज रते समय बँध जाने में मुझे कोई लज्जा प्रतीत नहीं होती।

मोहि न कछु बाँधे कइ लाजा। कीन्ह चहउँ निज प्रभु कर काजा॥
मोहमूल बहु सूल प्रद त्यागहु तम अभिमान।
भजहु राम रघुनायक कृपा सिंधु भगवान॥
प्रनतपाल रघुनायक करुना सिंधु खरारि।
गएँ सरन प्रभु राखिहैं तव अपराध बिसारि॥
जदपि कही कपि अति हित बानी। भगति विवेक विरति नयसानी॥
बोला विहसि महा अभिमानी। मिला हमहि कपि गुर बड़ ग्यानी॥

लंका को जलाकर हनुमान्जी सीताजी से फिर मिले और उनका संदेश लेकर समुद्र इस पार आ गए। तब जाम्बवान्, अंगद और हनुमान् श्रीराम के पास पहुँचे। श्रीराम हनुमान्जी द्वारा कृत उपकार की सराहना की।

पवनतनय के चरित सुहाए। जामवंत रघुपतिहि सुनाए॥
सुनत कृपानिधि मन अति भाए। पुनि हनुमान हरषि हियँ लाए॥

सुनु कपि तोहि समान उपकारी। नहिं कोउ सुर नर मुनि तनु धारी॥
प्रति उपकार करौं का तोरा। सनमुख होइ न सकत मन मोरा॥
सुनु सुत तोहि उरिन मैं नाहीं। देखेउँ करि बिचार मन माहीं॥
पुनि पुनि कपिहि चितव सुरत्राता। लोचन नीर पुलक अति गाता॥
सुनि प्रभु वचन विलोकि मुख गात हरषि हनुमंत।
चरन परेउ प्रेमाकुल त्राहि त्राहि भगवंत॥

राम-रावण युद्ध में हनुमान्जी ने अनेकों कठिन परिस्थितियों से वानर सेना क बचाया। उदाहरणार्थ लंका के पश्चिम द्वार पर जहाँ मेघनाद भीषण लड़ाई लड़ रहा थ हनुमान्जी ने पहाड़ के द्वारा प्रहार करके राक्षस सेना के छक्के छुड़ा दिए।

पवन तनय मन भा अति क्रोधा। गर्जेउ प्रबल काल सम जोधा॥
कूदि लंक गढ़ ऊपर आवा। गहि गिरि मेघनाद कहुँ धावा॥
भंजेउ रथ सारथी निपाता। ताहि हृदय महुँ मारेसि लाता॥
दुसरें सूत विकल तेहि जाना। स्यंदन घालि तुरत गृह आना॥

जब मेघनाद की वीरघातिनी शक्ति से लक्ष्मण मूर्छित हो गए, तब हनुमान्जी पह तो सुषेण वैद्य को लंका से लाए, और फिर हिमालय पहाड़ से उस पर्वत को लाए जि पर औषधि थी। रास्ते में उन्होंने कालनेमि द्वारा रचित चाल को असफल किया जो कि कपट से मुनि का वेष बनाकर हनुमान्जी की औषधि लाने की यात्रा में देर करवा चाहता था। तुलसीदासजी ने लिखा है कि हनुमान्जी द्वारा की गई इस अमूल्य सेवा के प्रति श्रीराम ने अपनी कृतज्ञता प्रकट की।

धरि लघु रूप गयउ हनुमंता। आनेउ भवन समेत तुरंता॥
राम पदारविंद सिर नायउ आइ सुषेन।
कहा नाम गिरि औषधी जाहु पवनसुत लेन॥
राम चरन सरसिज उर राखी। चला प्रभंजनसुत बल भाषी॥

देखा सैल न औषध चीन्हा। सहसा कपि उपारि गिरि लीन्हा॥

हरषि राम भेटेउ हनुमाना। अति कृतग्य प्रभु परम सुजाना॥

लंका-युद्ध में विजय प्राप्त करने पर श्रीराम ने हनुमान्जी के द्वारा ही सीताजी क संदेश भेजा। हनुमान्जी द्वारा कृत सेवा से प्रसन्न होकर सीताजी ने उन्हें आशीव दिया कि हे पुत्र! तेरे हृदय में समस्त सद्गुण सदा निवास करेंगे।

दूरिहि ते प्रनाम कपि कीन्हा। रघुपति दूत जानकी चीन्हा॥

अति हरष मन तन पुलक लोचन सजल कह पुनि पुनि रमा॥
का देउँ तोहि त्रैलोक महुँ कपि किमपि नहीं बानी समा॥
सुनु मातु मैं पायो अखिल जग राजु आजु न संसयं।
रन जीति रिपुदल बंधु जुत पस्यामि राममनामयं॥
सुनु सुत सदगुन सकल तव हृदयँ बसहुँ हनुमंत।
सानुकूल कोसलपति रहहुँ समेत अनंत॥

चौदह वर्ष का वनवास पूरा करके राम-सीता-लक्ष्मण तथा उनके प्रमुख साथी पुष्पक विमान द्वारा अयोध्या लौटते हुए प्रयाग रुके। वहाँ से श्रीराम ने हनुमान्‌जी को भरतजी के पास अपना संदेश देने के लिए भेजा। हनुमान्‌जी के द्वारा भरतजी का प्रेमभरा उत्तर मिलने पर ही श्रीराम ने अयोध्या पहुँचने का कार्यक्रम निश्चित किया।

प्रभु हनुमन्तहि कहा बुझाई। धरि बटु रूप अवधपुर जाई॥
भरतहि कुसल हमारि सुनाएहु। समाचार लै तुम्ह चलि आएहु॥

राम बिरह सागर महँ भरत मगन मन होत।
बिप्र रूप धरि पवनसुत आइ गयउ जनु पोत॥

मारुत सुत मैं कपि हनुमाना। नामु मोर सुनु कृपानिधाना॥
दीनबंधु रघुपति कर किंकर। सुनत भरत भेंटेउ उठि सादर॥

भरत चरन सिरु नाइ तुरित गयउ कपि राम पहिं।
कही कुसल सब जाइ हरषि चलेउ प्रभु जान चढ़ि॥

श्रीराम एवं सीताजी के राज्याभिषेक के कुछ समय बाद यह निश्चय किया गया कि सुग्रीव, अंगद आदि तो अयोध्या से दक्षिण भारत लौट जायँ किंतु हनुमान्‌जी रामदरबार के सदस्य बनकर अयोध्या में ही रहें। विदा लेते समय सुग्रीव ने हनुमान्‌जी के लिए 'पुण्य की राशि' शब्दों का प्रयोग किया क्योंकि भगवान् ने उनको अपनी सेवा में रख लिया।

तब सुग्रीव चरन गहि नाना। भाँति बिनय कीन्हे हनुमाना॥
दिन दस करि रघुपति पद सेवा। पुनि तव चरन देखिहउँ देवा॥
पुन्य पुंज तुम्ह पवनकुमारा। सेवहु जाइ कृपा आगारा॥

शिवजी ने रामकथा पूरी करने से पहले पार्वतीजी को सार-रूप में यह कहा कि हनुमान् के समान न तो कोई बड़भागी है और न कोई श्रीराम के चरणों का ऐसा प्रेमी है जिसके प्रेम और सेवा की स्वयं प्रभु ने अपने श्रीमुख से बार-बार बड़ाई की है।

हनूमान सम नहिं बड़भागी। नहिं कोउ राम चरन अनुरागी।।
गिरिजा जासु प्रीति सेवकाई। बार बार प्रभु निज मुख गाई।।

मानस के आरम्भ में तुलसीदासजी ने एक ही श्लोक में महर्षि वाल्मीकि और हनुमान्जी की एक साथ वंदना की है और यह कहा है कि ये दोनों राम-सीता के 'गुण-ग्राम' के पवित्र रस में रमे हुए हैं। इस रूपक के आधार पर ऐसा कह सकते हैं कि हनुमान्जी द्वारा कृत 'राम-काज' जगमंगल के उद्देश्य को ही आगे बढ़ाता है क्योंकि तुलसीदासजी ने स्वयं ही लिखा है कि—

जगमंगल गुनग्राम राम के।

अध्याय ५

कौशल्या, सुमित्रा, अनसूया, शबरी तथा मैना के अनमोल वचन

यह अध्याय पिछले अध्याय में आरम्भ किए गए चरित्र-चित्रण को पूरा करने के लिए है। इस अध्याय में सीताजी के अतिरिक्त पाँच चुनी हुई नारियों द्वारा कृत जगमंगल के समर्थन का संक्षिप्त विवरण है। ये पाँच नारियाँ हैं—कौशल्या, सुमित्रा, अनसूया, शबरी तथा मैना। जैसा चौथे अध्याय के आरम्भ में बतलाया है, यहाँ भी चरित्रों की संख्या केवल इसलिए सीमित रखी गई है जिससे पुस्तक का आकार अधिक बड़ा न हो जाए।

कौशल्या का बड़प्पन—राम द्वारा पूजित माता के रूप में

तुलसीदासजी कौशल्याजी की वन्दना करते हुए कहते हैं कि श्रीराम की माता के रूप में उनकी कीर्ति सारे संसार में फैली हुई है।

बंदउँ कौसल्या दिसि प्राची। कीरति जासु सकल जग माची॥
प्रगटेउ जहँ रघुपति ससि चारू। बिस्व सुखद खल कमल तुसारू॥

मानस में कौशल्याजी जहाँ एक ओर शिशुरूप में राम की लीला से आनंदित होती है, वहीं दूसरी ओर बीच-बीच में उन्हें यह भी भान होता है कि राम वास्तविक रूप से सर्वव्यापक ब्रह्म हैं।

कबहुँ उछंग कबहुँ वर पलना। मातु दुलारइ कहि प्रिय ललना॥
व्यापक ब्रह्म निरंजन निर्गुन विगत विनोद।
सो अज प्रेम भगति बस कौसल्या कें गोद॥

नर-लीला करते हुए अपना विश्वरूप दिखलाना—ऐसे प्रसंग विशेष परिस्थितियों में ही पढ़ने को मिलते हैं। गीता में श्रीकृष्ण ने अर्जुन को विश्वरूप दिखलाया। मानस

में विश्वरूप देखने वाले दो प्राणी हैं—एक काकभुशुंडिजी और दूसरी कौशल्याजी।

देखरावा मातहि निज अद्‌भुत रूप अखंड।
रोम रोम प्रति लागे कोटि कोटि ब्रह्मंड॥

बार बार कौसल्या विनय करइ कर जोरि।
अब जनि कबहूँ व्यापै प्रभु मोहि माया तोरि॥

कौशल्याजी के चरित्र की महान्ता की परीक्षा तब होती है जब कैकेयी मंथरा द्वारा भड़काने पर राजा दशरथ से दो वर माँग लेती है। तुलसीदासजी ने लिखा है कि कौशल्याजी के सामने स्त्री-धर्म और पुत्र-स्नेह—दोनों में से एक को प्राथमिकता देने का प्रश्न उठा।

धरम सनेह उभयँ मति घेरी। भइ गति साँप छुछुंदरि केरी॥
राखउँ सुतहि करउँ अनुरोधू। धरमु जाइ अरु बंधु विरोधू॥
कहउँ जान वन तौ बड़ि हानी। सकंट सोच विवस भइ रानी॥

ऐसी कठिन परीक्षा की घड़ी में कौशल्याजी ने बड़े धीरज के साथ सोच-विचार किया। उन्होंने राम से कहा कि कैकेयी एवं दशरथ—दोनों से मिला हुआ वन जाने का आदेश माता-पिता का संयुक्त निर्णय ही समझना चाहिए।

बहुरि समुझि तिय धरमु सयानी। रामु भरतु दोउ सुत सम जानी॥
सरल सुभाउ राम महतारी। बोली वचन धीर धरि भारी॥

जौं केवल पितु आयसु ताता। तौ जनि जाहु जानि बड़ि माता॥
जौं पितु मातु कहेउ बन जाना। तौ कानन सत अवध समाना॥

कौशल्याजी ने धर्म अर्थात् कर्त्तव्य को प्राथमिकता देकर ऊँचा आदर्श सबके सामने रखा। भले ही कैकेयी ने उनके साथ न्याय नहीं किया, किंतु कौशल्याजी तुच्छ भेद-भावों से ऊपर उठ गईं। कौशल्याजी ने यह भी स्पष्ट कर दिया कि सच्चे धर्म और सच्चे स्नेह के मार्ग एक ही हैं, कठिनाई होती है झूठे स्नेह के कारण।

यह विचारि नहिं करउँ हठ झूठ सनेह बढ़ाइ।
मानि मातु कर नात बलि सुरति विसर जनि जाइ॥

जब श्रीराम के वन जाने का निश्चय हो गया तब प्रश्न उठा सीताजी के विषय में। कौशल्याजी ने बताया कि उन्होंने पुत्रवधू को कितने प्यार से रखा है।

मैं पुनि पुत्रवधू प्रिय पाई। रूप रासि गुन सील सुहाई॥

नयन पुतरि करि प्रीति बढ़ाई। राखेउँ प्रान जानकिहिं लाई॥
कलपबेलि जिमि बहुबिधि लाली। सींचि सनेह सलिल प्रतिपाली॥

यह सब कहकर कौशल्याजी ने राम को यह भी स्पष्ट बतला दिया कि सीता तुम्हारे साथ वन जाना चाहती है।

सोइ सिय चलन चहति बन साथा।

जब सीताजी का भी वन जाना निश्चित हो गया, तब उन्होंने कौशल्याजी के चरण-कमलों में बड़े प्रेम से सिर नवाकर उनसे आशीर्वाद लिया।

सीतहि सासु असीस सिख दीन्हि अनेक प्रकार।
चली नाइ पद पदुम सिरु अति हित बारहिं बार॥

कौशल्याजी के द्वारा धैर्य से काम लेने का दूसरा अवसर तब आया जब राजा दशरथ राम के वियोग में प्राण छोड़ रहे थे।

कौसल्याँ नृपु दीख मलाना। रबिकुल रबि अँथयउ जियँ जाना॥
उर धरि धीर राम महतारी। बोली बचन समय अमुसारी॥

धीरजु धरिअ त पाइअ पारू। नाहिं त बूड़िहि सबु परिवारू॥

कैकेयी के द्वारा अनर्थ किए जाने पर भी कौशल्याजी ने राम और भरत के बीच कोई भेद नहीं समझा। भरत ने भी अपनी माँ कैकेयी को तो 'कुमति' कहकर पुकारा, किंतु कौशल्याजी के साथ पूर्ण सहानुभूति दिखलाई। तुलसीदासजी ने लिखा है कि कौशल्याजी ने भरत को ऐसे ही प्यार किया जैसे वे राम को करती थीं।

सरल सुभाय मायँ हियँ लाए। अति हित मनहुँ राम फिरि आए॥
भेंटेउ बहुरि लखन लघु भाई। सोकु सनेहु न हृदयँ समाई॥
देखि सुभाउ कहत सबु कोई। राम मातु अस काहे न होई॥

गुरु वसिष्ठ ने भरत को सलाह दी कि वे राज्य का भार संभालें। कौशल्याजी ने भी इसका अनुमोदन किया।

कौसल्या धरि धीरजु कहई। पूत पथ्य गुर आयसु अहई॥
सो आदरिअ करिअ हित मानी। तजिअ बिषादु काल गति जानी॥
लखि बिधि बाम कालु कठिनाई। धीरजु धरहु मातु बलि जाई॥
सिर धरि गुर आयसु अनुसरहू। प्रजा पालि परिजन दुख हरहू॥

भरत के विषय में कौशल्याजी ने चित्रकूट में बतलाया कि वे स्वयं तथा राजा दशरथ

भी भरत को कुल का दीपक समझते थे।

गहबरि हियँ कह कौसिला मोहि भरत कर सोचु।

भरत सील गुन विनय बड़ाई। भायप भगति भरोस भलाई॥
कहत सारदहु कर मति हीचे। सागर सीप कि जाहिं उलीचे॥
जानउँ सदा भरत कुलदीपा। बार बार मोहि कहेउ महीपा॥

कौशल्याजी की चौदह वर्ष की तपस्या तब पूरी हुई जब राम-सीता-लक्ष्मण लंका से अयोध्या लौटे।

कौसल्या पुनि पुनि रघुवीरहि। चितवति कृपासिंधु रनधीरहि॥
हृदयँ विचारति बारहिं बारा। कवन भाँति लंकापति मारा॥
अति सुकुमार जुगल मेरे वारे। निसिचर सुभट महाबल भारे॥
लछिमन अरु सीता सहित प्रभुहि विलोकति मातु।
परमानंद मगन मन पुनि पुनि पुलकित गातु॥

श्रीराम ने अपने सब सखाओं का—जिन्होंने रावण के विरुद्ध युद्ध में उनकी सहायता की थी—परिचय माता कौशल्या से करवाया। कौशल्याजी ने उन्हें आशीर्वाद दिया और कहा कि तुम मुझे राम के समान प्यारे हो। कौशल्याजी की समदृष्टि और बड़प्पन को समझने के लिए ये अनमोल वचन हैं।

कौसल्या के चरनन्हि पुनि तिन्ह नायउ माथ।
आसिष दीन्हे हरषि तुम्ह प्रिय मम जिमि रघुनाथ॥

जितनी उच्च कोटि की समदृष्टि कौशल्याजी की थी, वही गीता के श्लोक ५.१९ में साम्यदृष्टि के नाम से प्रशंसित है।

सुमित्रा द्वारा लक्ष्मण के लिए ऊँचे आदर्शों की शिक्षा

मानस में सुमित्राजी के चरित्र पर प्रकाश डालने वाला मुख्य प्रसंग अयोध्याकाण्ड में वर्णित है। राम और सीता ने वन जाने का निश्चय कर लिया है। लक्ष्मण के आग्रह करने पर राम ने उन्हें भी साथ ले जाने के लिए 'हाँ' कर दी है, किंतु राम उन्हें कहते हैं कि अपनी माता सुमित्राजी से विदा लेकर आओ।

मागहु विदा मातु सन जाई। आवहु वेगि चलहु वन भाई॥

लक्ष्मण को डर लग रहा है कि माता उन्हें राम-सीता के साथ वन में जाने को कहेंगी या नहीं।

मागत विदा सभय सकुचाहीं। जाइ संग विधि कहिहि कि नाहीं॥

किंतु सुमित्राजी के वचनों ने लक्ष्मण के मन के भय को दूर कर दिया। तुलसीदासजी कहते हैं कि ऐसे कठिन अवसर पर सुमित्राजी ने धैर्य से काम लिया क्योंकि वे स्वभाव से लक्ष्मण का हित चाहने वाली थीं।

धीरज धरेउ कुअवसर जानी। सहज सुहृद बोली मृदु बानी॥

सुमित्राजी के शब्दों को तीन भागों में बाँटकर समझने से उनका पूरा महत्त्व आँका जा सकता है। पहले भाग में उन्होंने लक्ष्मण से कहा कि यदि राम और सीता वन को जाते हैं तो तुम भी उनके साथ जाओ क्योंकि उस परिस्थिति में अयोध्या में तुम्हारा कुछ भी काम नहीं है।

तात तुम्हारि मातु वैदेही। पिता रामु सब भाँति सनेही॥
अवध तहाँ जहँ राम निवासू। तहँइँ दिवसु जहँ भानु प्रकासू॥
जौं पै सीय राम बन जाहीं। अवध तुम्हार काजु कछु नाहीं॥

दूसरे भाग में सुमित्राजी ने कहा कि राम और सीता की निष्काम सेवा करना न केवल तुम्हारे लिए बल्कि सभी के लिए कल्याणकारी है, और तुम्हारे ऐसा करने से मैं भी अपने-आप को भाग्यशाली समझूँगी।

भूरि भाग भाजनु भयहु मोहि समेत बलि जाउँ।
जौं तुम्हरें मन छाड़ि छलु कीन्ह राम पद ठाउँ॥
पुत्रवती जुवती जग सोई। रघुपति भगतु जासु सुतु होई॥
सकल सुकृत कर बड़ फलु एहू। राम सीय पद सहज सनेहू॥

तीसरे भाग में सुमित्राजी ने लक्ष्मण को उपदेश दिया कि सेवक का कर्त्तव्य पूरा करने के लिए तुम्हें राग, द्वेष, ईर्ष्या, मद और मोह को छोड़ना पड़ेगा।

रागु रोषु इरिषा मदु मोहू। जनि सपनेहुँ इन्ह के बस होहू॥
सकल प्रकार विकार विहाई। मन क्रम वचन करेहु सेवकाई॥
तुम्ह कहुँ वन सब भाँति सुपासू। सँग पितु मातु रामु सिय जासू॥
जेहिं न रामु वन लहहिं कलेसू। सुत सोइ करेहु इहइ उपदेसू॥

जो माता अपनी सन्तान को ऐसे ऊँचे आदर्शों की शिक्षा देती है उसके द्वारा जगमंगल की भावना को प्रोत्साहन मिलना स्वाभाविक है। गीता के श्लोक ३.३४ तथा ३.३५ में इसी प्रकार की कर्त्तव्य-शिक्षा वर्णित है।

अनसूया का धीरज-धर्म-मित्र-नारी सम्बंधी प्रसिद्ध वाक्य

तुलसीदासजी ने अरण्यकाण्ड के आरम्भ में अनसूया-सीता वार्तालाप के विषय में लिखा है। राम-सीता-लक्ष्मण चित्रकूट से दक्षिण की ओर जाने से पहले अत्रि ऋषि के आश्रम में गए। अत्रि ऋषि ने श्रीराम को 'अकामिनां स्वधामदं' अर्थात् निष्काम कर्मयोगियों को अपना परमधाम देने वाले कहकर सम्बोधित किया। सीता ने अत्रि ऋषि की पत्नी अनसूया के चरण-स्पर्श किए।

अनुसुइया के पद गहि सीता। मिली बहोरि सुसील विनीता॥
रिषिपतिनी मन सुख अधिकाई। आसिष देइ निकट बैठाई॥

अनसूयाजी ने परम्परागत स्त्रीधर्म का वर्णन करते हुए जो शब्द कहे उनमें से सबसे प्रसिद्ध वाक्य यह है—

धीरज धर्म मित्र अरु नारी। आपद काल परिखिअहिं चारी॥

विपत्ति के समय नारी के द्वारा धैर्य रखने के दो दृष्टान्त इसी अध्याय में दिए जा चुके हैं—कौशल्या एवं सुमित्रा के द्वारा।

कष्ट सहकर भी सत्य पर आधारित धर्म का पालन करना—इस विषय में स्वयं श्रीराम ने अयोध्याकाण्ड में सुमंत्र को सम्बोधित करते हुए कहा है—

सिबि दधीच हरिचंद नरेसा। सहे धरम हित कोटि कलेसा॥
रंतिदेव बलि भूप सुजाना। धरमु धरेउ सहि संकट नाना॥
धरमु न दूसर सत्य समाना। आगम निगम पुरान बखाना॥

विपत्ति काल में मित्र का क्या कर्तव्य है, इस विषय में श्रीराम किष्किन्धाकाण्ड में सुग्रीव को बताते हैं—

देत लेत मन संक न धरई। बल अनुमान सदा हित करई॥
विपति काल कर सतगुन नेहा। श्रुति कह संत मित्र गुन एहा॥

अनसूयाजी के प्रसिद्ध वाक्य में सीता से सीधा सम्बंध रखने वाला विषय है—विपत्ति काल में नारी का कर्तव्य। अनसूया जानती हैं कि जब राम वन के कष्टों को सहने के लिए प्रस्थान कर रहे थे तब सीता ने यही कहा था कि मैं कष्ट-सहन में पूरा सहयोग दूँगी। अयोध्याकाण्ड में सीता ने राम से कहा था कि यदि आप वन के दु:ख सहोगे तो मैं महलों के सुख कैसे भोग सकती हूँ?

वन दुख नाथ कहे बहुतेरे। भय विषाद परिताप घनेरे॥
प्रभु वियोग लवलेस समाना। सब मिलि होहिं न कृपानिधाना॥

सबहि भाँति पिय सेवा करिहौं। मारग जनित सकल श्रम हरिहौं॥
पाय पखारि बैठि तरु छाहीं। करिहउँ बाउ मुदित मन माहीं॥

मैं सुकुमारि नाथ वन जोगू। तुम्हहि उचित तप मो कहुँ भोगू॥

सीता को सम्बोधित करते हुए अनसूयाजी ने यह स्पष्ट कर दिया कि जो कुछ मैंने कहा है उसका वास्तविक उद्देश्य है 'संसार का हित'।

सुनु सीता तव नाम सुमिरि नारि पतिव्रत करहिं।
तोहि प्रानप्रिय राम कहिउँ कथा संसार हित॥

यहाँ यह उल्लेखनीय है कि अनसूया के पति अत्रि ऋषि ने भी अयोध्याकाण्ड में भरत की चित्रकूट यात्रा के सम्बंध में इसी आशय के शब्दों का प्रयोग किया था। अत्रिजी की सलाह मानकर भरत ने तीर्थों का जल जिस कुएँ में रखा, उसका गुणगान करते हुए अत्रि ऋषि ने कहा कि इससे 'विश्व का उपकार' हुआ और अब से इस कुएँ का नाम होगा 'भरत कूप'।

विधि बस भयउ विस्व उपकारू। सुगम अगम अति धरम विचारू॥
भरतकूप अब कहिहहिं लोगा। अति पावन तीरथ जल जोगा॥

अत्रिजी द्वारा कथित 'विश्व का उपकार' तथा अनसूयाजी द्वारा कथित 'संसार का हित'—इन शब्दों से यह स्पष्ट हो जाता है कि मानस में जगमंगल की भावना किसी-न-किसी रूप में लगातार जागृत रखी गई है।

शबरी के बेर—जैसे सुदामा के तंदुल

श्रीराम और लक्ष्मण शबरी जैसी निर्धन स्त्री के घर गए और उसके द्वारा भेंट किए हुए झूठे बेर बड़े प्रेम से खाए—यह प्रसंग जो अरण्यकाण्ड में वर्णित है भक्तों को अति प्रिय लगता है। श्रीकृष्ण ने सुदामा जैसे निर्धन मित्र के चावलों (तंदुल) की भी ऐसे ही 'अति स्वादिष्ट' कहकर बहुत प्रशंसा की। भक्ति-सहित्य में अनेकों गीतों के माध्यम से इन दो उदाहरणों के द्वारा भगवान का यह आश्वासन घर-घर में पहुँचाया जाता है, जैसा तुलसीदासजी अयोध्याकाण्ड में कहते हैं—

रामहि केवल प्रेमु पिआरा। जानि लेउ जो जाननिहारा॥

शबरी ने राम-लक्ष्मण का स्वागत किया और प्रेम में मगन होकर उन्हें कन्द-मूल-फल दिए। उसने अपने-आपको मन्दबुद्धि नारी समझा किंतु श्रीराम ने बार-बार प्रशंसा करके उसके फल खाए और कहा कि मैं तो केवल भक्ति का ही सम्बन्ध मानता हूँ।

स्याम गौर सुंदर दोउ भाई। सबरी परी चरन लपटाई॥
प्रेम मगन मुख बचन न आवा। पुनि पुनि पद सरोज सिर नावा॥
सादर जल लै चरन पखारे। पुनि सुंदर आसन बैठारे॥
कंद मूल फल सुरस अति दिए राम कहुँ आनि।
प्रेम सहित प्रभु खाए बारंबार बखानि॥
पानि जोरि आगें भइ ठाढ़ी। प्रभुहि बिलोकि प्रीति अति बाढ़ी॥
केहि बिधि अस्तुति करौं तुम्हारी। अधम जाति मैं जड़मति भारी॥
कह रघुपति सुनु भामिनि बाता। मानउँ एक भगति कर नाता॥
जाति पाँति कुल धर्म बड़ाई। धन बल परिजन गुन चतुराई॥
भगति हीन नर सोहइ कैसा। बिनु जल बारिद देखिअ जैसा॥

श्रीराम ने प्रसन्न होकर शबरी को नवधा भक्ति का उपदेश दिया, जो कि परम्परागत नवधा भक्ति से बहुत भिन्न है। उदाहरणार्थ, भागवत पुराण में वर्णित नवधा भक्ति के निम्नलिखित नौ अंग हैं—

श्रवण, कीर्तन, स्मरण, पादसेवन, अर्चन, वन्दन, दास्य, सख्य, आत्मनिवेदन।

शबरी को श्रीराम द्वारा जिस नवधा भक्ति का उपदेश मिला, उसके नौ अंग निम्नलिखित है—

सत्संग, भगवत्कथा में प्रेम, गुरु की अभिमानरहित सेवा, भगवान के गुणों का गान, प्रभु में दृढ़ विश्वास, सदाचरण, समत्त्वभाव, दूसरों के दोषों को न देखना, सबके साथ कपटरहित बर्ताव।

तुलसीदासजी द्वारा वर्णित यह प्रसंग इतना महत्त्वपूर्ण है कि उनके शब्द नीचे उद्धृत हैं—

प्रथम भगति संतन्ह कर संगा। दूसरि रति मम कथा प्रसंगा॥
गुर पद पंकज सेवा तीसरि भगति अमान।
चौथि भगति मम गुन गन करइ कपट तजिगान॥
मंत्र जाप मम दृढ़ बिस्वासा। पंचम भजन सो बेद प्रकासा॥
छठ दम सील बिरति बहु करमा। निरत निरंतर सज्जन धर्मा॥
सातवँ सम मोहि मय जग देखा। मोतें संत अधिक करि लेखा॥
आठवँ जथालाभ संतोषा। सपनेहुँ नहिं देखइ परदोषा॥
नवम सरल सब सन छलहीना। मम भरोस हियँ हरष न दीना॥

जगमंगल की दृष्टि से सातवीं, आठवीं और नवीं भक्ति का विशेष महत्त्व है। शबरी के माध्यम से तुलसीदासजी ने समाज के सब सदस्यों के साथ सद्व्यवहार को भी भक्ति का ही अंग बना दिया है।

मैना के अनमोल वचन—पराधीन सपनेहुँ सुखु नाहीं

मानस में यह बार-बार स्पष्ट किया गया है कि राम-भक्ति और शिव-भक्ति में कोई भेद नहीं है। मानस में वर्णित रामकथा के चार वक्ता हैं जिनमें सबसे प्रमुख हैं शिवजी स्वयं। जब याज्ञवल्क्य मुनि ने भरद्वाज मुनि को रामकथा सुनाई तो पहले उन्होंने शिवकथा कही।

प्रथमहिं मैं कहि सिव चरित बूझा मरमु तुम्हार।
सुचि सेवक तुम्ह राम के रहित समस्त विकार॥
मैं जाना तुम्हार गुन सीला। कहउँ सुनहु अब रघुपति लीला॥

'पराधीन सपनेहुँ सुखु नाहीं'—मानस में लिखित ये अनमोल वचन शिवकथा के अन्तर्गत कहे गए हैं। जब शिवजी का पार्वती के साथ विवाह होता है, तब पार्वती को विदा करते समय उनकी माँ मैना कहती हैं—

कत विधि सृजीं नारि जग माहीं। पराधीन सपनेहुँ सुखु नाहीं॥

मानस की रचना का आरम्भ संवत् १६३१ अर्थात् सन् १५७३ में हुआ। उस समय उत्तर भारत में मुगल सम्राट अकबर का राज्य था। कुछ लोग यह प्रश्न उठाते हैं कि क्या अयोध्या के क्षेत्र में कोई स्वतंत्रता आन्दोलन उस समय चल रहा था? इसका उत्तर चाहे हाँ हो या ना, इसमें कोई संदेह नहीं कि यह अनमोल वचन लिखकर तुलसीदासजी ने भविष्य में होने वाले स्वतंत्रता आन्दोलानों के लिए तो अपना तथा भारतीय संस्कृति का पूरा समर्थन प्रकट कर ही दिया है। उदाहरणत: बीसवीं शताब्दी में भारत में जो स्वतंत्रता आन्दोलन चला, उसमें मानस के दो प्रसंगों का बहुत उपयोग हुआ—एक तो मैना द्वारा कथित अनमोल वचन का और दूसरा रामराज्य का जिसमें पारस्परिक प्रेम के आधार पर सभी सुखी थे। रामराज्य की विशेषताएँ तीसरे अध्याय में वर्णित हैं।

मैना द्वारा कथित अनमोल वचन तो पार्वती की विदा के समय बोले गए। उससे पहले जब मैना और उनके पति हिमाचल पार्वती के लिए योग्य वर ढूँढ रहे थे, तब भी मैना ने यह आग्रह किया था कि कन्या के अनुकूल घर, वर और कुल मिले, तभी मैं पार्वती का विवाह करूँगी, नहीं तो चाहे लड़की कुमारी ही रहे। मैना द्वारा कथित ये शब्द कन्या के योग्य वर ढूँढने वालों के लिए आज भी बहुत उपयोगी हैं, इसलिए तुलसीदासजी द्वारा लिखित इस प्रसंग की चौपाइयाँ नीचे उद्धृत हैं—

जौं घरु वरु कुलु होइ अनूपा। करिअ विवाहु सुता अनुरूपा॥
न त कन्या वरु रहउ कुआरी। कंत उमा मम प्रानपिआरी॥
जौं न मिलिहि वरु गिरिजहि जोगू। गिरि जड़ सहज कहिहि सब लोगू॥
सोइ विचारि पति करेहु विवाहू। जेहिं न बहोरि होइ उर दाहू॥

चाहे स्वतंत्रता आन्दोलन का समर्थन हो, चाहे कन्या के योग्य वर ढूँढने का—मैना के अनमोल वचनों से राजनैतिक तथा सामाजिक कार्यकर्ताओं को अवश्य ही प्रोत्साहन और बल मिलेगा। कालान्तर में इससे न्याय-संगत और सुखी समाज का निर्माण हो सकेगा, जिसके लिए तुलसीदासजी ने रामराज्य एवं जगमंगल जैसे शब्दों का उपयोग किया है।

अध्याय ६

सकल मंगल, सकल सुख आदि शब्दों के द्वारा जगमंगल के संदेश की पुष्टि

सामूहिक मंगल तथा सर्वसुख के आदर्श को प्रभावशाली ढंग से जनता के समक्ष प्रस्तुत करने के लिए तुलसीदासजी ने जगमंगल तथा रामराज्य—इन दो शब्दों का विशेष उपयोग किया है। किंतु मानस के सातों काण्डों में जगमंगल के भाव की व्यापकता निरंतर बनाए रखने के लिए केवल दो शब्दों का प्रयोग भाषा की रोचकता की दृष्टि से अपूर्णता का आभास करा सकता है। इस प्रकार की शंका को निर्मूल करने के लिए तुलसीदासजी ने जगमंगल के समानार्थक शब्दों का विस्तृत प्रयोग किया है जिनमें से मुख्य शब्द हैं—सकल मंगल, सकल सुख तथा सकल लोकहित। इस अध्याय में यह दिखलाया जाएगा कि जगमंगल के पर्यायवाची शब्द किन-किन प्रसंगों में उपयुक्त हुए हैं और उनके द्वारा सामूहिक मंगल का संदेश किस प्रकार सुदृढ़ हुआ है। सुविधा के विचार से ये पर्यायवाची शब्द पाँच वर्गों में विभक्त किए गए हैं किंतु इनका अलग-अलग विवेचन प्रस्तुत करते समय यह प्रत्यक्ष दिखलाई देता है कि 'सकल' शब्द तुलसीदासजी को बहुत प्रिय है क्योंकि वे जगत् के सभी प्राणियों का भला चाहते हैं। जिस भावना से मानस में 'सकल' शब्द बार-बार प्रयुक्त हुआ है, उसी विशाल भावना को प्रकट करते हैं गीता में 'सर्व' शब्द के अनेकों प्रयोग।

सकल मंगल का उल्लेख करने वाले प्रसंग

'मंगल' शब्द की पावन ध्वनि मानस में 'आदि मध्य अवसाना' अर्थात् सर्वत्र गूँज रही है। श्रीराम की वंदना में प्रयुक्त शब्द 'मंगल भवन अमंगल हारी' घर घर में गाये जाते हैं। यह स्पष्ट करने के लिए कि यह मंगल व्यक्तिगत से भी अधिक सामूहिक मंगल है, तुलसीदासजी ने जगमंगल शब्द का अनेकों बार प्रयोग किया है और मानस के आरंभ में ही उन्होंने जगमंगल को रामकथा का मुख्य उद्देश्य घोषित कर दिया है—

रामकथा जगमंगल करनी।

जगमंगल के पर्यायवाची शब्दों में सबसे प्रमुख स्थान है 'सकल मंगल' का किंतु कविता के प्रवाह के अनुसार 'सकल सुमंगल' तथा 'सकल मुद मंगल' शब्दों का भी उपयोग किया गया है। यह बतलाने की आवश्यकता नहीं कि जहाँ तुलसीदासजी के दो प्रिय शब्द—मंगल तथा सकल—साथ-साथ प्रयुक्त हुए हैं ऐसे प्रसंग इतने अधिक हैं कि उनके लिए एक पूरा अध्याय चाहिए। पाँच प्रकार के शब्दों के बीच संतुलन बनाए रखने के लिए यहाँ केवल चुने हुए प्रसंगों का ही उल्लेख है।

तुलसीदासजी ने मानस के आरम्भ में संत समाज की महिमा गाते हुए उसकी उपमा तीर्थराज प्रयाग से दी है। जैसे प्रयाग में गंगा-युमना-सरस्वती हैं, उसी प्रकार संत समाज में भक्तियोग-कर्मयोग-ज्ञानयोग की जानकारी दी जाती है। तुलसीदासजी कहते हैं कि भगवान् विष्णु और शिवजी की कथा त्रिवेणी के समान है अर्थात् संत समाज में बैठकर श्रीहरिहर की कथा सुनने से सकल मुद मंगल की प्राप्ति होती है। बालकाण्ड की ये पंक्तियाँ बहुत प्रसिद्ध हैं। एक साथ 'सकल' और 'मंगल' का यह पहला प्रयोग है यद्यपि ये दोनों शब्द अलग-अलग इससे पहले भी प्रयुक्त हुए हैं। अधिक विस्तार में न जाकर अब इन पंक्तियों का मूलरूप देखें—

मुद मंगलमय संत समाजू। जो जग जंगम तीरथराजू।
राम भक्ति जहँ सुरसरि धारा। सरसइ ब्रह्मविचार प्रचारा॥
विधि निषेधमय कलिमल हरनी। करम कथा रविनंदनि बरनी॥
हरि हर कथा विराजति बेनी। सुनत सकल मुद मंगल देनी॥

तुलसीदासजी की सम्मति में सत्संग करना और प्रभु कथा का सुनना—ये दोनों एक-दूसरे से अभिन्न हैं, जैसाकि उन्होंने उत्तरकाण्ड में कहा है—

बिनु सतसंग न हरि कथा।

इसी आधार पर उन्होंने बालकाण्ड में संतसभा की उपमा अयोध्या से भी दी है और इन दोनों को 'सकल सुमंगल मूल' बतलाया है—

संत सभा अनुपम अवध सकल सुमंगल मूल।

तुलसीदासजी ने मानस की रचना श्रीरामनवमी के दिन अयोध्या में आरम्भ की—इस भावना से कि उस दिन 'सकल तीर्थ' अयोध्या में चले आते हैं—

नौमी भौम वार मधु मासा। अवधपुरीं यह चरित प्रकासा॥
जेहि दिन राम जनम श्रुति गावहिं। तीरथ सकल तहाँ चलि आवहिं॥

श्रीराम की जन्मभूमि होने के कारण अयोध्या 'सकल मंगल की खान' बन गई है,

जैसाकि बालकाण्ड में वर्णित है—

सव विधि पुरी मनोहर जानी। सकल सिद्धिप्रद मंगल खानी॥
विमल कथा कर कीन्ह अरंभा। सुनत नसाहिं काम मद दंभा॥

बालकाण्ड में ही श्रीराम और सीताजी के विवाह के अवसर पर शिवजी सब देवताओं से कहते हैं कि राम और सीता के नाम-स्मरण से ही 'सकल अमंगल' दूर हो जाते हैं।

सिवँ समुझाए देव सब जनि आचरज भुलाहु।
हृदयँ विचारहु धीर धरि सिय रघुवीर विआहु॥
जिन्ह कर नामु लेत जग माहीं। सकल अमंगल मूल नसाहीं॥
करतल होहिं पदारथ चारी। तेइ सिय रामु कहेउ कामारी॥

बालकाण्ड की समाप्ति करते हुए तुलसीदासजी लिखते हैं कि श्रीराम और सीताजी का यश सब मंगलों की खान है। इन पंक्तियों में 'सकल मंगल' के समानार्थक शब्द प्रयुक्त हुए हैं जैसे 'मंगल की खान' तथा 'मंगलायतन'। यहाँ यह भी उल्लेखनीय है कि 'मंगलायतन' की विशेष उपयोगिता पर इस अध्याय के अंत में ध्यान दिया जायगा।

कविकुल जीवनु पावन जानी। राम सीय जसु मंगल खानी॥
तेहि ते मैं कछु कहा बखानी। करन पुनीत हेतु निज वानी॥
निज गिरा पावनि करन कारन राम जसु तुलसीं कह्यो।
रघुवीर चरित अपार वारिधि पारु कवि कौनें लह्यो॥
उपवीत व्याह उछाह मंगल सुनि जे सादर गावहीं॥
वैदेहि राम प्रसाद ते जन सर्वदा सुखु पावहीं॥

सिय रघुवीर विवाहु जे सप्रेम गावहिं सुनहिं।
तिन्ह कहँ सदा उछाहु मंगलायतन राम जसु॥

अयोध्याकाण्ड में 'सकल सुमंगल मूल' शब्द का प्रयोग सब काण्डों से अधिक हुआ है। इसका मुख्य कारण यह है कि इस काण्ड में श्रीराम और सीताजी के उच्च आदर्शों के साथ-साथ भरत का 'परम पुनीत आचरण' भी वर्णित है। अयोध्याकाण्ड के जिन प्रसंगों में 'सकल सुमंगल मूल' का उल्लेख हुआ है उनमें से चुने हुए प्रसंग यहाँ प्रस्तुत हैं और उनका अवलोकन करने से इस कथन की पुष्टि हो जाएगी।

अयोध्याकाण्ड में तुलसीदासजी कहते हैं कि चित्रकूट पहुँचने से पहले भरत प्रयाग में रुके और वहाँ भरद्वाज मुनि के आश्रम में गए। भरद्वाज मुनि ने भरत से कहा कि तुम्हारा चित्रकूट जाकर श्रीराम से मिलने का निर्णय बहुत अच्छा है क्योंकि श्रीराम के

चरणों में प्रेम होना ही 'सकल सुमंगल मूल' है।

सुनत राम गुन ग्राम सुहाए। भरद्वाज मुनिवर पहिं आए॥

मुनि पूँछव कछु यह बड़ सोचू। बोले रिषि लखि सीलु सँकोचू॥
सुनहु भरत हम सब सुधि पाई। विधि करतब पर किछु न बसाई॥

करतेहु राजु त तुम्हहि न दोषू। रामहि होत सुनत संतोषू॥
अब अति कीन्हेहु भरत भल तुम्हहि उचित मत एहु।
सकल सुमंगल मूल जग रघुबर चरन सनेहु॥

जब भरत चित्रकूट के समीप पहुँचे तब केवट ने उन्हें दूर से ही बतलाया कि श्रीराम की पर्णकुटी सामने दिखलाई देने वाले वृक्षों के पास है। तुलसीदासजी कहते हैं कि इसके बाद शीघ्र ही भरत ने श्रीराम का आश्रम देखा जो सकल सुमंगलों का धाम है।

तब केवट ऊँचें चढि धाई। कहेउ भरत सन भुजा उठाई॥
नाथ देखिअहिं विटप विसाला। पाकरि जंबु रसाल तमाला॥

ए तरु सरित समीप गोसाँई। रघुवर परनकुटी जहँ छाई॥

सखा वचन सुनि विटप निहारी। उमगे भरत विलोचन वारी॥
करत प्रनाम चले दोउ भाई। कहत प्रीति सारद सकुचाई॥

भरत दीख प्रभु आश्रमु पावन। सकल सुमंगल सदनु सुहावन॥

चित्रकूट में गुरु वसिष्ठ ने श्रीराम को राजा दशरथ के स्वर्गवास का दुःखद समाचार दिया। श्रीराम ने श्रद्धा–भक्ति सहित पिताजी की क्रिया की। तुलसीदासजी कहते हैं कि यद्यपि श्रीराम का नाम ही सकल सुमंगल मूल है, फिर भी लौकिक दृष्टि से श्रीराम अपने पिताजी की क्रिया करके शुद्ध हो गए।

नृप कर सुरपुर गवनु सुनावा। सुनि रघुनाथ दुसह दुखु पावा॥
मरन हेतु निज नेहु विचारी। भे अति विकल धीर धुर धारी॥

मुनिवर बहुरि राम समुझाए। सहित समाज सुसरित नहाए।
व्रतु निरंवु तेहि दिन प्रभु कीन्हा। मुनिहु कहें जलु काहुँ न लीन्हा॥
भोरु भएँ रघुनंदनहि जो मुनि आयसु दीन्ह।
श्रद्धा भगति समेत प्रभु सो सबु सादरु कीन्ह॥
करि पितु क्रिया वेद जसि वरनी। भे पुनीत पातक तम तरनी॥

जासु नाम पावक अघ तूला। सुमिरत सकल सुमंगल मूला॥
सुद्ध सो भयउ साधु संमत अस। तीरथ आवाहन सुरसरि जस॥

चित्रकूट में ही भरत को दुखी देखकर पहले गुरु वसिष्ठ ने उन्हें समझाया। फिर श्रीराम ने भरत से कहा कि तुम ग्लानि मत करो क्योंकि तुम्हारा कोई दोष नहीं है। श्रीराम ने भरत के गुणों की प्रशंसा करते हुए कहा कि तुम्हारा नाम स्मरण करने से ही समस्त अमंगल दूर हो जाएँगे।

सुनि अति विकल भरत वर बानी। आरति प्रीति विनय नय सानी॥
सोक मगन सब सभाँ खभारू। मनहुँ कमल वन परेउ तुसारू॥
कहि अनेक विधि कथा पुरानी। भरत प्रबोधु कीन्ह मुनि ग्यानी॥
बोले उचित वचन रघुनंदू। दिनकर कुल कैरव वन चंदू॥
तात जायँ जियँ करहु गलानी। ईस अधीन जीव गति जानी॥
तीनि काल तिभुअन मत मोरें। पुन्यसिलोक तात तर तोरें॥
मिटिहहिं पाप प्रपंच सब अखिल अमंगल भार।
लोक सुजसु परलोक सुखु सुमिरत नामु तुम्हार॥

राम-भरत संवाद सुनकर देवताओं को विश्वास हो गया कि चित्रकूट में अब क्या होगा, यह भरत पर निर्भर है। देवताओं ने एक-दूसरे को यही सलाह दी कि सब लोग प्रेम सहित भरत का ही स्मरण करें। देवताओं का मत सुनकर देवगुरु बृहस्पति ने कहा कि भरत के चरणों का प्रेम ही सकल सुमंगल मूल है।

लगि लगि कान कहहिं धुनि माथा। अब सुर काज भरत के हाथा॥
आन उपाउ न देखिअ देवा। मानत रामु सुसेवक सेवा॥
हियँ सपेम सुमिरहु सब भरतहि। निज गुन सील राम बस करतहि॥
सुनि सुर मत सुर गुर कहेउ भल तुम्हार बड़ भागु।
सकल सुमंगल मूल जग भरत चरन अनुरागु॥

चित्रकूट में भरत ने अनेकों बार यह प्रयत्न किया कि श्रीराम अयोध्या लौटने के लिए तैयार हो जाएँ किंतु अंत में प्रभु के समझाने पर 'भरतहि भयउ परम संतोषू'। तुलसीदासजी कहते हैं कि भरत-राम संवाद सकल सुमंगल मूल है और उसे सुनकर देवता भी प्रसन्न हो गए क्योंकि श्रीराम के वन में रहने से देवताओं के शत्रु राक्षसों का वध होगा।

भरत राम संवादु सुनि सकल सुमंगल मूल।
सुर स्वारथी सराहि कुल वरषत सुरतरु फूल॥

तुलसीदासजी ने 'सकल सुमंगल मूल' शब्दों का प्रयोग अयोध्याकाण्ड को समाप्त करने से पहले एक बार फिर किया है। अवसर है भरत और शत्रुघ्न द्वारा चित्रकूट से वापिस अयोध्या लौटने का। श्रीराम ने भरत को विदा करते समय फिर समझाया और शत्रुघ्न को हृदय से लगा लिया। भरत और शत्रुघ्न ने श्रीराम के चरण-कमलों की वंदना की और लक्ष्मण से भी विदा ली। जब दोनों भाइयों ने सीताजी की वंदना की तब उनको सीताजी ने आशीर्वाद दिया। तुलसीदासजी ने सीताजी के आशीर्वाद को 'सकल सुमंगल मूल' कहकर इस प्रसंग का वर्णन किया है।

भेंटि भरतु रघुवर समुझाए। पुनि रिपुदवनु हरषि हियँ लाए॥

प्रभु पद पदुम वंदि दोउ भाई। चले सीस धरि राम रजाई॥
मुनि तापस वनदेव निहोरी। सब सनमानि बहोरि बहोरि॥
लखनहि भेटिं प्रनामु करि सिर धरि सिय पद धूरि।
चले सप्रेम असीस सुनि सकल सुमंगल मूरि॥

जिस प्रकार बालकाण्ड की समाप्ति करते हुए तुलसीदासजी ने कहा कि 'मंगलायतन राम जसु', उसी प्रकार अयोध्याकाण्ड की समाप्ति करते हुए उन्होंने भरत के आचरण को मुदमंगलकारी बतलाया है—

परम पुनीत भरत आचरनू। मधुर मंजु मुद मंगल करनू॥

किष्किंधाकाण्ड में तुलसीदासजी करते हैं कि सुग्रीव को वानर-प्रदेश का राज्य दिलवाकर श्रीराम ने प्रवर्षण पर्वत पर अपना निवास आरंभ किया। इस पर्वत तथा इसके पास वाले वन का वर्णन करते हुए तुलसीदासजी ने लिखा है कि—

मंगलरूप भयउ वन तब ते। कीन्ह निवास रमापति जब ते॥

सकल मंगल तथा सकल सुमंगल—ये दोनों शब्द सुंदरकाण्ड में भी प्रयुक्त हुए हैं। जब हनुमान्जी ने लंका से लौटकर श्रीराम को सीताजी का संदेश दिया तब प्रभु ने वानर सेना को दक्षिण दिशा में समुद्र तट की ओर प्रस्थान करने का आदेश दिया। तुलसीदासजी कहते हैं कि श्रीराम की कीर्ति 'सकल मंगलमय' है, इसलिए सेना सहित उनके प्रस्थान के समय शुभ शकुन हुए।

देखी राम सकल कपि सेना। चितइ कृपा करि राजिव नैना॥
राम कृपा बल पाइ कपिंदा। भए पच्छजुत मनहुँ गिरिंदा॥
हरषि राम तब कीन्ह पयाना। सगुन भए सुंदर सुभ नाना॥
जासु सकल मंगलमय कीती। तासु पयान सगुन यह नीती॥

सुंदरकाण्ड की समाप्ति करते हुए तुलसीदासजी कहते हैं कि श्रीराम के गुणों का गान 'सकल सुमंगलदायक' है—

सकल सुमंगल दायक रघुनायक गुन गान।

बालकाण्ड में 'जगमंगल' शब्द का प्रयोग भी श्रीराम के गुण-ग्राम के साथ हुआ है—

जग मंगल गुन ग्राम राम के।

सकल सुख—अर्थात् स्वांत:सुख का व्यापक रूप

तुलसीदासजी ने मानस के आरंभ में कहा है कि उन्होंने स्वान्त:सुख अर्थात् अपने अंत:करण के सुख के लिए रामकथा को सरल भाषा में लिखा। किंतु शीघ्र ही उन्होंने स्पष्ट कर दिया कि यह सुख केवल व्यक्तिगत नहीं बल्कि सभी के लिए है। स्वान्त: सुख का यह व्यापक रूप प्रस्तुत करने के लिए उन्होंने अनेकों शब्दों का प्रयोग किया है जैसे विश्वसुख, 'सुखद सब काहू', काहू सकल सुख, आदि। यह भाव मानस के सभी भागों में वर्णित है जिनमें से कुछ चुने हुए प्रसंगों का यहां उल्लेख किया जा रहा है।

मानस के प्रारम्भिक भाग में कौशल्याजी की वंदना करते हुए तुलसीदासजी कहते हैं कि उन्होंने 'विश्व सुखद' श्रीराम को जन्म दिया—

वंदउँ कौसल्या दिसि प्राची। कीरति जासु सकल जग माची॥
प्रगटेउ जहँ रघुपति ससि चारू। बिस्व सुखद खल कमल तुसारू॥

तुलसीदासजी ने राम-नाम के दो अक्षरों की भी वंदना की है और इस प्रसंग में उन्होंने इन दोनों अक्षरों को 'सुखद सब काहू' बतलाया है—

आखर मधुर मनोहर दोऊ। बरन बिलोचन जन जिय जोऊ॥
सुमिरत सुलभ सुखद सब काहू। लोक लाहु परलोक निबाहू॥

बालकाण्ड में ही राम-जन्म के हेतु का वर्णन करते हुए तुलसीदासजी ने मनु-शतरूपा द्वारा कृत साधना का प्रसंग प्रस्तुत किया है जो बाद में दशरथ-कौशल्या के रूप में अवतरित हुए। मनु-शतरूपा की तपस्या से प्रसन्न होकर भगवान् ने आकाशवाणी के माध्यम से उन्हें कहा कि 'वर माँगो'। मनु ने वर माँगने से पहले भगवान् को 'सकल सुखदायक' कहकर पुकारा—

श्रवन सुधा सम बचन सुनि पुलक प्रफुल्लित गात।
बोले मनु करि दंडवत प्रेम न हृदयँ समात॥

सुनु सेवक सुरतरु सुरधेनू। बिधि हरि हर बंदित पद रेनू॥
सेवत सुलभ सकल सुखदायक। प्रनतपाल सचराचर नायक॥

जब श्रीराम ने अयोध्या में दशरथ-कौशल्या के पुत्र के रूप में जन्म लिया तब उन्होंने बचपन से ही 'सकल सुख' प्रदान करने वाली लीलाएँ कीं—

चारिउ सील रूप गुन धामा। तदपि अधिक सुखसागर रामा॥

सुख संदोह मोह पर ग्यान गिरा गोतीत।
दंपति परम प्रेम बस कर सिसुचरित पुनीत॥

एहि बिधि सिसुबिनोद प्रभु कीन्हा। सकल नगरबासिन्ह सुख दीन्हा॥

कुछ बड़े होने पर भाइयों सहित श्रीराम ने विद्याध्ययन किया और माता-पिता की आज्ञापालन आदि सद्व्यवहार के उच्च आदर्श सबके सामने रखे। तुलसीदासजी कहते हैं कि श्रीराम की सारी लीलाएँ सब नगरवासियों को सुखी करने वाली थीं।

गुरगृहँ गए पढ़न रघुराई। अलप काल बिद्या सब आई॥

बिद्या बिनय निपुन गुन सीला। खेलहिं खेल सकल नृपलीला॥

अनुज सखा सँग भोजन करहीं। मातु पिता अग्या अनुसरहीं॥
जेहि बिधि सुखी होहिं पुर लोगा। करहिं कृपानिधि सोइ संजोगा॥

श्रीराम की सुखदायिनी लीला का क्षेत्र धीर-धीरे विस्तृत हुआ। मुनि विश्वामित्र के साथ राम-लक्ष्मण जनकपुर पहुँचे। जब लक्ष्मण ने जनकपुर देखने की इच्छा प्रकट की तो राम ने मुनि से आज्ञा माँगी। विश्वामित्रजी ने आज्ञा देते हुए दोनों भाइयों को 'सुख निधान' कहकर सम्बोधित किया। तुलसीदासजी ने राम-लक्ष्मण को 'लोक लोचन सुखदाता' अर्थात् सब लोगों के नेत्रों को सुख देने वाले—ऐसा बतलाकर इस प्रसंग का वर्णन किया है।

जौं राउर आयसु मैं पावौं। नगर देखाउ तुरत लै आवौं।
सुनि मुनीस कह बचन सप्रीती। कस न राम तुम्ह राखहु नीती॥
धरम सेतु पालक तुम्ह ताता। प्रेम बिबस सेवक सुखदाता॥
जाइ देखि आवहु नगरु सुख निधान दोउ भाइ।
करहु सुफल सबके नयन सुंदर बदन देखाइ॥
मुनि पद कमल बंदि दोउ भ्राता। चले लोक लोचन सुखदाता॥

जनकपुर में जब श्रीराम और लक्ष्मण धनुषयज्ञशाला में पहुँचे तो उन्हें देखकर सब लोग सुखी हुए—

राजकुअँर तेहि अवसर आए। मनहुँ मनोहरता तन छाए॥

देखि लोग सब भए सुखारे। एकटक लोचन चलत न तारे॥

विवाह के पश्चात् विदा के समय राजा जनक ने श्रीराम से कहा कि आप 'समस्त सुख मूल' हैं और यह मेरा सौभाग्य है कि ईश्वर की कृपा से आप मुझे दामाद के रूप में प्राप्त हुए हैं।

राम करौं केहि भांति प्रसंसा। मुनि महेस मन मानस हंसा॥
करहिं जोग जोगी जेहि लागी। कोहु मोहु ममता मद त्यागी॥

महिमा निगम नेति कहि कहई। जो तिहुँ काल एकरस रहई॥
नयन विषय मो कहुँ भयउ सो समस्त सुखमूल।
सबइ लाभु जग जीव कहँ भएँ ईसु अनुकूल॥

अयोध्याकाण्ड में जब राम–सीता–लक्ष्मण ने चौदह वर्ष का वनवास आरंभ किया तो उन्होंने पैदल चलते हुए अनेकों ग्रामवासियों को सुख प्रदान किया। तुलसीदासजी ने राम–दर्शन से प्राप्त सभी लोगों के सुख का विस्तृत वर्णन किया है।

सीता लखन सहित रघुराई। गाँव निकट जब निकसहिं जाई॥
सुनि सब बाल वृद्ध नर नारी। चलहिं तुरत गृहकाजु विसारी॥
राम लखन सिय रूप निहारी। पाइ नयनफलु होहिं सुखारी॥

कहहिं परसपर लोग लोगाईं। बातें सरल सनेह सुहाईं॥
ते पितु मातु धन्य जिन्ह जाए। धन्य सो नगरु जहाँ ते आए॥
धन्य सो देसु सैलु वन गाऊँ। जहँ जहँ जाहिं धन्य सोइ ठाऊँ॥
सुखु पायउ विरंचि रचि तेही। ए जेहि के सब भाँति सनेही॥
राम लखन पथि कथा सुहाई। रही सकल मग कानन छाई॥
एहि विधि रघुकुल कमल रवि मग लोगन्ह सुख देत।
जाहि चले देखत विपिन सिय सौमित्रि समेत॥

जब भरत श्रीराम से मिलने के लिए चित्रकूट की ओर जा रहे थे तब रास्ते में उन्होंने निषादराज से कहा कि तुम मुझे वह स्थान दिखलाओ जहाँ राम–सीता–लक्ष्मण ने अपनी वनवास की यात्रा करते हुए विश्राम किया था। कुश की शय्या को देखकर भरत के नेत्र प्रेमाश्रु से भर गए और उन्होंने यह कहकर अपने–आपको धिक्कारा कि

'सुखस्वरूप' श्रीराम के द्वारा वनवास की विपत्तियों को झेलना मेरे ही कारण हुआ।

सजल विलोचन हृदयँ गलानी। कहत सखा सन वचन सुवानी॥

राम जनमि जगु कीन्ह उजागर। रूप सील सुख सब गुनसागर॥
पुरजन परिजन गुर पितु माता। राम सुभाउ सबहि सुखदाता॥
वैरिउ राम बड़ाई करहीं। बोलनि मिलनि विनय मन हरहीं॥

सुखस्वरूप रघुवंसमनि मंगल मोद निधान।
ते सोवत कुस डासि महि विधि गति अति बलवान॥
राम सुना दुखु कान न काऊ। जीवनतरु जिमि जोगवइ राऊ॥

ते अब फिरत विपिन पदचारी। कंद मूल फल फूल अहारी॥

मैं धिग धिग अघ उदधिअभागी। सबु उतपातु भयउ जेहि लागी॥

अयोध्याकाण्ड में ही तुलसीदासजी कहते हैं कि भरत के साथ चित्रकूट पहुँचने वाले अयोध्यावासी अधिक-से-अधिक समय वहीं रहना चाहते हैं—वे श्रीराम से दूर नहीं जाना चाहते। वे मंगलमूर्ति श्रीराम के दर्शन से हर्षित होते हैं और चित्रकूट के पास कामदगिरि पर्वत और वन को देखने जाते हैं जहाँ 'सकल सुख' की प्राप्ति होती है।

मंगलमूरति लोचन भरि भरि। निरखहिं हरषि दंडवत करि करि॥
राम सैल वन देखन जाहीं। जहँ सुख सकल सकल दुख नाहीं॥
झरना झरहिं सुधासम वारी। त्रिविध तापहर त्रिविध बयारी॥
विटप वेलि तृन अगनित जाती। फल प्रसून पल्लव बहु भाँती॥
सुंदर सिला सुखद तरु छाहीं। जाइ बरनि वन छवि केहि पाहीं।

इसी विभाग में पहले वर्णित बालकाण्ड के एक प्रसंग में राजा जनक ने श्रीराम को 'समस्त सुखमूल' कहकर सम्बोधित किया है। अयोध्याकाण्ड में राजा जनक ने भरत के आदर्श चरित्र को भी 'सुखद सब काहू' बतलाया है—

भरत चरित कीरति करतूती। धरम सील गुन विमल विभूती॥
समुझत सुनत सुखद सब काहू। सुचि सुरसरि रुचि निदर सुधाहू॥

अरण्यकाण्ड में जब श्रीराम अत्रि मुनि से विदा लेकर चित्रकूट से दण्डकवन की ओर प्रस्थान करते हैं, तब तुलसीदासजी पाठकों को याद दिलाते हैं कि श्रीराम का सुयश 'सुखमूल' है। इसी प्रकार किष्किंधाकाण्ड का आरम्भ करते हुए तुलसीदासजी

श्रीराम-नाम को 'सुखकर' एवं अमृततुल्य बतलाते हैं। सुंदरकाण्ड में विभीषण श्रीराम से कहते हैं कि मैं आपका सुयश सुनकर आपकी शरण में आया हूँ—क्योंकि आप 'शरण सुखद' हैं। लंकाकाण्ड के अंत में निषादराज गुह श्रीराम को 'सुखधाम' कहकर उनकी स्तुति करते हैं—

सुखधाम पूरनकाम राम नमामि राम नमामि ते।

'सकल सुख' शब्द का प्रयोग उत्तरकाण्ड में अन्य काण्डों से अधिक हुआ है। सनकादि मुनियों ने श्रीराम की स्तुति करते हुए कहा है कि आप 'सकल सुखदायक' हैं। श्रीराम ने नगर-निवासियों की सभा में कहा कि 'सकल सुख' की प्राप्ति के लिए उन्हें भक्तिमार्ग अपनाना चाहिए—

सुलभ सुखद मारग यह भाई। भगति मोरि पुरान श्रुति गाई॥
ग्यान अगम प्रत्यूह अनेका। साधन कठिन न मन कहुँ टेका॥
करत कष्ट बहु पावइ कोऊ। भक्ति हीन मोहि प्रिय नहिं सोऊ॥
भक्ति सुतंत्र सकल सुख खानी। बिनु सतसंग न पावहिं प्रानी॥

काकभुशुंडि ने गरुड़ को श्रीराम की बाल-लीला विस्तार से सुनाई। उन्होंने कहा कि शिशुरूप में श्रीराम के तोतले वचन हैं, लाल-लाल ओंठ हैं, चार सुंदर दँतुलियाँ हैं—दो ऊपर और दो नीचे, और 'सकल' सुखद मुस्कान है—

कलवल वचन अधर अरुनारे। दुइ दुइ दसन विसद वर वारे॥
ललित कपोल मनोहर नासा। सकल सुखद ससि कर सम हासा॥

बाल-लीला का वर्णन करते-करते काकभुशुंडि ने श्रीराम के विश्वरूप के दर्शन की प्राप्ति का अपना अनुभव भी सुनाया। प्रभु की अद्‌भुत सृष्टि देखकर जब काकभुशुंडि भ्रमित हो गए तब श्रीराम ने अपनी माया का प्रभाव रोका और कहा कि वर माँगो। इस प्रसंग का वर्णन करते हुए तुलसीदासजी ने 'सकल सुख' तथा 'सब सुख'—दोनों शब्दों का प्रयोग किया है—

काकभुसुंडि मागु वर अति प्रसन्न मोहि जानि।
अनिमादिक सिधि उपर रिधि मोच्छ सकल सुख खानि॥

भगत कल्पतरु प्रनत हित कृपा सिंधु सुख धाम।
सोइ निज भगति मोहि प्रभु देहु दया करि राम॥
एवमस्तु कहि रघुकुलनायक। वोले वचन परम सुखदायक॥

सब सुख खानि भगति तैं मागी। नहिं जग कोउ तोहि सम बड़भागी॥

उत्तरकाण्ड में ही तुलसीदासजी रामराज्य का वर्णन करते हुए कहते हैं कि उस आदर्श स्थिति में स्त्री, पुरुष, बच्चे और बूढ़े—सभी सुखी, सदाचारी और सुन्दर थे—

सब सुखी सब सच्चरित सुंदर नारि नर सिसु जरठ जे।

रामराज्य का वास्तविक अभिप्राय है—जगमंगल पर आधारित समाज। इस विभाग का संक्षिप्त सारांश यह है कि सकल सुख न केवल स्वान्त:सुख का व्यापक रूप है बल्कि साथ ही जगमंगल का अनूभूति पक्ष भी है क्योंकि तुलसीदासजी ने अयोध्याकाण्ड में श्रीराम के लिए जगमंगल और सुखदारा (अर्थात् सुखदाता)—दोनों शब्दों का साथ-साथ प्रयोग किया है—

कहत राम गुन भा भिनुसारा। जागे जगमंगल सुखदारा॥

सकललोकहित तथा सर्वहित—जगमंगल के ही पर्यायवाची

तुलसीदासजी ने श्रीराम के गुणगान का—अर्थात् रामकथा का—मुख्य उद्देश्य घोषित किया है 'जगमंगल' और उसी के अनेकों पर्यायवाची शब्द हैं जिनमें से 'सकल मंगल' तथा 'सकल सुख' का सबसे अधिक प्रयोग हुआ है। जगमंगल के समानार्थक शब्दों में तृतीय स्थान धारण करने वाला कोई अकेला शब्द निर्धारित करना इतना महत्त्वपूर्ण नहीं है जितना कि सकल लोकहित, सर्वहित, जगत्हित सरीखे शब्दों पर एक साथ ध्यान देना—और यही इस विभाग का लक्ष्य है।

तुलसीदासजी ने मानस के आरम्भ में न केवल कविता के लिए बल्कि कीर्ति और सम्पत्ति के लिए भी एक मापदण्ड प्रस्तुत किया है जिसके अनुसार ये तीनों—अर्थात् कविता, कीर्ति और सम्पत्ति—तभी उत्तम कहलाई जा सकती हैं जबकि इनके द्वारा 'सब का हित' सम्पन्न हो सके—

कीरति भनिति भूति भलि सोई। सुरसरि सम सब कहँ हित होई॥

यह स्वाभाविक है कि सरल भाषा के शब्द 'सब कहँ हित' या 'सब कर हित' का मानस के अनेकों प्रसंगों में उपयोग हुआ है किंतु तुलसीदासजी ने साथ ही तदर्थक संस्कृत शब्द 'सर्वहित' का भी दो स्थलों में प्रयोग किया है। ये प्रसंग क्रमश: अयोध्याकाण्ड तथा उत्तरकाण्ड में हैं।

अयोध्याकाण्ड में वर्णित राम-भरत-मिलन प्रसंग में 'सर्वहित' का प्रथम प्रयोग हुआ है। गुरु वसिष्ठ राजा जनक से आग्रह करते हैं कि हे महाराज! ऐसा निर्णय लीजिए जिसमें 'सब कर हित' हो और साथ ही किसी को धर्म का मार्ग न छोड़ना पड़े। तत्पश्चात् राजा जनक, गुरु वसिष्ठ आदि भरत के पास जाते हैं। भरत राजा जनक से कहते हैं कि हे प्रभो! आप मेरे लिए पिता-तुल्य हैं और गुरु वसिष्ठ परम हितैषी हैं।

हे स्वामी! मुझे तो आज्ञा का पालन करने वाला शिशु या सेवक समझिए। फिर भी आपने मुझसे पूछा तो मेरी राय यह है कि निर्णय सर्वसम्मति से लिया जाय और उसका आधार होना चाहिए 'सर्वहित'—

रिषि धरि धीर जनक पहिं आए।. . . .
महाराज अब कीजिअ सोई। सब कर धरम सहित हित होई॥

समउ समझि धरि धीरजु राजा। चले भरत पहिं सहित समाजा॥

सुनि तन पुलकि नयन भरि वारी। बोले भरतु धीर धरि भारी॥
प्रभु प्रिय पूज्य पिता सम आपू। कुलगुरु सम हित माय न बापू॥

सिसु सेवकु आयसु अनुगामी। जानि मोहि सिख देइअ स्वामी॥

छोटे बदन कहउँ बड़ि बाता। . . . .
राखि राम रुख धरमु व्रतु पराधीन मोहि जानि।
सब कें संमत सर्बहित करिअ पेमु पहिचानि॥

'सर्वहित' शब्द का दूसरा प्रयोग उत्तरकाण्ड में हुआ है। वनवास से लौटने पर श्रीराम अयोध्या का राज्यभार संभालते हैं और रामराज्य में जगमंगल की आभा सर्वत्र छा जाती है जिसमें—

बयरु न कर काहू सन कोई। . . . .

सब नर करहिं परस्पर प्रीती। . . . .

सब उदार सब पर उपकारी। . . . .

कुछ समय के पश्चात् श्रीराम विभीषण, सुग्रीव, अंगद आदि को अपने-अपने राज्यों में लौटने की सलाह देते हैं। रावण के विरुद्ध युद्ध में की हुई सहायता के लिए श्रीराम इन सबके प्रति अपनी कृतज्ञता प्रकट करते हैं। वे उनसे कहते हैं कि चाहे वे अयोध्या में रहें या अपने राज्यों में चले जाएँ, उन्हें यह विश्वास रखना चाहिए कि श्रीराम का उनके प्रति प्रेम सदा ही बना रहेगा क्योंकि श्रीराम 'सर्वहित' हैं अर्थात् वे सभी का हित करने वाले हैं।

तब रघुपति सब सखा बोलाए। आइ सबन्हि सादर सिरु नाए॥
परम प्रीति समीप बैठारे। भगत सुखद मृदु बचन उचारे॥
तुम्ह अति कीन्हि मोरि सेवकाई। मुख पर केहि बिधि करौं बड़ाई॥
ताते मोहि तुम्ह अति प्रिय लागे। मम हित लागि भवन सुख त्यागे॥

अब गृह जाहु सखा सब भजेहु मोहि दृढ़ नेम।
सदा सर्वगत सर्वहित जानि करेहु अति प्रेम॥

'सर्वहित' से मिलता हुआ संस्कृत शब्द है 'सर्वश्रेयस्कर' जिसका प्रयोग तुलसीदासजी ने मानस के आरम्भ में सीताजी की वंदना करते हुए निम्नलिखित श्लोक में किया है—

उद्भवस्थितिसंहारकारिणीं क्लेशहारिणीम्।
सर्वश्रेयस्करीं सीतां नतोऽहं रामवल्लभाम्॥
अर्थात् उत्पत्ति, पालन और संहार करने वाली, क्लेशों को हरने वाली तथा सम्पूर्ण कल्याणों की करने वाली श्रीराम की प्रियतमा सीताजी को मैं नमस्कार करता हूँ।

सरल भाषा में 'सब कर हित' का समानार्थक शब्द है 'सब ही को नीक' जिसका उपयोग तुलसीदासजी ने बालकाण्ड में श्रीराम की स्तुति करने के लिए किया है—

राम निकाईं रावरी है सब ही को नीक।
जौं यह साची है सदा तौ नीको तुलसीक॥

तुलसीदासजी ने मानस में रामकथा के साथ-साथ शिवकथा भी कही है। शिवजी की पहली पत्नी सती ने अपने पति (अर्थात् शिवजी) की महिमा का वर्णन करते हुए उन्हें 'सब के हितकारी' बतलाया है। यह प्रसंग भी बालकाण्ड में वर्णित है—

जगदातमा महेसु पुरारी। जगत जनक सब के हितकारी॥

मानस के अनुसार भगवान् तो 'सब के हितकारी' हैं ही—चाहे वे श्रीराम हों या शिवजी—उनके सच्चे भक्त भी 'सब के हितकारी' हैं जैसाकि वाल्मीकि ऋषि अयोध्याकाण्ड में श्रीराम को सम्बोधित करते हुए कहते हैं—

सब के प्रिय सब के हितकारी। दुख सुख सरिस प्रसंसा गारी॥
कहहिं सत्य प्रिय वचन विचारी। जागत सोवत सरन तुम्हारी॥
तुम्हहि छाड़ि गति दूसरि नाहीं। राम बसहु तिन्ह के मन माहीं॥

अयोध्याकाण्ड में ही राम वियोग में बिलखते हुए राजा दशरथ को उनके मंत्री सुमंत्र धैर्य धारण करने की सलाह देते हुए कहते हैं कि आप जैसे 'पंडित ज्ञानी' को कठिन परिस्थिति में भी दुःखी नहीं होना चाहिए, अन्यथा सब लोग दुःखी होंगे—और आप तो 'सकल हितकारी' हैं—

सचिव धीर धरि कह मृदु वानी। महाराज तुम्ह पंडित ग्यानी॥
वीर सुधीर धुरंधर देवा। साधु समाजु सदा तुम्ह सेवा॥

सुख हरषहिं जड़ दुख विलखाहीं। दोउ सम धीर धरहिं मन माहीं॥
धीरज धरहु विवेकु विचारी। छाड़िअ सोच सकल हितकारी॥

अरण्यकाण्ड में अत्रि ऋषि की पत्नी अनसूया ने सीताजी को परम्परागत नारी-धर्म के विषय में बतलाकर अंत में कहा कि मैंने यह सब 'संसार हित' के लिए बोला है—

सुनु सीता तव नाम सुमिरि नारि पतिव्रत करहिं।
तोहि प्रानप्रिय राम कहिउँ कथा संसार हित॥

किष्किंधाकाण्ड में श्रीराम सुग्रीव को सच्चे मित्र के लक्षण बतलाते हुए कहते हैं कि 'अपने बल के अनुसार सदा हित करना' मित्र का प्रमुख कर्तव्य है—

देत लेत मन संक न धरई। बल अनुमान सदा हित करई॥
विपति काल कर सतगुन नेहा। श्रुति कह संत मित्र गुन एहा॥

सरल भाषा का शब्द 'सदा हित कर' जो इस प्रसंग में प्रयुक्त हुआ है, उसी का समानार्थक संस्कृत शब्द है 'सदा शिवकरं' जिसका उपयोग तुलसीदासजी ने उत्तरकाण्ड में मानस के अंतिम श्लोक में किया है—यह बतलाने के लिए कि उनके द्वारा लिखित रामचरितमानस 'सदा हित करने वाला' है—

पुण्यं पापहरं सदा शिवकरं विज्ञानभक्तिप्रदं
मायामोहमलापहं सुविमलं प्रेमाम्बुपूरं शुभम्। . . . .
अर्थात् यह रामचरितमानस पुण्यरूप, पापों का हरण करने वाला, सदा हित करने वाला, विज्ञान और भक्ति को देने वाला, माया, मोह और मल का नाश करने वाला, परम निर्मल प्रेमरूपी जल से परिपूर्ण तथा मंगलमय है। . . . .

'सर्वहित' तथा 'सदा हित' शब्दों का प्रयोग करने वाले प्रसंगों के उल्लेख के पश्चात् अब ध्यान दें जगमंगल के अन्य पर्यायवाची शब्दों पर जो इनसे कुछ भिन्न हैं। याज्ञवल्क्य मुनि बालकाण्ड में कहते हैं कि हिमाचल की पुत्री पार्वतीजी अपने पति शिवजी से रामकथा सुनना चाहती हैं—क्योंकि रामकथा 'सकल लोक हितकारी' है—

कथा जो सकल लोक हितकारी। सोइ पूछन चह सैलकुमारी॥

इसी प्रसंग का आगे वर्णन करते हुए याज्ञवल्क्य मुनि बतलाते हैं कि पार्वतीजी ने किस प्रकार राम-अवतार के विषय में अपने प्रश्न पूछे और किस प्रकार शिवजी ने उनका उत्तर दिया। शिवजी द्वारा कथित वचनों में आरम्भ से ही 'जगत् हित' और 'सव कर हित' शब्दों का प्रमुख स्थान है—

धन्य धन्य गिरिराजकुमारी। तुम्ह समान नहिं कोउ उपकारी॥
पूँछेहु रघुपति कथा प्रसंगा। सकल लोक जगपावनि गंगा॥
तुम्ह रघुबीर चरन अनुरागी॥ कीन्हिहु प्रस्न जगत हित लागी॥
राम कृपा तें पारवति सपनेहुँ तव मन माहिं।
सोक मोह संदेह भ्रम मम बिचार कछु नाहिं॥
तदपि असंका कीन्हिहु सोई। कहत सुनत सब कर हित होई॥

इस विभाग को समाप्त करने से पहले यह उल्लेखनीय है कि तुलसीदासजी ने अयोध्याकाण्ड में 'विश्व उपकार' शब्द का प्रयोग भी किया है। अत्रि ऋषि कहते हैं कि चित्रकूट के निकट 'भरतकूप' से विश्व का उपकार हुआ क्योंकि भरत ने इस कूप में अनेकों तीर्थों का जल रखा—

पावन पाथ पुन्यथल राखा। प्रमुदित प्रेम अत्रि अस भाषा॥

बिधि बस भयउ बिस्व उपकारू। सुगम अगम अति धरम बिचारू॥
भरतकूप अब कहिहहिं लोगा। अति पावन तीरथ जल जोगा॥

राम के द्वारा आनंद, प्रेम एवं हर्ष की वर्षा भी सभी के लिए

अयोध्याकाण्ड के आरम्भ में राजा दशरथ मंत्रियों से पूछते हैं कि राम को युवराज बनाने के विषय में उनकी क्या राय है और उत्तर में वे सब कहते हैं कि इससे 'जगमंगल' होगा—

जौं पाँचहि मत लागै नीका। करहु हरषि हियँ रामहि टीका॥
मंत्री मुदित सुनत प्रिय बानी। अभिमत बिरवँ परेउ जनु पानी॥
बिनती सचिव करहिं कर जोरी। जिअहु जगतपति बरिस करोरी॥
जगमंगल भल काजु बिचारा। बेगिअ नाथ न लाइअ बारा॥

किंतु जगमंगलकारी यह कार्य चौदह वर्ष के लिए टल जाता है और श्रीराम का राज्याभिषेक उत्तरकाण्ड में होता है जिसके लिए वहाँ 'जग अभिराम' शब्द का प्रयोग हुआ है—

गुर बसिष्ट द्विज लिए बुलाई। आजु सुघरी सुदिन समुदाई॥
सब द्विज देहु हरषि अनुसासन। रामचंद्र बैठहिं सिंघासन॥
मुनि बसिष्ट के बचन सुहाए। सुनत सकल बिप्रन्ह अति भाए॥
कहहिं बचन मृदु बिप्र अनेका। जग अभिराम राम अभिषेका॥

'जग अभिराम' का अर्थ है 'जगत् को आनन्द देने वाला'—और तुलसीदासजी इस

शब्द के द्वारा यह याद दिलाना चाहते हैं कि श्रीराम वास्तविक रूप से सच्चिदानन्दघन हैं। बालकाण्ड में शिवजी पार्वतीजी को बतलाते हैं कि—

राम सच्चिदानंद दिनेसा। नहिं तहँ मोह निसा लवलेसा॥

बालकाण्ड में ही नामकरण संस्कार करते समय गुरु वसिष्ठ समझाते हैं कि राम 'आनन्द सिंधु' भी हैं—

जो आनंद सिंधु सुख रासी। सीकर तें त्रैलोक सुपासी॥
सो सुखधाम राम अस नामा। अखिल लोक दायक बिश्रामा॥

अयोध्याकाण्ड में जब राम–सीता–लक्ष्मण अपना वनवास आरम्भ करते हैं तो रास्ते में गाँवों के लोग श्रीराम का दर्शन करके बहुत आनन्दित होते हैं—

गावँ गावँ अस होइ अनंदू। देखि भानुकुल कैरव चंदू॥

यह बतलाने के लिए कि श्रीराम का आनन्दकारी रूप सभी के लिए है, तुलसीदासजी ने लंकाकाण्ड में श्रीराम के लिए 'अखिल लोक लोचनाभिराम' शब्द का प्रयोग किया है जिसका अर्थ है 'सम्पूर्ण लोकों के नेत्रों को आनन्द देने वाले'। यदि कहीं भाषा के प्रवाह के कारण 'अखिल' या 'सकल' शब्द प्रयुक्त नहीं हुआ है, तो भी प्रसंगानुसार उसका व्यापक अर्थ लेना ही उचित है। उदाहरणार्थ यद्यपि अरण्यकाण्ड में तुलसीदासजी ने संस्कृत के श्लोक में लिखा है—

रामाभिरामं भजे
अर्थात् मैं आनन्द देने वाले श्रीराम को भजता हूँ।

फिर भी यह कहना मानस के भावानुकूल है कि उनका वास्तविक तात्पर्य केवल व्यक्तिगत आनन्द से नहीं बल्कि सामूहिक आनन्द से भी है।

इसी प्रकार का व्यापक अर्थ 'रंजन' शब्द के लिए भी करना उचित है। बालकाण्ड में तुलसीदासजी लिखते हैं—

बुध बिश्राम सकल जन रंजनि। रामकथा कलि कलुष बिभंजनि॥
अर्थात् रामकथा विद्वानों को शान्ति देने वाली, सब मनुष्यों को आनन्द देने वाली और कलियुग के पापों को नाश करने वाली है।

इस प्रसंग में तुलसीदासजी ने 'सकल जन रंजन' शब्द का उपयोग किया है किंतु उत्तरकाण्ड में रामकथा की समाप्ति करते समय केवल 'जन रंजन' शब्द प्रयुक्त हुआ है—

यह सुभ संभु उमा संवादा। सुख संपादन समन विषादा॥
भव भंजन गंजन संदेहा। जन रंजन सज्जन प्रिय एहा॥

यहां 'सकल' शब्द न होते हुए भी 'जन रंजन' का व्यापक अर्थ समझना उचित है। अब रामकथा के आनन्ददायी पक्ष के स्थान पर उसके प्रेम-प्रसारक रूप पर ध्यान दें जिसका उल्लेख तुलसीदासजी ने बालकाण्ड में किया है—

प्रिय लागिहि अति सबहि मम भनिति राम जस संग।
दारु विचारु कि करइ कोउ वंदिअ मलय प्रसंग॥

'रामकथा सभी को अत्यन्त प्रिय लगेगी'—इस कथन का मूल स्रोत तो यही है कि मानस में वर्णित श्रीराम 'सर्वप्रिय' हैं, जैसाकि तुलसीदासजी बालकाण्ड में सरल शब्दों में कहते हैं—

कोसलपुर वासी नर नारि वृद्ध अरु बाल।
प्रानहु ते प्रिय लागत सब कहुँ राम कृपाल॥

अयोध्याकाण्ड में राम-सीता-लक्ष्मण को वन की ओर पैदल जाते हुए देखकर उस मार्ग के समीप बसने वाले सभी व्यक्ति—नर-नारी, बालक और वृद्ध—प्रेम के वश में हो जाते हैं—

अबला बालक वृद्ध जन कर मीजहिं पछिताहिं।
होहिं प्रेमबस लोग इमि रामु जहाँ जहँ जाहिं॥

श्रीराम और जनता के बीच यह प्रेम का सम्बन्ध द्विमार्गी है अर्थात् जैसे सभी व्यक्ति राम को प्यार करते हैं उसी प्रकार राम भी सभी व्यक्तियों को प्यार करते हैं। उत्तरकाण्ड में श्रीराम काकभुशुंडि को 'निज सिद्धान्त' बतलाते हुए सबके प्रति अपना प्रेम प्रकट करते हैं—

सब मम प्रिय सब मम उपजाए।

वैसे तो श्रीराम का प्रेम सभी को प्राप्त है, किंतु उनका विशेष प्रेम उन्हीं को मिलता है जो स्वयं 'सब के प्रिय सब के हितकारी' हैं जैसाकि वाल्मीकि ऋषि अयोध्याकाण्ड में सच्चे भक्तों के लक्षण बतलाते हुए श्रीराम से कहते हैं:

सब के प्रिय सब के हितकारी। दुख सुख सरिस प्रसंसा गारी॥
कहहिं सत्य प्रिय वचन विचारी। जगत सोवत सरन तुम्हारी॥
तुम्हहि छाड़ि गति दूसरि नाहीं। राम बसहु तिन्ह के मन माहीं॥

इसी भाव को किष्किंधाकाण्ड में श्रीराम हनुमान्जी को सम्बोधित करते हुए प्रकट करते हैं। श्रीराम कहते हैं कि उनका सबसे प्रिय सेवक वही है जो सारे जगत् को भगवान् का ही रूप समझकर सबकी सेवा करे—

समदरसी मोहि कह सब कोऊ। सेवक प्रिय अनन्यगति सोऊ॥
सो अनन्य जाकें असि मति न टरइ हनुमंत।
मैं सेवक सचराचर रूप स्वामि भगवंत॥

जगमंगल पर आधारित समाज का चित्रण तुलसीदासजी ने उत्तरकाण्ड में रामराज्य की आदर्श स्थिति के रूप में किया है जिसकी नींव पारस्परिक प्रेम और परोपकार की भावना है—

सब नर करहिं परस्पर प्रीती।.....
सब उदार सब पर उपकारी।.....

रामराज्य का वर्णन करते हुए तुलसीदासजी ने यह भी स्पष्ट कर दिया है कि वास्तविक जगमंगल में सभी लोगों को कल्याण के साथ-साथ हर्ष भी प्राप्त होता है—

रामराज बैठें त्रैलोका। हरषित भए गए सब सोका॥
बयरु न कर काहू सन कोई। राम प्रताप विषमता खोई॥

हरषित रहहिं नगर के लोगा। करहिं सकल सुर दुर्लभ भोगा॥

सारे जगत् का हर्षित होना—यह भाव गीता के श्लोक ११.३६ में वर्णित है।

जगपावन, लोकविश्राम आदि के द्वारा भी सामूहिक लाभ की प्रधानता

इस अध्याय में अब तक के विवेचन में यह दिखलाया गया कि सकल मंगल, सकल सुख, सकल लोकहित, सकल जन रंजन आदि शब्दों के द्वारा तुलसीदासजी ने जगमंगल के संदेश को न केवल प्रभावशाली बनाया बल्कि साथ ही भाषा की रोचकता में भी कोई अपूर्णता नहीं आने दी। अब इस अध्याय के अंतिम विभाग में जगमंगल के आध्यात्मिक पक्ष पर ध्यान दिया जाएगा—यह स्पष्ट करने के लिए कि रामकाज में जुटने का मार्ग सभी के लिए खुला है और उससे सब व्यक्ति हृदय की पवित्रता और मानसिक शांति प्राप्त कर सकते हैं। तुलसीदासजी ने 'जगपावन' तथा 'लोकविश्राम' शब्दों के द्वारा आध्यात्मिक क्षेत्र में भी व्यक्तिगत लाभ की अपेक्षा सामूहिक लाभ को प्राथमिकता देने का सुझाव दिया है—जिसके द्वारा जगमंगल के संदेश की नींव दृढ़ होती है।

लंकाकाण्ड में राम-रावण युद्ध का आध्यात्मिक पक्ष स्पष्ट करते हुए शिवजी कहते

हैं कि राक्षसों की अनीति का अंत होने से ही जगत् में पवित्रता का विस्तार होगा—

जगपावनि कीरति बिस्तरिहहिं।

बालकाण्ड में शिवजी बतला चुके हैं कि अनीति और हिंसा ही राक्षसों द्वारा कृत पाप के मुख्य अंग हैं—

बरनि न जाइ अनीति घोर निसाचर जो करहिं।
हिंसा पर अति प्रीति तिन्ह के पापहि कवनि मिति॥

लंकाकाण्ड में श्रीराम ने रावण के पाप का अंत किया किंतु साथ ही उन्होंने उसका उद्धार भी कर दिया, जैसाकि रावण की पत्नी मंदोदरी ने अपने पति के मृत शरीर को देखकर कहा—

आजन्म ते परद्रोहरत पापौघमय तव तनु अयं।
तुम्हहू दियो निज धाम राम नमामि ब्रह्म निरामयं॥

श्रीराम की जगपावन कीर्ति का सबसे प्रभावशाली रूप यह है कि वे 'पतित पावन' हैं अर्थात् पतितों को भी पवित्र करने वाले हैं, जैसाकि तुलसीदासजी ने मानस को समाप्त करते हुए कहा है—

जासु पतित पावन बड़ बाना। गावहिं कवि श्रुति संत पुराना॥

यही भाव गीता के श्लोक ९.३० में वर्णित है।

भगवान् ने तुलसीदासजी को यह प्रेरणा दी कि वे कलियुग की समस्याओं को सुलझाने का मार्ग मानस के माध्यम से दिखलाएँ। पारस्परिक द्वेष और विरोध के कारण कलियुग के लोग 'पतित' हो गए हैं, जैसाकि उत्तरकाण्ड में काकभुशुंडि गरुड़ से कहते हैं—

सुनु खगेस कलि कपट हठ दंभ द्वेष पाषंड।
मान मोह मारादि मद ब्यापि रहे ब्रह्मंड॥

तामस बहुत रजोगुन थोरा। कलि प्रभाव बिरोध चहुँ ओरा॥

सो कलिकाल कठिन उरगारी। पाप परायन सब नर नारी॥

इस विश्वास पर कि श्रीराम पतित-पावन हैं, तुलसीदासजी ने रामचरितमानस को 'सकलकलिकलुषविध्वंसन' कहकर प्रत्येक काण्ड की समाप्ति की है। मानस के कलियुग से सम्बंधित विचारों पर ध्यान देने से पहले यह उल्लेखनीय है कि इस

अध्याय के पाँचों विभागों में 'सकल' शब्द से आरम्भ होने वाला कोई-न-कोई जगमंगल का पर्यायवाची शब्द है।

अब तुलसीदासजी के 'कलिकलुषविध्वंसन' से सम्बंधित विचारों को लें। उन्होंने बालकाण्ड में यह विश्वास प्रकट किया है कि रामकथा को समझ-बूझकर कहने और सुनने से—अर्थात् उसकी शिक्षओं को आचरण में लाने से—कलिमल का अंत होगा और सुमंगल की प्राप्ति होगी—

जे एहि कथहि सनेह समेता। कहिहहिं सुनिहहिं समुझि सचेता॥
होइहहिं राम चरन अनुरागी। कलि मल रहित सुमंगल भागी॥

कलिमल से मुक्ति और जगमंगल की प्राप्ति—तुलसीदासजी का यह सामाजिक उद्देश्य मानस के आरम्भ में ही स्पष्ट हो गया है—

भनिति भदेस वस्तु भलि बरनी। रामकथा जगमंगल करनी॥
मंगल करनि कलि मल हरनि तुलसी कथा रघुनाथ की।

इस विचार को प्रभावशाली ढंग से कहने के लिए तुलसीदासजी ने अलंकारिक भाषा का भी प्रयोग किया है किंतु इसका रसास्वादन करने के लिए लंकाकाण्ड एवं बालकाण्ड के अन्तिम शब्दों को मिलाकर पढ़ना आवश्यक है। पहले लंकाकाण्ड के अंतिम शब्दों में कथित कलियुग की समस्या सार रूप में देखें—

यह कलिकाल मलायतन . . . .।

अब बालकाण्ड के अंतिम शब्दों में सूत्र रूप से कथित कलियुग की समस्या सुलझाने का साधन देखें—

मंगलायतन राम जसु . . . .।

संक्षेप में तुलसीदासजी का सुझाव है कि मलायतन को छोड़ो और मंगलायतन में प्रवेश करो।

श्रीराम के सुयश से प्राप्त मंगल तीनों लोकों के लिए है, यह घोषणा तुलसीदासजी ने किष्किंधाकाण्ड के अंत में की है—

त्रैलोक पावन सुजसु सुर मुनि नारदादि बखानिहैं। . . . .

तुलसीदासजी ने इसी भाव को उत्तरकाण्ड में भी स्पष्ट किया है, यह बतलाकर कि रामराज्य में तीनों लोकों को हर्ष प्राप्त हुआ और सभी व्यक्ति परमगति के अधिकारी बने—

रामराज बैठें त्रैलोका। हरषित भए गए सब सोका॥

राम भगति रत नर अरु नारी। सकल परम गति के अधिकारी॥

अब मानस में प्रयुक्त शब्द 'अखिल लोक विश्राम' पर ध्यान दें जिसका अर्थ है 'सम्पूर्ण लोकों को शान्ति देने वाले प्रभु'। बालकाण्ड में श्रीराम के जन्म का वर्णन करते हुए तुलसीदासजी लिखते हैं—

जगनिवास प्रभु प्रगटे अखिल लोक विश्राम।

जब श्रीराम का नाम करण संस्कार होता है तब गुरु वसिष्ठ सबको बतलाते हैं कि राम-रूप में जन्म लेने वाले वही प्रभु हैं जो 'अखिल लोक दायक विश्रामा' हैं—

जो आनंद सिंधु सुख रासी। सीकर तें त्रैलोक सुपासी॥
सो सुखधाम राम अस नामा। अखिल लोक दायक विश्रामा॥

यह स्पष्ट है कि 'लोक विश्राम' जगमंगल का ही एक पक्ष है। जैसे मानस में व्यक्तिगत मंगल से भी अधिक प्रधानता जगमंगल को देने का सुझाव है, वही बात विश्राम और लोक विश्राम की है। बालकाण्ड में तुलसीदासजी कहते हैं कि मानस के सुनने से सबको शान्ति मिलेगी—

रामचरितमानस एहि नामा। सुनत श्रवन पाइअ बिश्रामा॥

मानस की समाप्ति करते हुए तुलसीदासजी उत्तरकाण्ड में कहते हैं कि राम कृपा से मुझे परम शांति मिली—

जाकी कृपा लवलेस ते मतिमंद तुलसीदासहूँ।
पायो परम विश्राम राम समान प्रभु नाहीं कहूँ॥

तुलसीदासजी की यह घोषणा कि 'श्रीराम अखिल लोक विश्राम हैं'—सबको मान्य है क्योंकि यह उनके निज-अनुभव पर आधारित है। इस घोषणा के द्वारा तुलसीदासजी ने शांति का द्वार सबके लिए खोल दिया है।

श्रीराम का सहारा लेकर 'विश्राम' कैसे प्राप्त करें, इसके लिए भक्तियोग और कर्मयोग—दोनों साधन मानस में वर्णित हैं किंतु यहाँ दोनों साधनों के समर्थनस्वरूप एक-एक प्रसंग का उल्लेख करना ही पर्याप्त होगा। उदाहरणत: विभीषण श्रीराम की शरण में आकर सुंदरकाण्ड में भक्तिमार्ग के गुण गाते हैं—

तब लगि कुसल न जीव कहुँ सपनेहुँ मन विश्राम।
जब लगि भजत न राम कहुँ सोक धाम तजि काम॥

सुंदरकाण्ड में ही कर्मयोगी हनुमान्‌जी कहते हैं कि 'विश्राम' प्राप्ति का विचार करने से पहले 'राम-काज' पूरा करना आवश्यक है—

राम काजु कीन्हें बिनु मोहि कहाँ विश्राम।

वर्तमान काल में—कलियुग के संदर्भ में—रामकाज का वास्तविक अर्थ है जगमंगल के लिए प्रयत्न करना क्योंकि श्रीराम का जन्म ही जगमंगल के लिए हुआ है, जैसाकि गुरु वसिष्ठ अयोध्याकाण्ड में बतलाते हैं—

सत्यसंध पालक श्रुति सेतू। राम जनमु जग मंगल हेतू॥

रामकाज में किस लग्न से लवलीन होना चाहिए, इसका उदाहरण वानरों ने प्रस्तुत किया जिसका वर्णन किष्किंधाकाण्ड में है—

चले सकल वन खोजत सरिता सर गिरि खोह।
राम काज लयलीन मन विसरा तन कर छोह॥

तुलसीदासजी ने मानस के आरम्भ में कहा है कि यद्यपि संत समाज में भक्ति-कर्म-ज्ञान—तीनों योगों की जानकारी दी जाती है, फिर भी कलिमल को हरने के लिए कर्मयोग विशेषत: प्रभावशाली है—

विधि निषेधमय कलिमल हरनी। करम कथा रविनंदिनी वरनी॥

इसका सारांश यह है कि कर्मयोगी हनुमान्‌जी द्वारा दर्शित राम-काज पर आधारित साधना से सारा जग पावन हो सकता है और लोक विश्राम तथा जगमंगल के उच्च आदर्श भी उपलब्ध हो सकते हैं। जिन शब्दों से तुलसीदासजी ने मानस की समाप्ति की है, उनमें से चुने हुए निम्नलिखित शब्दों से यह अध्याय समाप्त करना उचित होगा—

एहिं कलिकाल न साधन दूजा।

अध्याय ७

संत-महिमा के माध्यम से पर-हित का संदेश

मानस में रामकथा और शिवकथा के साथ-साथ तीसरा महत्त्वपूर्ण विषय है संत-महिमा। संतों के लिए 'सज्जन' शब्द का भी प्रयोग किया गया है क्योंकि वे अवगुणों को छोड़कर सद्गुण ग्रहण करते हैं। इसलिए असंत और असज्जन का एक ही तात्पर्य है, जैसे—

बंदउँ संत असज्जन चरना।

अरण्यकाण्ड में श्रीराम नारद से कहते हैं—

सुनु मुनि संतन्ह के गुन कहऊँ।

श्रीराम का वक्तव्य समाप्त होने पर तुलसीदासजी कहते हैं—

अस दीनबंधु कृपाल अपने भगत गुन निज मुख कहे।

इससे यह स्पष्ट हो जाता है कि संत और रामभक्त—दोनों एक ही हैं। और दोनों की विशेषता यह है कि वे जगत् का हित करते हैं जिसके लिए मानस में पर-हित शब्द भी अनेकों बार प्रयुक्त हुआ है। उदाहरणतः बालकाण्ड में तुलसीदासजी कहते हैं—

संत सरल चित जगतहित . . . .।

इससे मिलते हुए शब्द अयोध्याकाण्ड में इस प्रकार हैं—

राम भगत पर हित निरत . . . .।

मानस में संत-महिमा के तीस प्रमुख प्रसंग हैं जिनमें से कुछ विस्तार से लिखे गए हैं और कुछ संक्षेप में। सातों काण्डों में से कोई भी ऐसा नहीं है जिसमें संत-महिमा का प्रसंग न हो। तुलसीदासजी ने संतों की महिमा बारह प्रमुख वक्ताओं के द्वारा बुलवाई है, जिनमें से दस के नाम इस प्रकार हैं—

श्रीराम, शिवजी, काकभुशुंडि, याज्ञवल्क्य, वाल्मीकि, हनुमान्, विभीषण, देवगुरु बृहस्पति, गरुड़, तुलसीदासजी स्वयं।

शेष के दो नाम इसलिए अलग से लिखे जा रहे हैं क्योंकि उनको सुनकर श्रोताओं को आश्चर्य हो सकता है। वे हैं—कामदेव, तथा लंकिनी नाम की राक्षसी।

अब प्रत्येक वक्ता द्वारा कथित संत-महिमा का सारांश प्रस्तुत है।

श्रीराम के विचार

मानस में श्रीराम ने पाँच अवसरों पर संतों की विशेषताएँ बतलाई हैं जिनमें से राम-भरत संवाद सबसे अधिक विस्तृत है। विस्तार में दूसरा स्थान राम-नारद संवाद का है। इनके अतिरिक्त तीन संक्षिप्त प्रसंग हैं, जैसे—राम-लक्ष्मण संवाद, श्रीराम द्वारा सनकादि मुनियों का स्वागत, और श्रीराम द्वारा विभीषण को अपनी शरण में रखने का निश्चय।

राम-भरत संवाद उत्तरकाण्ड में वर्णित है। श्रीराम संत और असंत का भेद समझाने के लिए चंदन और कुल्हाड़ी का उदाहरण देते हैं। कुल्हाड़ी चंदन को काटती है किंतु चंदन काटनेवाली कुल्हाड़ी को भी अपनी सुगंध दे देता है।

संत असंतन्हि कै असि करनी। जिमि कुठार चंदन आचरनी॥
काटइ परसु मलय सुनु भाई। निज गुन देइ सुंगध बसाई॥

श्रीराम आगे कहते हैं कि संतों को दूसरों का दुःख देखकर दुःख होता है और सुख देखकर सुख। वे किसी को शत्रु नहीं समझते। वे दीनों पर विशेष दया करते हैं। वे सबको सम्मान देते हैं पर स्वयं अभिमानरहित होते हैं।

बिषय अलंपट सील गुनाकर। पर दुख दुख सुख सुख देखे पर॥
सम अभूतरिपु बिमद बिरागी। लोभामरष हरष भय त्यागी॥
कोमलचित दीनन्ह पर दाया। मन बच क्रम मम भगति अमाया॥
सबहि मानप्रद आपु अमानी। भरत प्रान सम मम ते प्रानी॥

संतों के लिए निंदा और स्तुति दोनों समान हैं। उनकी ममता के केंद्र सांसारिक भोग नहीं बल्कि श्रीराम के चरण-कमल हैं।

निंदा अस्तुति उभय सम ममता मम पद कंज।
ते सज्जन मम प्रानप्रिय गुन मंदिर सुख पुंज॥

संत-महिमा के माध्यम से श्रीराम ने पर-हित का संदेश न केवल भरत को दिया बल्कि सारे संसार को दिया। बहुत से सामाजिक कार्यकर्ताओं का मत है कि श्रीराम द्वारा कथित निम्नलिखित चौपाई मानस की सबसे प्रसिद्ध चौपाई है—

पर हित सरिस धर्म नहिं भाई। पर पीड़ा सम नहिं अधमाई॥
निर्नय सकल पुरान वेद कर। कहेउँ तात जानहिं कोविद नर॥

अब राम-नारद संवाद को लें जो अरण्यकाण्ड के अंत में वर्णित है। श्रीराम कहते हैं कि संतों को न केवल धर्म का ज्ञान होता है बल्कि साथ ही उनकी गति अर्थात् आचरण भी धर्मानुकूल होता है। वे ईश्वर की लीलाओं को गाते-सुनते हैं और बिना किसी स्वार्थ के दूसरों के हित में लगे रहते हैं।

सावधान मानद मदहीना। धीर धर्म गति परम प्रवीना॥

गावहिं सुनहिं सदा मम लीला। हेतु रहित परहित रत सीला॥

श्रीराम नारद से कहते हैं कि समत्त्व और शीतलता संतों के गुण हैं। वे सबसे प्रेम करते हैं। श्रद्धा, क्षमा, मैत्री, दया और भगवान् के चरणों में निष्कपट प्रेम उनके अन्य गुण हैं। वे दंभ, अभिमान और मद को छोड़ते हैं और भूलकर भी कुमार्ग पर पैर नहीं रखते।

सम सीतल नहिं त्यागहिं नीती। सरल सुभाउ सबहि सन प्रीती॥

श्रद्धा छमा मयत्री दाया। मुदिता मम पद प्रीति अमाया॥

दंभ मान मद करहिं न काऊ। भूलि न देहिं कुमारग पाऊ॥

राम-लक्ष्मण संवाद भी अरण्यकाण्ड में वर्णित है। यह संवाद ईश्वर-जीव भेद के ज्ञान से आरम्भ होता है किंतु बाद में उसमें भक्तियोग की भी चर्चा है। श्रीराम कहते हैं कि भक्ति सुख की मूल है किंतु वह मिलती तभी है जब संत प्रसन्न होते हैं। जिस साधना से भक्ति प्राप्त होती है उसका एक महत्त्वपूर्ण अंग है—संतों के चरणों में प्रेम।

भगति तात अनुपम सुखमूला। मिलइ जो संत होइँ अनुकूला॥

संत चरन पंकज अति प्रेमा। मन क्रम वचन भजन दृढ़ नेमा॥

काम आदि मद दंभ न जाकें। तात निरंतर बस मैं ताकें॥

सनकादि मुनियों का श्रीराम द्वारा किए गए स्वागत का संक्षिप्त वर्णन उत्तरकाण्ड में है। श्रीराम ने मुनियों से कहा कि आपके अगमन से सत्संग का जो अवसर मिला है वह बहुत सौभाग्य से प्राप्त होता है।

कर गहि प्रभु मुनिवर वैठारे। परम मनोहर वचन उचारे॥
बड़े भाग पाइब सतसंगा। बिनहिं प्रयास होहिं भव भंगा।

संत संग अपवर्ग कर कामी भव कर पंथ।
कहहिं संत कवि कोविद श्रुति पुरान सदग्रंथ॥

विभीषण द्वारा श्रीराम की शरण में आने का प्रसंग सुंदरकाण्ड में वर्णित है। श्रीराम ने कहा कि तुमने रावण द्वारा अपनाए गए कुमार्ग को छोड़कर निष्काम भाव से मेरी भक्ति का आश्रय लिया, इसलिए मैं तुम्हें संत अर्थात् अपना प्रिय भक्त समझता हूँ। उन्होंने यह भी कहा कि ईश्वर की सगुण भक्ति और पर-हित भाव—ये दोनों साथ-साथ चलते हैं।

जौं नर होइ चराचर द्रोही। आवै सभय सरन तकि मोही॥
समदरसी इच्छा कछु नाहीं। हरष सोक भय नहिं मन माहीं॥
अस सज्जन मम उर बस कैसें। लोभी हृदयँ बसइ धनु जैसें॥
तुम्ह सारिखे संत प्रिय मोरें। धरउँ देह नहिं आन निहोरें॥
सगुन उपासक परहित निरत नीति दृढ़ नेम।
ते नर प्रान समान मम जिन्ह के द्विज पद प्रेम॥

श्रीराम ने विभीषण से सहानुभूति दिखलाते हुए कहा कि तुम जैसे संत को राक्षसों के मध्य रहना पड़ा, इसका मुझे दुःख है क्योंकि दुष्टों का—असंतों का—संग तो नरक से भी बुरा है।

बरु भल वास नरक कर ताता। दुष्ट संग जनि देइ विधाता॥

शिवजी के विचार

तुलसीदासजी ने मानस में शिवजी को रामकथा के सबसे प्रमुख वक्ता के रूप में प्रस्तुत किया है। पार्वतीजी को कथा सुनाते हुए वे बीच-बीच में संतों के लक्षण तथा सत्संग की महिमा के विषय में अपने विचार प्रकट करते हैं। उदारणतः सुंदरकाण्ड में रावण द्वारा विभीषण को लात मारने का प्रसंग है। बदले में विभीषण ने बार-बार अपने बड़े भाई रावण के चरण ही पकड़े और कहा कि आप पिता-तुल्य हैं, आप भले ही मुझे मारें किंतु आपका भला श्रीराम को भजने में ही है। शिवजी विभीषण के व्यवहार की प्रशंसा करते हुए कहते हैं कि संत लोग बुराई करने वाले की भी भलाई ही चाहते हैं।

उमा संत कइ इहइ बड़ाई। मंद करत जो करइ भलाई॥

किंतु सबको अपने कर्म का फल मिलता है। विभीषण तो श्रीराम की शरण में चला गया, किंतु रावण और उसके साथी विभीषण का अपमान करके अपनी ही हानि कर बैठे। शिवजी ने पार्वतीजी से कहा कि संत का अपमान करने वाले का कल्याण कैसे हो सकता है।

साधु अवग्या तुरत भवानी। कर कल्यान अखिल कै हानी॥

बुराई किए जाने पर भी विरोध न करने का दूसरा उदाहरण उत्तरकाण्ड में वर्णित है। काकभुशुंडि के अन्तिम जन्म में लोमश मुनि ने क्रोधित होकर उन्हे श्राप दे दिया, किंतु काकभुशुंडि ने क्रोध न दिखलाकर लोमश मुनि की चरण-वन्दना की। ऐसे व्यवहार की प्रशंसा करते हुए शिवजी कहते हैं कि श्रीराम के चरणों के प्रेमी अर्थात् संत लोग सारे जगत् को प्रभुमय ही देखते हैं, इसलिए वे किसी से विरोध नहीं करते।

उमा जे राम चरन रत विगत काम मद क्रोध।
निज प्रभुमय देखहिं जगत केहि सन करहिं विरोध॥

उत्तरकाण्ड में श्रीराम की स्तुति करते हुए भी शिवजी कहते हैं कि संत लोगों के सुखी होने का यही कारण है कि वे मान-अपमान के प्रति समत्त्व भाव रखते हैं।

सम मानि निरादर आदरही। सब संत सुखी विचरन्ति मही॥

उत्तरकाण्ड में ही शिवजी सत्संग की महिमा बतलाते हुए काकभुशुंडि-गरुड़ संवाद का विस्तार से वर्णन करते हैं। उनका यह विश्वास है कि श्रीहरि की कृपा से सत्संग प्राप्त होता है और सत्संग से सारे संदेहों का नाश हो जाता है।

गिरिजा संत समागम सम न लाभ कछु आन।
बिनु हरि कृपा न होइ सो गावहिं वेद पुरान॥

जब गरुड़ को मोह हुआ और उसने शिवजी से उसको दूर करने का उपाय पूछा, तब शिवजी ने कहा कि तुम सत्संग करो क्योंकि सत्संग में श्रीहरि की कथा सुनने से ही तुम्हारा मोह नाश होगा।

मिलेहु गरुड़ मारग महँ मोही । कवन भाँति समुझावौं तोही॥
तबहिं होइ सब संसय भंगा। जब बहुकाल करिअ सतसंगा॥
सुनिअ तहाँ हरि कथा सुहाई। नाना भाँति मुनिन्ह जो गाई॥
बिनु सतसंग न हरि कथा तेहि बिनु मोह न भाग।
मोह गएँ बिनु राम पद होइ न दृढ़ अनुराग॥

पार्वतीजी के लिए रामकथा आरम्भ करने से पहले भी शिवजी ने सत्संग की महिमा संक्षेप में कही। बालकाण्ड में उन्होंने इतना तक कह दिया कि जिन नेत्रों ने संत के दर्शन नहीं किए, उन नेत्रों को तो नकली ही समझो, जैसे मोर के पंखों पर नकली आँखें बनी हुई होती हैं।

नयनन्हि संत दरस नहिं देखा। लोचन मोरपंख कर लेखा॥

मानस के अन्त में, रामकथा समाप्त करने से पहले, शिवजी फिर सत्संग की महिमा संक्षेप में कहते हैं—

धन्य घरी सोइ जब सतसंगा।

काकभुशुंडि के विचार

मानस में रामकथा के दूसरे प्रमुख वक्ता हैं काकभुशुंडि। उनसे कथा सुनने के बाद गरुड़ ने विशेष रूप से प्रार्थना की कि आप मुझे संतों और अंसतों का भेद बतलाइए। काकभुशुंडि ने कहा कि संत परहित के लिए दुःख सहते हैं जबकि अंसत दूसरों को दुःख पहुँचाने के लिए ऐसा करते हैं।

संत सहहिं दुख पर हित लागी। पर दुख हेतु असंत अभागी॥

इसी भाव को उदाहरण देकर काकभुशुंडि ने स्पष्ट किया। उन्होंने संतों की उपमा देने के लिए चुना भोज का वृक्ष जो दूसरों के हित के लिए अपनी खाल तक उधड़वा देता है। इसके विपरीत अंसतों की उपमा के लिए उन्होंने चुना सन को जो दूसरों को बाँधने के लिए अपनी खाल खिंचवाकर स्वयं मर भी जाते हैं।

भूर्ज तरू सम संत कृपाला। परहित निति सह विपति विसाला॥
सन इव खल पर बंधन करई। खाल कढ़ाइ विपति सहि मरई॥

काकभुशुंडि कहते हैं कि यदि असंतों को मनचाही करने से न रोका जाए तो बढ़ते-बढ़ते वे सारे जगत् को दुःख देते हैं जैसे केतु ग्रह। इसके विपरीत यदि संतों को प्रोत्साहन मिले तो उनके अभ्युदय से विश्व को सुख मिलता है जैसे चंद्रमा एवं सूर्य से।

दुष्ट उदय जग आरति हेतू । जथा प्रसिद्ध अधम ग्रह केतू॥
संत उदय संतत सुखकारी। विस्व सुखद जिमि इंदु तमारी॥

अरण्यकाड के राम–नारद संवाद के प्रसंग से यह स्पष्ट होता है कि संत और रामभक्त एक ही हैं। काकभुशुंडि संतों को श्रीराम के दास बतलाकर अपना विश्वास प्रकट करते हैं कि संसार का लगातार हित करने के लिए संतों का कार्य–क्षेत्र एक दृष्टि से श्रीराम द्वारा अपनाये हुए क्षेत्र से भी अधिक विस्तृत हो सकता है। वे कहते हैं कि श्रीराम को समुद्र समझो और संतों को बादल, जो समुद्र के पानी को वर्षा के रूप में जगह–जगह पहुँचाते हैं। इसी प्रकार श्रीराम यदि चंदन के वृक्ष हैं तो संत हैं पवन, जो चंदन की सुगंध को चारों ओर फैलाते हैं।

मोरें मन प्रभु अस बिस्वासा। राम ते अधिक राम कर दासा॥
राम सिंधु घन सज्जन धीरा। चंदन तरु हरि संत समीरा॥

काकभुशुंडि गरुड़ का स्वागत करते हुए कहते हैं कि संत-समागम का यह अवसर उनको श्रीराम की कृपा से ही मिला है। सब श्रोताओं को सम्बोधित करते हुए वे कहते हैं कि सत्संग करो और दुष्टों का संग छोड़ो।

आजु धन्य मैं धन्य अति जद्यपि सब विधि हीन।
निज जन जानि राम मोहि संत समागम दीन॥
सत संगति दुर्लभ संसारा। निमिष दंड भरि एकउ बारा॥

अस विचारि जोइ कर सतसंगा। राम भगति तेहि सुलभ विहंगा॥

काहू सुमति कि खल संग जामी। . . . . . .

याज्ञवल्क्य तथा वाल्मीकि के विचार

याज्ञवल्क्य मुनि प्रतापभानु की कथा के माध्यम से संतों के स्नेहपूर्ण व्यवहार की ओर ध्यान दिलाते हैं। राजा प्रतापभानु वन में भटक जाते हैं जहाँ उनका एक पुराना शत्रु मुनि का वेष बनाकर छिपा हुआ है। प्रतापभानु धोखे में आ जाते हैं और कपटी मुनि को सच्चा संत समझकर उससे सहायता की प्रार्थना करते हैं। उसका परिणाम अन्त में विनाशकारी होता है। किंतु संत दूसरों के लिए कष्ट सहते हैं—ऐसे शब्द याज्ञवल्क्य मुनि इस प्रसंग में प्रतापभानु से कहलवाते हैं।

अस कहि गहे नरेस पद स्वामी होहु कृपाल।
मोहि लागि दुख सहिअ प्रभु सज्जन दीनदयाल॥

सज्जनों अर्थात् संतों के स्नेहपूर्ण व्यवहार के तीन उदाहरण भी याज्ञवल्क्य मुनि देते हैं। वे कहते हैं कि पर्वत घास को सहारा देते हैं, समुद्र फेन को और धरती धूल को।

बड़े सनेह लघुन्ह पर करहीं। गिरि निज सिरनि सदा तृन धरहीं॥
जलधि अगाध मौलि बह फेनू। संतत धरनि धरत सिर रेनू॥

याज्ञवल्क्य मुनि पर-हित भाव की सराहना कामदेव द्वारा भी करवाते हैं। इसका वर्णन गरुड़ द्वारा कृत संत महिमा के बाद इसी अध्याय में प्रस्तुत किया जायगा।

वाल्मीकि ऋषि द्वारा वर्णित भक्तों की महिमा भी संत महिमा का ही एक रूप है—ऐसा कहना मानस के भावों के अनुकूल है। वाल्मीकिजी के जगमंगल समर्थक विचारों का सारांश चौथे अध्याय में दिया जा चुका है। यहाँ यह लिखना पर्याप्त होगा कि भक्तों या संतों के हृदय में दूसरे व्यक्तियों के प्रति सहानुभूति की भावना की वालमीकिजी ने

सराहना की हैं। वे कहते हैं कि श्रीराम के प्राणप्यारे वही हैं जो दूसरों की सम्पति देखकर हर्षित होते हैं तथा दूसरो की विपप्ति देखकर दुखी होते हैं।

जे हरषहिं पर संपति देखी। दुखित होहिं पर विपति विसेषी।।
जिन्हहिं राम तुम्ह प्रानपिआरे। तिन्ह के मन सुभ सदन तुम्हारे।।

हनुमान् तथा विभीषण के विचार

हनुमान् एवं विभीषण का प्रथम मिलन सुंदरकाण्ड का एक महत्वपूर्ण प्रसंग है जिसने आगे होने वाली घटनाओं के लिए भूमिका तैयार कर दी। हनुमान्जी जैसे संत ने अपने विवेक के ही कारण राक्षसों के बीच में रहने वाले विभीषण जैसे संत को पहचान लिया। जो संकेत हनुमान्जी को मिले और जो शंका भी हनुमान्जी को आरम्भ में हुई, उनका वर्णन मानस में इस प्रकार हुआ है—

भवन एक पुनि दीख सुहावा। हरि मंदिर तहँ भिन्न बनावा।।
रामायुध अकिंत गृह सोभा वरनि न जाइ।
नव तुलसिका बृंद तहँ देखि हरष कपिराइ।।
लंका निसिचर निकर निवासा। इहाँ कहाँ सज्जन कर वासा।।
मन महुँ तरक करैं कपि लागा। तेहीं समय विभीषनु जागा।।
राम राम तेहिं सुमिरन कीन्हा। हृदयँ हरष कपि सज्जन चीन्हा।।

जब हनुमान्जी को यह विश्वास हो गया कि इस घर में कोई संत रहते हैं तब उन्होंने निश्चय किया कि मैं अपनी ओर से ही पहल करके इनसे परिचय करूँगा क्योंकि संतों से मिलना कल्याणकारी होता है।

एहि सन हठि करिहउँ पहिचानी। साधु ते होइ न कारज हानी।।

विभीषण ने हनुमान्जी को बताया कि राक्षसों के बीच रहने के कारण उन्हें अभी तक यह भरोसा नहीं था कि उन्हें श्रीराम की कृपा प्राप्त होगी। किंतु अब हनुमान्जी जैसे संत के दर्शन होने से उन्हें विश्वास हो गया कि उन पर श्रीराम की कृपा है।

अब मोहि भा भरोस हनुमंता। बिनु हरिकृपा मिलहिं नहिं संता।।

इसी विश्वास के बल पर बाद में विभीषण श्रीराम की शरण में आ गए।

बृहस्पति तथा गरुड़ के विचार

देवताओं के गुरु बृहस्पति द्वारा कथित एक उल्लेखनीय दोहा अयोध्याकाण्ड में है। भरत श्रीराम से मिलने चित्रकूट की ओर जा रहे थे। देवराज इंद्र को यह भय हो गया कि कहीं भरतजी के प्रेमवश श्रीराम अयोध्या लौटने को तैयार न हो जाएँ —क्योंकि

फिर रावण के अत्याचारों का अन्त कैसे होगा? इंद्र ने बृहस्पति से कहा कि कुछ छल-कपट करके ऐसा उपाय कीजिये जिससे भरत की श्रीराम से भेंट ही न हो। इसका उत्तर देते हुए बृहस्पति ने इंद्र को सलाह दी कि राम के भक्त अर्थात् संत के विरुद्ध कभी छल-कपट नहीं करना चाहिए।

जो अपराधु भगत कर करई। राम रोष पावक सो जरई॥
अस जियँ जानि तजहु कुटिलाई। करहु भरत पर प्रीति सुहाई॥

रामभक्त अर्थात् संत का पर-हित भाव बतलाने वाला प्रसिद्ध दोहा बृहस्पति इस अवसर पर इंद्र को सुनाते हैं। वे कहते हैं कि श्रीराम के भक्त सदा दूसरों के हित में लगे रहते हैं, और वे दयालु होने के कारण दूसरों के दुःख से दुखी होते हैं। फिर, भरतजी तो भक्तों के शिरोमणि हैं, इसलिए उनसे किसी प्रकार का भय मत रखो।

राम भगत परहित निरत पर दुख दुखी दयाल।
भगत सिरोमनि भरत तें जनि डरपहु सुरपाल॥

संतों के पर-हित-भाव का वर्णन करते हुए उत्तरकाण्ड में गरुड़ ने बहुत अच्छी उपमाएं दी हैं। उदाहरणतः गरुड़ काकभुशुंडि से कहते हैं कि कवियों ने संतों के हृदय को मक्खन के समान बताया है। किन्तु गरुड़ का कहना है कि यह उपमा अधूरी है, क्योंकि मक्खन तो तब पिघलता है जब उसे अर्थात् स्वयं को ताप मिलता है, जबकि संत पिघल जाते हैं दूसरों के दुःख से।

संत हृदय नवनीत समाना। कहा कविन्ह परि कहै न जाना।
निज परिताप द्रवइ नवनीता। पर दुख द्रवहिं संत सुपुनीता॥

पर-हित करने वाले संतों की उपमा गरुड़ ने पेड़, नदी, पर्वत और पृथ्वी से भी दी है। पेड़ यात्रियों को छाया तथा फल देते हैं। नदियां दूर-दूर तक पानी पहुँचाती हैं। पर्वतों में नदियों का उद्‌गम होता है और पृथ्वी कष्ट सहकर भी सबका भार वहन करती है।

संत बिटप सरिता गिरि धरनी। पर हित हेतु सबन्ह कै करनी॥

गरुड़ ने काकभुशुंडि के प्रति कृतज्ञता प्रकट करते हुए कहा कि मुझे आपके दर्शन श्रीराम की कृपा से ही हुए और आपने मेरा सारा संदेह दूर कर दिया। गरुड़ ने कहा कि आप जैसे सच्चे संत बिना राम कृपा के नहीं मिल सकते।

संत बिसुद्ध मिलहिं परि तेहि। चितवहिं राम कृपा करि जेही॥
राम कृपाँ तव दरसन भयऊ। तव प्रसाद सब संसय गयऊ॥

कामदेव तथा लंकिनी के विचार

मानस में रामकथा तथा शिवकथा—दोनों का ही वर्णन है। याज्ञवल्क्य मुनि शिवकथा सुनाते हुए बालकाण्ड में कहते हैं कि शिवजी की लम्बी समाधि को भंग करने के लिए देवताओं ने कामदेव से प्रार्थना की। कामदेव समझ गए कि शिवजी के कार्यक्रम में बाधा डालना अपने लिए घोर संकट बुलाने जैसा है, हो सकता है मुझे अपने शरीर का भी त्याग करना पड़े। कामदेव ने देवताओं से कहा कि यह सब जानते हुए भी मैं पर-हित का कार्य करने को तैयार हूँ, क्योंकि वेदों ने परोपकार को परम धर्म बतलाया है और संत लोगों के जीवन से भी यही शिक्षा मिलती है।

सुरन्ह कही निज बिपति सब सुनि मन कीन्ह बिचार।
संभु बिरोध न कुसल मोहि बिहसि कहेउ अस मार॥
तदपि करब मैं काजु तुम्हारा। श्रुति कह परम धरम उपकारा।
परहित लागि तजइ जो देही। संतत संत प्रसंसहिं तेही॥

तुलसीदासजी ने सुंदरकाण्ड में लंकिनी नाम की राक्षिसी के मुख से भी सत्संग की महिमा कहलवाई है। आरंभ में तो इस राक्षसी ने हनुमान्जी को ललकारा, किन्तु जब हनुमान्जी ने उस पर प्रहार किया तब उसको ब्रह्माजी के वचन याद आ गए। ब्रह्माजी ने कहा था कि जब तू बंदर के प्रहार से व्याकुल हो जाय, तब समझ लेना कि राक्षसों का अंत निकट है। यह सब याद करके लंकिनी ने हनुमान्जी से कहा कि आप श्रीराम के दूत हैं और संत हैं, और यह मेरा सौभाग्य है कि मुझे आपके दर्शन हुए। लंकिनी ने आगे कहा कि क्षणमात्र के सत्संग से जितना सुख मिलता है, उतना सुख स्वर्ग और मोक्ष से भी नहीं मिल सकता।

तात स्वर्ग अपवर्ग सुख धरिअ तुला एक अंग।
तूल न ताहि सकल मिलि जो सुख लव सतसंग॥

तुलसी के विचार

अब इस अध्याय के अंत में स्वयं तुलसीदासजी द्वारा वर्णित संत-महिमा का सारांश प्रस्तुत है। बालकाण्ड के आरम्भ में वे कहते हैं कि संत-समाज को चलता-फिरता तीर्थराज प्रयाग समझो। जिस प्रकार प्रयाग की महिमा का आधार हैं तीन पवित्र नदियाँ—गंगा, सरस्वती, यमुना—उसी प्रकार संत समाज में तीन पवित्र साधन हैं—भक्ति, ज्ञान, कर्म। इसका यह तात्पर्य हुआ कि सत्संग की पूर्णता तभी समझनी चाहिए जब उसके द्वारा भक्तियोग, ज्ञानयोग और कर्मयोग—तीनों योगों की समुचित जानकारी प्राप्त हो जाए। इन तीनों योगों में से किसी भी योग की अवहेलना या निंदा करना संत समाज की गरिमा के अनुकूल नहीं है।

मुद मंगलमय संत समाजू। जो जग जंगम तीरथराजू॥
राम भक्ति जहँ सुरसरि धारा। सरसइ ब्रह्म विचार प्रचारा॥
विधि निषेधमय कलिमल हरनी। करम कथा रविनंदनि बरनी॥

तुलसीदासजी ने संतों की पहचान करने का एक सरल उपाय यह बतलाया है कि वे अवगुणों को छोड़कर सद्गुणों को ग्रहण करते हैं।

जड़ चेतन गुन दोषमय विस्व कीन्ह करतार।
संत हंस गुन गहहिं पय परिहरि वारि विकार॥

सद्गुण ग्रहण करने से संतों में आन्तरिक तथा वाह्य—दोनों प्रकार की विशेषताएं आती हैं, इसलिए तुलसीदासजी उन्हें सरल हृदय तथा जगत् के हितकारी कहकर पुकारते हैं—

संत सरलचित जगत हित . . . . . .।

इसके विपरीत असंत हैं जिनको तुलसीदासजी खल अर्थात् दुष्ट कहकर पुकारते हैं, और उनकी पहचान यह है कि वे किसी का भी हित सुनकर जलते हैं—चाहे वह व्यक्ति शत्रु हो, चाहे मित्र हो, चाहे उदासीन।

उदासीन अरि मीत हित सुनत जरहिं खल रीति।

मानस के लिए शुभकामनाएँ प्राप्त करने के लिए, तुलसीदासजी संतों और असंतों —दोनों की ही वन्दना करते हैं क्योंकि उनकी दृष्टि में सारा संसार सियाराममय है। व्यावहारिक रूप से इन दोनों में वे इतना भेद अवश्य मानते हैं कि संतों के बिछुड़ने से दुःख होता है और असंतों के मिलने से।

बंदउँ संत असज्जन चरना। दुखप्रद उभय बीच कछु वरना।
बिछुरत एक प्रान हरि लेहीं। मिलत एक दुख दारुन देहीं॥

तुलसीदासजी सबको चेतावनी भी देते हैं कि बुरे संग से हानि होगी और अच्छे संग से लाभ।

हानि कुसंग सुसंगति लाहू। लोकहुँ वेद विदित सब काहू॥
ग्रह भेषज जल पवन पट पाइ कुजोग सुजोग।
होहिं कुवस्तु सुवस्तु जग लखहिं सुलच्छन लोग॥

रामकथा के विभिन्न प्रसंगों के उदाहरण देते हुए तुलसीदासजी अयोध्याकाण्ड में कहते हैं कि मंथरा के बुरे संग ने कैकेयी को विनाश के पथ पर धकेल दिया।

कैकयसुता हृदयँ अति दाहू। . . . . . .
को न कुसंगति पाइ नसाई। रहइ न नीच मतें चतुराई॥

इसके विपरीत प्रसंग सुंदरकाण्ड में वर्णित है। हनुमान्‌जी जैसे संत के मिलने से विभीषण को श्रीराम की कृपा के विषय में विश्वास हो गया।

अब मोहि भा भरोस हनुमंता। विनु हरिकृपा मिलहिं नहिं संता॥

संतों द्वारा पर-हित का कार्य करते समय कठिनाइयाँ अवश्य आती हैं किन्तु उन्हें प्रभुकृपा का भरोसा होता है, इसलिए वे धर्म और नीति का मार्ग नहीं छोड़ते। लंकाकाण्ड में तुलसीदासजी लिखते हैं—

कोटि विघ्न ते संत कर मन जिमि नीति न त्याग।

गरुड़ ने संतों की उपमा पर्वत से दी है। किष्किंधाकाण्ड में वर्षाकाल का वर्णन करते हुए तुलसीदासजी कहते हैं कि पर्वत और संत—दोनों सहनशील होते हैं। पर्वत बूंदों की चोट सहते हैं और संत लोग दुष्टों के कटु वचन सहते हैं।

बूँद अघात सहहिं गिरि कैसें। खल के वचन संत सह जैसें॥

संतों में इस प्रकार की सहनशीलता भी इसलिए है कि वे प्रहार करने वाले खल का भी भला चाहते हैं—

संत सरल चित जगत हित . . . . . .।

अध्याय ८

काकभुशुंडि द्वारा वर्णित दो उपकार-कथाएँ

अब तक के विवेचन से यह स्पष्ट हो गया कि मानस में जगमंगल, रामराज्य तथा पर-हित का संदेश अनेकों प्रकार से दिया गया है। बीच-बीच में विभिन्न पात्रों द्वारा कृत उपकार-कार्यों के दृष्टान्त भी प्रस्तुत किए गये हैं। उदाहरणतः श्रीराम ने जटायु का अन्तिम संस्कार करते समय यह बतलाया कि उन्होंने (अर्थात् जटायु ने) पर-हित के लिए प्रयत्न करने में ही अपने जीवन की बलि दे दी।

जटायु की गाथा तो रामकथा से अभिन्न रूप से जुड़ी हुई है। इसके अतिरिक्त मानस में कुछ ऐसी गाथाएं भी हैं जो सर्वसाधारण की दृष्टि में इतनी विख्यात नहीं हैं। इनमें से दो गाथाओं को तुलसीदासजी ने उत्तरकाण्ड में काकभुशुंडि-गरुड़ संवाद के अंतर्गत लिखा है। मानस की उपकार-कथाओं में इनका भी महत्वपूर्ण स्थान है। इस प्रसंग में यह उल्लेखनीय है कि दूसरे तथा सातवें अध्यायों में रामकथा के अन्य वक्ताओं के साथ-साथ काकभुशुंडि के विचार भी प्रस्तुत किए जा चुके हैं। किन्तु इस अध्याय की उपकार-कथाओं का सम्बंध काकभुशुंडि के पूर्व जन्मों के साथ है।

काकभुशुंडि ने अपने पूर्व जन्मों के अनुभवों का स्मरण करके गरुड़ को यह बतलाया कि जो प्रगाढ़ रामभक्ति उनको इतने जन्मों के बाद मिली है उसके लिए वे अपने दो गुरुओं के बहुत आभारी हैं। उनके प्रथम गुरु का तो मानस में नाम भी नहीं लिखा है—और यह एक दृष्टि से उचित भी है क्योंकि उन्होंने पूर्ण निष्कामभाव से अपने शिष्य के (जो काकभुशुंडि अपने प्रथम जन्म में थे) कल्याण के लिए प्रयत्न किया तथा शिवजी से भी वर माँगा। काकभुशुंडि के अंतिम जन्म में जिस गुरु ने पहले क्रोधित होकर श्राप दिया किन्तु बाद में प्रसन्न होकर राममंत्र दिया, उनका नाम था लोमश मुनि। अब एक-एक करके इन दोनों उपकार-कथाओं का संक्षिप्त वर्णन प्रस्तुत है।

प्रथम उपकार-कथा

काकभुशुंडि ने गरुड़ से कहा कि शिवजी की कृपा से उनकी बुद्धि को मोह ने नहीं

घेरा, इसलिए उन्हें अपने पूर्व जन्मों के अनुभवों को याद करने में कोई कठिनाई नहीं है। अपने प्रथम जन्म की कहानी आरम्भ करते हुए उन्होंने कहा—

सुधि मोहि नाथ जनम बहु केरी। सिव प्रसाद मति मोहँ न घेरी।
प्रथम जन्म के चरित अब कहउँ सुनहु विहगेस॥
सुनि प्रभु पद रति उपजइ जातें मिटहिं कलेस॥

काकभुशुंडि बोले कि उनका प्रथम जन्म अनेकों कल्प पहले हुआ था। उनका सौभाग्य था कि वे अयोध्यापुरी में जन्मे। किन्तु उन्हें कठिनाइयों का भी सामना करना पड़ा क्योंकि वह समय कलियुग का था जिसके कारण सारा वातावरण धर्मविरोधी भावनाओं से भरा हुआ था। कुछ अच्छाई किन्तु उससे अधिक बुराई—इस प्रकार की मिली-जुली दशा वे अपनी चित्रित करते हैं—

तेहिं कलिजुग कोसलपुर जाई। जन्मत भयउँ सूद्रतनु पाई॥
सिव सेवक मन क्रम अरु वानी। आन देव निंदक अभिमानी॥
धन मद मत्त परम वाचाला। उग्रबुद्धि उर दंभ विसाला॥

अपने प्रथम जन्म में काकभुशुंडि (जो शूद्र परिवार में जन्मे थे) मन, वचन और कर्म से शिवजी के सेवक थे, किंतु उनमें अपूर्णता के भी बहुत लक्षण थे। सबसे बड़ी अपूर्णता तो उनकी यह थी कि वे शिवजी के अतिरिक्त जो भी अन्य देवता हैं (जैसे विष्णु) उनकी निंदा करते थे। इस प्रकार की संकीर्ण भावना को अनुचित बतलाते हुए श्रीराम ने लंकाकाण्ड के आरम्भ में कहा है—

संकरप्रिय मम द्रोही सिव द्रोही मम दास।
ते नर करहिं कलप भरि घोर नरक महुँ वास॥

काकभुशुंडि को अपने प्रथम जन्म में धनवान् तथा उग्रबुद्धिवाला होने का भी अभिमान था। गरुड़ को रामकथा सुनाते हुए उन्होंने स्वयं ही कहा है कि अभिमान दुःख का मूल है—

संसृत मूल सूलप्रद नाना। सकल सोकदायक अभिमाना॥

काकभुशुंडि के प्रथम जन्म में भी ऐसा ही हुआ। अयोध्यापुरी में अकाल पड़ा और वहाँ की स्थिति ऐसी बिगड़ी कि विपत्तिवश लोगों को वहाँ से जाना पड़ा। काकभुशुंडि भी पूर्वजन्म के अपने अभिमान को आंशिक रूप से छोड़कर, दीन, दरिद्र एवं दुखी होकर उज्जैन चले गए। वहाँ उनको जो गुरु मिले, उनकी कृपा से हजार जन्मों में परिपक्व होने वाली राम-भक्ति की लम्बी यात्रा आरम्भ

हुई जिसमें उतार-चढ़ाव तो अवश्य आए किन्तु अन्ततः परिणाम शुभ ही हुआ।

तुलसीदासजी ने गुरु-कृपा का मुख्य लाभ बताया है 'दोष विभंजन' अर्थात् शिष्य के दोषों का नाश। काकभुशुंडि द्वारा प्रथम जन्म में की जाने वाली शिव-भक्ति में दोष यह था कि वे अन्य देवताओं की निंदा करते थे। उज्जैन जाने पर भी यह दोष बना रहा, किन्तु यह उनका सौभाग्य था कि वहां उनको 'दोष विभंजन' गुरु मिल गए। गुरु स्वयं तो दोष-रहित थे ही, साथ ही उन्होंने शिष्य को भी दोष से मुक्त करने के लिए यत्न किया। अपने गुरु के विषय में काकभुशुंडि ने इस प्रकार लिखा है—

परम साधु परमारथ विंदक। संभु उपासक नहिं हरि निंदक॥

गुरु दोषरहित किंतु शिष्य न केवल दोषमय बल्कि साथ में अभिमानी भी—ऐसी विकट परिस्थिति में काकभुशुंडि उलझ गए। कठिनाई बढ़ती चली गई क्योंकि शिष्य ने अपना अहंकार छोड़ा नहीं और उसकी गुरु-सेवा भी छल-कपट-दम्भ के कारण कलुषित हो गई।

तेहि सेवउँ मैं कपट समेता। द्विज दयाल अति नीति निकेता॥
बाहिज नम्र देखि मोहि साईं। विप्र पढ़ाव पुत्र की नाईं॥
संभु मंत्र मोहि द्विजवर दीन्हा। सुभ उपदेस विविध विधि कीन्हा।
जपउँ मंत्र सिव मंदिर जाई। हृदयँ दंभ अहमिति अधिकाई॥
गुर नित मोहि प्रबोध दुखित देखि आचरन मम।
मोहि उपजइ अति क्रोध दंभिहि नीति की भावई॥

गुरु बार-बार यह प्रयत्न करते रहे कि उनका शिष्य शिव-भक्ति और विष्णु-भक्ति में कोई विरोध न देखे।

एक बार गुर लीन्ह बोलाई। मोहि नीति बहु भाँति सिखाई।
सिव सेवा कर फल सुत सोई। अविरल भगति राम पद होई॥

किन्तु शिष्य के हृदय में कपट और अहंकार भरे हुए थे, इसलिए गुरु की शिक्षा हितकारी होने पर भी शिष्य को अच्छी नहीं लगी।

मैं खल हृदयँ कपट कुटिलाई। गुर हित कहइ न मोहि सोहाई॥

बात यहाँ तक बढ़ गई कि एक बार शिष्य ने झूठे अभिमान के कारण गुरु का अपमान कर दिया। शिष्य मंदिर में शिवनाम का जप कर रहा था और उसने, गुरु के वहाँ आने पर, उन्हें प्रणाम भी नहीं किया। गुरु स्वयं दयालु थे तथा मान-अपमान के

प्रति समभाव रखते हुए उन्होंने शिष्य के दुर्व्यवहार को भी देखा-अनदेखा कर दिया। किन्तु शिवजी को शिष्य द्वारा जान-बूझकर की हुई त्रुटि असह्य प्रतीत हुई। काकभुशुंडि ने इस घटना को निम्नलिखित दो दोहों में गरुड़ को बतलाया—

एक बार हर मंदिर जपत रहेउँ सिव नाम।
गुर आयउ अभिमान तें उठि नहिं कीन्ह प्रनाम।।

सो दयाल नहिं कहेउ कछु उर न रोष लवलेस।
अति अघ गुर अपमानता सहि नहिं सके महेस।।

शिवजी ने क्रोधित होकर उज्जैन के उस कपटी शिव-भक्त को (जो काकभुशुंडि का प्रथम जन्म था) श्राप दिया। उन्होंने आकाशवाणी के माध्यम से कहा कि भले ही तेरे गुरु ने अपने प्रति किए गए अपमान को सह लिया, पर मैं अपने भक्त का ऐसा अनुचित आचरण देखकर चुप नहीं रह सकता। तू अपने गुरु के सामने अजगर की भांति बैठा रहा, इसलिए मैं तुझे श्राप देता हूँ कि तू साँप का शरीर धारण करेगा।

मंदिर माझ भई नभवानी। रे हतभाग्य अग्य अभिमानी।
जद्यपि तव गुर के नहिं क्रोधा। अति कृपाल चित सम्यक बोधा।।
तदपि साप सठ दैहउँ तोही। नीति विरोध सोहाइ न मोही।
वैठ रहेसि अजगर इव पापी। सर्प होहि खल मल मति व्यापी।।

अपने शिष्य को गुरु-निरादर के अपराध के कारण शिवजी ने इतना भारी दंड दिया, यह देखकर गुरु बहुत दुखी हुए और उन्होंने गद्‌गद्‌ वाणी से शिवजी की विनती की। गुरु तो शिवजी के सच्चे भक्त थे ही, इसलिए शिवजी ने आकाशवाणी के माध्यम से ही पूछा कि द्विजवर, तुम्हें क्या चाहिए? गुरु ने शिवजी से प्रथम वर तो यही माँगा कि आप मेरे भक्तिभाव को दृढ़ करें। तत्पश्चात्‌ उन्होंने अपने शिष्य के लिए क्षमायाचना की।

जौं प्रसन्न प्रभु मो पर नाथ दीन पर नेहु।
निज पद भगति देइ प्रभु पुनि दूसर वर देहु।।
संकर दीनदयाल अब एहि पर होहु कृपाल।
साप अनुग्रह होइ जेहिं नाथ थोरेहीं काल।।
एहि कर होइ परम कल्याना। सोइ करहु अब कृपानिधाना।।

गुरु ने अपराधी शिष्य के कल्याण के लिए शिवजी से जो प्रार्थना की उसमें दो महत्त्वपूर्ण बातें थीं—एक तो यह कि शिष्य द्वारा किए गए अपराध के प्रति गुरु ने क्षमा

का भाव अपनाया, और दूसरे यह कि गुरु ने अपराध करने वाले शिष्य के लिए दण्ड नहीं बल्कि 'परम कल्याण' का ही वर शिवजी से माँगा।

गुरु की क्षमाशीलता तथा पर-हित की भावना से प्रसन्न होकर शिवजी ने तीसरी बार आकाशवाणी के माध्यम से शिष्य के प्रति अपना अन्तिम निर्णय सुनाया जिसने काकभुशुंडि के भविष्य के लिए भक्तिमार्ग का द्वार खोल दिया।

जदपि कीन्ह एहिं दारुन पापा। मैं पुनि दीन्हि कोप करि सापा॥
तदपि तुम्हारि साधुता देखी। करिहउँ एहि पर कृपा बिसेषी ॥
छमासील जे पर उपकारी। ते द्विज मोहि प्रिय जथा खरारी॥
मोर श्राप द्विज व्यर्थ न जाइहि। जन्म सहस अवस्य यह पाइहि॥
जनमत मरत दुसह दुख होई। एहि स्वल्पउ नहिं व्यापिहि सोई॥
कवनेउँ जन्म मिटिहि नहिं ग्याना। सुनहि सूद्र मम वचन प्रवाना॥
रघुपति पुरीं जन्म तव भयऊ। पुनि तैं मम सेवाँ मन दयऊ॥
पुरी प्रभाव अनुग्रह मोरें। राम भगति उपजिहि उर तोरें॥
औरउ एक आसिषा मोरी। अप्रतिहत गति होइहि तोरी॥

काकभुशुंडि ने अपने प्रथम जन्म के अनुभव की कहानी समाप्त करते हुए कहा कि उज्जैन वाले गुरुजी के कोमल, सुशील स्वभाव के कारण ही वे विनाश की ओर जाने से रोक लिए गए तथा धीरे-धीरे राम-भक्ति की ओर उनका झुकाव हो गया। शिवजी की कृपा से वे सन्मार्ग की लम्बी यात्रा में आगे बढ़ सके, पर उनको यह दुःख सदा बना रहा कि अपने हितकारी, संत गुरु का पूर्व जन्म में उन्होंने अपमान कर दिया था।

सुनि सिव वचन हरषि गुरु एवमस्तु इति भाषि।
मोहि प्रबोधि गयउ गृह संभुचरन उर राखि॥
सिवँ राखी श्रुति नीति अरु मैं नहिं पावा क्लेस।
एहि विधि धरेउँ विविध तनु ग्यान न गयउ खगेस॥
त्रिजग देव नर जोइ तनु धरऊँ। तहँ तहँ राम भजन अनुसरऊँ॥
एक सूल मोहि विसर न काऊ। गुरु कर कोमल सीलसुभाऊ॥

काकभुशुंडि के प्रथम गुरु ने शिष्य द्वारा कृत अपमान के बदले में उसका उपकार किया। शिवजी ने सुंदरकाण्ड में कहा है कि संतों की यही विशेषता होती है कि वे बुराई करने वाले की भी भलाई ही करते हैं। प्रथम उपकार-कथा का यही सारांश है।

उमा संत कइ इहइ बड़ाई। मंद करत जो करइ भलाई॥

द्वितीय उपकार-कथा

प्रथम उपकार-कथा काकभुशुंडि के प्रथम जन्म से संबंधित थी। द्वितीय उपकार-कथा उनके अंतिम जन्म के अनुभव पर आधारित है। यद्यपि काकभुशुंडि ने अपना अंतिम जन्म ब्राह्मण के घर में लिया, फिर भी उनको पढ़ने-लिखने में कोई रुचि नहीं थी। उनके पिता ने उनको पढ़ाने का भरसक प्रयत्न किया किंतु उन्हें इस कार्य में सफलता नहीं मिली। इस ब्राह्मण बालक का सारा ध्यान रामलीला करने तथा राम-भक्ति-संबंधित अन्य गतिविधियों की ओर था। जब यह बालक बड़ा हुआ और उसके माता-पिता का देहान्त हो गया, तब वह श्रीराम का भजन करने के लिए वन में चला गया।

चरम देह द्विज कै मैं पाई। सुर दुर्लभ पुरान श्रुति गाई॥
खेलउँ तहूँ बालकन्ह मीला। करउँ सकल रघुनायक लीला॥
प्रौढ़ भएँ मोहि पिता पढ़ावा। समुझउँ सुनउँ गुनउँ नहिं भावा॥
प्रेम मगन मोहि कछु न सोहाई। हारेउ पिता पढाइ पढाई॥
भए कालवस जब पितु माता। मैं वन गयउँ भजन जनत्राता॥

वन में मुनियों के अनेकों आश्रम थे जहाँ यह ब्राह्मण युवक श्रीराम की गुणगाथा सुनने के लिए जाता। किंतु अधिकतर मुनियों का झुकाव ज्ञानमार्ग एवं निर्गुण उपासना की ओर था। निर्गुणमत को प्राथमिकता देने वाले इस वातावरण में सगुण उपासक अपने गुरु ढूँढने के लिए क्या करे—यह प्रश्न काकभुशुंडि के अंतिम जन्म में उनके सामने आया और वह (युवक शरीरधारी) गुरु को ढूँढते-ढूँढते लोमश मुनि के पास पहुँचे।

मेरु सिखर वट छायाँ मुनि लोमस आसीन॥
देखि चरन सिरु नायउँ वचन कहेउँ अति दीन॥
सुनि मम वचन विनीत मृदु मुनि कृपाल खगराज॥
मोहि सादर पूँछत भए द्विज आयहु केहि काज॥
तब मैं कहा कृपानिधि तुम्ह सर्वग्य सुजान।
सगुण ब्रह्म अवराधन मोहि कहहु भगवान॥

लोमश मुनि ने अपने सगुण-उपासक शिष्य की हार्दिक इच्छा का सम्मान करते हुए श्रीराम की गुणगाथा संक्षेप में कही। किंतु लोमश मुनि मुख्यतः ज्ञानमार्गी थे, इसलिए उन्होंने शीघ्र ही निर्गुण मत का प्रतिपादन आरम्भ कर दिया। गुरु-शिष्य के बीच निर्गुण-सगुण के प्रश्न पर जो मतभेद आरम्भ हुआ उसका वर्णन स्वयं काकभुशुंडि ने गरुड़ को समझाने के लिए किया—क्योंकि यही मतभेद बना आगे की घटना का आधार।

पुनि मैं कहेउँ नाइ पद सीसा। सगुन उपासन कहहु मुनीसा॥
राम भगति जल मम मन मीना। किमि बिलगाइ मुनीस प्रवीना॥
सोइ उपदेस कहहु करि दाया। निज नयनन्हि देखौं रघुराया॥
भरि लोचन बिलोकि अवधेसा। तब सुनिहउँ निर्गुन उपदेसा॥
मुनि पुनि कहि हरिकथा अनूपा। खंडि सगुन मत अगुन निरूपा॥
तब मैं निर्गुन मत कर दूरी। सगुन निरूपउँ करि हठ भूरी॥

जब शिष्य ने गुरु द्वारा प्रतिपादित निर्गुण मत का खंडन करके बार-बार सगुण पक्ष का समर्थन किया तब बात आगे बढ़ गई। गुरु को क्रोध आ गया और शिष्य समझ गया कि मैं गुरु को समुचित आदर नहीं दे रहा हूँ। किंतु फिर भी शिष्य ने अपना रुख नहीं बदला। गुरु के प्रति आदर-सम्मान का भाव छोड़कर शिष्य उलटा गुरु के अद्वैत ज्ञान के विषय में मन-ही-मन शंका करने लगा।

उत्तर प्रतिउत्तर मैं कीन्हा। मुनि तन भए क्रोध के चीन्हा॥
सुनु प्रभु बहुत अवग्या किएँ। उपज क्रोध ग्यानिन्ह के हिएँ॥
अति संघरषन जौं कर कोई। अनल प्रगट चंदन ते होई॥
बारंबार सकोप मुनि करइ निरूपन ग्यान।
मैं अपने मन बैठ तब करउँ बिबिध अनुमान॥
क्रोध कि द्वैतबुद्धि बिनु द्वैत कि बिनु अग्यान।
मायाबस परिछिन्न जड़ जीव कि ईस समान॥

जब लोमश मुनि की यह धारणा दृढ़ हो गई कि शिष्य उनके उपदेश की अवहेलना करके बार-बार हठपूर्वक अपनी ही बात की रट लगा रहा है तब उनका क्रोध चरम सीमा तक पहुँच गया और उन्होंने शिष्य को श्राप दे दिया कि तू मनुष्यरूप को छोड़कर कौए का रूप धारण कर ले।

एहि बिधि अमिति जुगुति मन गुनऊँ। मुनि उपदेस न सादर सुनऊँ॥
पुनि पुनि सगुन पच्छ मैं रोपा। तब मुनि बोलेउ बचन सकोपा॥
मूढ़ परम सिख देउँ न मानसि। उत्तर प्रतिउत्तर बहु आनसि॥
सत्य बचन बिस्वास न करही। बायस इव सबही ते डरही॥
सठ स्वपच्छ तव हृदयँ बिसाला। सपदि होहि पच्छी चंडाला॥

वही शिष्य जो गुरु के उपदेश को आदरपूर्वक नहीं सुन रहा था, एकदम बदल गया। गुरु द्वारा दिए गए श्राप को उसने धैयपूर्वक स्वीकार किया और बदले में कोई विरोध की भावना अपने मन में नहीं आने दी—बल्कि गुरु के चरणों में उसने अपना सिर नवाया। यह संकेत था कि शिष्य बदलकर काकभुशुंडि बनने जा रहा है।

लीन्ह श्राप मैं सीस चढ़ाई। नहिं कछु भय न दीनता आई॥
तुरत भयउँ मैं काग तब पुनि मुनि पद सिरु नाइ॥
सुमिरि राम रघुबंस मनि हरषित चलेउँ उड़ाइ॥

काकभुशुंडि ने अपने अंतिम जन्म में गुरु लोमश मुनि के श्राप को इतने धैर्य तथा समत्त्वभाव से स्वीकार किया कि गुरु का हृदय भी पिघल गया—और उसमें क्रोध का स्थान उपकार-भावना ने ले लिया। काकभुशुंडि कहते हैं कि इतने घोर संकट के समय वे शील स्वभाव इसलिए रख सके क्योंकि उनका श्रीराम के चरणों में दृढ़ विश्वास था। शिवजी कहते हैं कि ऐसे रामभक्त काम, अभिमान और क्रोध से भी मुक्त होते हैं और उनकी विरोध-वृत्ति लुप्त हो जाती है क्योंकि उनकी दृष्टि में सारा जगत प्रभुमय है।

उमा जे राम चरन रत बिगत काम मद क्रोध।
निज प्रभुमय देखहिं जगत केहि सन करहिं बिरोध॥

ऐसे राम-भक्त को मैंने श्राप दिया—यह सोचकर लोमश मुनि को पछतावा हुआ और उन्होंने कौआ-शरीरधारी अपने शिष्य को आदरपूर्वक अपने पास बुलाया। शिष्य की राम-भक्ति को सुदृढ़ करने के लिए गुरु ने न केवल राममंत्र दिया, साथ ही रामचरितमानस के रुप में रामकथा भी सुनाई।

रिषि मम महत सीलता देखी। रामचरन बिस्वास बिसेषी।
अति बिसमय पुनि पुनि पछिताई। सादर मुनि मोहि लीन्ह बोलाई॥
मम परितोष बिबिध बिधि कीन्हा। हरषित राममंत्र तब दीन्हा॥
बालकरूप राम कर ध्याना। कहेउ मोहि मुनि कृपानिधाना॥
मुनि मोहि कछुक काल तहँ राखा। रामचरितमानस तब भाषा॥

लोमश मुनि की कृपादृष्टि की चरम सीमा तब पहुँची जब उन्होंने शिष्य को उच्चतम कोटि का प्रभावशाली आशीर्वाद दिया और श्रीराम ने आकाशवाणी के माध्यम से मुनि के आशीर्वाद की 'एवमस्तु' कहकर पुष्टि कर दी। इस प्रकार काकभुशुंडि श्रीराम के अनन्य भक्त बन गए।

निज कर कमल परसि मम सीसा। हरषित आसिष दीन्ह मुनीसा॥
राम भगति अबिरल उर तोरें। बसिहि सदा प्रसाद अब मोरें॥
सदा राम प्रिय होहु तुम्ह सुभ गुन भवन अमान॥
कामरूप इच्छामरन ग्यान बिराग निधान॥

काकभुशुंडि कहते हैं कि लोमश मुनि द्वारा दिए गए आशीर्वाद के कारण उनका आश्रम भी सत्संग का ऐसा केन्द्र बन गया कि वहाँ आने वालों का माया-मोह आश्रम

में प्रवेश करते ही दूर हो जाता है। इस प्रकार यह उपकार का क्रम दो कथाओं से समाप्त नहीं हुआ, बल्कि आगे भी सदा के लिए स्थायी हो गया। पक्षिराज गरुड़ का वहाँ आना भी इसी क्रम का एक अंग था।

जेहिं आश्रम तुम्ह बसव पुनि सुमिरत श्रीभगवंत।
व्यापिहि तहँ न अविद्या जोजन एक प्रजंत॥

यद्यपि काकभुशुंडि अपने अंतिम जन्म के गुरु के प्रति अपनी कृतज्ञता बार-बार प्रकट करते हैं, फिर भी उन्होंने यह स्पष्ट किया है कि जो कुछ भी हुआ उसको करवाने का वास्तविक श्रेय भगवान् श्रीराम को ही है। पहले जब लोमश मुनि ने शिष्य को श्राप दिया, तब काकभुशुंडि के मतानुसार श्रीराम ने अपने भक्त की प्रेम-परीक्षा ली थी। फिर भगवान् ने ही लोमश मुनि की बुद्धि पलटी जिसके फलस्वरूप वे क्रोध छोड़कर शिष्य पर कृपा करने लगे।

सुनु खगेस नहिं कछु रिषि दूषन। उर प्रेरक रघुवंस विभूषन॥
कृपासिंधु मुनि मति करि भोरी। लीन्ही प्रेम परिच्छा मोरी॥
मन वच क्रम मोहि निज जन जाना। मुनि मति पुनि फेरी भगवाना॥

अंत में भगवान् ने ही आकाशवाणी के माध्यम से 'एवमस्तु' कहकर लोमश मुनि द्वारा दिए गए आशीर्वाद को वास्तविकता प्रदान की। इस प्रकार काकभुशुंडि की विकास-यात्रा पूरी हुई—और इसी के साथ-साथ द्वितीय उपकार-कथा भी समाप्त होती है—

सुनि मुनि आसिष सुनु मतिधीरा। ब्रह्मगिरा भइ गगन गँभीरा॥
एवमस्तु तव वच मुनि ग्यानी। यह मम भगत कर्म मन वानी॥
सुनि नभगिरा हरष मोहि भयऊ। प्रेम मगन सब संसय गयऊ॥
करि विनती मुनि आयसु पाई। पद सरोज पुनि पुनि सिरु नाई॥
हरष सहित एहिं आश्रम आयउँ। प्रभु प्रसाद दुर्लभ वर पायउँ॥

दोनों गाथाओं में भिन्नता किंतु सार एक ही

यह स्पष्ट है कि तुलसीदासजी ने काकभुशुंडि के प्रथम तथा अंतिम गुरुओं के आचरणों में कुछ भिन्नता दिखलाई है। शिष्य ने दोनों गुरुओं के प्रति अपनी विरोध-भावना का प्रदर्शन किया किन्तु प्रथम गुरु ने शिष्य के प्रति लगातार क्षमाभाव रखा जबकि अंतिम गुरु ने पहले क्रोध किया और बाद में कृपा। इस भिन्नता का एक कारण यह भी हो सकता है कि प्रथम गुरु पूर्णरूप से भक्तिमार्गी थे जबकि अंतिम गुरु लोमश मुनि मुख्यतः ज्ञानमार्गी थे। भक्तिमार्ग को निभाना, ज्ञानमार्ग की अपेक्षा, अधिक सुगम है,

यह विचार गीता के अनुकूल है और काकभुशुंडि ने इसे गरुड़ को बाद में बतलाया भी है—

ग्यान पंथ कृपान कै धारा। परत खगेस होइ नहिं बारा।।

भगति करत बिनु जतन प्रयासा। संसृति मूल अविद्या नासा।।

एक अन्य प्रसंग में भक्तों के लक्षणों का वर्णन करते हुए वाल्मीकि ऋषि ने भी कहा है कि वे क्रोध से दूर रहते हैं—

काम कोह मद मान न मोहा . . . . .।

थोड़ी-सी भिन्नता होते हुए भी दोनों कथाओं का सार एक ही है। संक्षेप में ऐसा कह सकते हैं कि यद्यपि कृपा के वास्तविक आधार स्वयं श्रीराम हैं, फिर भी व्यावहारिक दृष्टि से काकभुशुंडि को विनाश से बचाकर और भक्तिमार्ग पर चलाकर उनके दोनों गुरुओं ने उपकार-भावना के ज्वलन्त उदाहरण संसार के सामने रखे। ऐसी उपकार-कथाओं के द्वारा तुलसीदासजी ने मानस में दिए गए जगमंगल और पर-हित के संदेश को सुदृढ़ एवं मूर्तिमान बनाया है। इस संदेश का ही एक विशेष अंग जो इन गाथाओं के द्वारा स्पष्ट किया गया है, वह है—शिव-भक्ति और राम-भक्ति में कोई भेद न समझना और इसी प्रकार सगुण भक्ति और निराकार उपासना को लेकर विरोध खड़े न करना। सामाजिक सद्भाव को बनाए रखने के लिए इस प्रकार के समत्त्वभाव की भी बहुत आवश्यकता है।

अध्याय समाप्त करने से पहले यह उल्लेखनीय है कि गीता के श्लोक ६.४५ में अनेक जन्मों में प्राप्त संसिद्धि की जो संभावना व्यक्त की गई है उसका विस्तृत चित्रण काकभुशुंडि की आत्मकथा के रूप में मानस में प्रस्तुत किया गया है। ऐसा दृष्टिकोण अपनाने से इन दोनों ग्रन्थों के विचारों की समानता का एक रोचक पक्ष सामने आता है। काकभुशुंडि के 'निज अनुभव' से भी अर्जुन की याद आना स्वाभाविक है क्योंकि इन दोनों की गिनती उन विशेष व्यक्तियों में है जिनको भगवान् ने अपना विश्वरूप दिखलाया।

अध्याय ९

रावण का हित करने के प्रयत्न—मंदोदरी, विभीषण, अंगद आदि के द्वारा

पिछले दो अध्यायों में मानस में वर्णित पर-हित का संदेश दो दृष्टिकोणों से प्रस्तुत किया गया। सातवें अध्याय में यह दिखलाया गया कि संत-महिमा के तीस प्रसंगों का—जो तुलसीदासजी ने मानस में लिखे हैं—मुख्य उद्देश्य यही है कि उनके माध्यम से पर-हित का संदेश प्रभावशाली ढंग से दिया जा सके। आठवें अध्याय में काकभुशुंडि द्वारा वर्णित दो कथाएं हैं जिनका अभिप्राय यह बतलाना है कि पूर्व जन्मों में उनके दो गुरुओं ने किस प्रकार उनको विनाश से बचाया और पर-हित की भावना से प्रेरित होकर उनकी राम-भक्ति की साधना को पूर्ण करवाने में उनकी सहायता की।

अब इस अध्याय में पर-हित की भावना से कार्य करने वाले दस व्यक्तियों के उन प्रयत्नों का वर्णन है जो कठिन-से-कठिन परिस्थितियों में भी किए गए यद्यपि उनको सफलता नहीं मिली क्योंकि जिसका वे हित करना चाहते थे वह था रावण स्वयं। रावण को कुमार्ग से रोकने तथा हटाने के प्रयत्नों को तुलसीदासजी ने महत्त्व दिया है और मानस के तीन काण्डों—अरण्यकाण्ड, सुंदरकाण्ड, और लंकाकाण्ड—में इनका विस्तृत वर्णन है।

रावण के हित के लिए प्रयत्न करने वाले ये दस व्यक्ति कौन हैं? इनमें से आठ तो राक्षसकुल के ही हैं। रावण की पत्नी मंदोदरी और भाई विभीषण—इन दो व्यक्तियों के अतिरिक्त राक्षसकुल के छः अन्य सदस्यों ने भी रावण को सुधारने की चेष्टा की। इस बात पर आश्चर्य हो सकता है कि राक्षसकुल के आठ व्यक्तियों में इतनी सद्बुद्धि कैसे आई कि उन्होंने पाप-पुण्य के भेद को पहचाना और अपने कुल के मुखिया को अच्छी सलाह देने का साहस किया। तुलसीदासजी ने मानस में यह दिखलाया है कि भगवान् की प्रेरणा से किसको किस समय सद्बुद्धि आ जाए और किसको दुर्बुद्धि—इसका जानना तर्क से संभव नहीं है।

हित करने वाले व्यक्तियों में से दो वानर कुल के थे। यह उल्लेखनीय है कि श्रीराम के दो प्रतिनिधियों—हनुमान और अंगद—ने भी यह प्रयत्न किया कि बिना युद्ध के रावण स्वयं पाप का मार्ग छोड़ दे। रावण के प्रति दस व्यक्तियों ने क्या-क्या 'हित वचन' कहे—इसका वर्णन एक-एक करके इस अध्याय के शेष भाग में प्रस्तुत है और पर-हित के संदेश की दृष्टि से इन प्रसंगों का अपना विशेष महत्त्व है।

मारीच के द्वारा प्रयत्न कि रावण पाप का आरम्भ ही न करे

तुलसीदासजी ने पाप से बचने या छुटकारा पाने का मूलमंत्र यह बतलाया है कि भूलकर भी कुमार्ग पर पैर मत रखो अर्थात् ऐसा प्रयत्न करो कि पाप का आरम्भ ही न हो। उदाहरणार्थ अरण्यकाण्ड में श्रीराम नारदमुनि को संतों के लक्षण बतलाते हुए कहते हैं कि वे सावधान रहते हैं कि धर्म के अनुसार ही उनकी गति हो अर्थात् धर्म के मार्ग पर ही वे चलें और कुमार्ग पर पैर भी न रखें—

सुनु मुनि संतन्ह के गुन कहऊँ। जिन्ह ते मैं उन्ह कें वस रहऊँ॥

सावधान मानद मदहीना। धीर धर्म गति परम प्रवीना॥

सम सीतल नहि त्यागहिं नीती। सरल सुभाउ सबहि सन प्रीती॥

दंभ मान मद करहिं न काऊ। भूलि न देहिं कुमारग पाऊ॥

इसी आशय के वचन बालकाण्ड में श्रीराम लक्ष्मण को संबोधित करते हुए कहते हैं—

रघुवंसिन्ह कर सहज सुभाऊ। मनु कुपंथ पगु धरइ न काऊ॥

तुलसीदासजी द्वारा वर्णित इस मूलमंत्र का सीधा संबंध मारीच के उन वचनों के साथ है जो उसने रावण के प्रति अरण्यकाण्ड में कहे। रावण ने मारीच से सहायता माँगी जिससे वह (अर्थात् रावण) सीताजी का हरण कर सके—

होहु कपट मृग तुम्ह छलकारी। जेहि विधि हरि आनौं नृपनारी॥

किन्तु मारीच एकदम सावधान हो गया और उसने पहचान लिया कि रावण पाप के मार्ग पर अग्रसर होने जा रहा है। मारीच ने रावण को समझाने का प्रयत्न किया जिससे वह कुमार्ग पर पैर न रखे। मारीच द्वारा कथित वचनों के मूल में दो प्रकार के कारणों का उपयोग किया गया। प्रथम कारण मारीच ने यह बतलाया कि राम को साधारण मनुष्य मत समझो क्योंकि वे नर-रूप में ईश्वर के अवतार हैं। मारीच के इस कथन का आधार था उसका 'निज अनुभव'। जब श्रीराम और लक्ष्मण विश्वामित्र मुनि के यज्ञ

की रक्षा कर रहे थे (जिसका वर्णन बालकाण्ड में है), तब उन्होंने मारीच को बाण मारकर सौ योजन दूर फेंक दिया था? यही नहीं, उस बाण-प्रहार के पश्चात् मारीच को जहाँ-तहाँ श्रीराम-लक्ष्मण ही दिखलाई देते रहे—

तेहिं पुनि कहा सुनहु दससीसा। ते नररूप चराचर ईसा॥
तासों तात वयरु नहिं कीजै। मारे मरिअ जिआएँ जीजै॥
मुनि मख राखन गयउ कुमारा। बिनु फर सर रघुपति मोहि मारा॥
सत जोजन आयउ छन माहीं। तिन्ह सन वयरु किएँ भल नाहीं॥
भइ मम कीट भृंग की नाई। जहँ तहँ मैं देखऊँ दोउ भाई॥

मारीच ने अपने सुझाव का द्वितीय कारण यह बतलाया कि यदि श्रीराम ईश्वर के अवतार न होकर साधारण मनुष्य ही हैं, तब भी उनका पराक्रम अद्वितीय है और वे अजेय हैं—उन्होंने ताड़का, सुबाहु, खर, दूषण और त्रिशिरा का वध किया है और जनकपुर में शिवजी का धनुष भी तोड़ा है।

जौं नर तात तदपि अति सूरा। तिन्हहि विरोध न आइहि पूरा॥
जेहिं ताड़का सुबाहु हति खंडेउ हर कोदंड।
खर दूषन तिसिरा वधेउ मनुज कि अस बरिबंड॥

दोनों कारणों के आधार पर मारीच ने रावण को अंत में यही कहा कि सीता-हरण का विचार छोड़ दो और बिना कुकर्म किए अपने घर वापिस चले जाओ—इसी में तुम्हारे कुल की कुशल है।

जाहु भवन कुल कुसल विचारी।

तुलसीदासजी अरण्यकाण्ड में कहते हैं कि रावण पाप करने पर तुला हुआ था, इसलिए मारीच के सुझाव को उसने ठुकरा दिया और साथ में धमकी दी कि यदि तुम मेरी सहायता नहीं करोगे तो मैं तुम्हें मार डालूँगा। तब मारीच ने सोचा कि रावण के हाथों मरने की अपेक्षा मेरा हित इसी में है कि मैं राम के बाण से मरूँ। इस प्रकार रावण को कुमार्ग से रोकने के लिए किया गया मारीच का प्रयत्न असफल हो गया और स्वयं मारीच को पाप-योजना में अपनी इच्छा के विरुद्ध सहायक बनना पड़ा।

उभय भाँति देखा निज मरना। तब ताकिसि रघुनायक सरना॥
उतरु देत मोहि वधब अभागे। कस न मरौं रघुपति सर लागें॥
अस जियँ जानि दसानन संगा। चला राम पद प्रेम अभंगा॥

मंदोदरी के द्वारा बार-बार अनुरोध—छः भिन्न अवसरों पर

रावण का हित करने के लिए सबसे अधिक प्रयत्न किया उसकी पत्नी मंदोदरी ने। मंदोदरी ने सीताजी को लौटाने के लिए बार-बार अनुरोध किया—छः भिन्न अवसरों पर—जिनका विस्तृत वर्णन तुलसीदासजी ने सुंदरकाण्ड तथा लंकाकाण्ड में किया है।

तुलसीदासजी ने बालकाण्ड में मंदोदरी को 'नारि ललामा' अर्थात् स्त्रियों में शिरोमणि बतलाकर उसका आरम्भिक परिचय दिया है।

मय तनुजा मंदोदरि नामा। परम सुंदरी नारि ललामा॥
सोइ मयँ दीन्हि रावनहि आनी। होइहि जातुधानपति जानी॥
हरषित भयउ नारि भलि पाई। . . . . . .

सुंदरकाण्ड में मंदोदरी ने पहला प्रयत्न यह किया कि सीताजी को अशोक वाटिका में रहते हुए अपने जीवन की सुरक्षा का आश्वासन मिले। रावण ने सीताजी को साम-दान-दण्ड-भेद—सब उपायों से जीतना चाहा किन्तु सीताजी ने उत्तर में रावण को शठ, अधम और निर्लज्ज कहकर संबोधित किया। रावण ने सीताजी द्वारा कृत अपमान के बदले में उन्हें मार डालने की धमकी दी—

सीता तैं मम कृत अपमाना। कटिहउँ तव सिर कठिन कृपाना॥

सीताजी ने स्पष्ट कह दिया कि मेरे कण्ठ का स्पर्श या तो श्रीराम की भुजा करेगी या तेरी तलवार—

सो भुज कंठ कि तव असि घोरा। सुनु सठ अस प्रवान पन मोरा॥

तुलसीदासजी कहते हैं कि सीताजी के वचन सुनकर रावण उन्हें मारने के लिए दौड़ा किन्तु मंदोदरी ने नीति-विरुद्ध प्रहार करने से रावण को रोका—

सुनत वचन पुनि मारन धावा। मयतनयाँ कहि नीति बुझावा॥

अशोक वाटिका से चलते समय रावण ने राक्षसियों से कहा कि तुम सीताजी को डराकर महीने भर में जीतने का प्रयत्न करो। इस प्रकार सीताजी को मार डालने की रावण की धमकी मंदोदरी के हस्तक्षेप के कारण एक महीने के लिए टल गई—और इस महीने में स्वयं रावण ही समाप्त हो गया।

मंदोदरी का दूसरा प्रयत्न हनुमान्जी के द्वारा लंकादहन किये जाने के बाद हुआ। इस बार मंदोदरी ने रावण से स्पष्ट अनुरोध किया कि आप सीताजी को श्रीराम के पास भेज दीजिये। अपने सुझाव को उसने यह कहकर बल दिया कि श्रीराम के पराक्रम का अनुमान लगाना कठिन नहीं है क्योंकि उनके द्वारा भेजे गए एक दूत ने

ही लंका जलाकर सबको भयभीत कर दिया है। यह प्रसंग सुंदरकाण्ड में वर्णित है।

रहसि जोरि कर पति पग लागी। बोली बचन नीति रस पागी॥
कंत करष हरि सन परिहरहू। मोर कहा अति हित हियँ धरहू॥
समुझत जासु दूत कइ करनी। स्त्रवहिं गर्भ रजनीचर घरनी॥
तासु नारि निज सचिव बोलाई। पठवहु कंत जो चहहु भलाई॥

मंदोदरी ने रावण से कहा कि सीताजी को लौटाये बिना आपके हित की रक्षा शम्भु और ब्रह्मा भी नहीं कर सकते। अंत में मंदोदरी ने याद दिलाया कि सीताजी को लौटाने का कार्य शीघ्र ही करना चाहिए नहीं तो श्रीराम के बाणों से सारा राक्षस कुल नष्ट हो जायगा। यह प्रसंग भी सुंदरकाण्ड में वर्णित है।

तव कुल कमल बिपिन दुखदाई। सीता सीत निसा सम आई॥
सुनहु नाथ सीता बिनु दीन्हें। हित न तुम्हार संभु अज कीन्हें॥
राम बान अहि गन सरिस निकर निसाचर भेक।
जब लगि ग्रसत न तब लगि जतनु करहु तजि टेक॥

तुलसीदासजी ने लंकाकाण्ड में यह दिखलाया है कि ज्यों-ज्यों श्रीराम की सेना लंका की ओर आगे बढ़ी, त्यों-त्यों मंदोदरी के प्रयत्न भी उग्रतर होते गए। उदाहरणत: जब वानर सेना ने सेतु के द्वारा समुद्र पार कर लिया तब मंदोदरी ने रावण को समझाने का तीसरा प्रयत्न किया। इस बार मंदोदरी ने यह विश्वास प्रकट किया कि श्रीराम साधारण मनुष्य नहीं बल्कि भगवान के अवतार हैं। मंदोदरी ने रावण को याद दिलाया कि युग-युग में अवतार लेकर भगवान् ने असुरों को मारा है—और वे ही भगवान् पृथ्वी का भार हरण करने के लिए अब राम-रूप में प्रकट हुए हैं—

अतिबल मधु कैटभ जेहिं मारे। महाबीर दितिसुत संघारे॥
जेहिं बलि बाँधि सहसभुज मारा। सोइ अवतरेउ हरन महि भारा॥

मंदोदरी ने रावण से यह भी अनुरोध किया कि अब आपके वानप्रस्थ आश्रम में प्रवेश करने का समय आ गया है। इसलिए आप सीताजी को श्रीराम के पास भेज दीजिए और अपने पुत्र को राज्य सौंपकर वन में जाइए और ईश्वर का भजन कीजिए।

संत कहहिं असि नीति दसानन। चौथेपन जाइहि नृप कानन॥
तासु भजन कीजिअ तहँ भर्ता। जो कर्ता पालक संहर्ता॥
रामहि सौंपि जानकी नाइ कमल पद माथ।
सुत कहुँ राज समर्पि बन जाइ भजिअ रघुनाथ॥

अंत में मंदोदरी ने अश्रुपूर्ण नेत्रों से रावण से कहा कि मेरी सीख मानने से आपका यश तीनों लोकों में फैल जायगा और मेरा सुहाग भी अचल रहेगा।

जौं पिय मानहु मोर सिखावन। सुजसु होइ तिहुँ पुर अति पावन॥
अस कहि नयन नीर भरि गहि पद कंपित गात।
नाथ भजहु रघुनाथहि अचल होइ अहिवात॥

मंदोदरी के चौथे प्रयत्न का कारण बना श्रीराम का बाण जो उन्होंने रावण के अभिमान को धक्का देने के लिए चलाया किंतु जो किसी को दिखलाई नहीं दिया। लंका के शिखर पर रात्रि के समय रावण तथा मंदोदरी नाच-गान में मस्त हुए राक्षसों के बीच अखाड़ा देख रहे थे। विभीषण उससे पहले ही श्रीराम की शरण में जा चुका था। विभीषण के द्वारा इस रंगीली सभा का वर्णन सुनकर श्रीराम को विश्वास हो गया कि यह राग-रंग रावण के अभिमान का प्रतिबिम्ब है। श्रीराम ने एक बाण चलाया जिसने रावण के छत्र-मुकुट को और मंदोदरी के कर्णफूल को पृथ्वी पर गिरा दिया किन्तु राम-बाण की यह विशेषता थी कि कोई भी उसे देख नहीं सका। राक्षसों की रंगीली सभा में एकदम सन्नाटा छा गया किंतु मुकुट और कर्णफूल के गिरने का कारण किसी की समझ में नहीं आया।

मंदोदरी ने अपने कर्णफूल के गिरने को भयंकर अपशकुन समझा और रावण को समझाने का चौथा प्रयत्न किया। उसने कहा कि अब तो आप विश्वास कर लीजिए कि श्रीराम ब्रह्माण्ड की उत्पत्ति, पालन और प्रलय करने वाले भगवान हैं। आपने उन्हें साधारण मनुष्य समझकर उनसे विरोध किया है। आप अपना हठ छोड़िये और श्रीराम के चरणों में प्रेम कीजिए जिससे मेरा सुहाग बना रहे।

मंदोदरी सोच उर बसेऊ। जब ते श्रवनपूर महि खसेऊ॥
सजल नयन कह जुग कर जोरी। सुनहु प्रानपति विनती मोरी॥
कंत राम विरोध परिहरहू। जानि मनुज जनि हठ मन धरहू॥
विस्वरूप रघुवंस मनि करहु वचन विस्वासु।
लोक कल्पना वेद कर अंग अंग प्रति जासु॥

जासु घ्रान अस्विनीकुमारा। निसि अरु दिवस निमेष अपारा॥

आनन अनल अंबुपति जीहा। उतपति पालन प्रलय समीहा॥

अस विचारि सुनु प्रानपति प्रभुसन वयरु विहाइ।
प्रीति करहु रघुवीर पद मम अहिवात न जाइ॥

लंकाकाण्ड में वर्णित इस प्रसंग के अंत में तुलसीदासजी कहते हैं कि मंदोदरी

के वचन बहुत प्रभावशाली थे किंतु अभिमानी रावण फिर भी टस-से-मस नहीं हुआ।

मंदोदरी द्वारा पांचवाँ प्रयत्न राम-रावण युद्ध के आरम्भ होने से एक दिन पहले किया गया। उस दिन रावण के दरबार में आकर श्रीराम के दूत अंगद ने युद्ध को टालने का अंतिम प्रयास किया। जब युद्ध अवश्यम्भावी हो गया तो राम के प्रताप की झाँकी दिखलाने के लिए अंगद ने रावण की सभा में अपना पैर रोप दिया। राक्षस अंगद के पैर को हिला भी नहीं सके। अंत में रावण स्वयं अंगद के पैर की ओर बढ़ा। तब अंगद ने कहा कि आपका उद्धार मेरे पैर पकड़ने से नहीं हो सकता—आपको श्रीराम के पैर पकड़ने होंगे। जब मंदोदरी ने उस दिन की घटना का पूरा वृतान्त सुना तो रात के समय उसने रावण को समझाने का पाँचवाँ प्रयत्न किया।

मंदोदरी ने आरम्भ से लेकर अब तक के उन सारे प्रसंगों की याद रावण को दिलाई जिनसे श्रीराम की अलौकिक शक्ति का प्रमाण मिला है। मंदोदरी ने कहा कि राजा जनक की सभा में आप भी अनेकों राजाओं के साथ उपस्थित थे। केवल राम ही शिव-धनुष को तोड़ने में सफल हुए।

जनक सभाँ अगनित भूपाला। रहे तुम्हउ बल अतुल विसाला॥
भंजि धनुष जानकी बिआही। तब संग्राम जितेहु किन ताही॥

मंदोदरी ने आगे कहा कि राक्षस कुल के अन्य सदस्य श्रीराम के बाण का प्रताप जान चुके हैं। मारीच ने आपको अपना अनुभव सुनाते हुए श्रीराम को अजेय बतलाया था किंतु आपने उसकी बात पर विश्वास नहीं किया। विराध, खर, दूषण और कबंध को मारने वाला क्या साधारण मनुष्य हो सकता है?

बान प्रताप जान मारीचा। तासु कहा नहिं मानेहि नीचा॥

वधि विराध खर दूषनहि लीलाँ हत्यो कबंध॥
बालि एक सर मार्यो तेहि जानहु दसकंध॥

मंदोदरी ने यह भी कहा कि सेतु बाँधकर सेना सहित समुद्र को पार करने वाले श्रीराम सर्वशक्तिमान भगवान् ही हैं, इसमें कोई संदेह नहीं है। उन्होंने आपके हित के लिए ही अंगद को अपना दूत बनाकर भेजा था जिसका बल आपने सभा में स्वयं ही देख लिया है।

जेहि जलनाथ बँधायउ हेला। उतरे प्रभु दल सहित सुबेला॥
कारुनीक दिनकर कुल केतू। दूत पठायउ तव हित हेतू॥
सभा माझ जेहिं तव बल मथा। करि वरूथ महुँ मृगपति जथा॥

अंत में मंदोदरी ने रावण से फिर अनुरोध किया कि यद्यपि हमारे दो पुत्र मारे जा चुके हैं और हमारा नगर जल चुका है, फिर भी श्रीराम के विरोध को अंत करने का अंतिम अवसर हाथ से निकलने न दीजिए।

अंगद हनुमत अनुचर जाके। रन बाँकुरे वीर अति बाँके॥
तेहि कहँ प्रिय पुनि पुनि नर कहहू। मुधा मान ममता मद बहहू॥

अब पति मृषा गाल जनि मारहु। मोर कहा कछु हृदयँ विचारहु॥
पति रघुपतिहि नृपति जनि मानहु। अग जग नाथ अतुलबल जानहु॥

दुइ सुत मरे दहेउ पुर अजहुँ पूर पिय देहु।
कृपासिंधु रघुनाथ भजि नाथ विमल जसु लेहु॥

तुलसीदासजी कहते हैं कि यद्यपि मंदोदरी के वचन बाण के समान तीव्र थे, फिर भी अभिमानी रावण पर उनका कोई प्रभाव नहीं पड़ा।

नारि वचन सुनि विसिख समाना। सभाँ गयउ उठि होत विहाना॥
वैठ जाइ सिंघासन फूली। अति अभिमान त्रास सब भूली॥

अगले दिन राम-रावण युद्ध का आरम्भ हो जाता है और चार दिनों में ही राक्षसों की भारी क्षति हो जाती है। मंदोदरी अपने पुत्र मेघनाद की मृत्यु का दुःख सहन करने में असमर्थ होकर रावण को समझाने का छठा और अंतिम प्रयत्न करती है। इस बार वह बोलकर अपनी बात नहीं कह सकी—केवल विलाप और संकेत से उसने रावण को अपना आंतरिक संदेश दिया। किंतु रावण स्वयं काल के वश में था और मंदोदरी का छठा प्रयत्न भी विफल हो गया। इस शोचनीय स्थिति का आभास मंदोदरी को पहले से ही हो गया था—

अहह कंत कृत राम विरोधा। काल विवस मन उपज न बोधा॥

विभीषण के द्वारा रावण से कुमति-त्याग के लिए विनती

विभीषण द्वारा रावण को समझाने के प्रयत्न भी मंदोदरी की भाँति हृदय की शुद्ध भावनाओं पर आधारित थे। अपने-अपने प्रयत्नों को पूरा करने के लिए जो-जो शब्द विभीषण तथा मंदोदरी ने प्रयुक्त किये उनमें भी समानता थी। किंतु शब्दों को उच्चारित करने के स्थान एवं परिस्थिति भिन्न-भिन्न होने के कारण उनके प्रति रावण की प्रतिक्रिया भी भिन्न हो गई। मंदोदरी ने रावण को घर में, एकांत में, निजी रूप से समझाया। इसके विपरीत विभीषण ने रावण को राज्य दरबार में, भरी सभा में, समझाने का प्रयत्न किया। मंदोदरी के सुझाव को रावण ने माना नहीं किंतु बदले में उसने

मंदोदरी का अपमान नहीं किया। विभीषण का सुझाव सुनकर रावण ने भरे दरबार में न केवल कटु वचनों से उसका अपमान किया बल्कि विभीषण पर रावण ने लात से प्रहार भी किया।

यद्यपि चरण-प्रहार की घटना विभीषण के द्वितीय प्रयत्न के अवसर पर घटी, फिर भी उसका उल्लेख इस विभाग के आरम्भ में किया गया क्योंकि उससे लंका के भविष्य पर गहरा प्रभाव पड़ा। अब घटनाओं के क्रमानुसार विभीषण द्वारा कृत प्रथम प्रयत्न पर—और उससे भी पहले विभीषण द्वारा ब्रह्मा से माँगे हुए वर पर—ध्यान दिया जाएगा।

आचार्य विनोबा भावे ने रावण-कुम्भकर्ण-विभीषण के आंतरिक भावों का विवेचन क्रमशः राजसी-तामसिक-सात्त्विक गुणों के प्रतीक के रूप में किया है। गीता-प्रवचन के पन्द्रहवें अध्याय में उन्होंने लिखा है—

> रामायण में रावण, कुम्भकर्ण, व विभीषण, ये तीन भाई हैं। कुम्भकर्ण तमोगुण है। रावण रजोगुण है व विभीषण सत्त्वगुण है। हमारे शरीर में इन तीनों की रामायण रची जा रही है। इस रामायण में रावण व कुम्भकर्ण का तो नाश ही विहित है। एक विभीषण-तत्त्व, यदि वह हरिचरण-शरण हो जाए, तो उन्नति का साधक व पोषक हो सकेगा। और इसलिए वह अपनाने जैसा है।

तुलसीदासजी ने तीनों भाइयों की भिन्न-भिन्न वृत्तियों का आभास बालकाण्ड में करा दिया है। उग्र तप तो तीनों भाइयों ने किया था किंतु ब्रह्मा से वर माँगने में तीनों की प्राथमिकताएँ भिन्न-भिन्न रहीं। रावण ने दम्भ से उत्तेजित होकर यह वर मांगा कि मैं वानर और मनुष्य—इन दो जातियों को छोड़ कर किसी अन्य के हाथों न मरूँ। कुम्भकर्ण ने आलस्य की सूचक छः महीने की नींद माँगी। विभीषण ने सत्त्वगुण से प्रेरित होकर भगवान् के चरणों में निर्मल प्रेम मांगा—

गए बिभीषन पास पुनि कहेउ पुत्र बर मागु।
तेहिं मागेउ भगवंत पद कमल अमल अनुरागु॥

विभीषण की सात्त्विक वृत्ति को प्रोत्साहन मिला हनुमान्‌जी के द्वारा। विभीषण ने सुन्दरकाण्ड में बतलाया कि मैं लंका में ऐसे रहता हूँ जैसे दांतों के बीच में बेचारी जीभ। उसने हनुमान्‌जी से पूछा कि क्या मुझे अनाथ जानकर श्रीराम कभी मुझ पर कृपा करेंगे? हनुमान्‌जी के द्वारा श्रीराम का सेवकों के प्रति विशेष प्रेम सुनकर विभीषण हर्षित हुआ और बोला—

अब मोहि भा भरोस हनुमंता। बिनु हरिकृपा मिलहिं नहिं संता॥

हनुमान्‌जी से मिलने के थोड़ी देर बाद ही प्रथम अवसर आया विभीषण द्वारा रावण को समझाने का। जब विभीषण रावण के दरबार में पहुँचा तो उसने देखा कि हनुमान्‌जी रावण को समझा रहे हैं—यह कहकर कि श्रीराम भगवान् के अवतार हैं, इसलिए तुम अपना झूठा अभिमान छोड़ो और सीताजी को लौटा दो। तुलसीदासजी कहते हैं कि हनुमान्‌जी की 'हित-वाणी' के उत्तर में रावण ने उन्हें मार डालने की धमकी दी। ऐसी स्थिति में विभीषण के प्रथम प्रयत्न का उद्देश्य यह रहा कि रावण हनुमान्‌जी का वध करने का विचार छोड़ दे। इसलिए विभीषण ने विनयपूर्वक रावण से कहा कि हनुमान् तो श्रीराम के दूत के रूप में आपके सामने खड़े हैं, उन्हें मारना नीति-विरुद्ध है, अतः आप उन्हें कोई अन्य प्रकार का दण्ड दें—

सुनत निसाचर मारन धाए। सचिवन्ह सहित बिभीषनु आए॥
नाइ सीस करि बिनय बहूता। नीति बिरोध न मारिअ दूता॥
आन दंड कछु करिअ गोसाँई। सबहीं कहा मंत्र भल भाई॥

जैसे मंदोदरी के समझाने पर रावण ने सीताजी का वध करने का अपना विचार बदला था, उसी प्रकार विभीषण के समझाने पर रावण ने हनुमान्‌जी को वध करने का अपना विचार छोड़ा।

विभीषण का द्वितीय प्रयत्न भी सुंदरकाण्ड में वर्णित है। तुलसीदासजी लिखते हैं कि हनुमान्‌जी द्वारा लंका जला देने के कारण राक्षसों में भय छा गया। फिर यह समाचार मिला कि श्रीराम की सेना समुद्र के उस पार पहुँच गई है। रावण ने मंत्रियों से कहा कि नई परिस्थिति को ध्यान में रखते हुए उचित सलाह दो। किंतु चाटुकारी मंत्री बोले कि आपने तो देवताओं को भी बिना श्रम के जीत लिया था, फिर मनुष्यों और वानरों की ओर से क्या चिंता?

रावण की सभा के ऐसे वातावरण में विभीषण पहुँचा। उसने बड़े भाई के चरणों में सिर नवाया और आज्ञा पाकर अपना सुझाव देना आरम्भ किया। उसने कहा कि आपने मेरी राय पूछी है इसलिए मैं अपनी बुद्धि के अनुसार आपके हित की बात कहूँगा—

अवसर जानि बिभीषनु आवा। भ्राता चरन सीसु तेहिं नावा॥
पुनि सिरु नाइ बैठ निज आसन। बोला बचन पाइ अनुसासन॥
जौ कृपाल पूँछिहु मोहि बाता। मति अनुरूप कहउँ हित ताता॥

विभीषण ने अपने विचार धीरे-धीरे चार भागों में विभक्त करके प्रकट किए। पहले भाग में उसने यह सिद्धान्त प्रस्तुत किया कि जो मनुष्य अपना कल्याण, सुयश और सुख चाहता हो, उसे पर-स्त्री का मुख नहीं देखना चाहिए—

जो आपन चाहै कल्याना। सुजसु सुमति सुभगति सुख नाना॥
सो पर नारि लिलार गोसाईं। तजउ चउथि के चंद कि नाईं॥

दूसरे भाग में विभीषण ने कहा कि भूतद्रोह और लोभ विनाशकारी हैं और उसके कारण बड़े-से-बड़े व्यक्ति का भी पतन हो जाता है—

चौदह भुवन एक पति होई। भूतद्रोह तिष्टइ नहिं सोई॥
गुन सागर नागर नर जोऊ। अलप लोभ भल कहइ न कोऊ॥

तीसरे भाग में विभीषण ने कहा कि हे तात! राम मनुष्यरूप में भगवान् के अवतार हैं, इसलिए उनसे बैर करना आपके हित में नहीं है। आप सीताजी को श्रीराम के पास भेज दीजिए। मैं बार-बार आपकी चरण-वंदना करके विनती करता हूँ कि आप मान, मोह और मद को त्याग कर श्रीराम का भजन कीजिए—

तात राम नहिं नर भूपाला। भुवनेस्वर कालहु कर काला॥

ताहि वयरु तजि नाइअ माथा। प्रनतारति भंजन रघुनाथा॥
देहु नाथ प्रभु कहुँ वैदेही। भजहु राम बिनु हेतु सनेही॥

बार बार पद लागउँ विनय करउँ दससीस।
परिहरि मान मोह मद भजहु कोसलाधीस॥

किन्तु रावण तो अभिमान और क्रोध के नशे में चूर था। विभीषण के सुझावों को मानना तो दूर, रावण उसके वचनों को सुनना भी नहीं चाहता था। उसने अपने सेवकों को संकेत से कहा कि विभीषण को मेरे सामने से हटाओ। किंतु विभीषण ने अपना प्रयत्न अभी समाप्त नहीं होने दिया। उसने रावण के सामने हाथ जोड़कर अपने वक्तव्य का चौथा भाग पूरा किया। विभीषण ने कहा कि हे नाथ! सुमति अर्थात् सद्बुद्धि का मार्ग अपनाइए और कुमति का त्याग कीजिए, इसी में आपका हित है। मैं चरण पकड़कर आपसे भीख माँगता हूँ—आप सीताजी को लौटा दीजिए जिससे आपका अहित न हो—

कहइ विभीषनु पुनि कर जोरी। . . . . .
सुमति कुमति सब कें उर रहहीं। नाथ पुरान निगम अस कहहीं॥
जहाँ सुमति तहँ संपति नाना। जहाँ कुमति तहँ विपति निदाना॥
तव उर कुमति बसी विपरीता। हित अनहित मानहु रिपु प्रीता॥

तात चरन गहि मागउँ राखहु मोर दुलार।
सीता देहु राम कहुँ अहित न होइ तुम्हार॥

रावण का क्रोध बढ़ता चला गया। उसने विभीषण पर दोष लगाया कि तू रहता तो है मेरे नगर में परन्तु प्रीति करता है मेरे शत्रु से। ऐसा कहकर उसने चरण-प्रहार किया—

सुनत दसानन उठा रिसाई। खल तोहि निकट मृत्यु अब आई॥

मम पुर बसि तपसिन्ह पर प्रीती। सठ मिलु जाइ तिन्हहि कहु नीती॥

अस कहि कीन्हेसि चरन प्रहारा। .....

रावण को समझाने का विभीषण द्वारा कृत प्रयत्न समाप्त हो गया किंतु अपमान का बदला विभीषण ने अपनी सज्जनता से दिया। सभा से चलते-चलते विभीषण ने फिर से रावण के चरणों की वंदना की और कहा कि आप मेरे पिता-तुल्य हैं। आपने भले ही मुझे मारा किंतु आपका हित श्रीराम को भजने में ही है—

अनुज गहे पद बारहिं बारा। .....
तुम्ह पितु सरिस भलेहिं मोहि मारा। रामु भजें हित नाथ तुम्हारा॥

शिवजी इस प्रसंग का सार निकालते हुए सुंदरकाण्ड में कहते हैं कि विभीषण ने अपनी सज्जनता से यह सिद्ध कर दिया कि संत लोग बुराई को सहकर बुराई करने वाले की भी भलाई ही चाहते हैं—

उमा संत कइ इहइ बड़ाई। मंद करत जो करइ भलाई॥

माल्यवान् के द्वारा विभीषण का समर्थन

माल्यवान् न केवल रावण का नाना था बल्कि साथ ही श्रेष्ठ मंत्री भी था। तुलसीदासजी ने उसको 'सचिव सयाना' अर्थात् बुद्धिमान मंत्री बतलाया है। दो अवसरों पर उसने रावण को समझाने का प्रयत्न किया—एक बार सुंदरकाण्ड में और दूसरी बार लंकाकाण्ड में।

माल्यवान् को प्रथम अवसर उस समय मिला जब विभीषण नम्रतापूर्वक रावण से विनती कर रहा था कि आप सीताजी को लौटा दीजिए। माल्यवान् को विभीषण का सुझाव बहुत अच्छा लगा और उसने उसका समर्थन किया—

माल्यवंत अति सचिव सयाना। तासु वचन सुनि अति सुख माना॥
तात अनुज तव नीति विभूषन। सो उर धरहु जो कहत विभीषन॥

माल्यवान् ने रावण को समझाने का द्वितीय प्रयत्न उस समय किया जब राम-रावण युद्ध का पहला दिन समाप्त हो गया और उसमें राक्षस सेना की भारी क्षति हुई। रात्रि के

समय रावण ने मंत्रियों को बुलाया और कहा कि एक दिन में ही वानरों ने हमारी आधी सेना का संहार कर डाला, अब बताओ क्या करना चाहिए।

उहाँ दसानन सचिव हँकारे। सब सन कहेसि सुभट जे मारे॥
आधा कटकु कपिन्ह संघारा। कहहु बेगि का करिअ विचारा॥

माल्यवान् ने कहा कि हमारी पराजय का कारण यह है कि आपने सीताजी को हरने का अनीतिपूर्ण कार्य किया। माल्यवान् आगे बोला कि अब भी अवसर है—जिससे और अधिक क्षति न हो। उसने कहा कि श्रीराम वास्तव में भगवान् के अवतार हैं। आपका कल्याण तभी होगा जब आप सीताजी को लौटाकर श्रीराम से वैर-त्याग करेंगे और उनका भजन करेंगे—

जब ते तुम्ह सीता हरि आनी। असगुन होहिं न जाहिं बखानी॥
वेद पुरान जासु जसु गायो। राम विमुख काहुँ न सुख पायो॥
हिरन्याच्छ भ्राता सहित मधु कैटभ बलवान।
जेहिं मारे सोइ अवतरेउ कृपासिंधु भगवान॥

परिहरि वयरु देहु वैदेही। भजहु कृपानिधि परम सनेही॥

तुलसीदासजी लंकाकाण्ड में कहते हैं कि रावण इतना अभिमानी था कि अपने नाना के नीतिपूर्ण वचन भी उसको बाण के समान लगे और उनको मानना तो दूर, उलटा उसने माल्यवान् के प्रति अपशब्द कहे—

ताके वचन वान सम लागे। करिआ मुह करि जाहि अभागे॥
बूढ भएसि न त मरतेउँ तोही। अब जनि नयन देखावसि मोही॥

रावण के गुप्तचर के द्वारा श्रीराम के बल का वर्णन

तुलसीदासजी ने सुंदरकाण्ड में लिखा है कि जब विभीषण लंका को छोड़कर और समुद्र पार करके श्रीराम के पास गया, तब रावण ने गुप्त रूप से सारी स्थिति की जानकारी प्राप्त करने के लिए अपने दूत भेजे। किंतु शीघ्र ही वानरों ने पहचान लिया कि ये वास्तव में राक्षस हैं। जब दूतों ने श्रीराम के प्रति आदरभाव दिखलाया तब वानरों ने उन्हें वापिस लंका जाने की अनुमति दे दी। लक्ष्मण ने रावण के नाम एक पत्र लिखकर भी इन दूतों को दिया।

लंका में लौटकर दूतों के मुखिया शुक ने रावण को श्रीराम और उनकी सेना के विषय में अपना आँखों-देखा हाल सुनाया। शुक ने कहा कि वानर-भालुओं की सेना बहुत विशाल है और वे काल को भी जीत सकते हैं। श्रीराम के विषय में शुक ने कहा कि उनका तेज, बल और बुद्धि अवर्णनीय है—

सहज सूर कपि भालु सब पुनि सिर पर प्रभु राम।
रावन काल कोटि कहुँ जीति सकहिं संग्राम॥
अस मैं सुना श्रवन दसकंधर। पदुम अठारह जूथप बंदर॥

राम तेज बल बुधि बिपुलाई। सेष सहस सत सकहिं न गाई॥

रावण ने दूत के वचनों पर विश्वास नहीं किया। तब शुक ने रावण को लक्ष्मण द्वारा भेजा हुआ पत्र दिया जिसमें यह सुझाव दिया गया था कि विभीषण की भाँति तुम (अर्थात् रावण) भी श्रीराम की शरण में आ जाओ, अन्यथा राक्षस कुल का विनाश हो जायगा।

बातन्ह मनहि रिझाइ सठ जनि घालसि कुल खीस।
राम बिरोध न उबरसि सरन बिष्नु अज ईस॥
की तजि मान अनुज इव प्रभु पद पंकज भृंग।
होहि कि राम सरानल खल कुल सहित पतंग॥

रावण ने पत्र पढ़कर कहा कि लक्ष्मण तो झूठी डींग हाँक रहा है। फिर रावण ने अपने दूत शुक को डाँटा कि तू भी वानर सेना के बल को बढ़ा-चढ़ाकर मुझे बता रहा है। तब शुक ने कहा—हे नाथ! जो लक्ष्मण के पत्र में लिखा है और जो मैंने आपको अपना स्वयं का देखा हुआ हाल बतलाया है, उसे आप सच मानिए। मैं आपसे विनती करता हूँ कि आप श्रीराम के प्रति बैर को त्याग दीजिए और सीताजी को लौटा दीजिए।

कह सुक नाथ सत्य सब बानी। समुझहु छाड़ि प्रकृति अभिमानी।।
सुनहु बचन मम परिहरि क्रोधा। नाथ राम सन तजहु बिरोधा॥

जनकसुता रघुनाथहि दीजे। एतना कहा मोर प्रभु कीजे॥

तुलसीदासजी कहते हैं कि अभिमानी रावण ने अपने ही दूत शुक पर चरण-प्रहार किया—जैसे उसने विभीषण पर किया था—

चरन प्रहार कीन्ह सठ तेही।

रावण के पुत्र प्रहस्त के वचन—कठोर किंतु हितकारी

प्रहस्त का प्रसंग लंकाकाण्ड के आरम्भ में वर्णित है। वानर सेना सहित श्रीराम समुद्र पार करके लंका के उत्तरी तट पर पहुँच गए। मंदोदरी ने यह समझकर कि स्थिति लगातार गम्भीर होती जा रही है, रावण से अनुरोध किया कि सीताजी को लौटा दो। किंतु रावण का अभिमान ज्यों-का-त्यों रहा। इतना अवश्य हुआ कि उसने राज्य-

दरबार में आकर मंत्रियों से पूछा कि शत्रु की सेना के निकट आ जाने पर युद्ध की क्या तैयारी की जाए।

रावण के मंत्रियों ने सदा की भांति ठकुरसुहाती वाणी बोली और कहा— हे स्वामी! आप बार-बार क्या पूछते हैं? राक्षसों के लिए वानर-भालू तो भोजन की सामग्री हैं।

रावण का पुत्र प्रहस्त मंत्रियों की बनावटी बातों से संतुष्ट नहीं हुआ। उसने अपने पिता से कहा कि ये सब उस समय कहाँ थे जब एक वानर (अर्थात् हनुमान्) ने हमारा नगर जला दिया था?

सब के वचन श्रवन सुनि कह प्रहस्त कर जोरि।
नीति विरोध न करिअ प्रभु मंत्रिन्ह मति अति थोरि॥
कहहिं सचिव सठ ठकुरसोहाती। नाथ न पूर आव एहि भाँती॥
वारिधि नाघि एक कपि आवा। तासु चरित मन महुँ सबु गावा॥
छुधा न रही तुम्हहि तब काहू। जारत नगरु कस न धरि खाहू॥

अपने विचार को स्पष्ट करते हुए प्रहस्त ने कहा कि केवल मीठी-मीठी बातें बोलने से किसी का हित नहीं हो सकता। हम सबका कर्तव्य है कि हम ऐसी बात कहें जिससे राक्षस कुल का हित हो, चाहे वह बात सुनने में कटु हो—

सुनत नीक आगें दुख पावा। सचिवन अस मत प्रभुहि सुनावा॥

तात वचन मम सुनु अति आदर। जनि मन गुनहु मोहि करि कादर॥
प्रिय वानी जे सुनहिं जे कहहीं। ऐसे नर निकाय जग अहहीं॥
वचन परम हित सुनत कठोरे। सुनहिं जे कहहिं ते नर प्रभु थोरे॥

इसके बाद प्रहस्त ने रावण को अपना सुझाव सुनाया। उसने कहा कि शत्रु के पास अपना दूत भेजिए और कहलवाइए कि हम सीताजी को लौटाने के लिए तैयार हैं। यदि इतना करने से युद्ध टल जाए तो इसमें सबका हित है, नहीं तो हमें युद्ध की पूरी तैयारी करनी होगी।

प्रथम वसीठ पठउ सुनु नीती। सीता देइ करहु पुनि प्रीती॥
नारि पाइ फिरि जाहिं जौं तौ न बढाइअ रारि।
नाहिं त सन्मुख समर महि तात करिअ हठि मारि॥
यह मत जौं मानहु प्रभु मोरा। उभय प्रकार सुजसु जग तोरा॥

तुलसीदासजी लंकाकाण्ड में लिखते हैं कि यद्यपि प्रहस्त ने बहुत अच्छे ढंग से 'हित मत' कहा, फिर भी रावण 'काल-विवश' ही रहा—

सुत सन कह दसकंठ रिसाई। असि मति सठ केहिं तोहि सिखाई॥

सुनि पितु गिरा परुष अति घोरा। चला भवन कहि वचन कठोरा॥
हित मत तोहि न लागत कैसें। काल विवस कहुँ भेषज जैसें॥

कालनेमि के द्वारा हनुमान् के सामर्थ्य की प्रशंसा

रावण के साथ कालनेमि की वार्ता का प्रसंग लंकाकाण्ड में वर्णित है। किंतु मानस के आरम्भ में तुलसीदासजी ने कालनेमि की गिनती उन ठगों में की है जो साधु का वेष बनाकर उस समय तक लोगों को ठगते हैं जब तक उनकी पोल नहीं खुलती—

लखि सुवेष जग वंचक जेऊ। वेष प्रताप पूजिअहिं तेऊ॥
उघरहिं अंत न होइ निबाहू। कालनेमि जिमि रावन राहू॥

कालनेमि से संबंधित लंकाकाण्ड की घटना राम-रावण युद्ध के दूसरे दिन की रात को घटी। मेघनाद की वीरघातिनी शक्ति से लक्ष्मण मूर्छित हो गए। सुषेण वैद्य ने बतलाया कि सवेरा होने से पहले हिमालय पर्वत से औषधि लाकर देने से वे स्वस्थ हो जाएंगे। श्रीराम के प्रताप का सहारा लेकर हनुमान्जी औषधि लाने के लिए लंका से उत्तर दिशा में चले। रावण ने कालनेमि से कहा कि तुम माया का झूठ-मूठ का आश्रम बनाकर हनुमान् को धोखा दो जिससे औषधि लाने में उन्हे देर हो जाए।

राम चरन सरसिज उर राखी। चला प्रभंजनसुत बल भाषी॥
उहाँ दूत एक मरमु जनावा। रावनु कालनेमि गृह आवा॥
दसमुख कहा मरमु तेहिं सुना। . . . . .

यद्यपि कालनेमि को अन्त में रावण की आज्ञा का पालन करना पड़ा किंतु 'हाँ' कहने से पहले कालनेमि ने रावण को समझाने का प्रयत्न किया। रावण के क्रोध के कारण कालनेमि के लिए अधिक बोलना तो असम्भव था किंतु संक्षेप में उसने रावण को यह अवश्य बतला दिया कि उसका (अर्थात् रावण का) हित श्रीराम को भजने में ही है। जहाँ तक हनुमान् के मार्ग में देर करवाने की बात थी—जैसाकि रावण चाहता था—कालनेमि ने स्पष्ट कह दिया कि सबके देखते-देखते लंका जलाने वाले राम-दूत का मार्ग कोई नहीं रोक सकता।

पुनि पुनि कालनेमि सिरु धुना। . . . . .
देखत तुम्हहि नगरु जेहि जारा। तासु पंथ को रोकन पारा॥
भजि रघुपति करु हित आपना। छाँड़हु नाथ मृषा जल्पना॥

काल व्याल कर भच्छक जोई। सपनेहुँ समर कि जीतिअ सोई॥

तुलसीदासजी लिखते हैं कि रावण के क्रोध को देखकर—अपने मन की बात कह लेने के पश्चात्—कालनेमि ने सोचा कि इस पापी के हाथों मारे जाने की अपेक्षा हनुमान्‌जी के हाथ से मरने में ही मेरा अपना कल्याण है।

सुनि दसकंठ रिसान अति तेहिं मन कीन्ह विचार।
राम दूत कर मरौं बरु यह खल रत मल भार॥

कुम्भकर्ण के द्वारा रावण-कृत पाप की निंदा

जब लंका में युद्ध का तीसरा दिन आरम्भ हुआ तब रावण को यह समाचार मिला कि सवेरा होने से पहले ही हनुमान् के द्वारा लाई हुई औषधि से लक्ष्मण की मूर्छा समाप्त हो गई थी। राक्षसी सेना के बल को बढ़ाने के लिए रावण ने उस समय कुम्भकर्ण को जगाया—जिसने ब्रह्मा से छः महीने की नींद का वर माँग रखा था।

रावण-कुम्भकर्ण संवाद लंकाकाण्ड में वर्णित है। कुम्भकर्ण ने रावण से पूछा—हे भाई! तुम इतने दुखी क्यों दिखलाई दे रहे हो? तब रावण ने सीता-हरण से लेकर अब तक की सारी घटनाएँ कुम्भकर्ण को सुनाई।

कुंभकरन बूझा कहु भाई। काहे तव मुख रहे सुखाई॥
कथा कही सब तेहिं अभिमानी। जेहि प्रकार सीता हरि आनी॥
तात कपिन्ह सब निसिचर मारे। महा महा जोधा संघारे॥

कुम्भकर्ण बोला कि अब मुझे जगाने से क्या लाभ? तुमने मेरी सलाह लिए बिना सब गड़बड़ कर डाला। यदि तुम मुझसे पहले ही पूछते तो मैं तुमको नारद मुनि का बतलाया हुआ ज्ञान समझाता। तुमने श्रीराम से विरोध ठान लिया जो कि भगवान् के अवतार हैं। उनकी पत्नी सीताजी सारे जगत् की जननी हैं। अरे मूर्ख! जगदम्बा का हरण करके अब तू अपना कल्याण चाहता है? हे तात! जो हुआ सो हुआ, अब भी अभिमान छोड़कर श्रीराम को भजो। उसी से तुम्हारा कल्याण होगा।

सुनि दसकंधर वचन तब कुंभकरन बिलखान।
जगदंबा हरि आनि अब सठ चाहत कल्यान॥
भल न कीन्ह तैं निसिचर नाहा। अब मोहि आइ जगाएहि काहा॥
अजहूँ तात त्यागि अभिमाना। भजहु राम होइहि कल्याना।
हैं दससीस मनुज रघुनायक। जाके हनूमान से पायक॥
अहह बंधु तैं कीन्हि खोटाई। प्रथमहिं मोहि न सुनाएहि आई॥
कीन्हेहु प्रभु विरोध तेहि देवक। सिव बिरंचि सुर जाके सेवक॥
नारद मुनि मोहि ग्यान जो कहा। कहतेउँ तोहि समय निरवहा॥

तुलसीदासजी लिखते हैं कि कुम्भकर्ण द्वारा कथित श्रीराम की प्रशंसा को रावण सुनना भी नहीं चाहता था, इसलिए उसने मदिरा पिलाकर कुम्भकर्ण का ध्यान युद्ध की तैयारी में लगा दिया।

यह उल्लेखनीय है कि कुम्भकर्ण ने श्रीराम-भक्ति का समर्थन करने वाले शब्द विभीषण से भी कहे। जब कुम्भकर्ण ने युद्धभूमि में प्रवेश किया तो विभीषण ने आदर सहित उसका चरण-स्पर्श किया और रावण द्वारा कृत चरण-प्रहार से लेकर अब तक की सारी बातें उसे बतलाई। कुम्भकर्ण ने विभीषण से कहा कि तुम धन्य हो, तुमने राम-भक्ति में मन लगाकर राक्षस कुल की प्रतिष्ठा बढ़ाई है—

धन्य धन्य तैं धन्य विभीषन। भयहु तात निसिचर कुल भूषन॥
बंधु बंस तैं कीन्ह उजागर। भजेहु राम सोभा सुख सागर॥

सुनु सुत भयउ कालवस रावन। सो कि मान अब परम सिखावन॥

अब तक वर्णित प्रसंगों में राक्षसकुल के आठ व्यक्तियों द्वारा किए गए रावण को समझाने के प्रयत्नों का सारांश प्रस्तुत किया गया। इस अध्याय के शेष भाग में हनुमान् तथा अंगद द्वारा कथित 'हित वाणी' का संक्षिप्त विवेचन है।

हनुमान् के द्वारा रावण को राम के प्रति वैर त्याग करने की सीख

हनुमान्-रावण संवाद सुंदरकाण्ड में वर्णित है। यद्यपि हनुमान्जी का मुख्य कार्य था सीताजी को खोजना, किंतु उनका अवतार हुआ था 'राम-काज' को पूरा करने के लिए—जिसका पूर्ण अर्थ है—जगमंगल जैसाकि जाम्बवान् ने किष्किंधाकाण्ड में उन्हें याद दिलाया था—

राम काज लगि तव अवतारा।

अशोक वाटिका में सीताजी से सब बातें करने के बाद हनुमान्जी ने उन्हें कहा कि मुझे भूख लगी है और मैं इस वाटिका के मधुर फल खाना चाहता हूँ। सीताजी ने कहा 'हाँ'—किंतु वाटिका की रखवाली करने वाले राक्षसों का ध्यान रखना। यह प्रसंग सुंदरकाण्ड में वर्णित है—

देखि बुद्धि बल निपुन कपि कहेउ जानकीं जाहु।
रघुपति चरन हृदयँ धरि तात मधुर फल खाहु॥

हनुमान्जी जानते थे कि वाटिका के रखवालों से झगड़ा होने पर बात रावण के पास पहुँचेगी और रावण को समझाने का प्रयत्न करना भी 'राम-काज' का ही अंग होगा। सीताजी की 'हाँ' ने उनका उत्साहवर्धन भी कर दिया।

रखवालों की पुकार पर पहले तो रावण ने अपने छोटे पुत्र अक्षयकुमार को वाटिका में भेजा किंतु हनुमान्‌जी के साथ लड़ाई में उसके मारे जाने पर रावण ने मेघनाद से कहा कि तुम इस बंदर को बाँधकर मेरे पास लाओ। ऐसा करने के लिए मेघनाद को ब्रह्मास्त्र का प्रयोग करना पड़ा।

ब्रह्म अस्त्र तेहिं साँधा कपि मन कीन्ह विचार।
जौं न ब्रह्मसर मानउँ महिमा मिटइ अपार॥

शिवजी कहते हैं कि वास्तव में तो श्रीराम के दूत को कोई बाँध नहीं सकता किंतु हनुमान्‌जी ने 'राम-काज' करने के लिए अपने-आप को बंधवा लिया—

जासु नाम जपि सुनहु भवानी। भव वंधन काटहिं नर ग्यानी॥
तासु दूत कि बंध तरु आवा। प्रभु कारज लगि कपिहिं बँधावा॥

जब मेघनाद के साथ हनुमान्‌जी राज्य-दरबार में पहुँचे तो रावण से उनका संवाद आरम्भ हुआ। रावण ने हनुमान्‌जी से पाँच प्रश्न पूछे—तू कौन है? किसके बल पर तूने वाटिका को उजाड़ा? क्या तूने मेरा नाम और यश नहीं सुना? तूने राक्षसों को क्यों मारा? क्या तुझे अपने प्राण गंवाने का भय नहीं है? हनुमान्‌जी ने एक-एक करके इन प्रश्नों का उत्तर दिया और अंत में रावण को समझाने का प्रयत्न भी किया—'हित-वाणी' कहकर।

हनुमान्‌जी बोले कि मैं श्रीराम का दूत हूँ। उन्होंने कहा कि मैंने वाटिका को उजाड़ा नहीं। मुझे भूख लगी थी, इसलिए मैंने वाटिका के फल खाए और वृक्षों का टूटना तो वानर-स्वभाव के कारण हुआ। तुम पूछ रहे हो कि मैंने यह किसके बल पर किया। इसका उत्तर यह है कि मैंने जो कुछ किया वह अपने स्वामी श्रीराम के बल पर किया और मैं यह बतलाना चाहता हूँ कि श्रीराम के बल पर ही सृष्टि का सृजन, पालन और संहार होता है—

सुनु रावन ब्रह्मांड निकाया। पाइ जासु बल विरचति माया॥
जाकें बल विरंचि हरि ईसा। पालत सृजत हरत दससीसा॥

तासु दूत मैं . . . . .

हनुमान्‌जी आगे बोले कि मैंने तुम्हारे विषय में यह सुन रखा है कि तुम शिवजी का धनुष तोड़ने के लिए जनकपुर गए थे और तुमने सहस्त्रबाहु और बालि से भी युद्ध करके अपयश प्राप्त किया था। रावण के चौथे प्रश्न कां उत्तर देते हुए हनुमान्‌जी ने कहा कि मेरा विचार राक्षसों को मारने का नहीं था। किंतु जब उन्होंने मुझे मारा तो मुझे भी उन पर प्रहार करना पड़ा।

जानउँ मैं तुम्हारि प्रभुताई। सहसबाहु सन परी लराई॥
समर बालि सन करि जसु पावा। . . . . .
सब कें देह परम प्रिय स्वामी। मारहिं मोहि कुमारग गामी॥
जिन्ह मोहि मारा ते मैं मारे। . . . . .

रावण के अंतिम प्रश्न के उत्तर में हनुमान्‌जी ने कहा कि मैं निर्भय होकर—अपने प्राणों की भी परवाह न करके—राम-काज करना चाहता हूँ। तुम्हारे पुत्र ने मुझे बांध लिया इसकी भी मुझे लज्जा नहीं है क्योंकि इससे मुझे अवसर मिला तुम्हारे हित के लिए तुम्हें सीख देने का—

तेहि पर बाँधेउँ तनयँ तुम्हारे। . . . . .
मोहि न कछु बाँधे कइ लाजा। कीन्ह चहउँ निज प्रभु कर काजा॥
बिनती करउँ जोरि कर रावन। सुनहु मान तजि मोर सिखावन॥

अपना वक्तव्य समाप्त करने से पहले हनुमान्‌जी ने रावण को समझाने का भरसक प्रयत्न किया। वे बोले कि तुम पवित्र कुल के हो इसलिए पाप का मार्ग छोड़ो। सीताजी को लौटा दो और श्रीराम को भजो। यदि तुम ऐसा करोगे तो लंका पर अचल राज्य कर सकते हो, अन्यथा राम विमुख होने पर तुम्हारी रक्षा कोई भी नहीं कर सकता।

देखहु तुम्ह निज कुलहि बिचारी। भ्रम तजि भजहु भगत भय हारी॥
जाकें डर अति काल डेराई। जो सुर असुर चराचर खाई॥
तासों बयरु कबहुँ नहिं कीजै। मोरे कहें जानकी दीजै॥
प्रनतपाल रघुनायक करुना सिंधु खरारि।
गएँ सरन प्रभु राखिहैं तव अपराध बिसारि॥
राम चरन पंकज उर धरहू। लंका अचल राजु तुम्ह करहू॥

सुनु दसकंठ कहउँ पन रोपी। बिमुख राम त्राता नहिं कोपी॥
संकर सहस बिष्नु अज तोही। सकहिं न राखि राम कर द्रोही॥

तुलसीदासजी सुंदरकाण्ड में लिखते हैं कि हनुमान्‌जी की 'हित-वाणी' से भी अभिमानी रावण ने कुछ सीखा नहीं—

जदपि कही कपि अति हित बानी। भगति बिबेक बिरति नय सानी॥
बोला बिहसि महा अभिमानी। मिला हमहि कपि गुर बड़ ग्यानी॥

अंगद के द्वारा युद्ध टालने के लिए किया गया अंतिम प्रयत्न

हनुमान्‌जी ने 'राम-काज' करने की लग्न से प्रेरित होकर रावण को 'हित वाणी'

कही। किंतु हनुमान्‌जी की लंका यात्रा उस समय हुई जबकि वानर सेना दक्षिण भारत में थी। उसके पश्चात् सेतु-रचना हुई और सेना सहित श्रीराम लंका के उत्तरी भाग में पहुँच गए। श्रीराम चाहते थे कि बिना युद्ध के ही रावण पाप का मार्ग छोड़ दे, इसलिए उन्होंने अंगद को अपना दूत बनाकर रावण के पास भेजा। युद्ध टालने का और रावण को सुधारने का यह अंतिम प्रयत्न था जो लंकाकाण्ड में वर्णित है।

अंगद को भेजते समय श्रीराम ने उसको सौंपे गए कार्य के विषय में बतलाया जिसमें 'राम-काज' और 'रावण के हित' का सम्मिश्रण था—

काजु हमार तासु हित होई। रिपु सन करेहु बतकही सोई॥

जब अंगद लंका के दरबार में पहुँचा तो रावण ने अभिमान-भरी वाणी से पूछा— 'कवन तैं बंदर' अर्थात् 'अरे बंदर! तू कौन है?' उत्तर में अंगद ने अपना परिचय देते हुए अपने आगमन का उद्देश्य भी स्पष्ट कर दिया। अंगद ने कहा—

मैं रघुवीर दूत दसकंधर। . . . . .
तव हित कारन आयउँ भाई। . . . . .
अब सुभ कहा सुनहु तुम्ह मोरा। सब अपराध छमिहि प्रभु तोरा॥

सादर जनकसुता करि आगें। एहि विधि चलहु सकल भय त्यागें॥

यद्यपि अंगद ने अपने वचनों को 'सुभ कहा' अर्थात् 'हितभरी सलाह' बतलाया किंतु रावण के मतानुसार जो शत्रु दूत भेजकर संधि करने का प्रस्ताव रखता है वह भय के कारण ही करता है—

जौं पै समर सुभट तव नाथा। पुनि पुनि कहसि जासु गुन गाथा॥
तौ बसीठ पठवत केहि काजा। रिपु सन प्रीति करत नहिं लाजा॥

इसलिए रावण लगातार अंगद को मूर्ख (शठ) कहकर अपने पराक्रम की डींग हाँकता रहा—यह बखानते हुए कि मैंने अपनी भुजाओं से कैलाश पर्वत (हर गिरि) को उठा लिया था और फिर अपने सिरों को काटकर शिवजी की पूजा की थी—

सुनु सठ सोइ रावन बलसीला। हरगिरि जान जासु भुज लीला॥
जान उमापति जासु सुराई। पूजेउँ जेहि सिर सुमन चढ़ाई॥

रावण की अभिमान-भरी वाणी सुनकर अंगद ने कहा कि तू केवल अपने पूर्व पराक्रम की बात बतला रहा है, तू यह क्यों नहीं बतलाना चाहता कि बलि, सहस्त्रबाहु और बालि की तुलना में तू कुछ भी नहीं था—

सिर अरु सैल कथा चित रही। ताते बार बीस तैं कही॥
सो भुजबल राखेउ उर घाली। जीतेहु सहसबाहु बलि बाली॥

अंगद ने व्यंग्यात्मक ढंग से पूछा कि जिस रावण को बलि, सहस्त्रबाहु और बालि ने अत्यन्त तुच्छ प्राणी समझा था—क्या तू वही रावण है?

बलिहि जितन एक गयउ पताला। राखेउ बाँधि सिसुन्ह हय साला॥
खेलहिं बालक मारहिं जाई। दया लागि बलि दीन्ह छोड़ाई॥
एक बहोरि सहसभुज देखा। धाइ धरा जिमि जंतु बिसेषा॥
कौतुक लागि भवन लै आवा। सो पुलस्ति मुनि जाइ छोड़ावा॥
एक कहत मोहि सकुच अति रहा बालि की काँख।
इन्ह महुँ रावन तैं कवन सत्य वदहि तजि माख॥

रावण द्वारा सिर काटने और कैलाश पर्वत को उठाने का गर्व बार-बार प्रकट करने के उत्तर में अंगद ने कहा कि मैं तुम्हें ऐसे दृष्टांत सुनाता हूँ जहाँ इस प्रकार के कार्यों से कोई शूरवीरता नहीं टपकती—

सुनु मतिमंद देहि अब पूरा। काटें सीस कि होइअ सूरा॥
इंद्रजालि कहुँ कहिअ न वीरा। काटइ निज कर सकल सरीरा॥
जरहिं पतंग मोह बस भार वहहिं खर वृंद।
ते नहिं सूर कहावहिं समुझि देखु मतिमंद॥

रावण द्वारा ऐसी आपत्ति उठाने पर कि दूत भेजना भय का प्रतीक है, अंगद ने अपने आगमन के उद्देश्य को एक अन्य दृष्टिकोण से भी स्पष्ट किया। अंगद ने कहा कि तुम श्रीराम को साधारण मनुष्य मत समझो क्योंकि वे वास्तव में भगवान् के अवातार हैं। अंगद ने रावण को याद दिलाया कि तुम तो सहस्त्रबाहु के द्वारा पकड़ लिए गये थे—किंतु उसी सहस्त्रबाहु को परास्त करने वाले परशुराम भी श्रीराम के सामने झुक गए। मनुष्यरूप में अवतरित हुए श्रीराम के लिए तुमको मारने में कोई यश-प्राप्ति नहीं होगी इसलिए वे चाहते हैं कि तुम बिना युद्ध किए ही पाप मार्ग से हट जाओ।

दसमुख मैं न बसीठी आयउँ। अस विचारि रघुबीर पठायउँ॥
बार बार अस कहइ कृपाला। नहिं गजारि जसु बधें सृकाला॥

सहसबाहु भुज गहन अपारा। दहन अनल सम जासु कुठारा॥
जासु परसु सागर खर धारा। बूड़े नृप अगनित बहु बारा।
तासु गर्व जेहि देखत भागा। सो नर क्यों दससीस अभागा॥

रावण अपने अभिमान और क्रोध के नशे में चूर रहा। उसने अंगद की बातों को 'गाल मारना' बतलाकर कहा कि तू राम-लक्ष्मण जैसे तपस्वियों से मिलकर लबार हो गया है—छोटे मुँह बड़ी बात कहता है—

सुनि सकोप कह निसिचर नाथा। अधर दसन दसि मीजत हाथा॥
रे कपि अधम मरन अब चहसी। छोटे बदन बात बड़ि कहसी॥
बालि न कबहुँ गाल अस मारा। मिलि तपसिन्ह तैं भएसि लबारा॥

अंगद ने श्रीराम के प्रताप का स्मरण किया और कहा कि हे रावण! यदि तू हितकारी वचनों को सुनना नहीं चाहता तो अब बल का प्रदर्शन देख। ऐसा कहकर अंगद ने रावण की सभा में अपना पैर रोप दिया और चुनौती दी कि यदि तुममें से कोई भी मेरा चरण हटा सके तो श्रीराम हार मान लेंगे—

समुझि राम प्रताप कपि कोपा। सभा माझ पन करि पद रोपा॥
जौं मम चरन सकसि सठ टारी। फिरहिं राम सीता मैं हारी॥

अपने को अति बलवान् समझने वाले राक्षसों ने—मेघनाद ने भी—भरसक प्रयत्न किया किंतु अंगद का पैर अटल रहा—

कोटिन्ह मेघनाद सम सुभट उठे हरषाइ।
झपटहिं टरै न कपि चरन पुनि बैठहिं सिर नाइ॥
भूमि न छाँड़त कपि चरन देखत रिपु मद भाग।
कोटि विघ्न ते संत कर मन जिमि नीति न त्याग॥

अंत में रावण स्वयं उठा—अंगद के पैर को हटाने के लिए। तब अंगद ने उसे समझाया कि यह मेरा पराक्रम नहीं, श्रीराम का प्रताप है, इसलिए मेरा चरण न पकड़-कर तू श्रीराम के चरणों को पकड़—

कपि बल देखि सकल हियँ हारे। उठा आपु कपि कें परचारे॥
गहत चरन कह बालिकुमारा। मम पद गहें न तोर उबारा॥
गहसि न राम चरन सठ जाई। सुनत फिरा मन अति सकुचाई॥

तुलसीदासजी कहते हैं कि अंगद ने चलने से पहले अनेकों प्रकार के नीतिपूर्ण सुझाव रखे किंतु रावण ने उन पर ध्यान नहीं दिया क्योंकि उसका काल निकट आ गया था—

पुनि कपि कही नीति विधि नाना। मान न ताहि कालु निअराना॥

ऊपर वर्णित प्रसंग कर्मयोग के उदाहरण-स्वरूप

अध्याय को समाप्त करने से पहले यह उल्लेखनीय है कि सफलता न मिलने पर भी दस व्यक्तियों ने रावण का हित करने के लिए प्रयत्न किए। मानस के ये प्रसंग—पिछले दो अध्यायों में वर्णित प्रसंगों की भांति—परहित की भावना से प्रेरित कर्मयोग के उदाहरण हैं। विशेषकर इस अध्याय के प्रसंग यह भी दिखलाते हैं कि पर-हित के लिए प्रयत्न करने वाले व्यक्ति का सम्पूर्ण रूप से दोषरहित होना आवश्यक नहीं है। किंतु रामकृपा की झलक तो अनिवार्य है। ईश्वर की प्रेरणा से ही राक्षसकुल के सदस्यों ने भी भिन्न-भिन्न अवसरों पर रावण को हित-वचन कहे। रावण जैसे अभिमानी को हित की बात कहने में जहाँ एक ओर प्रयत्न की पराकाष्ठा है, वहीं दूसरी ओर सफलता की न्यूनतम संभावना है। सैद्धान्तिक दृष्टि से पर-हित-विषयक प्रसंगों में महत्ता प्रयत्न की है, सफलता की नहीं। इस सिद्धान्त की पुष्टि करने के लिए तुलसीदासजी ने बालकाण्ड में बतलाया है कि कर्मयोग का आचरण वही व्यक्ति कर सकता है जिसके हृदय में किसी प्रकार के फल की—अर्थात् व्यक्तिगत लाभ की—कामना न हो—

हृदयँ न कछु फल अनुसंधाना।

अध्याय १०

मानस की लोकोपयोगी उक्तियाँ

जनभाषा में लिखी जाने के कारण मानस ने सर्वसाधारण के हृदयों में विशेष स्थान प्राप्त कर लिया है। इतना ही नहीं, मानस की चुनी हुई उक्तियाँ लोगों को कण्ठस्थ हो गई हैं और वह समय-समय पर अपने आचरण को इन उक्तियों में दर्शित मार्ग के अनुसार ढ़ालते रहते हैं। इस अध्याय में मानस की साठ प्रसिद्ध उक्तियों को (जो सातों काण्डों में से चुनी गई हैं) चौदह महत्त्वपूर्ण विषयों के अनुसार बाँटकर प्रस्तुत किया जा रहा हैं। अमुक उक्ति कौन-से काण्ड में किस व्यक्ति के द्वारा बोली गई, इसका संकेत भी दिया जा रहा है। प्रत्येक उक्ति के पीछे कवि की भावना यही है कि मानस का लोक-हित का संदेश किसी-न-किसी रूप में सब लोगों के पास पहुँचे जिसका उपयोग वे समाज की आवश्यकता के अनुसार कर सकें। उक्तियों की संख्या सीमित इसीलिए रखी गई है जिससे यह अध्याय अधिक लम्बा न हो जाय।

सामाजिक सद्भाव तथा बड़ों का सम्मान

उत्तरकाण्ड में रामराज्य का वर्णन करते हुए तुलसीदासजी इस बात को बहुत महत्त्व देते हैं कि लोगों ने पारस्परिक वैर तथा आन्तरिक भेदभाव को मिटा दिया।

राम राज बैठें त्रैलोका। हरषित भए गए सब सोका॥
बयरु न कर काहू सन कोई। राम प्रताप विषमता खोई॥

उत्तरकाण्ड में ही श्रीराम काकभुशुंडि से कहते हैं कि संसार के सभी प्राणी मुझे प्रिय हैं क्योंकि उनको मैंने ही उत्पन किया है।

सब मम प्रिय सब मम उपजाए।

बालकाण्ड में तुलसीदासजी श्रीराम के बचपन का वर्णन करते हुए कहते हैं कि वे प्रातः काल उठकर माता, पिता और गुरु को मस्तक नवाते हैं। श्रीराम वही काम करते हैं जिनसे नगर के सब लोग सुखी हों।

प्रातकाल उठि कै रघुनाथा। मातु पिता गुरु नावहिं माथा॥
जेहि विधि सुखी होहिं पुर लोगा। करहिं कृपानिधि सोइ संजोगा॥

अयोध्याकाण्ड में भरतजी कहते हैं कि गुरु, पिता, माता, स्वामी और प्रेमी मित्र की वाणी सुनकर प्रसन्न मन से उसे अच्छी समझकर मानना चाहिए।

गुरु पितु मातु स्वामि हित वानी। सुनि मन मुदित करिअ भलि जानी॥

अयोध्या से वन के लिए प्रस्थान करने से पहले सीताजी ने अपनी सास कौशल्याजी का चरण-स्पर्श किया और कहा कि यही समय था आपकी सेवा करने का, किंतु दैव ने मुझे वनवास दे दिया और मेरा मनोरथ सफल न होने दिया। यह प्रसंग भी अयोध्याकाण्ड में वर्णित है।

तब जानकी सासु पग लागी। सुनिअ माय मैं परम अभागी॥
सेवा समय दैअँ वनु दीन्हा। मोर मनोरथु सफल न कीन्हा॥

उत्तरकाण्ड में शिवजी कहते हैं कि हनुमान् अत्यन्त बड़भागी और श्रीराम के सेवक हैं जिनके प्रेम तथा सेवा की प्रशंसा स्वयं प्रभु ने की है।

हनूमान सम नहिं बड़भागी। नहिं कोउ राम चरन अनुरागी॥
गिरिजा जासु प्रीति सेवकाई। बार बार प्रभु निज मुख गाई॥

पारिवारिक एकता

अयोध्याकाण्ड में कौशल्याजी राम से कहती हैं कि तुम्हारे वन जाने के लिए न केवल पिता की आज्ञा है, साथ ही माता कैकेयी की भी आज्ञा है, इसलिए तुम्हारा वन जाना ही उचित है। यद्यपि कैकेयी ने कौशल्याजी के साथ न्याय नहीं किया, फिर भी कौशल्याजी ने पारिवारिक एकता को ध्यान में रखते हुए कैकेयी के वचनों को सम्मान दिया।

जौं केवल पितु आयसु ताता। तौ जनि जाहु जानि बड़ि माता॥
जौं पितु मातु कहेउ वन जाना। तौ कानन सत अवध समाना॥

इसी प्रसंग में स्वयं श्रीराम ने भी कैकेयी के वचनों को माता की आज्ञा समझकर पुत्र के कर्तव्य के विषय में अपने विचार प्रकट किए, और भरत के लिए 'प्राणप्रिय' शब्द का प्रयोग किया।

सुनु जननी सोइ सुतु बड़भागी। जो पितु मातु वचन अनुरागी॥
तनय मातु पितु तोषनिहारा। दुर्लभ जननि सकल संसारा॥

भरतु प्रानप्रिय पावहिं राजू। विधि सब विधि मोहि सनमुख आजू॥

अरण्यकाण्ड में अनसूयाजी सीता को संबोधित करते हुए कहती हैं कि संसार का हित इसी में है कि धीरज-धर्म-मित्र-अरु नारी विपत्ति के समय परीक्षा में खरे उतरें।

धीरज धर्म मित्र अरु नारी। आपद काल परिखिअहिं चारी॥

कहिउँ कथा संसार हित . . . . . ।

अयोध्याकाण्ड में तुलसीदासजी कहते हैं कि जनकजी भी चित्रकूट उस समय पहुँचे जब राम-भरत मिलन हो रहा था। सीता को तपस्विनी वेष में देखकर जनकजी को विशेष प्रेम और संतोष हुआ। उन्होंने सीता से कहा—बेटी! तूने दोनों कुल पवित्र कर दिए, तेरे निर्मल यश से सारा जगत् उज्ज्वल हो रहा है।

तापस वेष जनक सिय देखी। भयउ पेमु परितोषु विसेषी॥
पुत्रि पवित्र किए कुल दोऊ। सुजस धवल जगु कह सबु कोऊ॥

जब भरत राम से मिलने चित्रकूट जा रहे थे, तब रास्ते में गाँव की स्त्रियों ने भरत के भाईपने की सराहना की। यह प्रसंग भी अयोध्याकाण्ड में वर्णित है।

भायप भगति भरत आचरनू। कहत सुनत दुख दूषन हरनू॥
जो किछु कहब थोर सखि सोई। राम बंधु अस काहे न होई॥

लंकाकाण्ड में जब राम-रावण युद्ध चल रहा था, तब लक्ष्मण मूर्छित हो गए थे। हनुमान् औषधि लेने के लिए गए। पीछे से श्रीराम ने दुःख प्रकट करते हुए कहा कि संसार में पुत्र, धन, स्त्री, घर और परिवार तो बार-बार होते और जाते हैं, किंतु सहोदर भाई बार-बार नहीं मिलता।

सुत वित नारि भवन परिवारा। होहिं जाहिं जग बारहिं बारा॥
अस विचारि जियँ जागहु ताता। मिलइ न जगत सहोदर भ्राता॥

एक-दूसरे का भला चाहना और करना

पर-हित का उपदेश देने वाले मानस के सबसे प्रसिद्ध वचन उत्तरकाण्ड में राम-भरत संवाद के अंतर्गत हैं। श्रीराम भरत से कहते हैं कि पर-हित के समान कोई धर्म नहीं है और पर-पीड़ा के समान कोई पाप नहीं है, और यह समस्त वेदों तथा पुराणों का सार है।

पर हित सरिस धर्म नहिं भाई। पर पीड़ा सम नहिं अधमाई॥
निर्नय सकल पुरान वेद कर। कहेउँ तात जानहिं कोविद नर॥

अरण्यकाण्ड में श्रीराम जटायु का अंतिम संस्कार करते हुए कहते हैं कि आपने पर-हित के कार्य में अपनी जान दे दी, इसलिए आपके लिए संसार में कुछ भी दुर्लभ नहीं है।

परहित बस जिन्ह के मन माहीं। तिन्ह कहुँ जग दुर्लभ कछु नाहीं॥

बालकाण्ड में कामदेव देवताओं से कहते हैं कि आपने मुझे जो कार्य बताया है—शिवजी की समाधि भंग करना—उसे पूरा करने में सम्भव है मुझे अपना शरीर त्याग करना पड़े, किन्तु पर-हित के लिए त्याग करने वाले ही संतों को प्रिय लगते हैं।

पर हित लागि तजइ जो देही। संतत संत प्रसंसहिं तेही॥

सुन्दरकाण्ड में शिवजी विभीषण की प्रशंसा करते हुए कहते हैं कि यद्यपि रावण ने उसे लात से मारा, फिर भी विभीषण रावण के चरण छूकर लगातार उसके हित के लिए सुझाव देता रहा। शिवजी पार्वतीजी से कहते हैं कि संत वही है जो बुराई करने वाले की भी बदले में भलाई ही करे।

उमा संत कइ इहइ बड़ाई। मंद करत जो करइ भलाई॥

उत्तरकाण्ड में गरुड़ काकभुशुंडि से कहते हैं कि कवियों ने संतों के हृदय की उपमा मक्खन से दी है, किंतु यह उपमा तो अधूरी हैं क्योंकि मक्खन पिघलता है जब उसे स्वयं को ताप मिलता है, जबकि संतों का हृदय दूसरों के दुःख से पिघल जाता है।

संत हृदय नवनीत समाना। कहा कविन्ह परि कहै न जाना॥
निज परिताप द्रवइ नवनीता। पर दुख द्रवहिं संत सुपुनीता॥

सत्य-अहिंसा पर आधारित धर्म

अयोध्याकाण्ड में राजा दशरथ कैकेयी को विश्वास दिलाते हैं कि रघुवंशियों ने सदा ही सत्य पर आधारित धर्म के अनुसार कार्य किया है, भले ही उनको प्राण त्याग करने पड़ें। सत्य ही समस्त पुण्यों की जड़ है और असत्य के समान कोई पाप नहीं है।

रघुकुल रीति सदा चलि आई। प्रान जाहुँ बरु बचनु न जाई॥
नहिं असत्य सम पातक पुंजा। गिरि सम होहिं कि कोटिक गुंजा॥
सत्यमूल सब सुकृत सुहाए। वेद पुरान विदित मनु गाए॥

अयोध्याकाण्ड में ही श्रीराम सुमंत्र से कहते हैं कि सत्य के समान दूसरा धर्म नहीं है और उसका त्याग करने से तीनों लोकों में अपयश छा जायगा। प्रतिष्ठित पुरुष के लिए अपयश की प्राप्ति करोड़ों बार मरने के समान है। यह उल्लेखनीय है कि अंतिम वाक्य गीता के श्लोक २.३४ से मिलता है।

धरमु न दूसर सत्य समाना। आगम निगम पुरान बखाना।।
मैं सोइ धरमु सुलभ करि पावा। तजे तिहूँ पुर अपजसु छावा।।
संभावित कहुँ अपजस लाहू। मरन कोटि सम दारुन दाहू।।

उत्तरकाण्ड में काकभुशुंडि गरुड़ के प्रश्नों का उत्तर देते हुए कहते हैं कि अहिंसा परम धर्म है और पर-निंदा भारी पाप है—ऐसा वेदों का मत है।

परम धर्म श्रुति विदित अहिंसा। पर निंदा सम अघ न गरीसा।।

अयोध्याकाण्ड में श्रीराम भरत को विश्वास दिलाते हैं कि जो कुछ अनर्थ हुआ उसमें तुम्हारा कोई हाथ नहीं था, इसलिए तुम ग्लानि मत करो। हम सब तुम्हारे हृदय की सच्ची भावना को ठीक प्रकार समझ रहे हैं क्योंकि वैर और प्रेम छिपाए नहीं जा सकते। पशु-पक्षी भी मित्र और शत्रु को पहचानते हैं—वे मुनियों के पास चले जाते हैं पर हिंसा करने वाले बधिकों से दूर भागते हैं—फिर मनुष्यों का तो कहना ही क्या?

मुनिगन निकट विहग मृग जाहीं। बाधक बधिक विलोकि पराहीं।।
हित अनहित पसु पच्छिउ जाना। मानुष तनु गुन ग्यान निधाना।।

भक्ति के लिए भावना एवं प्रेम का महत्त्व

तुलसीदासजी अयोध्याकाण्ड में राम-सीता-लक्ष्मण के चित्रकूट-निवास का वर्णन करते हुए कहते हैं कि वे कोल-भील लोगों को अपने परिवार के सदस्यों की भाँति ही प्रेम करते थे। इन लोगों ने अपने प्रेम से श्रीराम का हृदय जीत लिया था क्योंकि प्रभु को तो केवल प्रेम ही प्यारा है।

रामहि केवल प्रेमु पिआरा। जानि लेउ जो जाननिहारा।।

लंकाकाण्ड में युद्ध समाप्त होने पर साधारण श्रेणी के वानर-भालुओं को अपने-अपने घर जाने के लिए बोलने से पहले श्रीराम ने उनके साथ नाना प्रकार के विनोद किए। यह देखकर शिवजी पार्वतीजी से कहते हैं कि रामकृपा के लिए अनन्य प्रेम का जितना महत्त्व है उतना योग, जप, दान, तप, यज्ञ, व्रत और नियमों का नहीं है।

उमा जोग जप दान तप नाना मख व्रत नेम।
राम कृपा नहिं करहिं तसि जसि निष्केवल प्रेम।।

बालकाण्ड में तुलसीदासजी कहते हैं कि धनुष टूटने से पहले ही सीताजी को विश्वास होने लगा था कि मेरा सच्चा प्रेम देखकर श्रीराम अवश्य मुझे मिलेंगे, क्योंकि भगवान् तो आंतरिक प्रेम को पहचानते हैं।

जेहि कें जेहि पर सत्य सनेहू। सो तेहि मिलइ न कछु संदेहू॥

मानस के इन शब्दों में वर्णित भाव गीता के श्लोक ९.२५ के अनुकूल हैं।

सुंदरकाण्ड में सुग्रीव ने श्रीराम को यह समाचार दिया कि विभीषण उनसे मिलने के लिए आया है, किंतु साथ ही सुग्रीव ने यह भी कहा कि हो सकता है वह हमारा भेद लेने के लिए आया हो। श्रीराम कहते हैं कि यदि विभीषण के मन में छल-कपट होता तो वह मेरे सम्मुख आ ही नहीं सकता था—क्योंकि मुझे तो वही पाता है जिसका मन निर्मल हो।

निर्मल मन जन सो मोहि पावा। मोहि कपट छल छिद्र न भावा॥

सात्त्विक कर्मों के द्वारा ही मन की निर्मलता पाना—यह भाव गीता के श्लोक ७.२८ में वर्णित है।

प्रभु के पास जाने के लिए अभिमान तथा स्वार्थ-भावना को छोड़ना आवश्यक

उत्तरकाण्ड में शिवजी कहते हैं कि उन्होंने पक्षिराज गरुड़ को कौआ-शरीरधारी रामभक्त काकभुशुंडि के पास इस विचार से भेजा कि इससे दो लाभ होंगे—एक तो गरुड़ का मोह नाश और दूसरा यह कि गरुड़ ने जो अभिमान किया होगा वह भी नष्ट हो जाएगा, जैसाकि भगवान उसके हित में करना चाहते हैं।

होइहि कीन्ह कबहुँ अभिमाना। सो खोवै चह कृपा निधाना॥

यही बात काकभुशुंडि ने भी उत्तरकाण्ड में गरुड़ से कही और बतलाया कि अभिमान जन्म-मरण रूप संसार का मूल है और समस्त क्लेशों का देने वाला है।

संसृत मूल सूलप्रद नाना। सकल सोक दायक अभिमाना॥

उत्तरकाण्ड में ही श्रीराम तथा अयोध्या के निवासियों का पारस्परिक विचार-विनिमय वर्णित है। अयोध्यावासी श्रीराम से कहते हैं कि आप तथा आपके सेवक तो नि:स्वार्थ भावना से सबका उपकार करते हैं, जबकि अन्य सब स्वार्थ के मित्र हैं—उनमें स्वप्न में भी परमार्थ का भाव नहीं है।

हेतु रहित जग जुग उपकारी। तुम्ह तुम्हार सेवक असुरारी॥
स्वारथ मीत सकल जग माहीं। सपनेहुँ प्रभु परमारथ नाहीं॥

अयोध्याकाण्ड में गुरु वसिष्ठ भरत को समझाते हैं कि राजा दशरथ जैसे उत्तम कर्म करने वालों के लिए मृत्यु के पश्चात् कोई शोक नहीं करना चाहिए। तो फिर शोक

किसके लिए करना चाहिए? गुरु वसिष्ठ कहते हैं—उसके लिए जो दूसरों का अनिष्ट करता हो, जो निर्दयी हो और जो केवल अपने ही शरीर का पोषण करता हो अर्थात् स्वार्थी हो।

सब विधि सोचिअ पर अपकारी। निज तनु पोषक निरदय भारी॥

निष्काम कर्म तथा भगवान् को कर्म समर्पण करने की महत्ता

बालकाण्ड में याज्ञवल्क्य मुनि राजा प्रतापभानु की प्रशंसा करते हुए कहते हैं कि वह निष्काम कर्म का पालन करता था—उसके हृदय में किसी फल की कामना नहीं थी। वह अपने सब कर्मों को भगवान वासुदेव को अर्पित करता था।

हृदयँ न कछु फल अनुसंधाना। भूप विवेकी परम सुजाना॥
करइ जे धरम करम मन बानी। वासुदेव अर्पित नृप ग्यानी॥

बाद में जब इसी राजा ने निष्काम कर्म को छोड़ दिया और कपटी मुनि के जाल में फँसकर फल प्राप्ति का लोभ किया, तब उसका विनाश हो गया।

बालकाण्ड में ही गुरु वसिष्ठ राजा दशरथ से कहते हैं कि निष्काम भावना से कार्य करने वाले धर्मात्मा पुरुष को समुद्र की भाँति समझो। समुद्र कामना नहीं करता, फिर भी नदियाँ समुद्र में ही सारा पानी डालती हैं। उसी प्रकार धर्मात्मा पुरुष के पास सुख-सम्पत्ति बिना बुलाये ही आती है।

जिमि सरिता सागर महुँ जाहीं। जद्यपि ताहि कामना नाहीं॥
तिमि सुख संपति बिनहिं बोलाएँ। धरमसील पहिं जाहिं सुभाएँ॥

गीता के श्लोक २.७० ने भी कर्मयोगी स्थितप्रज्ञ की उपमा समुद्र से दी है।

कर्मयोगी हानि-लाभ को समान समझकर अपने कर्त्तव्य-मार्ग पर टिका रहता है। इसका सबसे ऊँचा उदाहरण तो स्वयं राम ने संसार के समाने रखा—युवराज पद-मिलने का कोई उल्लास नहीं और अगले ही दिन वनवास मिलने का शोक नहीं। अयोध्याकाण्ड में राजा दशरथ सुमन्त्र से यही बात कहते हैं—

राउ सुनाइ दीन्ह वनवासू। सुनि मन भयउ न हरषु हराँसू॥

मानस के दूसरे विशेष कर्मयोगी हैं हनुमान् जिनका अवतार ही राम-काज करने के लिए हुआ और जब तक राम-काज पूरा नहीं होता तब तक वे विश्राम नहीं करना चाहते। निम्नलिखित उक्तियां क्रमशः किष्किंधाकाण्ड तथा सुंदरकाण्ड में हैं।

रामकाज लगि तव अवतारा। सुनतहिं भयउ पर्वताकारा॥

राम काजु कीन्हें बिनु मोहि कहाँ विश्राम।

समत्व, समदृष्टि तथा सर्वधर्मसमभाव

भारतीय दर्शनशास्त्र में समत्वबुद्धि को बहुत ऊँचा स्थान दिया गया है। गीता में समत्व को योग कहकर पुकारा है। मानस में भी समत्व की महिमा अनेकों प्रसंगों में वर्णित है। उदाहरणत: उत्तरकाण्ड में जब श्रीराम भरत को संतों के लक्षण बतलाते हैं तब वे कहते हैं कि संत लोग निंदा और स्तुति—दोनों को समान समझते हैं।

निंदा अस्तुति उभय सम ममता मम पद कंज।
ते सज्जन मम प्रानप्रिय गुन मंदिर सुख पुंज॥

जब समत्वबुद्धि का उपयोग लोक-व्यवहार के लिए भी किया जाता है, तब उसका रूपान्तर बन जाता है—समदृष्टि। किष्किंधाकाण्ड में श्रीराम हनुमान् से कहते हैं कि मुझे सब लोग समदर्शी कहते हैं किन्तु फिर भी तुम जैसे सेवक मुझे विशेष प्रिय हैं।

समदरसी मोहि कह सब कोऊ। सेवक प्रिय अनन्यगति सोऊ॥

मानस में सर्वधर्मसमभाव की शिक्षा अनेकों प्रसंगों में दी गई है। उदाहरणत: बालकाण्ड में तुलसीदासजी कहते हैं कि जब श्रीराम सीताजी के स्वयंवर में पहुँचे, तब भिन्न-भिन्न व्यक्तियों ने अपनी-अपनी भावना के अनुसार प्रभु को भिन्न-भिन्न रूपों में देखा।

जिन्ह कें रही भावना जैसी। प्रभु मूरति तिन्ह देखी तैसी॥

सर्वधर्मसमभाव का ही एक विशेष रूप है—विष्णु-भक्ति और शिव-भक्ति में कोई भेद न देखना। लंकाकाण्ड के आरम्भ में श्रीराम ने रामेश्वरधाम की स्थापना के समय अनेकों मुनियों के सामने इसी आशय के वचन कहे।

संकरप्रिय मम द्रोही सिव द्रोही मम दास।
ते नर करहिं कलप भरि घोर नरक महुँ वास॥

सत्संग की महिमा

मानस के आरम्भ में ही तुलसीदासजी संत समाज की उपमा तीर्थराज प्रयाग से करते हैं। जिस प्रकार प्रयाग में गंगा-यमुना-सरस्वती तीन पवित्र नदियाँ हैं, उसी प्रकार संत समाज में तीन उपयोगी साधनाएँ हैं—भक्तियोग, कर्मयोग, ज्ञानयोग।

मुद मंगलमय संत समाजू। जो जग जंगम तीरथराजू॥
राम भक्ति जहँ सुरसरि धारा। सरसइ ब्रह्म विचार प्रचारा॥
विधि निषेधमय कलि मल हरनी। करम कथा रविनंदनि बरनी॥

उत्तरकाण्ड में शिवजी गरुड़ से कहते हैं कि तुम्हारे मोह को दूर करने का सबसे श्रेष्ठ उपाय है सत्संग और इसी से श्रीराम के चरणों में तुम्हें अचल प्रेम होगा।

बिनु सतसंग न हरि कथा तेहि बिनु मोह न भाग॥
मोह गएँ बिनु राम पद होइ न दृढ़ अनुराग॥

बालकाण्ड में तुलसीदासजी ऐसा विश्वास प्रकट करते हैं कि प्रभु के सुयश के संग से मेरे द्वारा जनभाषा में लिखित कविता (भनिति) भी सुंदर तथा सज्जनों के मन को भाने वाली हो जाएगी।

प्रभु सुजस संगति भनिति भलि होइहि सुजन मन भावनी।

किष्किंधाकाण्ड में वर्षाकाल का वर्णन करते हुए तुलसीदासजी कहते हैं कि कभी दिन में बादलों के कारण अंधकार छा जाता है और कभी बादल हटने पर सूर्य का प्रकाश हो जाता है—जैसे कुसंग से ज्ञान नष्ट हो जाता है और सुसंग से ज्ञान की प्राप्ति हो जाती है।

कबहुँ दिवस महँ निविड़ तम कबहुँक प्रगट पतंग।
बिनसइ उपजइ ग्यान जिमि पाइ कुसंग सुसंग॥

कार्य-कुशलता तथा आचरण के माध्यम से ही पर-उपदेश

लंकाकाण्ड में तुलसीदासजी कहते हैं कि मेघनाद की मृत्यु हो जाने पर जब मंदोदरी विलाप कर रही थी तब रावण ने ज्ञान का उपदेश देकर उसे समझाया। किंतु रावण की कुशलता केवल उपदेश देने तक ही सीमित थी—उसका आचरण उस ज्ञान के अनुकूल नहीं था। कथनी और करनी में ऐसा अंतर बहुधा देखा जाता है जिसको मिटाने की शिक्षा मानस ने इस प्रसंग के द्वारा सब श्रोताओं को दी है।

पर उपदेस कुसल बहुतेरे। जे आचरहिं ते नर न घनेरे॥

बालकाण्ड में तुलसीदासजी कहते हैं कि अच्छे कार्य का करना तो श्रेयस्कर है ही, साथ ही यह भी आवश्यक है कि वह ठीक समय पर पूरा कर दिया जाए। प्रसंग धनुष को तोड़ने का है और श्रीराम ने पहचान लिया कि यदि विलम्ब किया तो पछताना पड़ेगा।

का बरषा सब कृषी सुखानें। समय चुकें पुनि का पछितानें॥

अयोध्याकाण्ड में कार्य-कुशलता का दूसरा पक्ष सामने आता है। जब भरत तथा अयोध्या के प्रमुख निवासी चित्रकूट की ओर जा रहे थे, तब लक्ष्मण ने सोचा कि भरत

के मन में खोट है। उत्तेजित होकर लक्ष्मण ने कहा कि मैं भरत को युद्ध में छोड़ूंगा नहीं। तब आकाशवाणी के माध्यम से लक्ष्मण को यह संदेश मिलता है कि बिना विचारे जल्दी में कोई काम न करो, नहीं तो पछताना पड़ेगा।

सहसा करि पाछें पछिताहीं। कहहिं वेद बुध ते बुध नाहीं॥

अभय एवं निरालस्य की महत्ता

सुंदरकाण्ड में तुलसीदासजी कहते हैं कि रावण के मंत्री उससे इतना डरते थे कि वे उसके हित की बात न कहकर हाँ-में-हाँ मिलाते थे। इसी प्रसंग में तुलसीदासजी चेतावनी देते हैं कि यदि मंत्री, वैद्य और गुरु डर के मारे ठकुरसुहाती वचन कहें तो क्रमशः राज्य, शरीर और धर्म—इन तीनों का नाश हुआ समझो।

सचिव वैद गुर तीनि जौं प्रिय बोलहिं भय आस।
राज धर्म तन तीनि कर होइ बेगिहीं नास॥

लंकाकाण्ड में रावण के पुत्र प्रहस्त ने भय को त्यागकर अपने पिता के हित की बात कही, यद्यपि रावण ने उस पर ध्यान नहीं दिया। प्रहस्त ने कहा कि हित की बात यदि सुनने में कठोर हो तो उसके बोलने वाले तथा सुनने वाले—दोनों ही दुर्लभ हैं।

वचन परम हित सुनत कठोरे। सुनहिं जे कहहिं ते नर प्रभु थोरे॥

किष्किंधाकाण्ड में जटायु के बड़े भाई सम्पाती ने सीताजी की खोज करने वाले वानर-भालुओं की बहुत सहायता की। सबसे बड़ी बात तो यह कि उसने कायरता—कदराई—छोड़ने का संदेश दिया। सम्पाती ने कहा कि श्रीराम का तो नाम ही भवसागर पार करवा सकता है, तब राम के सेवकों के लिए कायरता का प्रश्न ही नहीं उठता।

पापिउ जा कर नाम सुमिरहीं। अति अपार भवसागर तरहीं॥
तासु दूत तुम्ह तजि कदराई। राम हृदयँ धरि करहु उपाई॥

मानस में कायरता तथा आलस्य छोड़ने के विषय में सबसे प्रसिद्ध उक्ति सुंदरकाण्ड में है। लक्ष्मण श्रीराम से कहते हैं कि विभीषण द्वारा दिया गया सुझाव कि समुद्र से प्रार्थना करके रास्ता माँगो—यह तो केवल कायर लोगों के लिए है जो कि आलस्य के वश में होते हैं और भाग्य के भरोसे बैठे रहते हैं।

कादर मन कहुँ एक अधारा। दैव दैव आलसी पुकारा॥

काम-क्रोध-लोभ तथा वैर-विरोध से दूर रहना

काम-क्रोध-लोभ से बचने का उपदेश देते हुए गीता में कहा है कि ये नरक के तीन

द्वार हैं। मानस के अरण्यकाण्ड में श्रीराम भी लक्ष्मण को इसी आशय का उपदेश देते हैं।

तात तीनि अति प्रबल खल काम क्रोध अरु लोभ।
मुनि विग्यान धाम मन करहिं निमिष महुँ छोभ॥

सुंदरकाण्ड में विभीषण ने काम-क्रोध-लोभ को 'नरक के पंथ' बतलाया है।

काम क्रोध मद लोभ सब नाथ नरक के पंथ।
सब परिहरि रघुबीरहि भजहु भजहिं जेहि संत॥

उत्तरकाण्ड में काकभुशुंडि कहते हैं कि कलियुग में तमोगुण के प्रभाव से वैर-विरोध बढ़ जाता है।

तामस बहुत रजोगुन थोरा। कलि प्रभाव विरोध चहुँ ओरा॥

वैर-विरोध से कलुषित कलियुग का वर्णन द्वितीय परिशिष्ट में प्रस्तुत है।

लंकाकाण्ड में रावण के मरने पर देवताओं ने श्रीराम से कहा कि रावण ने अपना विनाश अपने धर्मविरोधी विचारों और कर्मों से—अर्थात् अपने हाथों ही—कर लिया क्योंकि उसने विश्व के विरुद्ध द्रोह किया और कुमार्ग पर चलता रहा।

बिस्व द्रोह रत यह खल कामी। निज अघ गयउ कुमारगगामी॥

उत्तरकाण्ड में शिवजी कहते हैं कि केवल वे लोग काम-मद-क्रोध तथा वैर-विरोध को छोड़ सकते हैं जो श्रीराम के चरणों के प्रेमी हों तथा जो सारे जगत् को प्रभुमय देख सकें।

उमा जे राम चरन रत बिगत कम मद क्रोध।
निज प्रभुमय देखहिं जगत केहि सन करहिं बिरोध॥

कपट वेष तथा झूठी नम्रता से सावधान

उत्तरकाण्ड में कलियुग का वर्णन करते हुए काकभुशुंडि कहते हैं कि सच्चे तपस्वी तो गिने-चुने हैं, अधिकतर ढोंगी हैं जो बड़े-बड़े नख और लम्बी-लम्बी जटाओं के बल पर तपस्वी होने का स्वांग रचते हैं।

जाकें नख अरु जटा बिसाला। सोइ तापस प्रसिद्ध कलिकाला॥

इसी प्रसंग में काकभुशुंडि आगे कहते हैं कि कलियुग में अधिकतर संन्यासी कपटी हैं—ये वे लोग हैं जिन्होंने पत्नी के मरने पर अथवा घर की सम्पत्ति के नष्ट होने पर—बिना ज्ञान और वैराग्य-भावना के—केवल अपना सिर मुँड़ा लिया है।

नारि मुई गृह संपति नासी। मूँड़ मुड़ाइ होहिं संन्यासी॥

मानस में कपट वेष के द्वारा धोखा देने का सबसे गम्भीर पाप तो रावण ने किया जब उसने संन्यासी का रूप बनाकर सीताजी का अपहरण किया। रावण ने मीठी-मीठी बातें बनाकर मारीच से कहा कि तुम कपट-मृग बन जाओ। इस प्रसंग में तुलसीदासजी अरण्यकाण्ड में कहते हैं कि कुमार्ग पर चलने वाले झूठी नम्रता दिखलाकर ठगते हैं इसलिए नीच व्यक्ति की नम्रता से भी सावधान रहना चाहिए।

नवनि नीच कै अति दुखदाई। जिमि अंकुस धनु उरग बिलाई॥

बालकाण्ड में याज्ञवल्क्य मुनि प्रतापभानु की कथा सुनाते हुए बतलाते हैं कि उनके शत्रु ने कपटी मुनि का वेष बनाकर उनको धोखा दिया और शीघ्र ही उनका विनाश करवा दिया। इस कथा का सार तुलसीदासजी ने एक दोहे में प्रकट किया है। वे कहते हैं कि सुंदर वेष को देखकर मूढ़ ही नहीं—क्योंकि मूढ़ तो मूढ़ ही हैं—चतुर मनुष्य भी धोखा खा जाते हैं। सुंदर मोर को देखो—उसका वचन तो मीठा है किंतु वह साँप को भी खा जाता है।

तुलसी देखि सुवेषु भूलहिं मूढ़ न चतुर नर।
सुंदर केकिहि पेखु बचन सुधा सम असन अहि॥

स्वतंत्रता एवं विवेकशील राज्य की महिमा

बालकाण्ड में पार्वतीजी की माता मैनाजी स्वतंत्रता की महिमा बतलाते हुए अनमोल वचन कहती हैं—

पराधीन सपनेहुँ सुखु नाहीं।

अयोध्याकाण्ड में श्रीराम लक्ष्मण से कहते हैं कि प्रजा को सुखी रखना राजा का परम धर्म है।

जासु राज प्रिय प्रजा दुखारी। सो नृपु अवसि नरक अधिकारी॥

मानस में कहीं-कहीं अनर्थ करने वाले व्यक्तियों द्वारा बोले गए वचनों के विषय में कुछ लोग प्रश्न उठाते हैं कि ये वचन माननीय हैं कि त्याजनीय। उदाहरणत: सुंदरकाण्ड में समुद्र कहता है—

ढोल गवाँर सूद्र पसु नारी। सकल ताड़ना के अधिकारी॥

समुद्र द्वारा प्रस्तुत 'ताड़ना' शब्द 'स्वतन्त्रता' के विपरीत है, इसलिए यहाँ इस विषय के अन्तर्गत इस पर संक्षेप में विचार किया जा रहा है। तुलसीदासजी ने समुद्र को

बतलाया है 'जलधि जड़'। उसके उपरोक्त वचन को त्याजनीय कहना ही उचित है। इस त्याजनीय उक्ति के आधार पर तुलसीदासजी को नारी-हितों का विरोधी नहीं कह सकते। सीताजी तथा पाँच अन्य नारियों के विषय में तीसरे और पाँचवे अध्यायों में विस्तृत विवेचन है।

दूसरा उदाहरण है मंथरा का जिसने इतना घोर अनर्थ करवाया। मंथरा अयोध्याकाण्ड में कहती है—

कोउ नृप होउ हमहि का हानी।

इस उक्ति से यह निष्कर्ष निकालना ठीक नहीं है कि साधारण जनता को राजा के चुनाव के विषय में उदासीन रहना चाहिए। उत्तरकाण्ड में स्वयं श्रीराम अयोध्यावासियों से कहते हैं कि यदि मैं कुछ नीति-विरुद्ध कार्य करूँ तो तुम लोग निर्भय होकर मुझे रोको।

जौं अनीति कछु भाषौं भाई। तौ मोहि बरजहु भय बिसराई॥

राजा और प्रजा के नीतिपूर्ण सहयोग और भय-रहित विचार-विनिमय पर आधारित रामराज्य का ही दूसरा नाम है—जगमंगल। मानस की लोकोपयोगी उक्तियों के द्वारा जो सन्मार्ग, जो उचित उपाय सर्वसाधारण जनता को दिखलाया गया है, उसी के विषय में कह सकते हैं—

जगमंगल हित एक उपाऊ।

ये शब्द अयोध्याकाण्ड में भरतजी ने कहे हैं—जिनकी महिमा देवगुरु बृहस्पति ने अयोध्याकाण्ड में ही '**राम भगत पर हित निरत**' कहकर गाई है।

अध्याय ११

जगमंगल के लिए नई प्रेरणा—तथा पुस्तक का सारांश

पुस्तक के इस अंतिम अध्याय में सारे विवेचन को एकत्रित करके उसका सार निकालने का प्रयत्न किया जाएगा। यह तो योजनानुकूल ही है विभिन्न अध्याय एक-दूसरे से जुड़े हुए हैं, और प्रत्येक अध्याय का आगे आने वाले अध्याय से घनिष्ठ सम्बंध है। उदाहरणतः पिछले अध्याय में मानस की लोकोपयोगी उक्तियाँ प्रस्तुत करते हुए यह विचार प्रकट किया गया कि सामाजिक जीवन की अनेकों महत्त्वपूर्ण परिस्थितियों के लिए उपयुक्त वचन प्रायः इन उक्तियों में प्रयत्नशील पाठकों को मिल जाते हैं। तो क्यों न इस विचार की मान्यता को परख लिया जाय। पाठक यह प्रश्न उठा सकते हैं कि क्या इस पुस्तक के द्वारा जगमंगल के संदेश को प्राथमिकता देने का उचित समय आ पहुँचा है? इस प्रश्न का उत्तर देने में सहायता प्रदान करने वाली उक्ति बालकाण्ड में है और वह 'कार्यकुशलता' से संबंधित प्रकरण के अंतर्गत पिछले अध्याय में लिखी भी जा चुकी है—

का वरषा सव कृषी सुखानें। समय चुकें पुनि का पछितानें॥

वर्तमान प्रसंग में इसका तात्पर्य यह है कि जगमंगल को प्राथमिकता देने का उचित समय आज नहीं, आज से चार सौ तेईस वर्ष पहले मानस की रचना होते ही आ गया था। तुलसीदासजी ने लिखा—

जगमंगल भल काजु विचारा। बेगिअ नाथ न लाइअ बारा॥

राम काजु कीन्हें बिनु मोहि कहाँ विश्राम।

पराधीन सपनेहुँ सुखु नाहीं।

कादर मन कहुँ एक अधारा। दैव दैव आलसी पुकारा॥

पापिउ जा कर नाम सुमिरहीं। अति अपार भवसागर तरहीं।

तासु दूत तुम्ह तजि कदराई। राम हृदयँ धरि करहु उपाई॥

व्यक्तिगत हित तथा सामाजिक कल्याण—ये दोनों लक्ष्य उपरोक्त शिक्षाओं के पालन से साथ-साथ प्राप्त हो सकते थे। किंतु मानस के पाठकों ने तुलसीदासजी की बातों पर केवल आंशिक रूप से ध्यान दिया। परिणामस्वरूप उनका पूर्ण विनाश तो नहीं हुआ किंतु सारे समाज को अनेकों प्रकार के कष्ट झेलने पड़े। अब सुचारू रूप से पिछली घटनाओं की पूरी जानकारी उपलब्ध करने की आवश्यकता है—यह पता लगाने के लिए कि कहाँ-कहाँ मानस की शिक्षाओं का उपयोग लोकहित के लिए किया गया, और कहाँ-कहाँ अवसर हाथ से निकल गए—जिससे पुरानी त्रुटियाँ फिर से भविष्य में न हों।

देश, काल, अवसर और समाज की माँग

तुलसीदासजी ने मानस को 'सकलकलिकलुषविध्वंसन' कहकर प्रत्येक काण्ड की समाप्ति की है क्योंकि वे कलियुग की समस्याओं को सुलझाना चाहते थे। सामाजिक दृष्टि से कलियुग का सबसे अधिक हानिप्रद प्रभाव है 'वैर-विरोध'—जिसका उत्तरकाण्ड में विस्तृत वर्णन है और जिसका उल्लेख निम्नलिखित उक्ति में है—

तामस बहुत रजोगुन थोरा। कलि प्रभाव विरोध चहुँ ओरा॥

पिछले चार सौ वर्षों में कलियुग का कुप्रभाव कम हुआ है या बढ़ा है—इस प्रश्न पर तो मतभेद हो सकता है किंतु यह सभी मानते हैं कि कलियुग अभी गया नहीं है। तो कलियुग के वैर-विरोध को दूर करने का उपाय क्या है? उत्तरकाण्ड में गुरु वसिष्ठ कहते हैं—

छूटइ मल कि मलहि के धोएँ।

तो यदि बुराई के बदले में बुराई करने से कोई लाभ नहीं तो संत लोग क्या करें? सुंदरकाण्ड में शिवजी कहते हैं—

उमा संत कइ इहइ बड़ाई। मंद करत जो करइ भलाई॥

इन उक्तियों को ध्यान में रखते हुए यह सुझाव विचारणीय है कि वैर-विरोध को दूर करने के लिए बदले में वैर-विरोध नहीं, बल्कि सद्भाव का संदेश ही घर-घर में पहुँचाया जाय। किंतु मानस पर आधारित विचारों को इस दृष्टि से भी देखना है कि समय के साथ-साथ बदलती हुई परिस्थितियों के प्रति तुलसीदासजी की क्या भावना थी।

यद्यपि तुलसीदासजी के विचार वैदिक परम्परा पर आधारित हैं, फिर भी उन्होंने

देश, काल, अवसर और समाज की आवश्यकताओं को ध्यान में रखने का महत्त्व स्वीकार किया है। उदाहरणत: अयोध्याकाण्ड में श्रीराम के वचनों के विषय में तुलसीदासजी ने इन्हीं शब्दों का उपयोग किया है—

देसु कालु लखि समउ समाजू। नीति प्रीति पालक रघुराजू॥
बोले वचन बानि सरबसु से। हित परिनाम सुनत ससि रसु से॥

अर्थात् नीति और प्रीति के पालन करने वाले श्रीराम देश, काल, अवसर और समाज को देखकर ऐसे वचन बोले जो मानो वाणी के सर्वस्व ही थे, परिणाम में हितकारी थे और सुनने में चन्द्रमा के रस (अमृत)-सरीखे थे।

गीता से समानता—विचार सम्बंधी

अभी मानस के शब्द '**देसु कालु लखि समउ समाजू**' पर ध्यान दिया गया। इसके अतिरिक्त मानस में '**देस काल अवसर अनुसारी**' शब्द भी कई बार प्रयुक्त हुए हैं। इन सबको देखकर गीता के शब्द 'देश काल पात्र' की ओर ध्यान जाना स्वाभाविक है। वर्तमान प्रसंग में इसका निष्कर्ष यह है कि गीता तथा मानस—दोनों ने अपने संदेशों को बदलती हुई सामाजिक परिस्थितियों के अनुकूल ढालने का समर्थन किया है।

मानस के संदेशों की बदलती हुई प्राथमिकताओं का विचार करने से पहले गीता तथा मानस के मिलते-जुलते प्रसंगों को देखें। देश-काल-पात्र का उल्लेख तो अभी हुआ है। उसके अतिरिक्त यह स्पष्ट है कि इन दोनों ग्रंथों में भगवान के अवतार के हेतु का वर्णन लगभग एक जैसे शब्दों में हुआ है। मानस के निम्नलिखित शब्द गीता के श्लोक ४.७ और ४.८ से बहुत मिलते हैं—

जब जब होइ धरम कै हानी। बाढहिं असुर अधम अभिमानी॥
करहिं अनीति जाइ नहिं बरनी। सीदहिं विप्र धेनु सुर धरनी॥
तब तब प्रभु धरि विविध सरीरा। हरहिं कृपानिधि सज्जन पीरा॥

तुलसीदासजी ने मानस के आरम्भिक भाग में कहा है—

राम भगत जग चारि प्रकारा। . . . . .

चार प्रकार के भक्तों (आर्त, जिज्ञासु, अर्थार्थी, ज्ञानी) का वर्णन भी दोनों ग्रन्थों में एक जैसा है।

मानस में संतों और भक्तों के लक्षण लगभग ऐसे ही हैं जैसे कि गीता में स्थितप्रज्ञ तथा साधना के पूर्णत्व को प्राप्त करने वाले अन्य जीवन्मुक्त व्यक्तियों के हैं। संतों की महिमा का जो गान मानस में '**निंदा अस्तुति उभय सम**' तथा '**सम अभूतरिपु**' कहकर किया है वह गीता द्वारा कृत समत्त्व की प्रशंसा से मिलता है। भक्तों के लिए

मानस में प्रयुक्त शब्द **'सब के हितकारी'** का वही अर्थ है जो गीता के **'सर्वभूतहिते रताः'** का है। इस प्रकार के लोक कल्याण के कार्य को गीता में 'मत्कर्म' कहा है जिसका अर्थ है—'मेरा काम अर्थात् ईश्वर का काम'। मानस में इससे मिलता-जुलता शब्द है—राम-काज। जिस प्रकार गीता में मत्कर्म करने वाले के लिए अहंकार से बचने की शिक्षा है, उसी प्रकार मानस में राम-काज करने वाले हनुमान्जी अभिमान से दूर रहते हैं, और राक्षसों द्वारा बांधे जाने की उन्हें कुछ भी लज्जा नहीं है—

मोहि न कछु बाँधे कइ लाजा। कीन्ह चहउँ निज प्रभु कर काजा॥

परिशिष्ट ४ में देखें गीता के अस्सी श्लोक जिनके माध्यम से गीता तथा मानस के विचारों की समानता स्पष्ट हुई है।

गीता से प्रेरणा—प्राथमिकता तथा प्रचार-सम्बंधी

इस अध्याय में गीता से समानता का प्रसंग इसलिए सम्मिलित किया गया जिससे मानस के संदेशों के ऐतिहासिक पक्ष पर कुछ गहराई से विचार हो। तुलसीदासजी ने विचारों के क्षेत्र में गीता से समानता रखते हुए भी भाषा के क्षेत्र में भिन्न मार्ग अपनाया और इस भिन्नता के कारण ही मानस का सर्वहित का संदेश घर-घर में पहुँचा—जैसा कि प्रथम अध्याय में वर्णित है और जिसका आधार निम्नलिखित शब्द हैं—

कीरति भनिति भूति भलि सोई। सुरसरि सम सब कहँ हित होई॥

किंतु देश-काल-अवसर-समाज की मांग ऐसी है कि समय-समय पर नई प्रेरणाओं की आवश्यकता प्रतीत होती रहती है। इस अध्याय के आरम्भ में प्रेरणा का एक स्रोत इस भावना के अन्तर्गत मिला कि मानस की शिक्षाओं को चरितार्थ करने के कई अवसर तो हाथ से निकल गए—अब फिर भविष्य में वही त्रुटि न हो। प्रेरणा का दूसरा स्रोत गीता की नई टिप्पणियों में से मिल सकता है—यदि इन टिप्पणियों को इस भावना से देखा जाए कि उनको उदाहरणरूप मानकर मानस के संदेशों का प्रचार कार्य भी लोकहित के लिए अधिक गतिशील किया जा सके। इसलिए अब इस दिशा में आगे बढ़ने के लिए पिछले लगभग सौ वर्षों के कुछ ऐतिहासिक तथ्यों पर दृष्टि डालें।

सन् १८९७ में गीता पर व्याख्यान देते हुए स्वामी विवेकानंद ने कहा कि अब तक चाहे हमने गीता के किसी अन्य संदेश को प्राथमिकता दी हो, अब समय आ गया है कि हम प्राथमिकता दें 'दुर्बलता के त्याग' को। सन् १९१५ में लोकमान्य तिलक ने गीता पर नई पुस्तक लिखी जिसका शीर्षक है *'गीता रहस्य'*। उन्होंने कहा कि गीता में लोकसंग्रह का संदेश आज के लिए सबसे प्रमुख संदेश है क्योंकि इसके माध्यम से हम देश की स्वतंत्रता तथा उन्नति के लिए निःस्वार्थ भावना से काम कर सकते हैं।

श्री अरविन्द घोष और महात्मा गांधी ने भी गीता पर नई टिप्पणियाँ लिखकर देश-सेवा के विचारों को प्रोत्साहन दिया। गांधीजी ने लोकसंग्रह के लिए अहिंसा मार्ग को सर्वोत्तम बताया।

बीसवीं शताब्दी के स्वतंत्रता आंदोलन को बल देने में गीता की नई टिप्पणियों के साथ-साथ मानस का भी उपयोग हुआ। मानस में तो इस आंदोलन का समर्थन करने वाला एक अनमोल वचन ही मिल गया—**पराधीन सपनेहुँ सुखु नाहीं**—जिस पर पाँचवें अध्याय में विस्तार से लिखा जा चुका है।

स्वतंत्रता आंदोलन को सफल बनाने के लिए लोगों में आदर्श समाज की रूपरेखा तथा सर्वधर्मसमभाव का प्रचार भी बहुत आवश्यक था। आदर्श समाज के लिए महात्मा गांधी ने मानस में वर्णित रामराज्य का रूप सबके सामने रखा। सर्वधर्मसमभाव के लिए मानस के निम्नलिखित शब्दों का उपयोग—गीता के श्लोक ४.११ के साथ-साथ किया गया—

जिन्ह कें रही भावना जैसी। प्रभु मूरति तिन्ह देखी तैसी॥

किंतु राजनैतिक स्वतंत्रता को प्राप्त करना तो गीता और मानस के लोकहितकारी उद्देश्यों का केवल प्रथम चरण था। देश की चहुँमुखी उन्नति करने के लिए जनता की आर्थिक, सामाजिक तथा सांस्कृतिक समस्याओं की अवहेलना नहीं की जा सकती। सब समस्याओं के मूल—कलियुग के कुप्रभाव 'वैर-विरोध'—को हटाकर बदले में स्थापित करना है 'निर्वैर' तथा 'पारस्परिक प्रेम'—जैसा रामराज्य में था—

बयरु न कर काहू सन कोई। राम प्रताप विषमता खोई॥
सब नर करहिं परस्पर प्रीती। चलहिं स्वधर्म निरत श्रुति नीती॥

गीता की नई टिप्पणियों ने परम्परागत संदेशों के स्थान पर लोकसंग्रह को प्राथमिकता दिलवाने में सफलता प्राप्त की है। इनसे प्रेरणा लेकर मानस में जगमंगल के संदेश को प्राथमिकता देने से देश-काल-अवसर-समाज की माँग पूरी की जा सकती है। इसी प्रकार सात्त्विक प्रचार-कार्य के द्वारा लोकसंग्रह की भाँति जगमंगल को घर-घर में पहुँचाना 'राम-काज' को पूरा करने के समान है—जिसमें लवलीन हुए वानरों का वर्णन किष्किंधाकाण्ड में तुलसीदासजी ने निम्नलिखित शब्दों के द्वारा किया है—

चले सकल वन खोजत सरिता सर गिरि खोह।
रामकाज लयलीन मन विसरा तन कर छोह॥

पुस्तक का सारांश—दो विभिन्न दृष्टिकोणों से

अब पुस्तक समाप्त करने से पहले पाठकों की सुविधा के लिए उसका सारांश प्रस्तुत किया जाएगा। इसके लिए दो दृष्टिकोण अपनाए जाएंगे। पहले यह बतलाया जाएगा कि ग्यारह अध्यायों में किस क्रम से जगमंगल का संदेश धीरे-धीरे विकसित किया गया है। उसके बाद दूसरे दृष्टिकोण का लक्ष्य यह स्पष्ट करना है कि मानस में एक नहीं, बल्कि चार मुख्य संदेशों का विवेचन है—भक्ति, पर-हित भाव, स्वान्तःसुख, जगमंगल—और इन चारों के लिए कई पर्यायवाची शब्द भी प्रयुक्त हुए हैं। ये चारों संदेश एक-दूसरे से जुड़े हुए हैं और इनमें कोई पारस्परिक विरोध नहीं है। इतना अवश्य उल्लेखनीय है कि पहले और तीसरे संदेश मुख्यतः व्यक्तिगत कल्याण के लिए हैं जबकि दूसरे और चौथे संदेश लोक कल्याण के लिए हैं।

(अ) अध्यायों का क्रमबद्ध सारांश

पुस्तक का पहला अध्याय मानस के प्रारम्भिक भाग पर आधारित है। एक महत्त्वपूर्ण प्रश्न यह है कि तुलसीदासजी ने साधारण जनता की भाषा का उपयोग क्यों किया जबकि उन्होंने संस्कृत-काव्य-रचना में भी उच्च कोटि की प्रतिभा प्राप्त की थी। इस प्रश्न का उत्तर ढूँढने से यह स्पष्ट हो जाता है कि मानस ने आरम्भ से ही रामकथा के लोकोपकारी पक्ष को प्रधानता दी है, और बोलचाल की भाषा का उपयोग इसीलिए किया है जिससे कि लोकमंगल का संदेश सबकी समझ में आ सके।

दूसरा अध्याय मानस की इस विशेषता की ओर ध्यान आकर्षित करता है कि इस ग्रंथ में एक नहीं, चार संवाद साथ-साथ वर्णित हैं।

तुलसीदासजी ने रामचरितमानस को पवित्र जलाशय मानसरोवर के रूप में चित्रित किया है जिसके चार घाटों पर निम्नलिखित चार संवादों के माध्यम से रामकथा सुनाई जा रही है—

(अ) शिव-पार्वती संवाद

(आ) काकभुशुंडि-गरुड़ संवाद

(इ) याज्ञवल्क्य-भरद्वाज संवाद

(ई) तुलसीदास-संत संवाद

तीसरे, चौथे तथा पांचवें अध्यायों में मानस के बारह चुने हुए पात्रों की विशेषताओं पर प्रकाश डाला गया है। चरित्र-चित्रण के इस प्रसंग का आरम्भ किया है श्रीराम तथा सीताजी के आदर्श व्यवहार के अध्ययन से। तीसरे अध्याय में यह भी वर्णित है कि श्रीराम के लिए 'मर्यादा पुरुषोत्तम' शब्द का प्रयोग इसी आदर्श व्यवहार के कारण है, और यही है आधार रामराज्य का जिसके विषय में तुलसीदासजी ने उत्तरकाण्ड में लिखा है।

चौथा अध्याय श्रीराम के अतिरिक्त पाँच चुने हुए नर-पात्रों से संबंधित है जिनके नाम हैं—वसिष्ठ, वाल्मीकि, भरत, जटायु एवं हनुमान्। इसी प्रकार पाँचवें अध्याय में सीताजी के अतिरिक्त पाँच चुनी हुई नारियों द्वारा कृत जगमंगल के समर्थन का संक्षिप्त विवरण है। इनके नाम हैं—कौशल्या, सुमित्रा, अनसूया, शबरी तथा मैना। मानस के प्रसिद्ध शब्द—**पराधीन सपनेहुँ सुखु नाहीं**—मैना ने अपनी पुत्री पार्वती से कहे हैं।

छठा अध्याय यह दिखलाता है कि जगमंगल के संदेश को सुदृढ़ करने के लिए तुलसीदासजी ने सकल मंगल या सकल सुमंगल जैसे शब्दों का विस्तृत उपयोग किया है। तुलसीदासजी के प्रिय शब्दों में 'मंगल' और 'सकल'—इन दो शब्दों का विशेष स्थान है क्योंकि वे जगत् के सभी प्राणियों का भला चाहते हैं। इसी आशय के अन्य शब्दों का भी इसी अध्याय में विवेचन है जैसे सकल सुख, सकल लोकहित, सकल जन रंजन, अखिल लोक विश्राम और सकलकलिकलुषविध्वंसन।

सातवें अध्याय में यह बतलाया गया है कि मानस में रामकथा और शिवकथा के साथ-साथ तीसरा महत्त्वपूर्ण विषय है संत-महिमा। मानस में संत-महिमा के तीस प्रमुख प्रसंग हैं जिनमें से कुछ विस्तार से लिखे गए हैं और कुछ संक्षेप में। सातों काण्डों में से कोई भी ऐसा नहीं है जिसमें संत-महिमा का प्रसंग न हो। अरण्यकाण्ड के संत-महिमा प्रसंग ने यह भी स्पष्ट कर दिया है कि संत और रामभक्त दोनों एक ही हैं। तुलसीदासजी ने संतों की महिमा बारह वक्ताओं के द्वारा बुलवाई है, और इनमें से प्रत्येक ने पर-हित को प्रधानता दी है।

आठवां अध्याय सातवें अध्याय से जुड़ा हुआ है। संतों द्वारा कृत उपकार-कार्यों के कुछ दृष्टान्त तो रामकथा के बीच-बीच में वर्णित हैं जैसे जटायु द्वारा पर-हित के लिए प्रयत्न करने में अपने जीवन की बलि देना। इसके अतिरिक्त मानस में कुछ ऐसी उपकार-कथाएं भी हैं जिनकी जानकारी सर्वसाधारण को नहीं है। इनमें से दो गाथाएं तुलसीदासजी ने उत्तरकाण्ड में काकभुशुंडि-गरुड़ संवाद के अन्तर्गत लिखी हैं। जगमंगल के प्रचार के लिए उपकार-कथाएँ महत्त्वपूर्ण हैं, इसलिए इन्हें एक अलग (अर्थात् आठवें) अध्याय में प्रस्तुत किया है।

नवाँ अध्याय पर-हित के प्रति मानस में अपनाए गए एक अन्य दृष्टिकोण की ओर पाठकों का ध्यान आकर्षित करता है—ऐसा दृष्टिकोण जिसका महत्त्व बहुधा भुला दिया जाता है। इस अध्याय में पर-हित की भावना से कार्य करने वाले दस व्यक्तियों के—जिनमें से आठ व्यक्ति राक्षसकुल के हैं—उन प्रयत्नों का वर्णन है जो कठिन-से-कठिन परिस्थितियों में भी किए गए यद्यपि उनको सफलता नहीं मिली क्योंकि जिसका वे हित करना चाहते थे वह था रावण स्वयं। इन प्रयत्नों की दो विशेषताएं उल्लेखनीय हैं। पहली तो यह कि पर-हित के लिए प्रयत्न करने वाले व्यक्ति का

सम्पूर्ण रूप से दोषरहित होना आवश्यक नहीं है—किंतु रामकृपा की झलक तो अनिवार्य है। तुलसीदासजी को विश्वास है कि ईश्वर की प्रेरणा से ही राक्षसकुल के आठ सदस्यों ने भिन्न-भिन्न अवसरों पर रावण को हित-वचन कहे। दूसरी उल्लेखनीय बात यह है कि रावण जैसे अभिमानी को हित की बात कहने में जहाँ एक ओर प्रयत्न की पराकाष्ठा है, वहीं दूसरी ओर सफलता की न्यूनतम संभावना है। कर्मयोग की सैद्धान्तिक दृष्टि से पर-हित-विषयक प्रसंगों में महत्ता प्रयत्न की है, सफलता की नहीं। इस दृष्टि से इस अध्याय में वर्णित प्रसंग कर्मयोग के उदाहरण-स्वरूप हैं।

दसवें अध्याय में मानस के लोकोपकारी संदेश का एक विशिष्ट पक्ष सामने आता है। यह तो सर्वविदित है ही कि जनभाषा में लिखी जाने के कारण मानस ने सर्वसाधारण के हृदयों में विशेष स्थान प्राप्त कर लिया है। इतना ही नहीं, मानस की चुनी हुई उक्तियाँ लोगों को कण्ठस्थ हो गई हैं और वे समय-समय पर अपने आचरण को इन उक्तियों में दर्शित मार्ग के अनुसार ढालते रहते हैं। इस अध्याय में मानस की साठ प्रसिद्ध उक्तियों को (जो सातों काण्डों में से चुनी हुई हैं) चौदह महत्त्वपूर्ण विषयों के अनुसार बाँटकर प्रस्तुत किया गया है।

ग्याहरवें अध्याय की तीन बातें उल्लेखनीय हैं। प्रथम तो यह है कि तुलसीदासजी ने देश, काल, अवसर और समाज की आवश्यकताओं को ध्यान में रखने का महत्त्व स्वीकार किया है। द्वितीय बात यह कि सामाजिक उद्देश्यों की दृष्टि से मानस और गीता में समानता है। दोनों ही ग्रन्थों का उपयोग भारत के स्वतंत्रता संग्राम में हुआ। लोककल्याण के आदर्श को गीता में कहा है लोकसंग्रह, जो मानस के जगमंगल से मिलता-जुलता है। अब इस समानता से ऐसी भावना का जागृत होना स्वाभाविक है कि जिस प्रकार गीता का संदेश नई-नई टिप्पणियों के द्वारा सब जगह पहुँचाया जा रहा है, उसी प्रकार मानस का संदेश भी क्यों न पहुँचाया जाय। तृतीय बात यह कि पुस्तक का सारांश दो विभिन्न दृष्टिकोणों से प्रस्तुत किया जा रहा है—एक तो अध्यायों के क्रमानुसार और दूसरे—मानस के और पुस्तक के मुख्य संदेशों का तुलनात्मक विवेचन करते हुए।

यह उल्लेखनीय है कि पुस्तक के चुने हुए प्रसंगों से संबंधित विस्तृत विवरण चार परिशिष्टों में प्रस्तुत किया गया है।

(आ) मुख्य संदेशों पर आधारित सारांश

इस भाग में, पुस्तक के विचारों का सारांश पाठकों को बताने के लिए, मानस के विभिन्न संदेशों के महत्त्व का तुलनात्मक किंतु संक्षिप्त विवेचन प्रस्तुत है। मानस के मुख्य संदेशों को किस-किस वक्ता ने प्रधानता दी और उन्होंने कौन-से पर्यायवाची शब्दों का उपयोग किया—इसको सुचारू रूप से जानने का सबसे सरल उपाय है कि रामकथा से संबंधित चारों संवादों पर ध्यान दिया जाए।

मानस के सबसे प्रमुख वक्ता हैं शिवजी जिन्होंने पार्वतीजी को रामकथा सुनाई। शिवजी ने जिन शब्दों से कथा आरम्भ की और समाप्त की, उन पर दृष्टि डालना बहुत आवश्यक है। पहले उनके आरम्भ के बोल प्रस्तुत हैं—

पूँछेहु रघुपति कथा प्रसंगा। सकल लोक जग पावनि गंगा।
तुम्ह रघुवीर चरन अनुरागी। कीन्हिहु प्रस्न जगत हित लागी॥
राम कृपा तें पारवति सपनेहुँ तव मन माहिं।
सोक मोह संदेह भ्रम मम विचार कछु नाहिं॥
तदपि असंका कीन्हिहु सोई। कहत सुनत सब कर हित होई॥

कथा की समाप्ति के समय शिवजी ने निम्नलिखित दोहा बोला—

राम चरन रति जो चह अथवा पद निर्वान।
भाव सहित सो यह कथा करउ श्रवन पुट पान॥

यह स्पष्ट है कि उपरोक्त शब्दों के द्वारा शिवजी ने तीन उद्देश्यों को प्रधानता दी है—

- जगत हित अथवा सब कर हित
- राम चरन रति (अर्थात् भक्ति)
- पद निर्वान (अर्थात् मोक्ष या मुक्ति)

मानस के दूसरे प्रमुख वक्ता हैं काकभुशुंडि जिन्होंने गरुड़ को रामकथा सुनाई। शिवजी ने रामकथा की समाप्ति करते समय कथा का तीसरा उद्देश्य बतलाया है 'पद निर्वान' अर्थात् मोक्ष या मुक्ति। काकभुशुंडि ने भक्ति को इतना ऊँचा स्थान दिया कि उसके साथ-साथ मुक्ति मानो बिना इच्छा किए अपने-आप ही आ जाती है—

राम भजत सोइ मुकुति गोसाईं। अनइच्छित आवइ बरिआईं॥
अस विचारि हरि भगत सयाने। मुक्ति निरादर भगति लुभाने॥

काकभुशुंडि ने रामकथा के लिए 'अति पावनि' तथा 'सुखकारी' शब्दों का प्रयोग किया—

पूँछिहु रामकथा अति पावनि। सुक सनकादि संभु मन भावनि।
कहइ भुसुंड सुनहु खगनायक। रामचरित सेवक सुखदायक॥
अस रघुपति लीला उरगारी। दनुज विमोहनि जनसुखकारी।

काकभुशुंडि ने पर-हित के संदेश को प्राथमिकता देने के लिए दो उपकार-कथाएँ सुनाईं जो आठवें अध्याय में वर्णित हैं। उन्होंने यह भी कहा कि मुझे श्रीराम ने अपना

'निज सिद्धान्त' सुनाया है जिसके अनुसार संसार के सारे प्राणी श्रीराम को प्रिय हैं क्योंकि उन सबको प्रभु ने ही उत्पन्न किया है—

सब मम प्रिय सब मम उपजाए।

इस प्रकार काकभुशुंडि द्वारा कथित संदेश के चार मुख्य अंग हैं—

- भक्ति
- सुख तथा पवित्रता
- पर-हित
- भगवान् की दृष्टि में सब समान

मानस के तीसरे प्रमुख वक्ता हैं याज्ञवल्क्य मुनि जिन्होंने भरद्वाज मुनि को रामकथा सुनाई। रामकथा के विषय में उनके द्वारा कथित दो वाक्य उल्लेखनीय हैं—

कथा जो सकल लोकहितकारी। . . . . .

रामकथा कलिमल हरनि मंगल करनि सुहाइ॥

याज्ञवल्क्य मुनि ने रामकथा सुनाने से पहले शिवकथा भी सुनाई और उन दोनों कथाओं का निष्कर्ष यह बतलाया कि राम-भक्ति और शिव-भक्ति—दोनों साथ-साथ चलनी चाहिएँ—

सिव पद कमल जिन्हहि रति नाहीं। रामहि ते सपनेहुँ न सोहाहीं।
बिनु छल विस्वनाथ पद नेहू। राम भगत कर लच्छन एहू॥

इस प्रकार याज्ञवल्क्य मुनि ने तीन बातों को प्रधानता दी—

- लोकहित
- मंगल (अर्थात् कल्याण)
- राम-भक्ति और शिव-भक्ति में कोई भेद नहीं

मानस के चौथे वक्ता तुलसीदासजी स्वयं हैं जिन्होंने कलियुग के संतों को रामकथा सुनाई। उन्होंने मानस के 'आदि मध्य अवसाना' अर्थात् आदि, मध्य और अन्त में मुख्य संदेशों को बार-बार कहा है और संदेशों की व्याख्या करके तथा पर्यायवाची शब्दों का प्रयोग करके भी उन्हें स्पष्ट किया है। मुख्य संदेश चार हैं—

- भक्ति
- पर-हित
- स्वान्त:सुख
- जगमंगल

प्रथम संदेश—भक्ति—के विषय में तुलसीदासजी ने 'राम चरन अनुराग' शब्द का प्रयोग करके मानस के आरम्भ में लिखा है—

जे एहि कथहि सनेह समेता। कहिहहिं सुनिहहिं समुझि सचेता॥
होइहहिं राम चरन अनुरागी। कलिमल रहित सुमंगल भागी॥

मानस के अंत अर्थात् उत्तरकाण्ड में श्रीराम स्वयं भक्तिमार्ग को सुलभ और सुखद बतलाते हैं—

सुलभ सुखद मारग यह भाई। भगति मोरि पुरान श्रुति गाई॥

किंतु मानस के मध्य में—अरण्यकाण्ड में—शबरी के प्रसंग में तुलसीदासजी ने यह स्पष्ट किया है कि मानस की नवधा भक्ति परम्परागत नवधा भक्ति से बहुत भिन्न है। उदाहरणार्थ, भागवत पुराण में वर्णित नवधा भक्ति के निम्नलिखित नौ अंग हैं—

श्रवण, कीर्तन, स्मरण, पादसेवन, अर्चन, वन्दन, दास्य, सख्य, आत्मनिवेदन।

शबरी को श्रीराम द्वारा जिस नवधा भक्ति का उपदेश मिला, उसके नौ अंग निम्नलिखित हैं—

> सत्संग, भगवत्कथा में प्रेम, गुरु की अभिमानरहित सेवा, भगवान के गुणों का गान, प्रभु में दृढ़ विश्वास, सदाचरण, समत्त्वभाव, दूसरों के दोषों को न देखना, सबके साथ कपटरहित बर्ताव।

शबरी के माध्यम से तुलसीदासजी ने समाज के सब सदस्यों के साथ सद्व्यवहार को भी भक्ति का ही अंग बना दिया है। इस प्रसंग में प्रयुक्त मानस के शब्द पाँचवें अध्याय में उद्धृत हैं।

अरण्यकाण्ड में ही तुलसीदासजी ने राम-नारद संवाद के प्रसंग में यह बतलाया है कि भक्त और संत—दोनों एक ही हैं। और मानस के आरम्भ में तुलसीदासजी कहते हैं कि संत-समाज की पूर्णता इसी में है कि वहाँ भक्ति-कर्म-ज्ञान—तीनों साधन हों, जैसे प्रयाग में गंगा-यमुना-सरस्वती—

मुद मंगलमय संत समाजू। जो जग जंगम तीरथराजू॥
राम भक्ति जहँ सुरसरि धारा। सरसइ ब्रह्म विचार प्रचारा॥
विधि निषेधमय कलिमल हरनी। करम कथा रविनंदनि बरनी॥

दूसरे संदेश—पर-हित—को तुलसीदासजी ने चार दृष्टियों से प्रधानता दी है। एक तो उन्होंने अयोध्याकाण्ड में यह महत्वपूर्ण बात कही है कि भक्ति और पर-हित भाव—दोनों साथ-साथ चलते हैं—

राम भगत पर हित निरत . . . . .।

फिर उन्होंने रामकथा की उन गाथाओं का सहारा लिया है जिसके माध्यम से पर-हित के दृष्टान्त संसार के सामने रखे गए हैं, जैसे जटायु द्वारा पर-हित के लिए अपने जीवन की बलि देना और श्रीराम द्वारा जटायु को परमगति देना—

जल भरि नयन कहहिं रघुराई। तात कर्म निज तें गति पाई॥
परहित बस जिन्ह के मन माहीं। तिन्ह कहुँ जग दुर्लभ कछु नाहीं॥

पर-हित को प्रधानता देने का तीसरा रास्ता जो तुलसीदासजी ने अपनाया वह है— संत-महिमा के द्वारा। इसका विस्तृत वर्णन सातवें अध्याय में है। यहाँ इतना लिखना पर्याप्त होगा कि तुलसीदासजी ने संतों को सरल हृदय और जगत् के हितकारी कहकर पुकारा है—

संत सरल चित जगत हित . . . . .।

और संतों और असंतों का मुख्य भेद भी पर-हित तथा पर-पीड़ा के माध्यम से चित्रित किया है—

परहित सरिस धर्म नहिं भाई। पर पीड़ा सम नहिं अधमाई॥

पर-हित के विषय में चौथी महत्त्वपूर्ण बात तुलसीदासजी ने यह बतलाई है कि रावण जैसे अभिमानी को भी दस व्यक्तियों ने—जिनमें से आठ राक्षसकुल के थे— हित-वचन कहे यद्यपि रावण को सुधारने के उनके प्रयत्न असफल रहे। सफलता न मिलने पर भी पर-हित के लिए प्रयत्न करना—ऐसे कर्मयोग के उदाहरण मानस में न केवल हनुमान् और अंगद के चरित्रों के द्वारा रखे गए बल्कि राक्षसकुल के माल्यवान्, प्रहस्त आदि आठ व्यक्तियों ने भी रखे—जिनका विस्तृत वर्णन नवें अध्याय में हैं।

रामकथा का तीसरा उद्देश्य जो तुलसीदासजी ने मानस के आरम्भ में, संस्कृत के श्लोक में, लिखा है, वह है स्वान्तःसुख—

स्वान्तःसुखाय तुलसी रघुनाथगाथा-
भाषानिबन्धमतिमंजुलमातनोति॥

अर्थात् श्रीराम की कथा को तुलसीदासजी ने अपने अन्तःकरण के सुख के लिए अत्यन्त मनोहर भाषा-रचना में विस्तृत करता है।

इसी बात को उन्होंने मानस के अंत में—उत्तरकाण्ड में—एक अन्य संस्कृत श्लोक में—'अन्तःकरण के अंधकार को मिटाने' का रूपक देकर फिर कहा है—

मत्वा तद्रघुनाथनामनिरतं स्वान्तस्तमः शान्तये

भाषाबद्धमिदं चकार तुलसीदासस्तथा मानसम्।

अर्थात् उस रामायण को श्रीराम नाम में निरत मानकर अपने अन्तःकरण के अंधकार को मिटाने के लिए तुलसीदासजी ने मानस के रूप में भाषाबद्ध किया।

मानस में स्वान्तःसुख या स्वान्तस्तमः शान्ति का ही पर्यायवाची शब्द है 'विश्राम'। तुलसीदासजी ने मानस के आदि, मध्य तथा अंत—सब स्थानों में विश्राम शब्द का उपयोग किया है—

रामचरितमानस एहि नामा। सुनत श्रवन पाइअ विश्रामा॥

ताहि कि संपति सुगन सुभ सपनेहुँ मन विश्राम।
भूतद्रोह रत मोहबस राम विमुख रति काम॥

जाकी कृपा लवलेस ते मतिमंद तुलसीदासहूँ।
पायो परम विश्राम राम समान प्रभु नाहीं कहूँ॥

रामकथा का चौथा उद्देश्य—जो इस पुस्तक का मुख्य विषय है—वह है जगमंगल। मानस के आरम्भ में ही तुलसीदासजी कहते हैं—

रामकथा जगमंगल करनी।

इस पुस्तक के शीर्षक में 'परायण' शब्द के प्रयोग से रामकथा के जगमंगलकारी रूप को सुदृढ़ बनाया गया है।

अयोध्याकाण्ड में गुरु वसिष्ठ कहते हैं—

राम जनमु जगमंगल हेतू।

उत्तरकाण्ड में जगमंगल का भाव बतलाने वाले तीन प्रसंग तुलसीदासजी ने लिखे हैं। एक तो श्रीराम के सिंहासन पर बैठने के समय विप्रवर्ग ने कहा—

जग अभिराम राम अभिषेका।

दूसरे—सुग्रीव, विभीषण आदि को विदा करते समय तुलसीदासजी ने श्रीराम के लिए 'सर्वहित' शब्द का प्रयोग किया—

सदा सर्वगत सर्वहित जानि करेहु अति प्रेम।

तीसरे—रामराज्य की आदर्श स्थिति का वर्णन जगमंगल को ही साकार रूप देने के समान है, जिसका विस्तृत विवेचन तीसरे अध्याय में है। यहाँ इतना लिखना पर्याप्त होगा कि रामराज्य का आधार है—निर्वैर तथा पारस्परिक प्रेम—

बयरु न कर काहू सन कोई। राम प्रताप विषमता खोई॥
सव नर करहिं परस्पर प्रीति। चलहिं स्वधर्म निरत श्रुति नीती॥

यह ऊपर लिखा जा चुका है कि मानस की भक्ति केवल व्यक्तिगत कल्याण के लिए नहीं, बल्कि सामाजिक कल्याण के लिए भी है, इसलिए भक्ति और पर-हित-भाव साथ-साथ चलते हैं। इसी प्रकार मानस का स्वान्त:सुख या विश्राम भी जगमंगल का ही अंग है—इस भाव को दो प्रकार से स्पष्ट कर सकते हैं।

पहले—तुलसीदास का स्वान्त:सुख स्वार्थभावना से रहित है क्योंकि वे चाहते हैं कि ऐसा सुख सभी प्राप्त करें। उत्तरकाण्ड में एक महत्त्वपूर्ण वाक्य है—

कबहुँ कि दुख सब कर हित ताकें।

अर्थात् सबका हित चाहने से—जगमंगल से—क्या कभी दु:ख हो सकता है? छठे अध्याय के विवेचन के अनुसार 'सकल सुख' स्वांत:सुख का व्यापक रूप है। इसी प्रकार सबके सुख और स्वान्त:सुख में भी पूर्ण समन्वय है। तुलसीदासजी बालकाण्ड में कहते हैं कि श्रीराम की कथा से सभी सुख प्राप्त करते हैं—अन्तर केवल इतना है कि संत लोगों के लिए रामकथा विशेष सुखकारी है—

रामचरित राकेस कर सरिस सुखद सब काहु।
सज्जन कुमुद चकोर चित हित विसेषि बड़ लाहु॥

इसीलिए अन्य व्यक्तियों को दुखी बनाकर केवल अपना ही सुख खोजने वाले को उत्तरकाण्ड में अभागी और असंत कहा है—

पर दुख हेतु असंत अभागी।

दूसरे—तुलसीदासजी ने विश्राम अर्थात् शान्ति को भी व्यक्तिगत तथा सामाजिक—दोनों स्तरों पर साथ-साथ प्राप्त करने की बात कही है। छठे अध्याय में यह स्पष्ट किया गया है कि मानस में व्यक्तिगत विश्राम को लोक-विश्राम का ही एक अंग माना है। जैसे श्रीराम का जन्म जगमंगल के साथ जुड़ा हुआ है, उसी प्रकार यह लोक-विश्राम के साथ भी है। अयोध्याकाण्ड का निम्नलिखित वाक्य—जो ऊपर भी लिखा जा चुका है—इस प्रसंग के लिए उपयुक्त है—

राम जनमु जगमंगल हेतू।

और बालकाण्ड में राम-जन्म का वर्णन करते हुए तुलसीदासजी कहते हैं—

जगनिवास प्रभु प्रगटे अखिल लोक विश्राम।

बालकाण्ड में ही नामकरण संस्कार के समय 'राम' नाम की व्याख्या इस प्रकार की गई है—

जो आनंद सिंधु सुख रासी। सीकर तें त्रैलोक सुपासी॥
सो सुखधाम राम अस नामा। अखिल लोक दायक विश्रामा॥

यह स्पष्ट है कि मानस में जगमंगल शब्द अनेकों बार प्रयुक्त हुआ है किंतु अकेले 'मंगल' शब्द का उपयोग उससे भी अधिक हुआ है। मानस के प्रथम श्लोक में—जो संस्कृत भाषा में है—सरस्वतीजी एवं गणेशजी की वन्दना करते हुए उनको 'मंगलानां कर्त्तारौ' अर्थात् कल्याण करने वाले कहकर सम्बोधित किया है। मानस के अन्तिम श्लोक में रामकथा को 'सदा शिवकरं' अर्थात् सदा कल्याणकारी कहा है। इन दोनों उपयोगों के मध्य में श्रीराम के लिए जो अनेकों स्तुतिवाचक शब्द प्रयुक्त हुए हैं उनमें से सबसे अधिक गाये जाने वाले शब्द हैं—

मंगल भवन अमंगल हारी।

केवल शब्दों पर ध्यान देने वाले पाठक यह प्रश्न उठा सकते हैं कि यह मंगल क्या व्यक्तिगत है या थोड़े-से चुने हुए व्यक्तियों का है या सभी प्राणियों का है। इसका उत्तर देने में निम्नलिखित प्रसंग से सहायता मिलेगी। तुलसीदासजी ने मानस के आरम्भिक पृष्ठों में '**रामकथा जगमंगल करनी**' कहकर तुरंत ही एक छंद लिखा है जिसकी पहली पंक्ति इस प्रकार है—

मंगल करनि कलिमलहरनि तुलसी कथा रघुनाथ की।

यह स्पष्ट है कि इस छंद में प्रयुक्त 'मंगल' शब्द 'जगमंगल' का ही सूचक है। इसमें कोई संदेह नहीं कि मानस का मंगल सभी प्राणियों का मंगल है। सामूहिक मंगल के भाव को दृढ़ करने के लिए तुलसीदासजी ने जगमंगल के अतिरिक्त सकल मंगल या सकल सुमंगल जैसे शब्द भी प्रयुक्त किए हैं। सुंदरकाण्ड में श्रीराम और वानर-सेना के प्रस्थान के विषय में तुलसीदासजी कहते हैं—

जासु सकल मंगल मय कीती। तासु पयान सगुन यह नीती॥

और सुन्दरकाण्ड का ही अंतिम दोहा इस प्रकार है—

सकल सुमंगल दायक रघुनायक गुन गान।
सादर सुनहिं ते तरहिं भव सिंधु बिना जलजान॥

इस दोहे में श्रीराम के गुण-गान को 'सकल सुमंगल दायक' बतलाया है। बालकाण्ड

में श्रीराम के गुण-ग्राम अर्थात् गुण-समूह को 'जगमंगल' शब्द के साथ प्रयुक्त किया है—

जगमंगल गुन ग्राम राम के।

उत्तरकाण्ड में जगमंगल का भाव बतलाने वाले कुछ शब्दों पर ऊपर ध्यान दिया गया। ऐसे शब्द अन्य काण्डों में भी हैं। उदाहरणतः अयोध्याकाण्ड में चित्रकूट के निकट 'भरतकूप' के प्रसंग में अत्रि ऋषि ने 'विश्व उपकार' शब्द का प्रयोग किया, और अरण्यकाण्ड में अत्रि ऋषि की पत्नी अनसूयाजी ने सीताजी से कहा—

कहिउँ कथा संसार हित।

देश-काल-अवसर-समाज की आवश्यकता को ध्यान में रखते हुए जगमंगल के संदेश को प्राथमिकता देने का सुझाव इस पुस्तक में दिया गया है। इस सुझाव की अवहेलना करने का परिणाम होगा 'पछताना', जैसाकि तुलसीदासजी की निम्नलिखित उक्ति में लिखा है—वही उक्ति जो इस अध्याय के आरम्भ में भी दी जा चुकी है—

का बरषा सब कृषी सुखानें। समय चुकें पुनि का पछितानें॥

परिशिष्ट १

जगमंगल तथा 'सब कहँ हित'' की आरम्भिक घोषणा करने वाला बालकाण्ड का प्रसंग

इस पुस्तक के पहले अध्याय में यह दिखलाया गया है कि जगमंगल की विशाल भावना को मानस ने आरम्भ से ही—अर्थात् बालकाण्ड से ही—प्राथमिकता दी है। यद्यपि ऐसी भावना मानस के अन्य काण्डों में भी विद्यमान है, फिर भी जगमंगल तथा 'सब कहँ हित' की आरम्भिक घोषणा का विशेष महत्त्व है। इसलिए इस परिशिष्ट में बालकाण्ड का यह प्रसंग तुलसीदासजी द्वारा लिखित मूल शब्दों में प्रस्तुत किया जा रहा है। पाठकों की सुविधा के लिए मानस की घोषणा का सरल हिन्दी में अर्थ भी साथ-साथ दिया जा रहा है। पुस्तक के पहले अध्याय में इस परिशिष्ट का उल्लेख है।

जड़ चेतन जग जीव जत सकल राममय जानि।
वंदउँ सब के पद कमल सदा जोरि जुग पानि॥

तुलसीदासजी कहते हैं कि जगत में जितने जड़ और चेतन जीव हैं, उन सभी को राम-मय जानकर मैं उन सबके चरण-कमलों की दोनों हाथ जोड़कर सदा वंदना करता हूँ।

देव दनुज नर नाग खग प्रेत पितर गंधर्व।
वंदऊँ किंनर रजनिचर कृपा करहु अब सर्व॥

देवता, दैत्य, मनुष्य, नाग, पक्षी, प्रेत, पितर, गंधर्व, किन्नर और निशाचर—सभी को मैं प्रणाम करता हूँ। अब सब मुझ पर कृपा कीजिए।

आकर चारि लाख चौरासी। जाति जीव जलथल नभ वासी॥
सीयराममय सब जग जानी। करउँ प्रनाम जोरि जुग पानी॥

चौरासी लाख योनियों में चार प्रकार के (स्वेदज, अण्डज, उद्भिज्ज, जरायुज)

जीव जल, पृथ्वी और आकाश में रहते हैं। उन सबसे भरे हुए इस सारे जगत् को श्री सीता राम-मय जानकर, दोनों हाथ जोड़कर मैं प्रणाम करता हूँ।

जानि कृपाकर किंकर मोहू। सब मिलि करहु छाड़ि छल छोहू॥
निज बुधि बल भरोस मोहि नाहीं। तातें विनय करउँ सब पाहीं॥

आप सब कृपा की खान हैं। आप सब मिलकर, छल छोड़कर, और मुझको अपना दास जानकर—मुझ पर कृपा कीजिए। मुझे अपने बुद्धिबल पर भरोसा नहीं है, इसलिए मैं सबसे विनती करता हूँ।

करन चहउँ रघुपति गुन गाहा। लघु मति मोरि चरित अवगाहा॥
सूझ न एकउ अंग उपाऊ। मन मति रंक मनोरथ राऊ॥

मैं श्रीरघुनाथजी के गुणों का वर्णन करना चाहता हूँ, परन्तु मेरी बुद्धि छोटी है और श्रीराम का चरित्र अथाह है। मेरे मन और बुद्धि कंगाल हैं अर्थात् मेरे पास साधनों की कमी है, किन्तु मनोरथ राजा है अर्थात् मेरी इच्छाएं विशाल हैं। इसलिए मुझे उपाय का एक भी अंग नहीं सूझता अर्थात् अपनी इच्छा पूरी करने के लिए कोई भी उपाय समझ में नहीं आता।

मति अति नीच ऊँचि रुचि आछी। चहिअ अमिअ जग जुरइ न छाछी॥
छमिहहिं सज्जन मोरि ढिठाई। सुनिहहिं बालवचन मन लाई॥

मेरी बुद्धि तो अत्यन्त नीची है और चाह बहुत ऊँची है—चाह तो अमृत पाने की है पर जगत् में जुड़ती छाछ भी नहीं। सज्जन मेरी ढिठाई को क्षमा करेंगे और मेरे बाल-वचनों को मन लगाकर सुनेंगे।

जौं बालक कह तोतरि बाता। सुनहिं मुदित मन पितु अरु माता॥
हँसिहहिं कूर कुटिल कुविचारी। जे पर दूषन भूषनधारी॥

जब बालक तोतले वचन बोलता है तो उसके माता-पिता उन्हें प्रसन्न मन से सुनते हैं। किन्तु क्रूर, कुटिल और बुरे विचार वाले लोग तोतले वचनों पर हँसेंगे क्योंकि उनको दूसरों के दोष ही प्यारे लगते हैं—दूसरों के दोषों को ही वे अपना भूषण समझते हैं।

निज कवित्त केहि लाग न नीका। सरस होउ अथवा अति फीका॥
जे पर भनिति सुनत हरषाहीं। ते वर पुरुष बहुत जग नाहीं॥

अपनी कविता किसे अच्छी नहीं लगती? चाहे रसीली हो चाहे अत्यन्त फीकी—सब अपनी कविता को पसन्द करते हैं। किन्तु दूसरे की रचना को सुनकर हर्षित होने वाले—उत्तम पुरुष—जगत् में थोड़े ही हैं।

जग बहु नर सर सरि सम भाई। जे निज बाढ़ि बढ़हिं जल पाई।।
सज्जन सकृत सिंधु सम कोई। देखि पूर विधु बाढइ जोई।।

हे भाई! जगत् में अधिकतर मनुष्य तालाबों और नदियों के समान हैं जो जल पाकर, अपनी ही बाढ़ से बढ़ते हैं अर्थात् अपनी ही उन्नति से प्रसन्न होते हैं। समुद्र-जैसा तो कोई एक बिरला ही सज्जन होता है जो चन्द्रमा को पूर्ण देखकर—अर्थात् दूसरों का उत्कर्ष देखकर—उमड़ पड़ता है।

भाग छोट अभिलाषु बड़ करउँ एक बिस्वास।
पैहहिं सुख सुनि सुजन सब खल करिहहिं उपहास।।

मेरा भाग्य छोटा है और इच्छा बहुत बड़ी है, परन्तु मुझे एक विश्वास है कि मेरी कविता को सुनकर सज्जन सभी सुख पाएँगे और दुष्ट हँसी उड़ाएँगे।

खल परिहास होइ हित मोरा। काक कहहिं कलकंठ कठोरा।।
हंसहि वक दादुर चातकही। हँसहिं मलिन खल विमल वतकही।।

दुष्टों के द्वारा हंसी उड़ाने से मेरा हित ही होगा। कौए तो मधुर कंठवाली कोयल को कठोर ही कहते हैं। जैसे बगुले हंस पर और मेंढक पपीहे पर हंसते हैं, वैसे ही मलिन मन वाले दुष्ट निर्मल वाणी पर हँसते हैं।

कवित रसिक न राम पद नेहू। तिन्ह कहँ सुखद हास रस एहू।।
भाषा भनिति भोरि मति मोरी। हँसिबे जोग हँसे नहिं खोरी।।

जो न तो कविता के रसिक हैं और न ही जिनका श्रीराम के चरणों में प्रेम है, उनके लिए मेरी कविता सुखद हास्यरस का काम देगी। प्रथम तो यह बोलचाल की भाषा की रचना है—संस्कृत की नहीं—और दूसरे मेरी बुद्धि भोली है; इसलिए यह हँसने के योग्य ही है, और जो लोग मेरी कविता पर हँसते हैं उसमें उनका कोई दोष नहीं है।

प्रभु पद प्रीति न सामुझि नीकी। तिन्हहि कथा सुनि लागिहि फीकी।।
हरि हर पद रति मति न कुतरकी। तिन्ह कहुँ मधुर कथा रघुवर की।।

जिन्हें न तो प्रभु के चरणों में प्रेम है और न अच्छी समझ ही है, उनको यह कथा सुनने में फीकी लगेगी। किंतु जिनकी भगवान् विष्णु और भगवान् शिव के चरणों में प्रीति है और जिनकी बुद्धि कुतर्क करने वाली नहीं है, उन्हें श्रीराम की यह कथा मीठी लगेगी।

राम भगति भूषित जियँ जानी। सुनिहहिं सुजन सराहि सुवानी।।
कवि न होउँ नहिं वचन प्रवीनू। सकल कला सब विद्या हीनू।।

यह कविता श्रीराम की भक्ति से भूषित है—ऐसा जानकर सज्जन लोग मेरी कविता को सुंदर वाणी से सराहना करते हुए सुनेंगे। सज्जनों से मिलने वाली इस प्रशंसा का श्रेय मेरी अपनी योग्यता को नहीं है क्योंकि मैं न तो कवि हूँ और न वाक्य-रचना में ही कुशल हूँ। मैं तो स्पष्ट कहता हूँ कि मैं सब कलाओं तथा सब विद्याओं से रहित हूँ।

आखर अरथ अलंकृति नाना। छंद प्रबंध अनेक विधाना॥
भाव भेद रस भेद अपारा। कवित दोष गुन विविध प्रकारा॥
कवित विवेक एक नहिं मोरें। सत्य कहउँ लिखि कागद कोरें॥

नाना प्रकार के अक्षर, अर्थ और अलंकार, अनेक प्रकार की छंद-रचना, भावों और रसों के अपार भेद, कविता के भांति-भांति के गुण-दोष—इनमें से काव्यसम्बंधी एक भी बात का ज्ञान मुझ में नहीं है, यह मैं कोरे कागज पर लिखकर अर्थात् शपथपूर्वक सत्य वचन के रूप में कहता हूँ।

भनिति मोरि सब गुन रहित विस्व विदित गुन एक।
सो विचारि सुनिहहिं सुमति जिन्ह कें विमल विवेक॥

यद्यपि मेरी कविता सब गुणों से रहित है, फिर भी इसमें एक जगत्प्रसिद्ध गुण है (जो अगली चौपाई में वर्णित है)। उसे विचारकर अच्छी बुद्धि वाले व्यक्ति—जिनका ज्ञान निर्मल है—मेरी कविता को सुनेंगे।

एहि महँ रघुपति नाम उदारा। अति पावन पुरान श्रुति सारा॥
मंगल भवन अमंगल हारी। उमा सहित जेहि जपत पुरारी॥

मेरी कविता में श्रीराम का उदार नाम है जो अत्यन्त पवित्र है, वेद-पुराणों का सार है, कल्याण का भवन है, अमंगलों को हरने वाला है, और जिसे पार्वतीजी सहित भगवान् शिवजी सदा जपते हैं।

भनिति विचित्र सुकवि कृत जोऊ। राम नाम बिनु सोह न सोऊ॥
विधुवदनी सब भाँति सँवारी। सोह न वसन बिना वर नारी॥

कविता की शोभा रामनाम से है। रामनाम के बिना कोई भी कविता शोभा नहीं पा सकती चाहे वह कितनी ही अनूठी हो और चाहे उसका रचने वाला कितना ही प्रसिद्ध कवि हो। जैसे नारी की शोभा के लिए सामाजिक प्रतिष्ठा दिलवाने वाले वस्त्र आवश्यक हैं, न कि केवल मुख की बनावट या गहनों की चमक।

सब गुन रहित कुकवि कृत वानी। राम नाम जस अंकित जानी॥
सादर कहहिं सुनहिं बुध ताही। मधुकर सरिस संत गुनग्राही॥

संतजन भौंरे की भाँति गुण ही को ग्रहण करने वाले होते हैं। ऐसे संत और बुद्धिमान् लोग उस कविता को आदरपूर्वक कहते और सुनते हैं जिस पर श्रीराम के नाम और यश की छाप हो—चाहे उस कविता में और कोई गुण न हो और चाहे उस कविता का रचने वाला कुकवि कहलाता हो।

जदपि कवित रस एकउ नाहीं। राम प्रताप प्रगट एहि माहीं॥
सोइ भरोस मोरें मन आवा। केहिं न सुसंग बड़प्पन पावा॥

यद्यपि मेरी इस रचना में कविता का एक भी रस नहीं है, फिर भी इसमें श्रीराम का प्रताप प्रकट है। मेरे मन में यही एक भरोसा है। अच्छी संगति से किसने बड़प्पन नहीं पाया?

धूमउ तजइ सहज करुआई। अगरु प्रसंग सुगंध बसाई॥
भनिति भदेस वस्तु भलि बरनी। राम कथा जगमंगल करनी॥

धुएँ में जो स्वाभाविक कड़ुवापन है, वह भी सुगंधित अगर के संग से दूर हो जाता है। इसी प्रकार यद्यपि मेरी कविता भद्दी अर्थात् असुंदर है, फिर भी यह सुन्दर समझी जाएगी क्योंकि इसमें उत्तम वस्तु का वर्णन है—और वह उत्तम वस्तु है जगत् का कल्याण करने वाली रामकथा। (मानस में जगमंगल की घोषणा करने वाले ये प्रथम शब्द हैं—रामकथा जगमंगल करनी। 'सब कहँ हित' की घोषणा करने वाले शब्दों के लिए थोड़ी और प्रतीक्षा कीजिए)।

मंगल करनि कलि मल हरनि तुलसी कथा रघुनाथ की।
गति कूर कविता सरित की ज्यों सरित पावन पाथ की॥
प्रभु सुजस संगति भनिति भलि होइहि सुजन मन भावनी।
भव अंग भूति मसान की सुमिरत सुहावनि पावनी॥

तुलसीदासजी कहते हैं कि श्रीराम की कथा कल्याण करने वाली और कलियुग के पापों को हरने वाली है। मेरी कवितारूपी नदी की चाल टेढ़ी है, किंतु टेढ़ी चाल के होने पर भी इसकी पवित्रता समाप्त नहीं होती जैसे सबको पवित्र करने वाली गंगाजी के विषय में कह सकते हैं। श्रीराम के सुयश के संग से मेरी कविता सुंदर तथा सज्जनों के मन को भानेवाली हो जाएगी। श्मशान की अपवित्र राख भगवान् शिवजी के संग से सुहावनी लगती है और उसमें पवित्रता भी आ जाती है।

प्रिय लागिहि अति सबहि मम भनिति राम जस संग।
दारु विचारु कि करइ कोउ बंदिअ मलय प्रसंग॥

श्रीराम के यश के संग से मेरी कविता सभी को अत्यंत प्रिय लगेगी। जैसे मलय

पर्वत के संग से काठ भी चन्दन बनकर वंदनीय हो जाता है, फिर क्या कोई काठ की पुरानी तुच्छता का विचार करता है?

स्याम सुरभि पय विसद अति गुनद करहिं सब पान।
गिरा ग्राम्य सिय राम जस गावहिं सुनहिं सुजान॥

श्यामा गाय काली होने पर भी उसका दूध उज्ज्वल और बहुत गुणकारी होता है—यही समझकर सब लोग उसे पीते हैं। इसी तरह गँवारू भाषा में होने पर भी श्रीसीताराम के यश को बुद्धिमान लोग बड़े चाव से गाते और सुनते हैं।

मनि मानिक मुकुता छबि जैसी। अहि गिरि गज सिर सोह न तैसी॥
नृप किरीट तरुनी तनु पाई। लहहिं सकल सोभा अधिकाई॥
तैसेहि सुकवि कवित बुध कहहीं। उपजहिं अनत अनत छबि लहहीं॥

बुद्धिमान लोग कहते हैं कि सुकवि की कविता उत्पन्न और कहीं होती है और शोभा और कहीं पाती है (जहाँ उसका विचार, प्रचार और उसमें कथित आदर्श का ग्रहण और अनुसरण होता है)। जैसे मणि, माणिक और मोती की शोभा अपने उत्पत्ति-स्थान (साँप, पर्वत आदि) पर इतनी नहीं है जितनी कि उनका उचित उपयोग करने पर—मुकुट और गहनों में—होती है।

भगति हेतु बिधि भवन बिहाई। सुमिरत सारद आवति धाई॥
राम चरित सर बिनु अन्हवाएँ। सो श्रम जाइ न कोटि उपाएँ॥

कवि के स्मरण करते ही उसकी भक्ति तथा श्रद्धा के कारण सरस्वतीजी ब्रह्मलोक को छोड़कर कवि के पास दौड़कर आती हैं। दौड़ने से उत्पन्न हुई थकावट को दूर करने का केवल एक उपाय कवि के पास है कि वह सरस्वतीजी को रामचरितरूपी सरोवर में स्नान कराये (जैसाकि अगली चौपाई में वर्णित है)।

कबि कोबिद अस हृदयँ बिचारी। गावहिं हरि जस कलिमल हारी॥
कीन्हें प्राकृत जन गुन गाना। सिर धुनि गिरा लगत पछिताना॥

सरस्वतीजी की थकावट को दूर करने के एकमात्र उपाय को ध्यान में रखकर कवि और पंडित भगवान् के यश का ही गान करते हैं, न कि संसारी व्यक्तियों का गुणगान। कवि के ऐसा करने से सरस्वतीजी हर्षित होती हैं और लोगों को कलियुग के कलुष को धोने का उचित साधन प्राप्त हो जाता है।

हृदय सिंधु मति सीप समाना। स्वाति सारदा कहहिं सुजाना॥
जौं बरसइ बर बारि बिचारू। होहि कबित मुकुतामनि चारू॥

इस चौपाई में तुलसीदासजी स्वाति नक्षत्र से संबंधित कवियों की कल्पना का

प्रयोग करते हैं। जैसे स्वाति नक्षत्र द्वारा बरसाये हुए जल से सीप का मोती बन जाता है, उसी प्रकार सरस्वतीजी द्वारा दिए गए श्रेष्ठ विचार से कवि की बुद्धि में उत्पन्न हुए भाव सुंदर कविता का रूप ले लेते हैं।

जुगुति वेधि पुनि पोहिआहिं रामचरित वर ताग।
पहिरहिं सज्जन विमल उर सोभा अति अनुराग॥

जैसे धागे में मोती पिरोकर धारण करने से शोभा होती है, उसी प्रकार कविता को रामचरित्र का सुंदर रूप देकर निर्मल हृदय में धारण करने से भगवान् से प्रेम हो जाता है।

जे जनमे कलिकाल कराला। करतब वायस वेष मराला॥
चलत कुपंथ वेद मग छाँड़े। कपट कलेवर कलिमल भाँड़े॥
वंचक भगत कहाइ राम के। किंकर कंचन कोह काम के॥
तिन्ह महँ प्रथम रेख जग मोरी। धींग धरमध्वज धंधक धोरी॥

तुलसीदासजी कहते हैं कि मेरे अवगुणों पर ध्यान मत दो क्योंकि मेरी गिनती पापियों में सबसे पहले है—जैसे हंस का वेष बनाकर कौए के समान आचरण करने वालों में, वेदमार्ग को छोड़कर कलियुग के कलुषित मार्ग पर चलने वालों में, भक्ति का ढोंग रचकर ठगने वालों में, काम-क्रोध-लोभ के गुलामों में और धर्म की झूठी ध्वजा फहराने वाले दंभियों में।

जौं अपने अवगुन सब कहऊँ। बाढ़इ कथा पार नहिं लहऊँ॥
ताते मैं अति अलप बखाने। थोरे महुँ जानिहहिं सयाने॥

यदि मैं अपने सब अवगुणों की कथा कहूँ तो उसे पूरा नहीं कर पाऊँगा। इसलिए मैंने संक्षेप में वर्णन किया है। बुद्धिमान लोग थोड़े में ही पूरी बात समझ लेंगे।

समुझि विविध विधि विनती मोरी। कोउ न कथा सुनि देइहि खोरी॥
एतेहु पर करिहहिं जे असंका। मोहि ते अधिक ते जड़ मति रंका॥

अनेकों प्रकार से मैंने जो विनती की है, उसे समझकर कोई भी इस कथा को सुनकर मुझे दोष नहीं देगा। इतने पर भी जो शंका करेंगे, वे तो मुझसे भी अधिक मूर्ख और बुद्धि के कंगाल हैं।

कवि न होउँ नहिं चतुर कहावहुँ। मति अनुरूप राम गुन गावउँ॥
कहँ रघुपति के चरित अपारा। कहँ मति मोरि निरत संसारा॥

मैं न तो कवि हूँ, न चतुर कहलाता हूँ, फिर भी अपनी बुद्धि के अनुसार श्रीराम के गुण गाता हूँ। कहाँ तो श्रीराम के अपार चरित्र और कहाँ संसार में आसक्त मेरी बुद्धि।

जेहिं मारुत गिरि मेरु उड़ाहीं। कहहु तूल केहि लेखे माहीं॥
समुझत अमित राम प्रभुताई। करत कथा मन अति कदराई॥

जिस हवा से सुमेरु-जैसे पहाड़ उड़ जाते हैं, उसके सामने रूई किस गिनती में है? श्रीराम की असीम प्रभुता को समझकर कथा रचने में मेरा मन बहुत हिचकता है।

सारद सेस महेस विधि आगम निगम पुरान।
नेति नेति कहि जासु गुन करहिं निरंतर गान॥

श्रीराम की प्रभुता इतनी असीम है कि सरस्वतीजी, शेषजी, शिवजी, ब्रह्मा, शास्त्र, वेद और पुराण—इन सबने प्रभु का गुणगान करके पार नहीं पाया और अंत में कहा 'नेति' अर्थात् किसी भी वर्णन से प्रभु के गुणगान की समाप्ति नहीं हो सकती।

सब जानत प्रभु प्रभुता सोई। तदपि कहें बिनु रहा न कोई॥
तहाँ वेद अस कारन राखा। भजन प्रभाउ भाँति बहु भाषा॥

यद्यपि सब जानते हैं कि प्रभु की प्रभुता असीम है, फिर भी सबने प्रभु का गुणगान अपनी पहुँच के अनुसार किया है। वेदों ने सब प्रकार के प्रयत्नों का समर्थन किया है।

एक अनीह अरूप अनामा। अज सच्चिदानंद पर धामा।
व्यापक विस्वरूप भगवाना। तेहिं धरि देह चरित कृत नाना॥

जो अव्यक्त परमेश्वर है, जिसका कोई नाम-रूप नहीं है, जो अजन्मा, सच्चिदानन्द और परम धाम है और जो सबमें व्यापक और विश्वरूप है—उसी भगवान् ने दिव्य शरीर धारण करके नाना प्रकार की लीलाएँ की हैं।

सो केवल भगतन हित लागी। परम कृपाल प्रनत अनुरागी॥
जेहि जन पर ममता अति छोहू। जेहिं करुना करि कीन्ह न कोहू॥

भगवान् की लीला भक्तों के हित के लिए है क्योंकि प्रभु परम कृपालु हैं और शरणागत के प्रेमी हैं। भगवान् भक्तों से ममता करते हैं, वे उन पर कृपा करते हैं—क्रोध नहीं।

गई बहोर गरीब नेवाजू। सरल सबल साहिब रघुराजू॥
बुध बरनहिं हरिजस अस जानी। करहिं पुनीत सुफल निज बानी॥

श्रीराम खोई हुई वस्तु को फिर प्राप्त करा देते हैं, वे गरीब निवाज अर्थात् दीनबंधु हैं, वे सरल स्वभाव, सर्वशक्तिमान तथा सबके स्वामी हैं। यही समझकर बुद्धिमान

लोग भगवान् के यश का वर्णन करते हैं। इससे उनकी वाणी पवित्र और उत्तम फल देने वाली बनती है।

तेहिं बल मैं रघुपति गुन गाथा। कहिहउँ नाइ राम पद माथा॥
मुनिन्ह प्रथम हरि कीरति गाई। तेहिं मग चलत सुगम मोहि भाई॥

बुद्धिमान लोगों के दृष्टांत से उत्साहित होकर मैं भी श्रीराम के चरणों में सिर नवाकर प्रभु के गुणों की कथा कहूँगा। हे भाई! वाल्मीकि, व्यास आदि मुनियों ने पूर्वकाल में प्रभु की कीर्ति गायी है, उसी मार्ग पर चलना मेरे लिए सुगम होगा।

अति अपार जे सरित वर जौं नृप सेतु कराहिं।
चढ़ि पिपीलिकउ परम लघु बिनु श्रम पारहि जाहिं॥

जो बड़ी-बड़ी नदियाँ हैं, उनको भी छोटी चींटियाँ बिना परिश्रम के पार कर लेती हैं, यदि राजा उन नदियों पर पुल बँधा देता है—इसी प्रकार मुनियों द्वारा कृत वर्णन के सहारे मैं भी श्रीरामचरित्र का वर्णन सहज ही कर सकूँगा।

एहि प्रकार बल मनहि देखाई। करिहउँ रघुपति कथा सुहाई॥
व्यास आदि कवि पुंगव नाना। जिन्ह सादर हरि सुजस बखाना॥
चरन कमल वंदउँ तिन्ह केरे। पुरवहुँ सकल मनोरथ मेरे॥

इस प्रकार मन को बल दिखलाकर मैं श्रीराम की सुहावनी कथा की रचना करूँगा। व्यास आदि जो अनेकों श्रेष्ठ कवि हो गए हैं, जिन्होंने बड़े आदर से प्रभु के सुयश का वर्णन किया है, मैं उन सबके चरण-कमलों में प्रणाम करता हूँ और उनसे प्रार्थना करता हूँ कि वे मेरे सब मनोरथों को पूरा करें।

कलि के कविन्ह करउँ परनामा। जिन्ह बरने रघुपति गुन ग्रामा॥
जे प्राकृत कवि परम सयाने। भाषाँ जिन्ह हरि चरित बखाने॥
भए जे अहहिं जे होइहहिं आगें। प्रनवउँ सबहि कपट सब त्यागें॥

कलियुग के भी उन कवियों को मैं प्रणाम करता हूँ जिन्होंने श्रीराम के गुणसमूहों का वर्णन किया है। जो बड़े बुद्धिमान प्राकृत-भाषा के कवि हैं, जिन्होंने बोलचाल की भाषा में प्रभु-चरित्र का वर्णन किया है—जो ऐसे कवि पहले हो चुके हैं, जो इस समय वर्तमान हैं और जो आगे होंगे—उन सभी को मैं सारा कपट त्यागकर प्रणाम करता हूँ।

होहु प्रसन्न देहु वरदानू। साधु समाज भनिति सनमानू॥
जो प्रबंध बुध नहिं आदरहीं। सो श्रम बादि वाल कवि करहीं॥

आप सब प्रसन्न होकर यह वरदान दीजिए कि सज्जन लोगों के द्वारा मेरी कविता

का सम्मान हो; क्योंकि जो कविता बुद्धिमान् लोगों के द्वारा सम्मानित नहीं होती, उसकी रचना करने वाले मूर्ख कवि व्यर्थ ही परिश्रम करते हैं।

कीरति भनिति भूति भलि सोई। सुरसरि सम सब कहँ हित होई॥

इन शब्दों में तुलसीदासजी ने कविता, कीर्ति और सम्पत्ति की उत्तमता की पहचान करने के लिए बहुत उपयोगी मापदण्ड प्रस्तुत किया है। वे कहते हैं कि कीर्ति, कविता और सम्पत्ति वही उत्तम है जो गंगाजी की तरह सबका हित करने वाली हो। 'सब कहँ हित' की आरम्भिक घोषणा करने वाले ये शब्द बहुत महत्त्वपूर्ण हैं। जगमंगल की आरम्भिक घोषणा का उल्लेख ऊपर हो चुका है।

राम सुकीरति भनिति भदेसा। असमंजस अस मोहि अँदेसा॥
तुम्हरी कृपा सुलभ सोउ मोरे। सिअनि सुहावनि टाट पटोरे॥

तुलसीदासजी कहते हैं कि ऊपर लिखे हुए मापदण्ड के अनुसार श्रीराम की कीर्ति की उत्तमता तो निश्चित है क्योंकि वह सबका कल्याण करने वाली है। किंतु श्रीराम की सुंदर कीर्ति को प्रकट करने वाली मेरी कविता असुंदर है। यह असामंजस्य है अर्थात् इन दोनों का मेल नहीं मिलता, इसकी मुझे चिंता है। हे कवियो! आपकी कृपा से यह बात भी मेरे लिए सुलभ हो सकती है। जैसे रेशम की सिलाई टाट पर भी सुहावनी लगती है, इसी प्रकार श्रीराम की कीर्ति असुंदर कविता को भी सुंदर बना देगी।

सरल कवित कीरति विमल सोइ आदरहिं सुजान।
सहज वयर विसराइ रिपु जो सुनि करहिं बखान॥

बुद्धिमान् व्यक्ति उसी कविता का आदर करते हैं जो सरल भाषा में लिखी हो, जिसमें श्रीराम की निर्मल कीर्ति का वर्णन हो, और जिसे सुनकर शत्रु भी स्वाभाविक वैर को भुलाकर मधुर वचन कहें।

इस विचार से कि पुस्तक का आकार अधिक बड़ा न हो जाए, प्रथम परिशिष्ट को यहीं समाप्त किया जा रहा है।

परिशिष्ट २

जगमंगल से विपरीत सामाजिक स्थिति का उत्तरकाण्ड में वर्णन—वैर-विरोध से कलुषित कलियुग

तुलसीदासजी ने मानस के पाठकों को न केवल जगमंगल के मार्ग पर अग्रसर होने के लिए प्रेरित किया, बल्कि साथ ही यह चेतावनी भी दी कि जगमंगल से विपरीत चलने पर समाज की कितनी दुर्दशा हो सकती है। ऐसी चेतावनी मानस के दो प्रसंगों के संदर्भ में विद्यमान है। प्रथम प्रसंग बालकाण्ड में है जहाँ राक्षसों द्वारा कृत हिंसा तथा अनीति का वर्णन है। दूसरा प्रसंग उत्तरकाण्ड में, कलियुग में व्याप्त वैर-विरोध के वर्णन का है। दोनों प्रसंगों में से कलियुग-सम्बन्धी वर्णन अधिक विस्तृत है, इसलिए इस परिशिष्ट में यह प्रस्तुत है। काकभुशुंडि गरुड़ को संबोधित करते हुए कलियुग की दुर्दशा का चित्रण करते हैं। पुस्तक के दसवें अध्याय में इस परिशिष्ट का उल्लेख है।

कलिमल ग्रसे धर्म सब लुप्त भए सदग्रंथ।
दंभिन्ह निज मति कल्पि करि प्रगट किए बहु पंथ॥

कलियुग के पापों ने सब धर्मों को ग्रस लिया। फलस्वरूप सद्ग्रन्थ लुप्त हो गए। दम्भियों ने अपनी मनमानी कल्पना करके बहुत से अनुचित पंथों को बढ़ावा दिया।

भए लोग सब मोहबस लोभ ग्रसे सुभ कर्म।
सुनु हरिजान ग्याननिधि कहउँ कछुक कलिधर्म॥

काकभुशुंडि गरुड़ से कहते हैं कि कलियुग में सभी लोग मोह के वश हो गए तथा शुभ कार्यों को लोभ ने हड़प लिया।

बरन धर्म नहिं आश्रम चारी। श्रुति विरोध रत सब नर नारी॥
द्विज श्रुति वेचक भूप प्रजासन। कोउ नहिं मान निगम अनुसासन॥

कलियुग में वर्णाश्रमधर्म समाप्त हो गया। सब स्त्री-पुरुष वेदों के विरोध में लगे

रहते हैं। ब्राह्मण वेदों को बेचने वाले और राजा प्रजा को खा डालने वाले होते हैं। वेदों में वर्णित संयम और अनुशासन की बात कोई नहीं मानता।

मारग सोइ जा कहुँ जोइ भावा। पंडित सोइ जो गाल बजावा॥
मिथ्यारंभ दंभ रत जोई। ता कहुँ संत कहइ सब कोई॥

कलियुग में सब अपनी इच्छानुसार मनमाना मार्ग चुनते हैं। जो डींग मारता है, वही पंडित है। जो आडम्बर रचता है और दम्भ में रत है, उसी को सब संत कहते हैं।

सोइ सयान जो परधन हारी। जो कर दंभ सो बड़ आचारी॥
जो कह झूँठ मसखरी जाना। कलिजुग सोइ गुनवंत बखाना॥

जो जिस किसी प्रकार से दूसरे का धन हरण कर ले, वही बुद्धिमान् है। जो दम्भ करता है, वही उच्च आचार वाला समझा जाता है। जो झूठ बोलता है और असभ्य ढंग से हंसी-दिल्लगी करना जानता है, वही गुणवान् कहलाता है।

निराचार जो श्रुति पथ त्यागी। कलिजुग सोइ ग्यानी सो बिरागी॥
जाकें नख अरु जटा बिसाला। सोइ तापस प्रसिद्ध कलिकाला॥

जो दुराचारी है और वेदमार्ग को छोड़ चुका है, वही ज्ञानी और वैराग्यवान् है। जिसके बड़े-बड़े नाखून और लम्बी-लम्बी जटाएँ हैं, कलियुग में वही प्रसिद्ध तपस्वी कहलाता है।

असुभ बेष भूषन धरें भच्छाभच्छ जे खाहिं।
तेइ जोगी तेइ सिद्ध नर पूज्य ते कलिजुग माहिं॥

जो अमंगल वेष और अमंगल भूषण धारण करते हैं और भक्ष्य-अभक्ष्य अर्थात् खाने योग्य और न खाने योग्य—सब कुछ खा लेते हैं, वे ही कलियुग के योगी हैं, वे ही सिद्ध हैं और उन्हीं की पूजा होती है।

जे अपकारी चार तिन्ह कर गौरव मान्य तेइ।
मन क्रम बचन लबार तेइ बकता कलिकाल महुँ॥

जिनका आचरण दूसरों का अपकार अर्थात् अहित करने वाला है, कलियुग में उन्हीं का गौरव होता है और उन्हीं को लोग सम्मान के योग्य समझते हैं। जो मन, वचन और क्रम से लबार अर्थात झूठ बकने वाले हैं, वे ही उच्च कोटि के वक्ता माने जाते हैं।

नारि बिबस नर सकल गोसाईं। नाचहिं नट मर्कट की नाईं॥
सब नर काम लोभ रत क्रोधी। देव बिप्र श्रुति संत बिरोधी॥

पुरुषों का व्यवहार वेदों और संतों की शिक्षाओं के विपरीत है। वे काम-क्रोध-लोभ के शिकार हैं, इसलिए उन्होंने अपनी निर्णय-शक्ति खो दी है, वे अपनी पत्नियों के वश में हैं और बाजीगर के बंदर की तरह उनके नचाये नाचते हैं।

गुन मंदिर सुंदर पति त्यागी। भजहिं नारि पर पुरुष अभागी।
सौभागिनी विभूषन हीना। विधवन्ह के सिंगार नवीना॥

कलियुग में स्त्रियों की दशा भी दयनीय है। उनमें से अनेकों पर-पुरुष का सेवन करती हैं, चाहे उनके पति गुणवान् और सुंदर भी हों। सुहागिनी स्त्रियों के पास आभूषण नहीं हैं पर विधवाओं को शृंगार की कोई कमी नहीं।

गुर सिष बधिर अंध का लेखा। एक न सुनइ एक नहिं देखा॥
हरइ सिष्य धन सोक न हरई। सो गुर घोर नरक महुँ परई॥

कलियुग में स्वधर्म-पालन देखने को नहीं मिलता—न गुरु के द्वारा और न शिष्य के द्वारा। इसलिए कहावत के रूप में ऐसा कह सकते हैं कि शिष्य बहरे-जैसा है और गुरु अंधे-जैसा। शिष्य गुरु के उपदेश को सुनता नहीं, और गुरु को ज्ञानदृष्टि प्राप्त नहीं हुई है। तुलसीदासजी की सम्मति में इस दयनीय स्थिति के लिए मुख्यत: गुरु ही दोषी है—वह शिष्य का धन हड़प लेता है पर उसका शोक दूर नहीं करता।

मातु पिता बालकन्हि बोलावहिं। उदर भरै सोइ धर्म सिखावहिं॥

कलियुग में पेट भरने की समस्या पर ही अधिक ध्यान दिया जाता है—माता-पिता भी अपने बच्चों को वही धर्म सिखलाते हैं जिससे वे अपना पेट भर सकें।

ब्रह्म ग्यान बिनु नारि नर कहहिं न दूसरि बात।
कौड़ी लागि लोभ बस कहहिं विप्र गुर घात॥

कलियुग में करनी और कथनी में कोई मेल नहीं है। स्त्री-पुरुष ब्रह्मज्ञान के सिवा दूसरी बात नहीं करते, परन्तु वे लोभवश बहुत थोड़े-से झूठे लाभ के लिए भीषण-से-भीषण हत्या भी कर सकते हैं।

पर त्रिय लंपट कपट सयाने। मोह द्रोह ममता लपटाने।।
तेइ अभेदवादी ग्यानी नर। देखा मैं चरित्र कलिजुग कर॥

कलियुग के लोग बातें करते हैं वेदान्त की—जैसे ब्रह्म और जीव में कोई भेद नहीं है—किंतु उनका आचरण तामसिक है—जैसे परायी स्त्री में आसक्ति, कपट करने में चतुराई, तथा मोह, द्रोह और ममता के गर्त में डूबना।

आपु गए अरु तिन्हहू घालहिं। जे कहुँ सत मारग प्रतिपालहिं॥

कल्प कल्प भरि एक एक नरका। परहिं जे दूषहिं श्रुति करि तरका॥

कलियुग में लोग विनाशकारी तर्क का दुरुपयोग करके साधारण जनता को बहकाते हैं जिससे व्यावहारिक नीति और मर्यादा समाप्त हो जाए। ऐसा करने वाले स्वयं तो नष्ट होते ही हैं, पर वे अपने साथ उनको भी घसीटना चाहते हैं जो सन्मार्ग पर चलने का प्रयत्न करते हैं।

नारि मुई गृह संपति नासी। मूड़ मुड़ाइ होहिं संन्यासी॥
सब नर कल्पित करहिं अचारा। जाइ न बरनि अनीति अपारा॥

कलियुग में संन्यासी ऐसे नहीं हैं जैसे पहले होते थे जिनमें ज्ञान, वैराग्य और सेवाभाव था। कलियुग के संन्यासी तो अवसरवादी हैं जो पत्नी के मरने पर अथवा संपत्तिहीन होने पर, सिर मुंड़ाकर संन्यासी होने का ढोंग रचते हैं। तुलसीदासजी कहते हैं कि न केवल संन्यासी, बल्कि कलियुग से प्रभावित सभी व्यक्ति मनमाना आचरण करके सामाजिक वातावरण को अनीतिपूर्ण बना देते हैं।

भए वरन संकर कलि भिन्नसेतु सब लोग।
करहिं पाप पावहिं दुख भय रुज सोक वियोग॥

कलियुग में सब लोग वर्णसंकर और मर्यादा से च्युत हो जाते हैं। वे पाप करते हैं और उनके फलस्वरूप उनको अनेकों कष्ट झेलने पड़ते हैं जैसे दुःख, भय, रोग, शोक और प्रिय वस्तु तथा व्यक्ति का वियोग।

श्रुति संमत हरि भक्ति पथ संजुत विरति विवेक।
तेहिं न चलहिं नर मोह बस कल्पहिं पंथ अनेक॥

तुलसीदासजी कहते हैं कि हरिभक्ति का मार्ग वेदसम्मत तथा वैराग्य और ज्ञान से युक्त है, किंतु कलियुग के लोग मोहवश उस मार्ग पर नहीं चलते और अनेकों कल्पित पंथों का सहारा तकते हैं।

बहु दाम सँवारहिं धाम जती। विषया हरि लीन्हि न रही बिरती॥
तपसी धनवंत दरिद्र गृही। कलि कौतुक तात न जात कही॥

तुलसीदासजी कहते हैं कि कलियुग में सब कुछ उल्टा दिखलाई देता है। गृहस्थ दरिद्र हो जाते हैं और तपस्वी धनवान्। संन्यासी बहुत धन लगाकर अपना रहने का स्थान सजाते हैं—उनके कार्यों से यह स्पष्ट है कि उनमें वैराग्य-भावना के स्थान पर विषयासक्ति का जोर है।

कुलवंति निकारहिं नारि सती। गृह आनहिं चेरि निवेरि गती॥

पत्नी कुलवती और सत्त्वगुण-सम्पन्न हो, तब भी कलियुग के पुरुष उसको घर

से निकाल देते हैं और उसके बदले में दासी को रखैल के रूप में रखते हैं। इस प्रकार समाज की अच्छी परम्परा समाप्त हो जाती है।

सुत मानहिं मातु पिता तब लौं। अबलानन दीख नहीं जब लौं॥
ससुरारि पिआरि लगी जब तें। रिपुरूप कुटुंब भए तब तें॥

कलियुग के पुत्र अपने माता-पिता को तभी तक मानते हैं जब तक उनका विवाह नहीं होता। विवाह के पश्चात् पुत्र का सारा स्नेह ससुराल से हो जाता है—फलस्वरूप पुत्र अपने माँ-बाप तथा घर के अन्य सदस्यों के प्रति शत्रु-जैसा व्यवहार करता है।

नृप पाप परायन धर्म नहीं। करि दंड विडंब प्रजा नितहीं॥
धनवंत कुलीन मलीन अपी। द्विज चिन्ह जनेउ उघार तपी॥

कलियुग का कुप्रभाव सभी को घेर लेता है। रक्षक भक्षक बन जाता है—जैसे राजा का वास्तविक धर्म है प्रजा का हित किंतु कलियुग का राजा बिना अपराध के दण्ड देकर प्रजा की दुर्दशा करता है। कलियुग में धर्म का स्थान पाप ले लेता है—और कुलीन कहलाने के लिए केवल धन चाहिए। आंतरिक ज्ञान तथा भाव की महत्ता ऊपरी दिखावे की अपेक्षा कम हो जाती है—जैसे जनेऊ पहनना द्विज की पहचान और नंगे बदन रहना तपस्वी की पहचान।

नहिं मान पुरान न वेदहि जो। हरि सेवक संत सही कलि सो॥
कवि वृंद उदार दुनी न सुनी। गुन दूषक व्रात न कोपि गुनी॥

कलियुग ने तो संतों की परिभाषा ही बदल दी है—जो वेदों और पुराणों को नहीं मानते, वे ही कलियुग के संत और हरिभक्त हैं। ऐसा लगता है कि कलियुग में सच्चा गुणी ढूँढ़ना कठिन है, और यदि किसी में कोई गुण है तो उस पर दोष लगाने वाले बहुत हैं। कला को प्रोत्साहन देने वाले भी कलियुग में नहीं मिलते, इसलिए अनेकों कवि आश्रयहीन हो गए हैं।

कलि बारहिं बार दुकाल परै। बिनु अन्न दुखी सब लोग मरै॥

कलियुग की दयनीय स्थिति का दुःखभरा रूप तब सामने आता है जब बार-बार अकाल पड़ते हैं और अनाज की कमी के कारण लोग दुखी होकर मरते हैं।

सुनु खगेस कलि कपट हठ दंभ द्वेष पाषंड।
मान मोह मारादि मद व्यापि रहे ब्रह्मंड॥

काकभुशुंडि गरुड़ को बतलाते हैं कि कलियुग में तामसिक वृत्तियाँ छा जाती हैं जैसे कपट, दुराग्रह, दम्भ, द्वेष, पाखण्ड, मान, मोह, काम, क्रोध, लोभ, मद आदि।

तामस धर्म करहिं नर जप तप व्रत मख दान।
देव न बरषहिं धरनीं बए न जामहिं धान॥

कलियुग के व्यक्ति जो भी जप, तप, यज्ञ, व्रत और दान करते हैं, उनकी भी महत्ता कम हो जाती है क्योंकि उनके सारे कार्य तामसिक भावना से होते हैं। देवताओं और प्रकृति का रुख भी कलियुग के लोगों के लिए सहायताप्रद नहीं रहता—जैसे इन्द्र उचित मात्रा में जल नहीं बरसाते और धरती में बोया हुआ अन्न ठीक प्रकार से उगता नहीं।

अबला कच भूषन भूरि छुधा। धनहीन दुखी ममता बहुधा॥
सुख चाहहिं मूढ़ न धर्म रता। मति थोरि कठोरि न कोमलता॥

कलियुग में स्त्रियों की स्थिति विशेषतया दयनीय हो जाती है। लोग उन्हें अबला अर्थात् निर्बल समझते हैं। बालों के अतिरिक्त और किसी आभूषण का पाना उनके लिए कठिन है। उनको पेटभर भोजन भी नहीं मिलता। धन के अभाव में जो दु:ख उन्हें सहना पड़ता है, ममता के कारण वे उसमें और वृद्धि कर लेती हैं। वे अशिक्षित हैं और समझती हैं कि शायद धर्म का मार्ग छोड़ने से उन्हें सुख मिल जाए। विपत्तियों में उलझ जाने के कारण वे अपनी कोमलता भी खो देती हैं।

नर पीड़ित रोग न भोग कहीं। अभिमान विरोध अकारनहीं॥
लघु जीवन संवतु पंच दसा। कलपांत न नास गुमानु असा॥

तुलसीदासजी कहते हैं कि कलियुग के लोग आपस में मिल-जुलकर अपनी समस्याएं नहीं सुलझा सकते क्योंकि उनमें अभिमान और परस्पर विरोध की भावना है—और ऐसी भावना इतनी तीव्र है कि वे विरोध का कारण भी नहीं बतला सकते। उनके अभिमान का एक रूप यह है कि वे अपने-आपको अमर समझते हैं और घमंड के कारण जीवन के गिने-चुने वर्षों का सदुपयोग नहीं करते।

कलिकाल बिहाल किए मनुजा। नहि मानत क्वौ अनुजा तनुजा॥
नहिं तोष बिचार न सीतलता। सब जाति कुजाति भए मगता॥

कलियुग के कुप्रभाव के कारण सबके विचार कलुषित हो जाते हैं—कोई बहिन-बेटी का भी विचार नहीं करता। संतोष, विवेक, शीतलता आदि धर्म के लक्षण लुप्त हो जाते हैं। अधिकाधिक लोग पुरुषार्थ छोड़कर भीख माँगना शुरू कर देते हैं।

इरिषा परुषाच्छर लोलुपता। भरि पूरि रही समता बिगता॥
सब लोग बियोग बिसोक हए। बरनाश्रम धर्म अचार गए॥

कलियुग में सामाजिक समता की भावना लुप्त हो जाती है—और उनके स्थान पर ईर्ष्या, ऊँच-नीच की दृष्टि, कटु वाणी, और लालच से प्रेरित स्वार्थ-भावना जोर पकड़ लेती है। परस्परिक सहयोग समाप्त हो जाने के कारण लोगों को ऐसा लगता है जैसे वे अकेले पड़ गए हों—और दु:ख के समय भी कोई उनका साथ नहीं देता।

दम दान दया नहिं जानपनी। जड़ता परवंचनताति घनी॥
तनु पोषक नारि नरा सगरे। परनिंदक जे जग मो बगरे॥

कलियुग में सात्त्विक गुण लुप्त हो जाते हैं जैसे इंद्रिय-दमन, दान, दया, विवेकशीलता, आदि। तुलसीदासजी द्वारा दम-दान-दया का एक साथ उल्लेख *बृहदारण्यक उपनिषद* की याद दिलाता है (देखिए 'पाठकों की सेवा में' जहाँ यह कथा वर्णित है)। सात्त्विक गुणों का स्थान कलियुग में तामसिक अवगुण ले लेते हैं जिनमें से चार का उल्लेख यहाँ किया गया है—मूर्खता, दूसरों को ठगना, स्वार्थ भावना और परायी निंदा करना।

सुनु व्यालारि काल कलि मल अवगुन आगार।
गुनउ बहुत कलिजुग कर बिनु प्रयास निस्तार॥

काकभुशुंडि गरुड़ को संबोधित करते हुए चारों युगों का तुलनात्मक विवेचन प्रस्तुत करते हैं। इस दोहे को इस विवेचन की भूमिका समझ सकते हैं। काकभुशुंडि कहते हैं कि यद्यपि कलियुग पापों और अवगुणों का घर है, फिर भी अन्य युगों की अपेक्षा कलियुग में भव-बंधन से छूटने का सरल उपाय है।

कृतजुग त्रेताँ द्वापर पूजा मख अरु जोग।
जो गति होइ सो कलि हरि नाम ते पावहिं लोग॥

काकभुशुंडि कहते हैं कि सत्य युग, त्रेता और द्वापर में जो गति पूजा, यज्ञ और योग से प्राप्त होती है, वही गति कलियुग में भगवान् के नाम से मिल सकती है। इसी भाव को विस्तार से अगली दस पंक्तियों में व्यक्त किया गया है।

कृतजुग सब जोगी बिग्यानी। करि हरि ध्यान तरहिं भव प्रानी॥
त्रेताँ बिबिध जग्य नर करहीं। प्रभुहि समर्पि कर्म भव तरहीं॥
द्वापर करि रघुपति पद पूजा। नर भव तरहिं उपाय न दूजा॥
कलिजुग केवल हरि गुन गाहा। गावत नर पावहिं भव थाहा॥

सत्ययुग में सब योगी और विज्ञानी होते हैं—उनके लिए भवसागर से तरने का साधन है 'हरि का ध्यान'। त्रेता में लोग अनेक प्रकार के यज्ञ करते हैं और उनके लिए भवसागर से तरने का साधन है—सब कर्मों को प्रभु के समर्पण करना। द्वापर

के लोगों के लिए भवसागर से तरने का उपाय है—प्रभु के चरणों की पूजा। कलियुग के प्राणी केवल प्रभु की गुणगाथाओं का गान करने से ही भवसागर की थाह पा जाते हैं।

कलिजुग जोग न जग्य न ग्याना। एक अधार राम गुन गाना।
सब भरोस तजि जो भज रामहि। प्रेम समेत गाव गुन ग्रामहि॥
सोइ भव तर कछु संसय नाहीं। नाम प्रताप प्रगट कलि माहीं॥
कलि कर एक पुनीत प्रतापा। मानस पुन्य होहिं नहिं पापा॥

कलियुग में योग, यज्ञ, और ज्ञान का सहारा न लेकर श्रीराम के गुणगान का सहारा लीजिए। सारे भरोसे त्यागकर जो श्रीराम को भजता है और प्रेम-सहित उनके गुण-समूहों को गाता है, वही भवसागर से तर जाता है। नाम का प्रताप कलियुग में प्रत्यक्ष है। काकभुशुंडि कहते हैं—कलियुग का एक पवित्र प्रताप है कि मानसिक पुण्य तो होते हैं पर मानसिक पाप नहीं होते।

कलिजुग सम जुग आन नहिं जौं नर कर बिस्वास।
गाइ राम गुन गन बिमल भव तर बिनहिं प्रयास॥

भवसागर से तरने के विषय में चारों युगों की तुलना इस दोहे में समाप्त होती है। काकभुशुंडि कहते हैं—यदि मनुष्य विश्वास करे तो कलियुग के समान दूसरा युग नहीं है क्योंकि इस युग में श्रीराम के निर्मल गुण-समूहों को गा-गाकर मनुष्य सरलता से भवसागर को पार कर सकता है।

प्रगट चारि पद धर्म के कलि महुँ एक प्रधान।
जेन केन बिधि दीन्हें दान करइ कल्यान॥

धर्म के चार चरण हैं—सत्य, दया, तप, दान—इनमें से कलियुग में दान की विशेष महिमा है।

नित जुग धर्म होहिं सब केरे। हृदयँ राम माया के प्रेरे॥
सुद्ध सत्व समता बिग्याना। कृत प्रभाव प्रसन्न मन जाना॥
सत्व बहुत रज कछु रति कर्मा। सब बिधि सुख त्रेता कर धर्मा॥
बहु रज स्वल्प सत्व कछु तामस। द्वापर धर्म हरष भय मानस॥
तामस बहुत रजोगुन थोरा। कलि प्रभाव बिरोध चहुँ ओरा॥

तुलसीदासजी कलियुग के वर्णन का प्रसंग समाप्त करते हुए कहते हैं कि श्रीराम की माया से प्रेरित होकर सत्त्व-रज-तम के घटने-बढ़ने से प्रत्येक युग का अपना-अपना प्रभाव दिखलाई देता है। उदाहरणतः शुद्ध सत्त्वगुण के कारण सत्ययुग का प्रभाव सर्वोत्तम है जैसे समता, विज्ञान और मन का प्रसन्न होना।

त्रेतायुग में सत्त्वगुण अधिक किंतु साथ में थोड़ा रजोगुण होने के कारण जो प्रभाव दिखलाई देता है उसके दो मुख्य अंग हैं—सब प्रकार से सुख तथा कर्मों में प्रीति। द्वापरयुग में रजोगुण की प्रधानता है किंतु सत्त्वगुण और तमोगुण भी थोड़ी-थोड़ी मात्रा में हैं, इसलिए द्वापर के प्रभाव में हर्ष और भय का मिश्रण है। अंत में तुलसीदासजी कहते हैं कि तमोगुण का आधिक्य—और साथ में थोड़ा-सा रजोगुण—होने के कारण कलियुग का प्रभाव है 'चारों ओर वैर-विरोध'।

इस प्रकार वैर-विरोध से कलुषित कलियुग का वर्णन जगमंगल से विपरीत सामाजिक दुर्दशा का ही वर्णन है—इसी निष्कर्ष से इस परिशिष्ट की समाप्ति की जाती है।

परिशिष्ट ३

जगमंगल पर आधारित आदर्श समाज का उत्तरकाण्ड में वर्णन—रामराज्य के रूप में

तुलसीदासजी ने जगमंगल के भाव तथा व्यावहारिक रूप को स्पष्ट करने के लिए दो प्रकार की सामाजिक स्थिति का वर्णन किया है—एक जगमंगल से विपरीत तथा दूसरी जगमंगल पर आधारित। जगमंगल से विपरीत स्थिति का जो वर्णन उत्तरकाण्ड में है वह परिशिष्ट २ में दिया जा चुका है। वर्तमान परिशिष्ट में जगमंगल पर आधारित अर्थात् आदर्श समाज का वर्णन प्रस्तुत है। तुलसीदासजी द्वारा कृत यह वर्णन—रामराज्य के रूप में—उत्तरकाण्ड में है। इस पुस्तक के अध्याय ३ में इस परिशिष्ट का उल्लेख है।

राम राज बैठें त्रैलोका। हरषित भए गए सब सोका॥
वयरु न कर काहू सन कोई। राम प्रताप विषमता खोई॥

रामराज्य के आरम्भ होते ही तीनों लोक हर्षित हो गए क्योंकि उनके सारे शोकों का अन्त हो गया। रामराज्य में कोई किसी से बैर नहीं करता। श्रीराम के प्रताप से सामाजिक विषमता मिट गई अर्थात ऊँच-नीच का भाव नहीं रहा।

वरनाश्रम निज निज धरम निरत वेद पथ लोग।
चलहिं सदा पावहिं सुखहि नहिं भय सोक न रोग॥

सब लोग वर्णाश्रम प्रथा के अनुसार धर्म में तत्पर हुए वेदमार्ग पर चलते थे, इसलिए सब सुखी थे—उन्हें किसी प्रकार का भय, शोक या रोग नहीं था।

दैहिक दैविक भौतिक तापा। राम राज नहिं काहुहि व्यापा॥
सब नर करहिं परस्पर प्रीती। चलहिं स्वधर्म निरत श्रुति नीती॥

रामराज्य में सब कष्टों का अंत हो गया जैसे दैहिक, दैविक या भौतिक। सब

व्यक्ति एक-दूसरे से प्रेम करते थे तथा वेदों में वर्णित नीति के अनुसार स्वधर्म का पालन करते थे।

चारिउ चरन धर्म जग माहीं। पूरि रहा सपनेहुँ अघ नाहीं॥
राम भगति रत नर और नारी। सकल परम गति के अधिकारी॥

धर्म के चारों चरण—सत्य, शौच, दया, दान—सक्रिय थे और अधर्म लेशमात्र भी नहीं था। सभी व्यक्ति—चाहे पुरुष हों चाहे स्त्री—रामभक्त थे, इसलिए परमगति के अधिकारी थे।

अल्पमृत्यु नहिं कवनिउ पीरा। सब सुंदर सब विरुज सरीरा॥
नहिं दरिद्र कोउ दुखी न दीना। नहिं कोउ अबुध न लच्छनहीना॥

किसी की मृत्यु छोटी अवस्था में नहीं होती थी, न किसी को कोई पीड़ा होती थी। सभी के शरीर सुंदर तथा नीरोग थे। न कोई दरिद्र था, न दुःखी, न दीन। इसी प्रकार न कोई मूर्ख या अशुभ लक्षणों वाला था।

सब निर्दम्भ धर्मरत पुनी। नर अरु नारि चतुर सब गुनी॥
सब गुनग्य पंडित सब ग्यानी। सब कृतग्य नहिं कपट सयानी॥

सभी दंभरहित, धर्मपरायण और पुण्यात्मा थे। इसी प्रकार सभी व्यक्ति—पुरुष एवं स्त्रियाँ—चतुर और गुणवान् थे। सभी गुणों का आदर करने वाले, पंडित और ज्ञानी थे। सभी दूसरों के किए हुए उपकार को मानने वाले थे—किसी में लेशमात्र भी धूर्तता नहीं थी।

राम राज नभगेस सुनु सचराचर जग माहिं।
काल कर्म सुभाव गुन कृत दुख काहुहि नाहिं॥

काकभुशुंडि गरुड़ को बतलाते हैं कि रामराज्य में काल-कर्म-स्वभाव तथा गुणों से उत्पन्न हुए दुःख किसी को नहीं सताते।

भूमि सप्त सागर मेखला। एक भूप रघुपति कोसला॥
भुअन अनेक रोम प्रति जासू। यह प्रभुता कछु बहुत न तासू॥

उस समय सारी पृथ्वी पर श्रीराम का ही राज्य था। जिनके एक-एक रोम में अनेकों ब्रह्माण्ड हैं, उनके लिए ऐसी प्रभुता का होना कोई बड़ी बात नहीं है।

सो महिमा समुझत प्रभु केरी। यह बरनत हीनता घनेरी॥
सोउ महिमा खगेस जिन्ह जानी। फिरि एहिं चरित तिन्हहुँ रति मानी॥

प्रभु की विशाल महिमा के सामने पृथ्वी पर प्रभुता होना तो छोटी बात है। हाँ, ज्ञानीजनों को प्रभु की इस लीला में बहुत आनन्द प्राप्त होता है।

राम राज कर सुख संपदा। बरनि न सकइ फनीस सारदा।।
एकनारि व्रत रत सब झारी। ते मन बच क्रम पति हितकारी।।

रामराज्य की सुख–सम्पत्ति का वर्णन शेषजी और सरस्वतीजी भी नहीं कर सकते। सभी पुरुष एकपत्नीव्रती थे, और स्त्रियाँ भी मन, वचन और कर्म से पति का हित करने वाली थीं।

दंड जतिन्ह कर भेद जहँ नर्तक नृत्य समाज।
जीतहु मनहि सुनिअ अस रामचंद्र कें राज।।

राजनीति में दंड और भेद का प्रयोग शत्रुओं को जीतने के लिए होता है, किंतु रामराज्य में कोई शत्रु था ही नहीं, इसलिए दंड शब्द का प्रयोग केवल संन्यासियों के हाथ में रहने वाले डंडे के लिए ही होता है। इसी प्रकार भेद शब्द का प्रयोग सुर–ताल के भेद के लिए ही होता था। रामराज्य में 'मन को जीतो' ऐसा सुनने में आता था—न कि 'शत्रु को जीतो'।

फूलहिं फरहिं सदा तरु कानन। रहहिं एक संग गज पंचानन।।
खग मृग सहज बयरु बिसराई। सबन्हि परस्पर प्रीति बढ़ाई।।

वनों में वृक्ष सदा फूलते–फलते थे। हाथी और सिंह एक साथ रहते थे। पक्षी और पशु सभी स्वाभाविक बैर को भुलाकर प्रेमपूर्वक रहते थे।

कूजहिं खग मृग नाना बृंदा। अभय चरहिं बन करहिं अनंदा।।
सीतल सुरभि पवन बह मंदा। गुंजत अलि लै चलि मकरंदा।।

पक्षी मीठी बोली बोलते थे, पशु निर्भय होकर आनंद से विचरते थे। पवन शीतल, मंद और सुगंधित था। भौंरे पुष्पों का रस लेकर गुंजार करते हुए उड़ते थे।

लता बिटप मागें मधु चवहीं। मनभावतो धेनु पय स्त्रवहीं।।
ससि संपन्न सदा रह धरनी। त्रेताँ भइ कृतजुग कै करनी।।

बेलें और वृक्ष जितना माँगो उतना मधु देते थे। गौएँ मनचाहा दूध देती थीं। धरती में भरपूर खेती होती थी। यद्यपि रामराज्य त्रेतायुग में था, फिर भी सुख–संपत्ति सत्ययुग जैसी थी।

प्रगटीं गिरिन्ह बिबिधि मनि खानी। जगदातमा भूप जग जानी।।
सरिता सकल बहहिं बर बारी। सीतल अमल स्वाद सुखकारी।।

रामराज्य के प्रताप से पर्वतों में मणियों की खानें प्रकट हो गईं। नदियों का जल श्रेष्ठ, शीतल, निर्मल और सुखप्रद हो गया।

सागर निज मरजादाँ रहहीं। डारहिं रत्न तटन्हि नर लहहीं।।

सरसिज संकुल सकल तड़ागा। अति प्रसन्न दस दिसा विभागा॥

समुद्र अपनी मर्यादा में रहते थे, वे लहरों के द्वारा किनारों पर लोगों के लिए रत्न डाल देते थे। सब तालाब कमलों से परिपूर्ण थे। राज्य के सभी प्रदेशों में प्रसन्नता छायी हुई थी।

विधु महि पूर मयूखन्हि रवि तप जेतनेहि काज।
मागें वारिद देहिं जल रामचन्द्र कें राज॥

पृथ्वी को चन्द्रमा की अमृतमयी किरणों का पूरा लाभ था। सूर्य उतना ही तपते थे जितने की आवश्यकता होती थी और बादल भी जितनी चाहिए उतनी ही वर्षा करते थे।

पति अनुकूल सदा रह सीता। सोभा खानि सुसील विनीता॥
कौसल्यादि सासु गृह माहीं। सेवइ सबन्हि मान मद नाहीं॥

सीताजी शोभा की खान, सुशील और विनम्र थीं और उनमें तथा श्रीराम में पूर्ण सहयोग था। सीताजी अभिमान और मद से रहित होकर सभी सासुओं की सेवा करती थीं।

सेवहिं सानुकूल सब भाई। राम चरन रति अति अधिकाई॥
राम करहिं भ्रातन्ह पर प्रीती। नाना भाँति सिखावहिं नीती॥

सब भाई प्रीतिपूर्वक श्रीराम की सेवा करते थे। श्रीराम भाइयों को प्यार करते थे और उन्हें नीति की शिक्षा भी देते थे।

हरषित रहहिं नगर के लोगा। करहिं सकल सुर दुर्लभ भोगा॥
अहनिसि विधिहि मनावत रहहीं। श्रीरघुवीर चरन रति चहहीं॥

नगर के लोग हर्षित रहते थे क्योंकि उनकी स्थिति देवताओं से भी अच्छी थी। वे दिन-रात यही मानते थे कि राम-भक्ति उन्हें प्राप्त हो।

दुइ सुत सुंदर सीताँ जाए। लव कुस वेद पुरानन्ह गाए॥
दोउ बिजई बिनई गुन मंदिर। हरि प्रतिबिंब मनहुँ अति सुंदर॥
दुइ दुइ सुत सब भ्रातन्ह केरे। भए रूप गुन सील घनेरे॥

सीताजी के दो पुत्र उत्पन्न हुए—लव और कुश—जिनका यश वेद-पुराणों ने गाया है। वे दोनों भी—श्रीराम की भांति—युद्ध में निपुण होते हुए भी नम्र और गुणों के धाम थे। दो-दो पुत्र सभी भाइयों के हुए जो बड़े ही सुंदर, गुणवान् और सुशील थे।

ग्यान गिरा गोतीत अज माया मन गुन पार।

सोइ सच्चिदानंद घन कर नर चरित उदार।।

जो ज्ञान, वाणी और इन्द्रियों से परे हैं, अजन्मा हैं तथा माया, मन और गुणों से भी परे हैं, वही सच्चिदानन्दघन भगवान् श्रेष्ठ नरलीला करते हैं।

अवधपुरी वासिन्ह कर सुख संपदा समाज।
सहस सेष नहिं कहि सकहिं जहँ नृप राम विराज।।

जहाँ भगवान् श्रीराम स्वयं विराजमान हैं, उन अवधपुरी के निवासियों की सुख-सम्पत्ति का वर्णन हजारों शेषजी भी नहीं कर सकते।

नारदादि सनकादि मुनीसा। दरसन लागि कोसलाधीसा।।
दिन प्रति सकल अजोध्या आवहिं। देखि नगरु विरागु विसरावहिं।।

नारद आदि और सनक आदि मुनीश्वर श्रीराम के दर्शन के लिए प्रतिदिन अयोध्या आते हैं और उस नगर के वैभव को देखकर ऐसा लगता है मानों देखने वाले वैराग्य को भूल जाते हैं।

जातरूप मनि रचित अटारीं। नाना रंग रुचिर गच ढारीं।।
पुर चहुँ पास कोट अति सुंदर। रचे कँगूरा रंग रंग वर।।

अटारियाँ सोने और रत्नों से बनी हुई हैं तथा उनमें रंग-बिरंगी मणियों की सुंदर फर्शें हैं। नगर के चारों और सुंदर परकोटा बना है जिस पर रंग-बिरंगे कँगूरे बने हैं।

नव ग्रह निकर अनीक बनाई। जनु घेरी अमरावति आई।।
महि बहु रंग रचित गच काँचा। जो विलोकि मुनिवर मन नाचा।।

ऐसा लगता है मानों नवग्रहों ने बड़ी भारी सेना बनाकर अमरावती को घेर लिया हो। सड़कों पर रंगीले रत्नों की गच ढ़ाली गई है जिसे देखकर श्रेष्ठ मुनियों के भी मन नाच उठते हैं।

धवल धाम ऊपर नभ चुंबत। कलस मनहुँ रवि ससि दुति निंदत।।
बहु मनि रचित झरोखा भ्राजहिं। गृह गृह प्रति मनि दीप विराजहिं।।

उज्जवल महल आकाश को छू रहे हैं और उनके कलशों का प्रकाश सूर्य-चन्द्रमा के प्रकाश से कम नहीं है। महलों के झरोखे मणियों से सुशोभित हैं। घर-घर में मणियों के दीपक भी शोभा दे रहे हैं।

मनि दीप राजहिं भवन भ्राजहिं देहरी विद्रुम रची।
मनि खंभ भीति विरंचि विरची कनक मनि मरकत खची।।
सुंदर मनोहर मंदिरायत अजिर रुचिर फटिक रचे।

प्रति द्वार द्वार कपाट पुरट बनाइ बहु वज्रन्हि खचे॥

जैसा अभी कहा, घर-घर में मणियों के दीपक शोभा दे रहे हैं। मूँगों की बनी हुई देहलियाँ चमक रही हैं। रत्नों के खम्भे हैं। पन्नों से जड़ी हुई सोने की दीवारें ऐसी सुन्दर हैं मानो ब्रह्मा ने खास तौर से बनाई हों। महल सुंदर, मनोहर और विशाल हैं। उनमें सुन्दर स्फटिक के आँगन बने हैं। प्रत्येक द्वार पर हीरों से जड़े हुए सोने के किवाड़ हैं।

चारु चित्रसाला गृह गृह प्रति लिखे बनाइ।
राम चरित जे निरख मुनि ते मन लेहिं चोराइ॥

घर-घर में सुन्दर चित्रशालाएँ है जिनमें श्रीराम के चरित्र बड़ी निपुणता से संवारकर अंकित हुए हैं। ऐसी सुन्दरता मुनियों के भी चित्त को चुरा लेती हैं।

सुमन वाटिका सबहिं लगाईं। विविध भाँति करि जतन बनाईं॥
लता ललित बहु जाति सुहाईं। फूलहिं सदा बसंत कि नाईं॥

सभी लोगों ने यत्न करके भिन्न-भिन्न प्रकार की पुष्पों की वाटिकाएँ लगा रखी हैं, जिनमें बहुत जातियों की सुंदर और ललित लताएँ सदा बसंत की तरह फूलती रहती हैं।

गुंजत मधुकर मुखर मनोहर। मारुत त्रिविधि सदा बह सुंदर॥
नाना खग बालकन्हि जिआए। बोलत मधुर उड़ात सुहाए॥

भौंरे मनोहर स्वर से गुंजार करते हैं। शीतल, मंद, सुगंधित वायु सदा बहती रहती है। बालकों ने बहुत-से पक्षी पाल रखे हैं जो मधुर बोली बोलते हैं और उड़ने में सुंदर लगते हैं।

मोर हंस सारस पारावत। भवननि पर सोभा अति पावत॥
जहँ तहँ देखहिं निज परिछाहीं। बहु विधि कूजहिं नृत्य कराहीं॥

मोर, हंस, सारस और कबूतर—घरों के ऊपर बहुत शोभायमान लगते हैं। मणियों की दीवारों और छतों में अपनी परछाईं देखकर ये पक्षी उन्हें दूसरे पक्षी समझते हैं तथा मधुर बोली बोलकर नृत्य करते हैं।

सुक सारिका पढ़ावहिं बालक। कहहु राम रघुपति जन पालक॥
राज दुआर सकल विधि चारू। वीथीं चौहट रुचिर बजारू॥

बच्चे तोता-मैना को पढ़ाते हैं कि कहो—'राम', 'रघुपति', 'जनपालक'। राजद्वार सब प्रकार से सुसज्जित हैं। गलियाँ, चौराहें और बाजार सभी सुंदर हैं।

बाजार रुचिर न बनइ बरनत वस्तु बिनु गथ पाइए।

जहँ भूप रमानिवास तहँ की संपदा किमि गाइए॥
बैठे बजाज सराफ बनिक अनेक मनहुँ कुबेर ते।
सब सुखी सब सच्चारित सुंदर नारि नर सिसु जरठ जे॥

जैसा अभी कहा, बाजार सभी सुंदर हैं, और ऐसा लगता है मानों वस्तुएँ बिना ही मूल्य मिल रही हैं। जहाँ स्वयं लक्ष्मीपति श्रीराम का राज्य हो, वहाँ की संपत्ति का वर्णन कौन कर सकता है? बजाज, शराफ आदि व्यापारी इतने वैभवशाली हैं जैसे कुबेर हों। स्त्री, पुरुष, बच्चे, बूढ़े—सभी व्यक्ति सुखी, सदाचारी और सुंदर हैं।

उत्तर दिसि सरजू बह निर्मल जल गंभीर।
बाँधे घाट मनोहर स्वल्प पंक नहिं तीर॥

नगर के उत्तर में सरयू नदी बह रही है जिसका जल निर्मल और गहरा है। मनोहर घाट बँधे हुए हैं, किनारे पर जरा भी कीचड़ नहीं है।

दूरि फराक रुचिर सो घाटा। जहँ जल पिअहिं वाजि गज ठाटा॥
पनिघट परम मनोहर नाना। तहाँ न पुरुष करहिं अस्नाना॥

अलग कुछ दूरी पर वह सुंदर घाट है जहाँ घोड़े और हाथी जल पीते हैं। पानी भरने के लिए बहुत से जनाने घाट हैं जो बहुत ही मनोहर हैं—वहाँ पुरुष स्नान नहीं करते।

राजघाट सब विधि सुंदर वर। मज्जहिं तहाँ वरन चारिउ नर॥
तीर तीर देवन्ह के मंदिर। चहुँ दिसि तिन्ह के उपवन सुंदर॥

राजघाट सब प्रकार से सुंदर और श्रेष्ठ है, जहाँ चारों वर्णों के पुरुष स्नान करते हैं। सरयू के किनारे-किनारे देवताओं के मंदिर हैं जिनके चारों ओर सुंदर बगीचे हैं।

कहुँ कहुँ सरिता तीर उदासी। बसहिं ग्यान रत मुनि संन्यासी॥
तीर तीर तुलसिका सुहाई। वृंद वृंद बहु मुनिन्ह लगाई॥

नदी के किनारे कहीं-कहीं विरक्त और ज्ञानपरायण, मुनि और संन्यासी निवास करते हैं। मुनियों ने सरयू के किनारे-किनारे तुलसी के बहुत-से पेड़ लगा रखे हैं।

पुर सोभा कछु बरनि न जाई। बाहेर नगर परम रुचिराई॥
देखत पुरी अखिल अघ भागा। वन उपवन वापिका तड़ागा॥

नगर की शोभा तो अवर्णनीय है ही, नगर के बाहर भी परम सुंदरता है। अवधपुरी के दर्शन से सारे पाप नष्ट हो जाते हैं। वहाँ वन, उपवन, बावलियाँ और तालाब शोभा दे रहे हैं।

वापीं तड़ाग अनूप कूप मनोहरायत सोहहीं।
सोपान सुंदर नीर निर्मल देखि सुर मुनि मोहहीं॥
बहु रंग कंज अनेक खग कूजहिं मधुप गुंजारहीं।
आराम रम्य पिकादि खग रव जनु पथिक हंकारहीं॥

जैसा अभी कहा, अवधपुरी की बावलियाँ और तालाब—तथा कुएँ भी—शोभा दे रहे हैं, जिनकी सुंदर सीढ़ियाँ और निर्मल जल देखकर देवता और मुनि भी मोहित हो जाते हैं। तालाबों में रंग-बिरंगे कमल खिल रहे हैं, अनेकों पक्षी कूज रहे हैं। और भौंरे गुंजार कर रहे हैं। रमणीय बगीचे कोयल आदि पक्षियों की मीठी बोली से मानो राह चलनेवालों को बुला रहे हैं।

रमानाथ जहँ राजा सो पुर बरनि कि जाइ।
अनिमादिक सुख संपदा रहीं अवध सब छाइ॥

स्वयं लक्ष्मीपति भगवान् श्रीराम के रूप में जहां राजा हों, उस नगर का वर्णन कौन कर सकता है? अणिमा आदि आठों सिद्धियाँ और समस्त सुख-सम्पत्तियाँ अयोध्या में छा रही हैं।

रामराज्य की सामाजिक उपलब्धियों का चित्रण पूरा करने के पश्चात् तुलसीदासजी अन्तर्मुखी दृष्टिकोण प्रस्तुत करते हैं—यह बतलाकर कि हृदय के गुणों और अवगुणों से रामराज्य का क्या संबंध है। उनका तात्पर्य यह है कि यदि किसी के हृदय में गुणों का विकास होता है और अवगुणों का नाश होता है तो ऐसा कह सकते हैं कि वहाँ रामराज्य स्थापित हो रहा है। इस संदेश को रोचक ढंग से देने के लिए तुलसीदासजी श्रीराम के प्रताप की उपमा सूर्य के प्रकाश से देते हैं। तुलसीदासजी द्वारा लिखित मानस के इन शब्दों को काकभुशुंडि गरुड़ को संबोधित करते हुए कहते हैं—

जब ते राम प्रताप खगेसा। उदित भयउ अति प्रबल दिनेसा॥
पूरि प्रकास रहेउ तिहुँ लोका। बहुतेन्ह सुख बहुतन मन सोका॥

जब से रामप्रतापरूपी अत्यन्त प्रचण्ड सूर्य उदित हुआ, तब से तीनों लोकों में पूर्ण प्रकाश भर गया है। इससे बहुतों को सुख हुआ किंतु साथ ही बहुतों के मन में शोक हुआ।

जिन्हहि सोक ते कहउँ बखानी। प्रथम अविद्या निसा नसानी॥
अघ उलूक जहँ तहाँ लुकाने। काम क्रोध कैरव सकुचाने॥

जिन-जिन को शोक हुआ, पहले उनका वर्णन किया जाए। सबसे अधिक शोक तो अविद्यारूपी रात्रि को हुआ—क्योंकि सर्वत्र प्रकाश छा जाने से अविद्यारूपी

रात्रि नष्ट हो गई। पापरूपी उल्लू जहाँ-तहाँ छिप गए और काम-क्रोधरूपी कुमुद मुँद गये।

विविध कर्म गुन काल सुभाऊ। ए चकोर सुख लहहिं न काऊ॥
मत्सर मान मोह मद चोरा। इन्ह कर हुनर न कवनिहुँ ओरा॥

भाँति-भाँति के बन्धनकारक कर्म, गुण, काल और स्वभाव—ये चकोर हैं जो रामप्रतापरूपी सूर्य के प्रकाश में कभी सुख नहीं पाते। मत्सर, मान, मोह और मदरूपी जो चोर हैं, उनका हुनर भी किसी ओर नहीं चल पाता।

धरम तड़ाग ग्यान विग्याना। ए पंकज विकसे विधि नाना॥
सुख संतोष विराग विवेका। विगत सोक ए कोक अनेका॥

अब उनका वर्णन किया जाए जिनको रामप्रतापरूपी सूर्य से सुख मिला। धर्मरूपी तालाब में ज्ञान, विज्ञान—ये अनेकों प्रकार के कमल खिल उठे। सुख, संतोष, वैराग्य और विवेक—ये अनेकों चकवे शोकरहित हो गए।

यह प्रताप रवि जाकें उर जब करइ प्रकास।
पछिले बाढ़हिं प्रथम जे कहे ते पावहिं नास॥

इस दोहे में रामप्रतापरूपी सूर्य के प्रभाव को साररूप में कहा गया है। जो अपने हृदय में श्रीराम के प्रताप को धारण कर लेता है, उसके गुणों का विकास होता है—जैसे धर्म, ज्ञान, विज्ञान, सुख, संतोष, वैराग्य और विवेक। साथ-साथ में उसके अवगुणों का नाश हो जाता है—जैसे अविद्या, पाप, काम, क्रोध, मत्सर, मान, मोह, मद आदि।

जगमंगल पर आधारित आदर्श सामाजिक स्थिति तथा उसका गुण-विकास सम्बन्धी रूपक—इन दोनों विवरणों के पूरा होने पर परिशिष्ट ३ यहाँ समाप्त होता है।

परिशिष्ट ४

गीता के अस्सी श्लोक जिनके माध्यम से गीता तथा मानस के विचारों की समानता स्पष्ट हुई है

इस परिशिष्ट का उल्लेख पुस्तक के ग्याहरवें अध्याय में किया गया—एक विशेष विभाग के अन्तर्गत जिसका शीर्षक है 'गीता से समानता—विचार-सम्बंधी'। इस विशेष विभाग के अतिरिक्त, पहले दस अध्यायों में भी—अर्थात् पुस्तक के प्रत्येक अध्याय में—मानस के विचारों को बल देने के लिए 'गीता से समानता' का उल्लेख किया गया है। सब मिलाकर गीता के अस्सी श्लोकों की ओर पाठकों का ध्यान आकर्षित किया गया है। इस परिशिष्ट में गीता के ये अस्सी श्लोक—मूल संस्कृत में (हिन्दी में सरल अर्थ सहित)—प्रस्तुत हैं तथा साथ में उनसे समानता प्रदर्शित करने वाले मानस के शब्दों का भी संक्षिप्त उल्लेख है।

यहाँ यह स्पष्ट करना आवश्यक है कि गीता एवं मानस की समानता इस परिशिष्ट के अस्सी श्लोकों तक ही सीमित नहीं है। इस रोचक विषय का पूरा अध्ययन करने के लिए गीता के बहुत से अन्य श्लोकों पर भी ध्यान देना होगा, किंतु स्थानाभाव के कारण यहाँ केवल अस्सी श्लोक ही सम्मिलित किए जा रहे हैं।

पिछले पचास वर्षों में गीता तथा मानस के विचारों की समानता पर अनेकों विद्वानों ने अपने विचार प्रकट किए हैं, यद्यपि यहाँ निम्नलिखित चार पुस्तकों की ही चर्चा की जा रही है। उदाहरणत: १९४६ में प्रकाशित आचार्य विनोबा भावे की पुस्तक '*स्थितप्रज्ञ-दर्शन*' में इस विषय का संक्षिप्त उल्लेख है। तत्पश्चात् १९६२ में साधु टी. एल. वास्वानी ने 'श्रीराम' विषय पर एक छोटी-सी पुस्तिका लिखी जो लोकसंग्रह प्रेस, पूना में छपी। उन्होंने इस पुस्तिका में लिखा कि जब वे रामचरितमानस को पढ़ते हैं तो उनका ध्यान गीता की ओर जाता है क्योंकि दोनों में समानता है। उन्होंने मानस के कुछ प्रसंगों की ओर संकेत भी किया किंतु उनसे मिलते हुए गीता के श्लोकों को ढूँढने का कार्य उन्होंने पाठकों पर छोड़ दिया। साधु वास्वानी द्वारा प्रकटित विचारों के

साथ-साथ उनकी पुस्तिका को छापने वाले प्रेस का नाम भी सार्थक है क्योंकि 'लोकसंग्रह' शब्द जो गीता से लिया गया है (मानस के जगमंगल की भांति) सर्वजनकल्याण का भाव प्रदर्शित करता है।

तीसरी पुस्तक के लेखक आचार्य विनोबा के छोटे भाई बालकोबा भावे हैं। उन्होंने अपनी पुस्तक '*गीता-तत्त्व-बोध*' में गीता से समानता प्रदर्शित करने वाली मानस की चौपाइयों का अनेकों स्थानों पर उल्लेख किया जैसाकि १९८१ में छपे उनकी पुस्तक के दूसरे संस्करण से स्पष्ट होता है। यही बात चौथी पुस्तक अर्थात् श्री शिवानन्द की रचना '*गीता-रसामृत*' के विषय में कही जा सकती है जिसका दूसरा संस्करण १९८६ में छपा।

उपरोक्त चार में से तीन पुस्तकें प्रधानतः गीता-विषयक हैं—उनमें उद्धृत मानस की चौपाइयाँ गीता पर लिखी टिप्पणी के अन्तर्गत हैं। साधु वास्वानी की पुस्तिका की भांति वर्तमान पुस्तक का भी मूल विषय 'मानस' है। इस पुस्तक की विशेषता यह है कि इसमें मानस के विचारों को पुष्ट करने के लिए तद्विषयक गीता के श्लोकों का स्पष्ट उल्लेख किया गया है।

अब पुस्तक के अध्यायों के क्रमानुसार गीता के चुने हुए श्लोकों पर दृष्टि डालें।

अध्याय १

पहले अध्याय में सार रूप में यह बतलाया गया कि लोककल्याण के जिस आदर्श को मानस में 'जगमंगल' शब्द के द्वारा प्रस्तुत किया गया है उसी को गीता में कहा है 'लोकसंग्रह'। इस विषय के विभिन्न पक्षों को समझने के लिए सारे अध्यायों पर ध्यान देना आवश्यक है, किंतु इस आरम्भिक अध्याय में गीता के लोकसंग्रह-सम्बंधी एक श्लोक का उल्लेख करना उचित प्रतीत होता है। उदाहरणार्थ गीता के श्लोक ३.२५ की यह शिक्षा है कि असली विद्वान वही है जो लोकसंग्रह अर्थात् लोककल्याण की भावना से, कर्मफल में आसक्ति छोड़कर, जनसेवा के कार्य करे। अब यह श्लोक और उसका सरल अर्थ प्रस्तुत है—

> **सक्ताः कर्मण्यविद्वांसो यथा कुर्वन्ति भारत।**
> **कुर्याद्विद्वांस्तथासक्तश्चिकीर्षुलोकसंग्रहम्॥३.२५॥**
> *सरल अर्थ*—आसक्ति सहित तथा स्वार्थ भाव से कर्म करने वाले तो अज्ञानी होते हैं। विद्वान को चाहिए कि वह लोककल्याण की भावना से कार्य करे और उसमें भी कर्मफल के प्रति कोई आसक्ति न रखे।

गीता की इस शिक्षा से मिलता हुआ मानस का प्रसंग अयोध्याकाण्ड में है जिसका

तात्पर्य यह है कि जगमंगल के शुभ कार्य में विलम्ब नहीं करना चाहिए—

जगमंगल भल काजु विचारा। बेगिअ नाथ न लाइअ बारा॥

अध्याय २

दूसरे अध्याय में मानस में वर्णित चार संवादों का सार है किंतु गीता से समानता की दृष्टि से यहाँ शिव-पार्वती संवाद को प्रमुखता दी गई है। शिव-पार्वती संवाद के अन्तर्गत ही गीता के उन दो प्रसिद्ध श्लोकों का उल्लेख है जिनमें भगवान् युग-युग में नीति और धर्म की रक्षा का आश्वासन देते हैं। शिवजी पार्वतीजी को बतलाते हैं कि भगवान् ने 'राम' अवतार क्यों लिया। मानस की अवतार-घोषणा का प्रसंग गीता में दी गई अवतार-घोषणा से बहुत मिलता है। यह स्पष्ट करने के लिए पहले गीता के श्लोक ४.७ और ४.८ को देखें—

यदा यदा हि धर्मस्य ग्लानिर्भवति भारत।
अभ्युत्थानमधर्मस्य तदात्मानं सृजाम्यहम्॥ ४.७॥
परित्राणाय साधूनां विनाशाय च दुष्कृताम्।
धर्मसंस्थापनार्थाय संभवामि युगे युगे॥४.८॥

सरल अर्थ—जब-जब धर्म की हानि होती है और अधर्म की वृद्धि होती है, तब-तब मैं अवतार लेता हूँ। युग-युग में मेरे अवतार लेने के तीन लक्ष्य हैं—सज्जनों का उद्धार, दुष्टों के दूषित कर्मों का अंत, तथा धर्म और नीति की स्थापना।

अब मानस की अवतार-घोषणा पर ध्यान दें जो बालकाण्ड में है—

जब जब होइ धरम कै हानी। बाढ़हिं असुर अधम अभिमानी॥
करहिं अनीति जाइ नहिं बरनी। सीदहिं विप्र धेनु सुर धरनी॥
तब तब प्रभु धरि विविध सरीरा। हरहिं कृपानिधि सज्जन पीरा॥
असुर मारि थापहिं सुरन्ह राखहिं निज श्रुति सेतु।
जग विस्तारहिं विसद जस राम जन्म कर हेतु॥
सोइ जस गाइ भगत भव तरहीं। कृपासिंधु जनहित तनु धरहीं॥

दोनों प्रसंगों में समानता स्पष्ट है, यद्यपि मानस की घोषणा अधिक विस्तृत है।

अब अधर्म की वृद्धि का प्रसंग लें जिसका वर्णन मानस में राम-अवतार की भूमिका के रूप में किया गया है—रावण तथा उसके साथी राक्षसों के द्वारा किये गए अत्याचारों को बतलाकर। निशाचरों का सारा आचरण—जो बालकाण्ड में वर्णित है—सामाजिक शांति को भंग करने वाली हिंसा तथा अनीति पर आधारित था। राक्षसों के द्वारा किया जाने वाला परद्रोह (दूसरों का अनिष्ट) पृथ्वी के लिए असह्य भार बन

गया। मानस का यह प्रसंग गीता में कथित आसुरी संपद की याद दिलाता है जिसका विस्तृत वर्णन गीता के सोलहवें अध्याय में है। क्रूर कर्मों की निंदा मानस ने 'परद्रोह' नाम से की है और गीता ने 'जगत् का क्षय' बतलाकर की है। उदाहरणार्थ गीता के पंद्रह श्लोकों में से तीन यहां उद्धृत हैं—

प्रवृत्तिं च निवृत्तिं च जना न विदुरासुराः।
न शौचं नापि चाचारो न सत्यं तेषु विद्यते॥१६.७॥
असत्यमप्रतिष्ठं ते जगदाहुरनीश्वरम्।
अपरस्परसंभूतं किमन्यत्कामहैतुकम्॥१६.८॥
एतां दृष्टिमवष्टभ्य नष्टात्मानोऽल्पबुद्धयः।
प्रभवन्त्युग्रकर्माणः क्षयाय जगतोऽहिताः॥१६.९॥

सरल अर्थ—आसुरी स्वभाव वाले व्यक्तियों में न बाहर-भीतर की शुद्धि है, न श्रेष्ठ आचरण है और न सत्यभाषण। उनके विचार से जगत् की उत्पत्ति तथा पालन में ईश्वर का कोई हाथ नहीं है, इसलिए उनका सारा ध्यान केवल भोगों को भोगने में लगा रहता है। ऐसी अल्प-बुद्धि वाले व्यक्ति अपना तो नाश करते ही हैं, साथ में अपने क्रूर कर्मों से दूसरों का भी अहित करते हैं—इसलिए ऐसा कह सकते हैं कि उनका जन्म जगत् के क्षय के लिए ही होता है।

अब इन श्लोकों से समान भाव दिखलाने वाले मानस के शब्दों के देखें—

बरनि न जाइ अनीति घोर निसाचर जो करहिं।
हिंसा पर अति प्रीति तिन्ह के पापहि कवनि मिति॥
बाढे खल बहु चोर जुआरा। जे लंपट परधन परदारा॥
मानहिं मातु पिता नहिं देवा। साधुन्ह सन करवावहिं सेवा॥
जिन्ह के यह आचरन भवानी। ते जानेहु निसिचर सब प्रानी॥
अतिसय देखि धरम कै ग्लानी। परम सभीत धरा अकुलानी॥
गिरि सरि सिंधु भार नहिं मोही। जस मोहि गरुअ एक परद्रोही॥

दूसरे अध्याय में ही शिव-पार्वती संवाद के पश्चात् काकभुशुंडि-गरुड़ संवाद का वर्णन है, किंतु गीता से समानता के लिए महत्त्वपूर्ण है पार्वतीजी का यह प्रश्न कि कौए का शरीर होते हुए भी काकभुशुंडि इतनी उच्च कोटि के राम-भक्त कैसे बन गए। पार्वतीजी ने कहा कि काकभुशुंडि को जो पूर्णता मिली वह 'दुर्लभ' है। मानस के इन शब्दों में गीता के श्लोक ७.३ की स्पष्ट झलक है। इस तथ्य को पहचानने के लिए पहले गीता के श्लोक ७.३ पर ध्यान दें—

मनुष्याणां सहस्त्रेषु कश्चिद्यतति सिद्धये।

यततामपि सिद्धानां कश्चिन्मां वेत्ति तत्त्वतः॥७.३॥

सरल अर्थ—हजारों व्यक्तियों में से कोई-कोई ही आध्यात्मिक विकास के लिए यत्न करता है और उनमें से भी ईश्वर को ठीक प्रकार से जानने वाला दुर्लभ है।

इसी भाव को पार्वतीजी ने उत्तरकाण्ड में विस्तार से प्रकट किया है—किन्तु समानता प्रकट करने के लिए तीन पंक्तियां पर्याप्त हैं—

नर सहस्त्र महँ सुनहु पुरारी। कोउ एक होइ धर्म व्रतधारी॥
धर्मसील कोटिक महँ कोई। विषय विमुख विराग रत होई॥
सब ते सो दुर्लभ सुरराया। राम भगति रत गत मद माया॥

अध्याय ३

तीसरे अध्याय का मुख्य विषय है राम एवं सीता का आदर्श व्यवहार। तुलसीदासजी ने लिखा है कि कैकेयी की कुचाल के कारण जो संकट उठ खड़ा हुआ वह राम के चरित्र की गहराई नापने के लिए पहली चुनौती के रूप में उस समय सामने आया जबकि राम को युवराज-पद मिलने वाला था। राजतिलक और वनवास—दोनों को समान समझकर राम ने कर्मयोग का ज्वलंत उदाहरण संसार के सामने रखा—वही कर्मयोग जो गीता का मुख्य विषय है। सुख-दुःख में, प्रिय-अप्रिय में समत्वभाव रखने की महत्ता गीता में अनेकों बार बतलाई गई है। यहाँ केवल दो श्लोकों की ओर ध्यान आकर्षित करना पर्याप्त होगा—श्लोक २.५६ तथा ५.२० की ओर।

दुःखेष्वनुद्विग्नमनाः सुखेषु विगतस्पृहः।
वीतरागभयक्रोधः स्थितधीर्मुनिरुच्यते॥२.५६॥

सरल अर्थ—स्थितप्रज्ञ कर्मयोगी उसे कहते हैं जो सुख की लालसा न करे, दुःख की स्थिति में व्याकुल न हो, और जो राग, भय और क्रोध से मुक्त हो।

न प्रहृष्येत्प्रियं प्राप्य नोद्विजेत्प्राप्य चाप्रियम्।
स्थिरबुद्धिरसंमूढो ब्रह्मविद् ब्रह्मणि स्थितः॥५.२०॥

सरल अर्थ—जो प्रिय वस्तु के प्राप्त होने पर हर्ष में नहीं डूबता तथा प्रतिकूल परिस्थिति में शोकमग्न नहीं होता, ऐसा स्थिर बुद्धि वाला व्यक्ति ब्रह्मज्ञानी कहलाता है और वह परमात्मा में ही निश्चल रूप से स्थित है।

अब इसी प्रकार के समत्वभाव को राम के साथ जोड़ने वाले मानस के दो प्रसंगों को देखें। पहला प्रसंग है राजा दशरथ के वचनों का जो उन्होंने अयोध्याकाण्ड में अपने मंत्री सुमंत्र से बोले—राम के समत्वभाव की प्रशंसा करते हुए—

राउ सुनाइ दीन्ह वनवासू। सुनि मन भयउ न हरषु हराँसू॥

दूसरा प्रसंग भी अयोध्याकाण्ड में ही वर्णित है। भरत को सारी बात बतलाते हुए कौशल्याजी ने भी राम के समत्वभाव को विशेष रूप से याद किया—

पितु आयस भूषन वसन तात तजे रघुवीर।
विसमउ हरषु न हृदयँ कछु पहिरे वलकल चीर॥
मुख प्रसन्न मन रंग न रोषू। सब कर सब विधि करि परितोषू॥
चले विपिन सुनि सिय सँग लागी। रहइ न राम चरन अनुरागी॥

स्वयं तुलसीदासजी ने अयोध्याकाण्ड के आरम्भ में स्वरचित संस्कृत के श्लोक में श्रीराम के समत्वभाव को उनके मंगलकारी रूप के साथ जोड़ते हुए उनकी वंदना की है।

गीता से समानता प्रदर्शित करने वाली श्रीराम की दूसरी विशेषता यह है कि उनका आचरण तथा वचन देश-काल-अवसर के अनुकूल थे। गीता में देश-काल-पात्र का प्रसंग श्लोक १७.२० में दान को सात्त्विक बनाने वाले तत्त्वों के रूप में प्रस्तुत किया गया है—यद्यपि उसमें निहित व्यापक भाव को पहचानना और भी अधिक उपयोगी हो सकता है। पहले श्लोक १७.२० को देखें—

दातव्यमिति यद्दानं दीयतेऽनुपकारिणे।
देशे काले च पात्रे च तद्दानं सात्त्विकं स्मृतम्॥१७.२०॥

सरल अर्थ—सात्त्विक दान वही है जो देश-काल-पात्र के अनुकूल हो और जिसको देने वाला व्यक्ति बदले में कुछ भी पाने की इच्छा न रखते हुए केवल कर्तव्यभाव से प्रेरित होकर दे।

अब मानस में वर्णित उन प्रसंगों को देखें जहाँ श्रीराम ने देश-काल-आदि के अनुकूल व्यवहार किया। उदाहरणत: उत्तरकाण्ड में तुलसीदासजी ने लिखा है कि श्रीराम ने सबको यथायोग्य सम्मान दिया—

जथाजोग मिले सबहि कृपाला।

अयोध्याकाण्ड में तीन अवसरों पर श्रीराम के वचनों को देश-काल-आदि के अनुकूल बतलाया गया है—उनमें से केवल एक प्रसंग में प्रयुक्त मानस के शब्दों का यहाँ लिखना पर्याप्त होगा—

देसु कालु लखि समउ समाजू। नीति प्रीति पालक रघुराजू॥
बोले वचन बानि सरबसु से। हित परिनाम सुनत ससि रसु से॥

आदर्श प्रस्तुत करने में राम के साथ-साथ सीता की गरिमा का भी वर्णन मानस ने विस्तार से किया है। सीता ने स्पष्ट कहा है कि यदि राम वन में कष्ट झेलेंगे तो मैं महलों में कैसे रह सकती हूँ—

तुम्हहि उचित तप मो कहँ भोगू?

वन की ओर जाते हुए सीता ने गाँवों की साधारण स्त्रियों के साथ मधुर व्यवहार प्रदर्शित किया। चित्रकूट में उन्होंने मुनियों की स्त्रियों को सास के समान आदर दिया और पशु-पक्षियों को भी अपना कुटुम्बी समझा। इन्हीं सब बातों को ध्यान में रखते हुए स्वामी विवेकानन्द ने सीता को 'आदर्श नारी' के रूप में संसार के सामने रखा। समाज के सामने आदर्श प्रस्तुत करने की महत्ता गीता के श्लोक ३.२१ में वर्णित है—

यद्यदाचरति श्रेष्ठस्तत्तदेवेतरो जनः।
स यत्प्रमाणं कुरुते लोकस्तदनुवर्तते॥३.२१॥

सरल अर्थ—श्रेष्ठ व्यक्ति अपने आचरण के द्वारा जनता को सन्मार्ग पर चलने की प्रेरणा देते हैं।

मानस में अत्रि ऋषि की पत्नी अनसूयाजी ने भी सीता से कहा कि भविष्य में आने वाली स्त्रियों के लिए तुम्हारा नाम मार्ग-दर्शन का काम करेगा-जैसाकि अरण्यकाण्ड में वर्णित है—

सुनु सीता तव नाम सुमिरि नारि पतिव्रत करहिं।
तोहि प्रानप्रिय राम कहिउँ कथा संसार हित॥

तीसरे अध्याय में ही रामराज्य की विशेषताएँ बतलाते हुए गीता से समानता प्रदर्शित करने वाले चार व्यावहारिक तत्त्वों की ओर प्रमुख रूप से ध्यान दिया गया—निर्वैर, साम्य, पारस्परिक प्रेम तथा स्वधर्म। इन तत्त्वों से संबंधित गीता के अनेक श्लोक हैं जिनमें से कुछ का उल्लेख अन्य अध्यायों में किया जाएगा—तदनुरूप प्रसंगों के संदर्भ में। यहाँ निर्वैर तथा साम्य के भावों की महत्ता बतलाने वाले एक-एक श्लोक को प्रस्तुत किया जा रहा है—अर्थात् श्लोक ५.३ तथा ६.३२ को।

ज्ञेयः स नित्यसंन्यासी यो न द्वेष्टि न कांक्षति।
निर्द्वन्द्वो हि महाबाहो सुखं बन्धात्प्रमुच्यते॥५.३॥

सरल अर्थ—निष्काम कर्मयोगी किसी से द्वेष नहीं करता अर्थात् उसमें निर्वैर भाव होता है। उसे अपने लिए कुछ नहीं चाहिए इसलिए उसे नित्यसंन्यासी समझ सकते हैं। वह राग-द्वेष आदि द्वन्द्वों से रहित होने के कारण संसार के बंधनों से मुक्त है।

आत्मौपम्येन सर्वत्र समं पश्यति योऽर्जुन।
सुखं वा यदि वा दुःखं स योगी परमो मतः॥६.३२॥

सरल अर्थ—साम्यभाव का व्यावहारिक रूप यह है कि समाज के सारे प्राणी एक-दूसरे के दुःख से दुखी और सुख से सुखी हों। योग का सबसे श्रेष्ठ रूप भी यही है।

समाज में रामराज्य का वर्णन निर्वैर और साम्यभाव से ही आरम्भ किया गया है—जैसा कि उत्तरकाण्ड में लिखा है—

बयरु न कर काहू सन कोई। राम प्रताप विषमता खोई॥

अध्याय ४

चौथे अध्याय में मानस के पाँच पात्रों द्वारा जगमंगल के समर्थन हेतु कहे हुए विचार या किए हुए कार्य प्रस्तुत हैं। इस अध्याय का आरम्भ किया गया गुरु वसिष्ठ से जिन्होंने अयोध्याकाण्ड में महत्वपूर्ण शब्द कहे कि—

राम जनमु जग मंगल हेतू।

गुरु वसिष्ठ के इन शब्दों से गीता के तीन श्लोकों (३.२२,३.२३,३.२४) की ओर ध्यान जाना स्वाभाविक है जहाँ भगवान् यह बतलाते हैं कि उनका मुख्य उद्देश्य है 'लोकसंग्रह' अर्थात् लोकहित के लिए स्वयं कार्य करना तथा सभी लोगों को ऐसा कार्य करने की प्रेरणा देना। भावों की स्पष्टता के लिए इन तीनों श्लोकों को एक साथ पढ़ना लाभदायक है—

न मे पार्थास्ति कर्तव्यं त्रिषु लोकेषु किंचन।
नानवाप्तमवाप्तव्यं वर्त एव च कर्मणि॥३.२२॥
यदि ह्यहं न वर्तेयं जातु कर्मण्यतंद्रितः।
मम वर्त्मानुवर्तन्ते मनुष्याः पार्थ सर्वशः॥३.२३॥
उत्सीदेयुरिमे लोका न कुर्यां कर्म चेदहम्॥
संकरस्य च कर्ता स्यामुपहन्यामिमाः प्रजाः॥३.२४॥

सरल अर्थ—भगवान् लगातार लोकसंग्रह के लिए कार्य करते हैं—तो इसके पीछे उनकी भावना क्या है? उनका कार्य किसी अप्राप्त वस्तु को पाने के लिए नहीं है। सब प्रकार से पूर्ण होते हुए भी वे इसलिए कर्मयोग में लीन रहते हैं जिससे लोगों को उचित मार्ग पर चलने की प्रेरणा मिले। यदि भगवान् लोकसंग्रह का कार्य न करें तो सारे लोक नष्ट-भ्रष्ट हो जाएँ।

गुरु वसिष्ठ ने अयोध्याकाण्ड में एक महत्त्वपूर्ण बात यह भी कही कि जगमंगल के कार्य में वही व्यक्ति पूरा सहयोग दे सकता है जो स्वार्थ-भावना से ऊपर उठ चुका हो। केवल अपने ही स्वार्थ को पूरा करने वाले को गीता ने 'स्तेन' अर्थात् चोर कहा है— श्लोक ३.१२, ३.१३ में—

इष्टान्भोगान्हि वो देवा दास्यन्ते यज्ञभाविताः।
तैर्दत्तानप्रदायैभ्यो यो भुंक्ते स्तेन एव सः॥३.१२॥
यज्ञशिष्टाशिनः सन्तो मुच्यन्ते सर्वकिल्विषैः।
भुंजते ते त्वघं पापा ये पचन्त्यात्मकारणात्॥३.१३॥

सरल अर्थ—जो हमें समाज से मिलता है, उसके बदले में हम भी समाज को दें, तो संतुलन बना रहेगा नहीं तो हम चोर कहलायेंगे। सबके साथ बांटकर खाने से पापों से छुटकारा मिल सकता है—केवल अपने ही लिए पकाने वाला मानो पाप को ही खाता है।

मानस में गुरु वसिष्ठ ने स्वार्थी व्यक्ति को 'निज तनु पोषक' बतलाकर उसकी गिनती की है ऐसे लोगों में जो निर्दयी हैं तथा दूसरों का अनिष्ट करते हैं—

सब विधि सोचिअ पर अपकारी। निज तनु पोषक निरदय भारी॥

जिस प्रकार श्रीराम के वचनों को तुलसीदासजी ने देश-काल-आदि के अनुकूल बतलाया है, वही बात उन्होंने गुरु वसिष्ठ के वचनों के लिए भी कही है—जैसे अयोध्याकाण्ड में—

बोले मुनिवरु वचन विचारी। देस काल अवसर अनुहारी॥

किंतु देश-काल-पात्र के विचार को प्रकट करने वाला गीता का श्लोक (१७.२०) तीसरे अध्याय के विवेचन में प्रस्तुत किया जा चुका है इसलिए इस श्लोक को फिर से लिखने की आवश्यकता नहीं है।

गुरु वसिष्ठ के अतिरिक्त चौथे अध्याय में चार अन्य पात्र हैं—महर्षि वाल्मीकि, भरत, जटायु एवं हनुमान्। इनके विचारों तथा कार्यों के विवेचन में गीता के अनेकों श्लोकों की याद आना स्वाभाविक है किंतु यहाँ केवल दृष्टान्त के रूप में प्रत्येक पात्र के साथ गीता का एक-एक श्लोक ही प्रस्तुत है।

अयोध्याकाण्ड में महर्षि वाल्मीकि चौहद प्रकार के भक्तों का वर्णन करते हैं। सातवें प्रकार के भक्तों का एक विशेष गुण है—

सब के हितकारी।

जिनको मानस में 'सब के हितकारी' कहा है उन्हीं को गीता में 'सर्वभूतहिते रताः'

कहकर पुकारा है। ये शब्द गीता के दो श्लोकों में प्रयुक्त हुए हैं (५.२५ तथा १२.४) —यहाँ केवल एक श्लोक (५.२५) प्रस्तुत है (श्लोक १२.४ का उल्लेख ग्यारहवें अध्याय में किया जाएगा)—

लभन्ते ब्रह्मनिर्वाणमृषयः क्षीणकल्मषाः।
छिन्नद्वैधा यतात्मानः सर्वभूतहिते रताः॥५.२५॥

सरल अर्थ—पूर्णावस्था को प्राप्त होने वाले व्यक्ति (चाहे वे किसी भी मार्ग से ऊपर उठे हों) सब प्राणियों के हित में लीन रहते हैं। साथ-साथ में उनके अन्य गुण भी उल्लेखनीय हैं जैसे पापों का अंत, संशय से छुटकारा, आत्मसंयम आदि—किंतु सबका हित करना मुख्य है।

भरत द्वारा कथित प्रसिद्ध वाक्य 'जगमंगल हित एक उपाऊ' का उल्लेख दसवें अध्याय के विवेचन में किया जाएगा। यहाँ ध्यान दें उनके एक अन्य प्रसिद्ध वाक्य पर जो उन्होंने अयोध्याकाण्ड में कहा—

संपति सब रघुपति कै आही।

इससे समानता प्रदर्शित करने वाला गीता का श्लोक १०.४१ है—

यद्यद्विभूतिमत्सत्त्वं श्रीमदूर्जितमेव वा।
तत्तदेवावगच्छ त्वं मम तेजोंऽशसंभवम्॥१०.४१॥

सरल अर्थ—इस संसार में जो भी विभूतियुक्त, कान्तियुक्त और शक्तियुक्त वस्तु है, वह ईश्वरीय तेज के अंश से ही उत्पन्न हुई है—ऐसा ज्ञान धारण करना बहुत आवश्यक है।

मानस में जटायु की यह विशेषता है कि उन्होंने पर-हित के लिए प्रयत्न करते हुए अपने जीवन की बलि दे दी। श्रीराम ने नेत्रों में जल भरकर—अरण्यकाण्ड में—जटायु से कहा कि आपके उदाहरण से संसार पर-हित की शिक्षा लेगा—

परहित बस जिन्ह के मन माहीं। तिन्ह कहुँ जग दुर्लभ कछु नाहीं॥

इससे समान भाव के लिए गीता के श्लोक ३.२० को देखें—

कर्मणैव हि संसिद्धिमास्थिता जनकादयः।
लोकसंग्रहमेवापि संपश्यन्कर्तुमर्हसि॥३.२०॥

सरल अर्थ—लोकहित के कार्य को निष्कामभाव से करने वाले व्यक्तियों—जैसे जनक आदि—ने उत्तम गति प्राप्त की, और यही कर्मयोग का मार्ग पालन करने योग्य है।

चौथे अध्याय के अंतिम पात्र हैं हनुमान् जिनके रामकाज-संबंधी गुणों का बार-बार उल्लेख किया जाएगा। यहाँ उनकी नम्रता तथा निरहंकार-भावना पर विशेष ध्यान दें—जो सुंदरकाण्ड में कथित उनके वचनों से स्पष्ट है—

बोला वचन विगत अभिमाना। . . . . .
सो सब तव प्रताप रघुराई। नाथ न कछू मोरि प्रभुताई॥

गीता ने भी निरंहकार-भावना को प्रधानता दी है—जैसे श्लोक २.७१ में —

विहाय कामान्यः सर्वान्पुमांश्चरति निःस्पृहः।
निर्ममो निरहंकारः स शान्तिमधिगच्छति॥२.७१॥
सरल अर्थ—स्थितप्रज्ञ कर्मयोगी ममता और अहंकार से रहित होता है। उसे अपने लिए कोई कामना और स्पृहा नहीं होती, इसलिए वह शान्ति को प्राप्त करता है।

यद्यपि स्थानाभाव के कारण इस अध्याय का विवेचन संक्षिप्त रूप से किया गया, फिर भी प्रसिद्ध पात्रों के विचारों और कार्यों की गीता से समानता स्पष्ट हुई—ऐसा कह सकते हैं।

अध्याय ५

पाँचवें अध्याय के नारी-पात्रों में से तीन ऐसी हैं. जिनका विवेचन करते हुए गीता से समानात स्पष्ट रूप से झलकती है—और उनके नाम हैं कौशल्या, सुमित्रा और शबरी।

बालकाण्ड में यह वर्णित है कि श्रीराम ने अपनी माता कौशल्याजी को अपना विश्वरूप दिखलाया—

देखरावा मातहि निज अद्भुत रूप अखंड।
रोम रोम प्रति लागे कोटि कोटि ब्रह्मण्ड॥

गीता के ग्यारहवें अध्याय का नाम ही 'विश्वरूपदर्शन योग' है। जब श्रीकृष्ण ने अर्जुन को विश्वरूप दिखलाया तो अपने अनुभव को अर्जुन ने बहुत से श्लोकों में व्यक्त किया। यहाँ केवल श्लोक ११.१९ आंशिक रूप से प्रस्तुत है—

अनादिमध्यान्तमनन्तवीर्य-
मनन्तबाहुं शशिसूर्यनेत्रम्।११.९।
सरल अर्थ—हे ईश्वर, आपका न आदि है, न मध्य और न अन्त। आप अनन्त सामर्थ्य-वाले तथा अनन्त बाहु-वाले हैं। सूर्य और चन्द्रमा आपके नेत्र हैं।

मानस में वर्णित कौशल्याजी के चरित्र में साम्यभाव प्रमुख रूप से सामने आता है।

कैकेयी के द्वारा अनर्थ किए जाने पर भी कौशल्याजी ने राम और भरत के बीच कोई भेद नहीं समझा। जब राम लंका से अयोध्या लौटे तो उन्होंने अपने वनवास के सखाओं का परिचय माता कौशल्या से करवाया। कौशल्याजी ने उन्हें आशीर्वाद दिया और कहा कि तुम मुझे राम के समान प्यारे हो—

कौसल्या के चरनन्हि पुनि तिन्ह नायउ माथ।
आसिष दीन्हे हरषि तुम्ह प्रिय मम जिमि रघुनाथ॥

जितनी उच्च कोटि की समदृष्टि कौशल्याजी की थी, उसकी प्रशंसा गीता ने कई श्लोकों में की है। यहाँ उदाहरणस्वरूप एक श्लोक (५.१९) प्रस्तुत है जहाँ समदृष्टि के लिए साम्य शब्द प्रयुक्त हुआ है—

इहैव तैर्जितः सर्गो येषां साम्ये स्थितं मनः।
निर्दोषं ही समं ब्रह्म तस्माद् ब्रह्मणि ते स्थिताः ॥५.१९॥

सरल अर्थ—समदृष्टि प्राप्त करने वालों को जीवन्मुक्त कह सकते हैं क्योंकि वे जीते हुए ही संसार से मुक्त हैं। परमात्मा निर्दोष और सम है, इसलिए वे परमात्मा में ही स्थित हैं।

पाँचवें अध्याय की दूसरी उल्लेखनीया नारी हैं सुमित्रा जिनका सबसे प्रशंसनीय कार्य था—अपने पुत्र लक्ष्मण को ऊँचे आदर्शों की शिक्षा देना। अयोध्याकाण्ड में सुमित्राजी का उपदेश वर्णित है जिसका एक अंश यहाँ प्रस्तुत है—

रागु रोषु इरिषा मदु मोहु। जनि सपनेहुँ इन्ह के बस होऊ॥
सकल प्रकार विकार विहाई। मन क्रम वचन करेहु सेवकाई॥

अब इन विचारों से समानता प्रदर्शित करने वाले गीता के दो श्लोकों (३.३४, ३.३५) को देखें जिनमें राग-द्वेष को छोड़कर स्वधर्म अर्थात् कर्त्तव्य पर टिके रहने की शिक्षा है—

इन्द्रियस्येन्द्रियस्यार्थे रागद्वेषौ व्यवस्थितौ।
तयोर्न वशमागच्छेत्तौ ह्यस्य परिपन्थिनौ॥३.३४॥

श्रेयान्स्वधर्मो विगुणः परधर्मात्स्वनुष्ठितात्॥
स्वधर्मे निधनं श्रेयः परधर्मो भयावहः॥३.३५॥

सरल अर्थ—कल्याण-मार्ग में चलने वाले के लिए राग और द्वेष महान् शत्रु हैं। राग-द्वेष को छोड़कर स्वधर्म पर टिके रहना चाहिए। देखने में गुणरहित होने पर भी अपना कर्त्तव्य नहीं छोड़ना चाहिए—इसी प्रकार संकटों से डरकर भी अपना कर्त्तव्य नहीं छोड़ना चाहिए।

गीता से समानता प्रदर्शित करने वाला—पाँचवें अध्याय का तीसरा महत्त्वपूर्ण प्रसंग है शबरी के माध्यम से भक्ति-विषयक विवेचन। अरण्यकाण्ड में यह वर्णित है कि श्रीराम ने शबरी जैसी निर्धन स्त्री के द्वारा भेंट किए हुए झूठे बेर बहुत प्रेम से खाए—

कंद मूल फल सुरस अति दिए राम कहुँ आनि।
प्रेम सहित प्रभु खाए बारंबार बखानि॥

ऐसा आश्वासन भगवान् ने गीता के श्लोक ९.२६ में दिया है—

पत्रं पुष्पं फलं तोयं यो मे भक्त्या प्रयच्छति।
तदहं भक्त्युपहृतमश्नामि प्रयतात्मनः॥९.२६॥

सरल अर्थ—भगवान् को पाने के लिए भक्ति और प्रेम चाहिए, न कि धन। भक्ति, प्रेम और निष्काम भाव से अर्पित की हुई वस्तु—चाहे वह पत्र हो या पुष्प या फल या जल—भगवान् स्वीकार करते हैं।

शबरी के प्रसंग से यह भी स्पष्ट हो जाता है कि भगवान् की दृष्टि में कोई ऊँचा-नीचा नहीं है, उनके द्वार सबके लिए समान रूप से खुले हैं—केवल भगवान् की शरण में जाने की अर्थात् भक्ति की भावना होनी चाहिए। अरण्यकाण्ड में भगवान् शबरी से कहते हैं—

कह रघुपति सुनु भामिनि बाता। मानउँ एक भगति कर नाता॥

ऐसी विशाल घोषणा गीता के श्लोक ९.३२ में भी दी हुई है—

मां हि पार्थ व्यपाश्रित्य येऽपि स्युः पापयोनयः।
स्त्रियो वैश्यास्तथा शूद्रास्तेऽपि यान्ति परां गातिम्॥९.३२॥

सरल अर्थ—भगवान् की शरण में जाने से सबको परम गति प्राप्त होती है—चाहे वे स्त्री हों या पुरुष, चाहे उनका कुछ भी वर्ण हो और चाहे उन्हें लोग कहें कि उन्होंने पूर्व जन्म में पाप किए हैं।

शबरी को भगवान् ने जिस नवधा भक्ति का उपदेश दिया वह भागवत पुराण में वर्णित नवधा भक्ति से भिन्न है। पाँचवे अध्याय में इसका विस्तृत विवेचन है। अरण्यकाण्ड में शबरी को दिए गए उपदेश से केवल एक प्रकार की—अर्थात् आठवीं—भक्ति का यहाँ उल्लेख करना पर्याप्त होगा। मानस ने दो बातों पर बल दिया है—यथालाभ संतोष तथा परदोष को न देखना—

आठवँ जथालाभ संतोषा। सपनेहुँ नहिं देखइ परदोषा॥

अब आठवीं भक्ति से समानता प्रदर्शित करने वाला गीता का श्लोक ४.२२ प्रस्तुत है—

यदृच्छालाभसंतुष्टो द्वन्द्वातीतो विमत्सरः।
समः सिद्धावसिद्धौ च कृत्वापि न निबध्यते॥४.२२॥

सरल अर्थ—कर्त्तव्य कर्म करते हुए भी बंधन से मुक्त रहने के लिए चार बातें इस श्लोक में बतलाई गई हैं—यथालाभ संतोष, निर्द्वन्द्व भाव, सिद्धि-असिद्धि में समत्व, और किसी से भी ईर्ष्या न करना।

ईर्ष्या न करना, परदोष को न देखना—इस प्रकार की शिक्षा ने समाज के सब सदस्यों के साथ सद्व्यवहार को प्रधानता दी है।

अध्याय ६

छठे अध्याय में इस बात का विस्तृत विवेचन है कि तुलसीदासजी को 'सकल' तथा 'सब' शब्द बहुत प्रिय हैं क्योंकि वे सभी प्राणियों का कल्याण चाहते हैं। यह विषय भी मानस और गीता की समानता से सम्बंधित है क्योंकि जिस भावना से मानस में 'सकल' तथा 'सब' शब्द बार-बार प्रयुक्त हुए हैं, उसी विशाल भावना को प्रकट करते हैं गीता में 'सर्व' शब्द के अनेकों प्रयोग। यहाँ उदाहरणस्वरूप, इस प्रकार के, केवल छः प्रसंग प्रस्तुत हैं।

पहला प्रसंग यह याद दिलाने के लिए है कि सबकी उत्पत्ति भगवान् से हुई है, जैसाकि उत्तरकाण्ड में वर्णित है—

सब मम प्रिय सब मम उपजाए। . . . . .
अखिल विस्व यह मोर उपाया। सब पर मोहि बराबरि दाया॥
तिन्ह महँ जो परिहरि मद माया। भजै मोहि मन वच अरु काया॥
पुरुष नपुंसक नारि वा जीव चराचर कोइ।
सर्व भाव भज कपट तजि मोहि परम प्रिय सोइ॥

मानस के इन शब्दों में दो विचार सम्मिलित हैं—**'सब मम उपजाए'** तथा **'सर्व भाव भज'**। ये दोनों विचार गीता के श्लोक १०.८ मे भी हैं—

अहं सर्वस्य प्रभवो मत्तः सर्वं प्रवर्तते।
इति मत्वा भजन्ते मां बुधा भावसमन्विता॥१०.८॥

सरल अर्थ—ईश्वर ने ही सम्पूर्ण जगत् को उत्पन्न किया है और वही इसे मर्यादा में रखकर गतिशील बना रहा है—सृष्टि-चक्र को चला रहा है, ऐसा समझकर बुद्धिमान् भक्तजन हार्दिक भावना से युक्त होकर ईश्वर को ही भजते हैं।

दूसरे प्रसंग में मुख्य भाव यह है कि ईश्वर सबके हृदय में है और सब कुछ उसी की प्रेरणा से हो रहा है। अयोध्याकाण्ड के प्रसिद्ध शब्द हैं—

तुम्ह प्रेरक सबके हृदयँ . . . .

और उत्तरकाण्ड में यह वर्णित है कि ईश्वर की माया सबको नचाती है—

जो माया सब जगहि नचावा। जासु चरित लखि काहुँ न पावा।।
सोइ प्रभु भ्रू बिलास खगराजा। नाच नटी इव सहित समाजा।।

गीता के श्लोक १८.६१ का भी यही आशय है—

ईश्वरः सर्वभूतानां हृद्देशेऽर्जुन तिष्ठति।
भ्रामयन्सर्वभूतानि यन्त्रारूढानि मायया।।१८.६१।।
सरल अर्थ—अन्तर्यामी परमेश्वर सबके हृदय में स्थित है और ईश्वर की माया ही सबको उनके कर्मों के अनुसार घुमाती है।

तीसरे प्रसंग का उद्देश्य है निःस्वार्थभाव की शिक्षा देना—यह बतलाकर कि ईश्वर पूर्णतया निःस्वार्थ हितैषी है। अयोध्याकाण्ड के शब्द हैं—

रामु प्रानप्रिय जीवन जी के। स्वारथ रहित सखा सबही के।।

उत्तरकाण्ड में साधारण लोगों के स्वार्थभाव की निंदा है—यह संकेत करते हुए कि वे निःस्वार्थ भाव सीखें, ईश्वर से और ईश्वर के सेवकों से—

हेतु रहित जग जुग उपकारी। तुम्ह तुम्हार सेवक असुरारी।।
स्वारथ मीत सकल जग माहीं। सपनेहुँ प्रभु परमारथ नाहीं।।

गीता के श्लोक ५.२९ ने सुहृद् शब्द के द्वारा ईश्वर के निःस्वार्थ हितैषी होने की घोषणा की है—

भोक्तारं यज्ञतपसां सर्वलोकमहेश्वरम्।
सुहृदं सर्वभूतानां ज्ञात्वा मां शान्तिमृच्छति।।५.२९।।
सरल अर्थ—शान्ति प्राप्त करने के लिए चाहिए ईश्वर के विषय में सच्चा ज्ञान अर्थात् यह जानना कि ईश्वर सब प्राणियों का निःस्वार्थ हितैषी है, वही सब लोकों का महेश्वर है और वही सब यज्ञ, तप आदि के द्वारा पूजनीय है।

चौथा प्रसंग यह स्पष्ट करता है कि यद्यपि ईश्वर सबके प्रति समदर्शी है फिर भी भक्तों के प्रति उसकी विशेष कृपा होती है। किष्किंधाकाण्ड में श्रीराम स्वयं कहते हैं—

समदरसी मोहि कह सब कोऊ। सेवक प्रिय अनन्यगति सोऊ।।

अयोध्याकाण्ड में इस विचार का विस्तृत विवेचन है—

जद्यपि सम नहिं राग न रोषू। . . . . .
तदपि करहिं सम बिषम अहारा। भगत अभगत हृदय अनुसारा॥

इससे समान भाव प्रदर्शित करने वाला गीता का श्लोक ९.२९ है—

समोऽहं सर्वभूतेषु न मे द्वेष्योऽस्ति न प्रियः।
ये भजन्ति तु मां भक्त्या मयि ते तेषु चाप्यहम् ॥९.२९॥

सरल अर्थ—ईश्वर का सब प्राणियों के प्रति समभाव है किन्तु भक्ति की विशेष महिमा है—उसके कारण भक्त भगवान् के साथ एकरूप हो जाता है।

पाँचवाँ प्रसंग भगवान् में एकीभाव से स्थित भक्त की महिमा का एक और पक्ष प्रस्तुत करता है—और वह यह कि ऐसे भक्त का कोई नाश नहीं कर सकता। इस प्रकार की भक्ति के कारण ही तुलसीदासजी सारे जगत् को प्रभुमय देखते थे—जैसाकि बालकाण्ड में उन्होंने लिखा है—

सीयराममय सब जग जानी। करउँ प्रनाम जोरि जुग पानी॥

उत्तरकाण्ड में तुलसीदासजी कहते हैं कि प्रभु के ऐसे भक्त को विद्या अर्थात् यथार्थ ज्ञान प्राप्त होता है और इसलिए उसका कोई नाश नहीं कर सकता—

हरि सेवकहि न व्याप अविद्या। प्रभु प्रेरित व्यापइ तेहि विद्या॥
ताते नास न होइ दास कर। . . . . .

गीता में दो श्लोकों (६.३० तथा ९.३१) में प्रभु ने विश्वास दिलाया है कि मेरे भक्त का कभी नाश नहीं होता। यहाँ श्लोक ६.३० प्रस्तुत है क्योंकि इसमें 'सर्व' शब्द भी प्रयुक्त हुआ है—

यो मां पश्यति सर्वत्र सर्वं च मयि पश्यति।
तस्याहं न प्रणश्यामि स च मे न प्रणश्यति॥६.३०॥

सरल अर्थ—जो भक्त सब जगत् को प्रभुमय देखता है, उसके लिए ईश्वर कभी अदृश्य नहीं होता और ईश्वर भी कभी उसे भूलता नहीं। संसार में कोई ऐसे भक्त का नाश नहीं कर सकता।

'सर्व' शब्द का उपयोग करने वाला छठा और अंतिम प्रसंग सर्वपाप-मुक्ति अथवा सकल अमंगल-नाश का उपाय बतलाता है—प्रभु की शरण अथवा प्रभुनाम का स्मरण। बालकाण्ड के प्रसिद्ध शब्द हैं—श्रीसीताराम की नाम-महिमा के विषय में—

जिन्ह कर नामु लेत जग माहीं। सकल अमंगल मूल नसाहीं॥

अयोध्याकाण्ड में श्रीराम भरत की नाम-महिमा के लिए भी इसी प्रकार के शब्दों का प्रयोग करते हैं—

मिटिहहिं पाप प्रपंच सब अखिल अमंगल भार।
लोक सुजसु परलोक सुखु सुमिरत नामु तुम्हार॥

गीता में भगवान् ने प्रभु की शरण द्वारा सर्वपाप-मुक्ति का आश्वासन श्लोक १८.६६ में दिया है—

सर्वधर्मान्परित्यज्य मामेकं शरणं व्रज।
अहं त्वा सर्वपापेभ्यो मोक्षयिष्यामि मा शुचः॥१८.६६॥
सरल अर्थ—सम्पूर्ण समर्पण-भाव से ईश्वर की शरण में जाने पर सर्वपाप-मुक्ति होती है—ऐसा प्रभु का आश्वासन है।

कलियुग के लोगों की सर्वपाप-मुक्ति के लिए तुलसीदासजी ने एक विशेष शब्द का प्रयोग भी किया है—सकलकलिकलुषविध्वंसन—और लोगों की निराशा को दूर करने के लिए उन्होंने ईश्वर का पतित-पावन रूप उत्तरकाण्ड में प्रस्तुत किया है—

जासु पतित पावन बड़ बाना। गावहिं कवि श्रुति संत पुराना॥

गीता के श्लोक ९.३० में भी इसी प्रकार की आशा पतितों को दी गई है—

अपि चेत्सुदुराचारो भजते मामनन्यभाक्।
साधुरेव स मन्तव्यः सम्यग्व्यवसितो हि सः॥९.३०॥
सरल अर्थ—नीच से नीच दुराचारी अर्थात् पतित भी सज्जन बन सकता है यदि वह निश्चयपूर्वक अनन्य भाव से ईश्वर को भजे।

भगवान् के पतित पावन रूप का सहारा लेकर संसार के सभी प्राणी आनन्द और हर्ष का अनुभव कर सकते हैं, इसलिए तुलसीदासजी ने मानस की रामकथा को 'सकल जन रंजनि' बतलाया है और रामराज्य के वर्णन का पहला वाक्य है—

राम राज बैठें त्रैलोका। हरषित भए गए सब सोका॥

इसके समान भाव गीता के श्लोक ११.३६ में भी वर्णित है जिसका प्रथम अंश इस प्रकार है—

स्थाने हृषीकेष तव प्रकीर्त्या
जगत्प्रहृष्यत्यनुरज्यते च। ॥११.३६॥

सरल अर्थ—विश्वरूप दर्शन के माध्यम से अर्जुन को यह स्पष्ट हो गया कि ईश्वर के सहारे से ही जगत् को हर्ष और आनन्द का अनुभव होता है।

यद्यपि छठे अध्याय के अन्तर्गत जिन प्रसंगों का अब तक उल्लेख हुआ है उनमें भक्तिभाव की प्रधानता है, फिर भी सकल लोक विश्राम के सदंर्भ में कर्मयोग के व्यावहारिक पक्ष—समत्वभाव—की ओर विशेष ध्यान आकृष्ट किया गया है। ऐसा करते समय यह भी स्पष्ट हो जाता है कि भगवान् के सहारे से अनुभवित हर्ष और विषयों से प्राप्त हर्ष एक-दूसरे से भिन्न हैं। जो संसार में रहकर सकल-हित करना चाहते हैं, उनके लिए विषयों से प्राप्त हर्ष और दुःख में समत्वभाव रखना आवश्यक है—यह विचार तुलसीदासजी ने अयोध्याकाण्ड में प्रकट किया है—

सुख हरषहिं जड़ दुख बिलखाहीं। दोउ सम धीर धरहिं मन माहीं॥
धीरज धरहु बिबेकु बिचारी। छाड़िअ सोच सकल हित कारी॥

गीता के श्लोक २.१५ ने भी 'धीर' और समभाव को जोड़ा है—

यं हि न व्यथयन्त्येते पुरुषं पुरुषर्षभ।
समदुःखसुखं धीरं सोऽमृतत्वाय कल्पते॥ २.१५॥

सरल अर्थ—विषयों से प्राप्त सुख-दुःख को समान समझने वाला धीर पुरूष मोक्ष के योग्य है—जिसे परम शान्ति या विश्राम भी कह सकते हैं, मानस की भाषा में।

अध्याय ७

सातवें अध्याय का विषय है संतों के माध्यम से पर-हित की शिक्षा। तुलसीदासजी ने अरण्यकाण्ड में यह स्पष्ट कर दिया है कि संत और भक्त एक ही हैं—और इस स्पष्टीकरण से गीता से समानता प्रदर्शित करना सरल हो गया है क्योंकि गीता में 'भक्त' शब्द प्रयुक्त हुआ है, न कि संत—

सुनु मुनि संतन्ह के गुन कहऊँ। . . . .
अस दीनबंधु कृपाल अपने भगत गुन निज मुख कहे।

मानस में संतों के द्वारा शिक्षा देने का प्रधान साधन है—अपना स्वयं का आचरण। इसलिए संतों के गुणों का वर्णन विस्तार से किया गया है—जिनमें से कुछ अंश यहाँ प्रस्तुत हैं—विभिन्न काण्डों से—

बंदउँ संत समान चित हित अनहित नहिं कोइ।
अंजलि गत सुभ सुमन जिमि सम सुगंध कर दोइ॥
संत सरल चित जगत हित . . . .

राम भगत पर हित निरत . . . .
उमा संत कइ इहइ बड़ाई। मद करत जो करइ भलाई॥
सम मानि निरादर आदरही। सब संत सुखी विचरंति मही॥
निंदा अस्तुति उभय सम....
सम अभूतरिपु विमद विरागी। लोभामरष हरष भय त्यागी॥

गीता के अध्याय १२ में वर्णित भक्त के लक्षण इनके समान हैं—यहाँ केवल तीन श्लोकों का उल्लेख करना पर्याप्त होगा—

हर्षामर्षभयोद्वेगैर्मुक्तो यः स च मे प्रियः।१२.१५।

समः शत्रौ च मित्रे च तथा मानापमानयोः।१२.१८।

तुल्यनिन्दास्तुतिर्मौनी........................।१२.१९।

सरल अर्थ—भक्त सद्‌गुणसंपन्न तथा दोषरहित होता है—उदाहरणतः वह हर्ष-अमर्ष-भय-उद्वेग-आदि से मुक्त होता है, वह शुत्र के प्रति भी मित्र की भाँति व्यवहार करता है, वह मान-अपमान तथा निंदा-स्तुति के बीच समत्वभाव बनाए रखता है।

तुलसीदासजी ने दम्भ और मान को गम्भीर दोष बतलाकर उनसे दूर रहना भी संत के लक्षणों में सम्मिलित किया है—जैसे उन्होंने अरण्यकाण्ड में लिखा है—

दंभ मान मद करहिं न काऊ। भूलि न देहिं कुमारग पाऊ॥

गीता के श्लोक १३.७ में अमानित्व और अदम्भित्व को ज्ञानी के प्रमुख लक्षणों के रूप में प्रस्तुत किया गया है—

अमानित्वमदम्भित्वमहिंसा क्षान्तिरार्जवम्।१३.७।
सरल अर्थ—१३.७ से आरम्भ होने वाले पाँच श्लोकों में ज्ञानी के लक्षणों का वर्णन है, उनमें से प्रथम लक्षण हैं—अमानित्व और अदम्भित्व। स्थानाभाव के कारण अन्य लक्षणों का उल्लेख यहाँ नहीं किया जा रहा है।

अरण्यकाण्ड में ही तुलसीदासजी गीता के इन श्लोकों की ओर संकेत करते हुए लिखते हैं—

ग्यान मान जहँ एकउ नाहीं।

सातवें अध्याय के अन्तर्गत अब तक वर्णित प्रसंगों में संत के लक्षण क्रमशः भक्त और ज्ञानी के समान बतलाए गए, किंतु सुंदरकाण्ड में कर्मयोगी हनुमान् के लिए भी

'संत' शब्द प्रयुक्त हुआ है—

अब मोहि भा भरोस हनुमंता। बिनु हरिकृपा मिलहि नहिं संता॥

इसलिए सारे प्रसंगों को एक साथ मिलाकर यह कह सकते हैं कि चाहे संत को भक्त समझो या ज्ञानी या कर्मयोगी—लक्षणों की दृष्टि से सब वर्णन समान हैं।

तुलसीदासजी ने मानस के आरम्भ में संत समाज की उपमा तीर्थराज प्रयाग से दी है। जैसे प्रयाग में तीन नदियाँ है—गंगा, यमुना, सरस्वती, उसी प्रकार संत समाज में तीन योगों—भक्ति, कर्म, ज्ञान—के विषय में ठीक जानकारी दी जाती है, बिना किसी योग की अवहेलना किए। मानस के शब्द इस प्रकार हैं—

मुद मंगलमय संत समाजू। जो जंगम तीरथराजू॥
राम भक्ति जहँ सुरसरि धारा। सरसइ ब्रह्म विचार प्रचारा॥
विधि निषेधमय कलिमल हरनी। करम कथा रविनंदनि वरनी॥

यह तो सर्वविदित है ही कि उपरोक्त तीनों योग गीता में हैं। विशेषतः तीन श्लोकों (१०.९, १०.१०, १०.११) में संत समाज में होने वाले विचार-विनिमय तथा उससे प्राप्त आध्यात्मिक विकास की झाँकी भी है—

मच्चित्ता मद्‌गतप्राणा बोधयन्तः परस्परम्।
कथयन्तश्च मां नित्यं तुष्यन्ति च रमन्ति च ॥१०.९॥
तेषां सततयुक्तानां भजतां प्रीतिपूर्वकम्।
ददामि बुद्धियोगं तं येन मामुपयान्ति ते॥१०.१०॥
तेषामेवानुकम्पार्थमहमज्ञानजं तमः।
नाशयाम्यात्मभावस्थो ज्ञानदीपेन भास्वता ॥१०.११॥

सरल अर्थ—जब भगवान् के भक्त आपस में मिलकर एक-दूसरे के आध्यात्मिक विकास के लिए प्रयत्न करते हैं तब ईश्वर की कृपा से उन्हें भक्ति-कर्म-ज्ञान—जिस किसी योग की आवश्यकता होती है वही प्राप्त हो जाता है।

तुलसीदासजी ने बालकाण्ड में भरद्वाज आश्रम का उदाहरण भी दिया है कि वहाँ के कार्यक्रम में तीनों योगों का समन्वय था—

ब्रह्म निरूपन धरम विधि बरनहिं तत्त्व विभाग।
कहहिं भगति भगवंत कै संजुत ग्यान विराग।।

गीता के दो श्लोकों (१३.२४, १३.२५) में भी विभिन्न योगों की उपादेयता वर्णित है—

ध्यानेनात्मनि पश्यन्ति केचिदात्मानमात्मना।
अन्ये सांख्येन योगेन कर्मयोगेन चापरे॥१३.२४॥
अन्ये त्वेवमजानन्तः श्रुत्वान्येभ्य उपासते।
तेऽपि चातितरन्त्येव मृत्युं श्रुतिपरायणाः॥१३.२५॥

सरल अर्थ—भिन्न-भिन्न योगों के द्वारा भिन्न-भिन्न व्यक्ति पूर्णत्व को प्राप्त होते हैं। लक्ष्य सबका एक ही है, इसलिए मार्गों की भिन्नता के कारण भेद खड़े करना उचित नहीं है।

अध्याय ८

आठवाँ अध्याय काकभुशुंडि की जन्म-जन्मान्तर की आत्मकथा से संबंधित है, और जो मुख्य बात वे कहना चाहते हैं वह है दो गुरुओं द्वारा किया गया उपकार। गीता के श्लोक ६.४५ के अनुसार आध्यात्मिक क्षेत्र में पूर्णत्व अनेक जन्मों में प्राप्त हो सकता है—

अनेकजन्मसंसिद्धस्ततो याति परां गतिम्।६.४५।

सरल अर्थ—जो साधक अच्छी भावना से प्रयत्न में लगे रहते हैं उन्हें पूर्णता अवश्य प्राप्त होती है—एक जन्म में नही तो अनेक जन्मों में।

काकभुशुंडि का 'निज अनुभव' गीता के इस आश्वासन को दृढ़ करता है। वे कहते हैं कि शिवजी की कृपा से उन्हें अपने पुराने जन्मों की याद है—

सुधि मोहि नाथ जनम बहु केरी। सिव प्रसाद मति मोहँ न घेरी॥

शिवजी की कृपा का दूसरा पक्ष यह था कि उन्होंने काकभुशुंडि को जन्म-मरण के दुःख से भी मुक्त कर दिया था—

जनमत मरत दुसह दुख होई। एहि स्वल्पउ नहिं व्यापिहि सोई॥

इसलिए काकभुशुंडि के बार-बार के शरीर-परिवर्तन बिना कष्ट के हुए—उन्हें ऐसा लगा मानों वे वस्त्र-परिवर्तन कर रहे हों—

जोइ तनु धरउँ तजउँ पुनि अनायास हरिजान।
जिमि नूतन पट पहिरइ नर परिहरइ पुरान॥

मानस का यह दोहा गीता के श्लोक २.२२ की याद दिलाता है—

वासांसि जीर्णानि यथा विहाय
नवानि गृह्णाति नरोऽपराणि।

तथा शरीराणि विहाय जीर्णा-
न्यन्यानि संयाति नवानि देही॥२.२२॥
सरल अर्थ—प्रियजन की मृत्यु से जनिक शोक को कम करने के लिए भगवान् यह ज्ञान देते हैं कि आत्मा द्वारा शरीर-परिवर्तन को ऐसा ही समझो जैसा पुराने वस्त्र को त्यागकर नया वस्त्र ग्रहण करना।

यद्यपि काकभुशुंडि ने अपने दोनों गुरुओं के प्रति आभार प्रकट किया फिर भी इन गुरुओं के स्वाभाविक अन्तर को भी उन्होंने स्पष्ट किया। पहले गुरु को उन्होंने दयालु और क्रोधरहित बतलाया—

सो दयाल नहिं कहेउ कछु उर न रोष लवलेस।

दूसरे गुरु को पहले क्रोध आया किंतु बाद में पछताकर उन्होंने काकभुशुंडि को कृपापूर्वक आर्शीवाद दिया—

मुनि तन भए क्रोध के चीन्हा। . . . . .
अति बिसमय पुनि पुनि पछिताई। सादर मुनि मोहि लीन्ह बोलाई॥
निज कर कमल परसि मम सीसा। हरषित आसिष दीन्ह मुनीसा॥

गुरुओं के बीच अन्तर का एक कारण यह हो सकता है कि पहले गुरु भक्तिमार्गी थे और दूसरे ज्ञानमार्गी। तुलसीदासजी ने उत्तरकाण्ड में ज्ञानमार्ग की कठिनाइयों का वर्णन किया है—

कहत कठिन समुझत कठिन साधत कठिन बिबेक।

ग्यान पंथ कृपान कै धारा। परत खगेस होइ नहिं बारा॥

गीता के श्लोक १२.५ में भी ज्ञानमार्गी द्वारा की जाने वाली निराकार-उपासना की कठिनता का कथन है—

क्लेशोऽधिकतरस्तेषामव्यक्तासक्तचेतसाम्।
अव्यक्ता हि गतिर्दुःखं देहवद्भिरवाप्यते॥१२.५॥
सरल अर्थ—देहधारी के लिए साकार भक्ति की अपेक्षा निराकार उपासना कठिन है।

उत्तरकाण्ड में भक्तिमार्ग की सुलभता स्पष्टतया वर्णित है—

सुलभ सुखद मारग यह भाई। भगति मोरि पुरान श्रुति गाई॥

गीता के श्लोक ९.२ में भी भक्तिमार्ग को सुगम बतलाया गया है—

सुसुखं कर्तुमव्ययम्।९.२।
सरल अर्थ—भक्तिमार्ग का साधन निभाना सरल है।

काकभुशुंडि ने यह विश्वास प्रकट किया कि यद्यपि बाह्यरूप से ऐसा दिखलाई देता है कि गुरुओं ने उनको सन्मार्ग पर लगाया, किंतु वास्तविक रूप से उनका आध्यात्मिक विकास ईश्वर की प्रेरणा से ही हुआ—

उर प्रेरक रघुवंस विभूषन।

और प्रभु की कृपा से ही उनका आश्रम परोपकार का धाम बन गया—

जेहिं आश्रम तुम्ह बसब पुनि सुमिरत श्रीभगवंत।
व्यापिहि तहँ न अविद्या जोजन एक प्रजंत॥
तब ते मोहि न व्यापी माया। जब ते रघुनायक अपनाया॥

गीता के श्लोक ७.१४ में भी ईश्वर-भक्ति को माया से तरने के सहज उपाय के रूप में प्रस्तुत किया गया है—

मामेव ये प्रपद्यन्ते मायामेतां तरन्ति ते।७.१४।
सरल अर्थ—ईश्वर का सहारा लेने वाले दुस्तर माया को सहज ही पार कर लेते हैं।

अब उन लक्षणों पर ध्यान दें जिनके माध्यम से इस बात का प्रमाण मिला कि काकभुशुंडि पूर्णता को प्राप्त कर रहे हैं। परीक्षा की घड़ी तब आई जब दूसरे गुरु ने क्रोधित होकर उन्हें श्राप दिया कि तुम नर-तनु को छोड़कर कौए का शरीर धारण कर लो—

तब मुनि बोलेउ वचन सकोपा। . . . . .
सठ स्वपच्छ तव हृदयँ बिसाला। सपदि होहि पच्छी चंडाला॥

यद्यपि शिष्य-रूप में काकभुशुंडि गुरु के प्रति समुचित आदर का प्रदर्शन नहीं कर रहे थे, फिर भी इस नई परीक्षा में वे उत्तीर्ण हो गए—उन्होंने ईश्वर का सहारा लिया और गुरु के चरणों में सिर नवाया—

लीन्ह श्राप मैं सीस चढ़ाई। नहिं कछु भय न दीनता आई॥
तुरत भयउँ मैं काग तब पुनि मुनि पद सिरु नाइ।
सुमिरि राम रघुवंस मनि हरषित चलेउँ उड़ाइ॥

विषम परिस्थिति में काकभुशुंडि द्वारा प्रदर्शित समत्वभाव के कारण ही पार्वतीजी ने

उनके आध्यात्मिक विकास को दुर्लभ बतलाया—

सब ते सो दुर्लभ सुरराया। राम भगति रत गतमदमाया॥
सो हरि भगति काग किमि पाई। . . . . .

काकभुशुंडि-सम्बंधित इस प्रसंग की झलक गीता के श्लोक ७.१९ में दिखलाई देती है—

बहूनां जन्मनामन्ते ज्ञानवान्मां प्रपद्यते।
वासुदेवः सर्वमिति स महात्मा सुदुर्लभः॥७.१९॥

सरल अर्थ—अनेकों जन्मों के प्रयत्नों से आध्यात्मिक पूर्णत्व प्राप्त हो सकता है—उस स्थिति में सारा जगत् ईश्वरमय दिखलाई देता है। ऐसे महात्माओं से साक्षात्कार होना दुर्लभ है।

मानस में शिवजी कहते हैं कि पूर्णता की स्थिति प्राप्त होने पर काकभुशुंडि ने जगत् को प्रभुमय देखा और इसलिए उनके मन से विरोध, वैर या द्वेष की भावना पूर्णतया निकल गई—

उमा जे राम चरन रत विगत काम मद क्रोध।
निज प्रभुमय देखहिं जगत केहि सन करहिं विरोध॥

गीता के श्लोक १२.१३ के अनुसार 'द्वेष भावना से रहित होना' भक्त का प्रथम लक्षण है—

अद्वेष्टा सर्वभूतानां मैत्रः करुण एव च।
निर्ममो निरहंकारः समदुःखसुखः क्षमी॥१२.१३॥

सरल अर्थ—आठ श्लोकों में वर्णित भक्त के लक्षणों का आरम्भ होता है इस श्लोक में और इसमें भी प्रथम स्थान है 'सब प्राणियों के प्रति द्वेष भावना से रहित होने' का।

आठवाँ अध्याय समाप्त करने से पहले यह उल्लेखनीय है कि भगवान् ने काकभुशुंडि को विश्वरूप दिखलाया। गीता में वर्णित है कि विश्वरूपदर्शन के द्वारा अर्जुन को भगवान् की सर्वव्यापकता का अनुभव हुआ—

नान्तं न मध्यं न पुनस्तवादिं
पश्यामि विश्वेश्वर विश्वरूप॥११.१६॥

सरल अर्थ—अर्जुन ने कहा—हे विश्वेश्वर, हे विश्वरूप, मेरी दृष्टि में न आपका अंत है, न मध्य, न आदि।

उत्तरकाण्ड में काकभुशुंडि कहते हैं कि मुझे विश्वरूपदर्शन का जो अद्भुत अनुभव हुआ, उसका वर्णन मैं नहीं कर सकता—

जो नहिं देखा नहिं सुना जो मनहूँ न समाइ।
सो सब अद्भुत देखेउँ बरनि कवनि विधि जाइ॥

अध्याय ९

नवें अध्याय में यह वर्णित है कि मानस में पर-हित के लिए प्रयत्न कठिन-से-कठिन परिस्थितियों में भी किए गए—चाहे उन प्रयत्नों में सफलता न भी मिले। तुलसीदासजी ने बालकाण्ड में ही यह स्पष्ट कर दिया है कि कर्मयोग का आचरण वही व्यक्ति कर सकता है जिसके हृदय में किसी प्रकार के फल की—अर्थात् व्यक्तिगत लाभ की—कामना न हो—

हृदयँ न कछु फल अनुसंधाना।

गीता में यह भाव अनेकों बार प्रकट किया गया है—उदाहरणार्थ श्लोक २.४७ में—

कर्मण्येवाधिकारस्ते मा फलेषु कदाचन।२.४७।
सरल अर्थ—भगवान् का आदेश है कि कर्त्तव्य कर्म करो किंतु फल में अपना अधिकार मत समझो।

रावण कुमार्ग पर चलने वालों का नेता था किंतु मानस में यह दिखलाया गया है कि दस व्यक्तियों ने उसका हित करने के प्रयत्न किए। ये व्यक्ति कौन थे—आठ राक्षस-कुल के और दो वानर-कुल के। गीता से समानता प्रदर्शित करने के लिए यहाँ पाँच व्यक्तियों के प्रयत्नों का उल्लेख किया जा रहा है जिनमें से तीन राक्षस-कुल के थे और दो वानर कुल के।

सबसे पहले रावण के भाई विभीषण को लें। रावण के दरबार में दिए गये अपने वक्तव्य के आरम्भ में ही विभीषण ने यह स्पष्ट कर दिया कि उसका एकमात्र उद्देश्य है—रावण का हित करना—

जौ कृपाल पूँछिहु मोहि बाता। मति अनुरूप कहउँ हित ताता॥

अपने लम्बे वक्तव्य में विभीषण ने रावण से प्रार्थना की कि आप कुबुद्धि को छोड़ दीजिए और सुबुद्धि को अपनाइए—

जहाँ सुमति तहँ संपति नाना। जहाँ कुमति तहँ विपति निदाना॥
तव उर कुमति बसी विपरीता। हित अनहित मानहु रिपु प्रीता॥

मानस में जिसे 'कुमति' कहा है उसी को गीता के श्लोक १८.३२ में 'तामसी बुद्धि' बतलाया है—

अधर्मं धर्ममिति या मन्यते तमसावृता।
सर्वार्थान्विपरीतांश्च बुद्धिः सा पार्थ तामसी॥१८.३२॥

सरल अर्थ—तामसी बुद्धि अधर्म को धर्म मानती है तथा इसी प्रकार सब बातों में विपरीत दृष्टि अपनाती है।

मानस में जिसे 'सुमति' कहा है उसे गीता के श्लोक १८.३० में 'सात्त्विक बुद्धि' बतलाया है—

बन्धं मोक्षं च या वेत्ति बुद्धिः सा पार्थ सात्त्विकी॥१८.३०॥

सरल अर्थ—सात्त्विकी बुद्धि यह पहचानती है कि किस कार्य से पतन होगा और किस कार्य से उद्धार होगा।

तुलसीदासजी कहते हैं कि रावण द्वारा विभीषण पर चरण-प्रहार करने के कारण रावण ने अपनी ही हानि की—विभीषण की नहीं—

रावन जबहिं विभीषन त्यागा। भयउ विभव बिनु तबहिं अभागा॥
साधु अवग्या तुरत भवानी। कर कल्यान अखिल कै हानी॥

विभीषण की हानि इसलिए नहीं हुई क्योंकि वह श्रीराम की शरण में चला गया—जैसाकि सुंदरकाण्ड में वर्णित है—

श्रवन सुजसु सुनि आयउँ . . . . . सरन सुखद रघुवीर॥

गीता के श्लोक १८.६२ में भगवान् की शरण में जाने का आदेश है—

तमेव शरणं गच्छ सर्वभावेन भारत॥१८.६२॥

सरल अर्थ—भगवान् अर्जुन के माध्यम से सब साधकों को आदेश देते हैं कि तुम पूर्ण श्रद्धा और विश्वास के साथ मेरी शरण में आ जाओ।

विभीषण का प्रसंग यहीं समाप्त करके ध्यान दें रावण की पत्नी मंदोदरी पर जिसने रावण को कुमार्ग से हटाने के लिए अनेकों बार प्रयत्न किए। प्रयत्नों में सफलता न मिलने पर मंदोदरी ने समस्या का असली कारण पहचान लिया—और वह यह कि रावण की बुद्धि का नाश हो गया है।

गीता के श्लोक २.६३ के अनुसार बुद्धिनाश और सर्वनाश में कोई अंतर नहीं है—

बुद्धिनाशात् प्रणश्यति॥२.६३॥

सरल अर्थ—बुद्धि नाश होने पर सर्वनाश हुआ ही समझो।

तुलसीदासजी ने लंकाकाण्ड में इस भाव को मंदोदरी के वचनों के द्वारा बहुत प्रभावशाली ढंग से प्रकट किया है—

अहह कंत कृत राम विरोधा। काल विवस मन उपज न बोधा॥
काल दंड गहि काहु न मारा। हरइ धर्म बल बुद्धि विचारा॥

विभीषण एवं मंदोदरी के अतिरिक्त राक्षस-कुल के छः अन्य सदस्यों ने भी रावण का हित करने के लिए प्रयत्न किए किंतु स्थानाभाव के कारण इनमें से केवल एक प्रसंग ही यहाँ प्रस्तुत है—और वह है प्रहस्त का। रावण का पुत्र प्रहस्त इस बात से दुखी हुआ कि रावण के मंत्री बिना सोचे-समझे, हाँ में हाँ मिलाकर, रावण को उलटी सलाह दे रहे हैं। प्रहस्त ने कहा—ऐसी मीठी बातों से होगा विनाश, आवश्यकता है सच्ची सलाह की जो सुनने में चाहे कटु हो किंतु जिसका परिणाम हितकर हो—

सुनत नीक आगें दुख पावा। सचिवन असमत प्रभुहि सुनावा॥
वचन परम हित सुनत कठोरे। सुनहिं जे कहहिं ते नर प्रभु थोरे॥

प्रहस्त द्वारा कथित विचार गीता के श्लोक १८.३७ की याद दिलाता है—

यत्तदग्रे विषमिव परिणामेऽमृतोपम ॥१८.३७॥
सरल अर्थ—विचार वही उत्तम है जो सुनने में चाहे विष के समान हो किंतु जिसका परिणाम अमृत के तुल्य होगा।

राक्षस-कुल से हटकर अब वानर-कुल पर दृष्टि डालें। हनुमान् और अंगद ने भी रावण का हित करने के लिए प्रयत्न किए। हनुमान् ने रावण को याद दिलाया कि तुम पवित्र कुल के हो और ऋषि पुलस्त्य तुम्हारे पूर्वज थे। उन्होंने रावण से कहा—मेरी सीख सुनो और कुमार्ग को छोड़ दो—जैसाकि सुंदरकाण्ड में वर्णित है—

विनती करउँ जोरि कर रावन। सुनहु मान तजि मोर सिखावन॥

तुलसीदासजी ने हनुमान् के वचनों को 'हित वाणी' कहा है। गीता के श्लोक १८.६४ के अनुसार हितकारी वचनों को ध्यान से सुनना चाहिए—

..... श्रृणु में परमं वचः .... वक्ष्यामि ते हितम्॥१८.६४॥
सरल अर्थ—भगवान् कहते हैं, ध्यान से सुनो, मैं हितकारी वचन कहूँगा।

नवें अध्याय का अन्तिम प्रसंग अंगद से संबंधित है। अंगद श्रीराम के दूत के रूप में गया था, इसलिए आरम्भ में उसने रावण को हितकर सलाह दी—

अब सुभ कहा सुनहु तुम्ह मोरा।

रावण के साथ बहुत लम्बी वार्तालाप पूरी करने के बाद अंगद ने श्रीराम के प्रताप की झाँकी भी प्रस्तुत की—रावण की सभा में अपना पैर रोपकर—जैसाकि लंकाकाण्ड में वर्णित है—

समुझि राम प्रताप कपि कोपा। सभा माझ पन करि पद रोपा॥
जौं मम चरन सकसि सठ टारी। फिरहिं रामु सीता मैं हारी॥

तुलसीदासजी ने लिखा है कि राम के दूत का प्रण कैसे टल सकता है—

तासु दूत पन कहु किमि टरई।

गीता के श्लोक ११.३३ की भाषा में अंगद केवल निमित्तमात्र था—

मयैवैते निहताः पूर्वमेव
निमित्तमात्रं भव सव्यसाचिन्॥११.३३॥

सरल अर्थ—भगवान् कहते हैं कि दुष्टों का दमन तो उनके कुकर्मों के कारण होना ही है—ऐसा समझो कि मैंने यह कार्य पहले ही कर दिया है। हे अर्जुन, तू केवल निमित्तमात्र बन जा।

अध्याय १०

दसवें अध्याय में मानस की साठ लोकोपयोगी उक्तियों को चुनकर यह दिखलाया गया है कि साधारण लोगों के व्यवहार में कैसे इनका प्रयोग हो सकता है। यहाँ गीता से समानता प्रदर्शित करने के लिए उदाहरणस्वरूप केवल सात उक्तियाँ प्रस्तुत हैं।

पहली उक्ति सीता-स्वयंवर से संबंधित है। बालकाण्ड में तुलसीदासजी कहते हैं कि धनुष टूटने से पहले ही सीताजी को विश्वास होने लगा था कि मेरा सच्चा प्रेम देखकर श्रीराम अवश्य मुझे मिलेंगे, क्योंकि भगवान् तो आन्तरिक प्रेम को पहचानते हैं—

जेहि कें जेहि पर सत्य सनेहू। सो तेहि मिलइ न कछु संदेहू॥

गीता के श्लोक ९.२५ में इसी प्रकार का भाव वर्णित है—

यान्ति देवव्रता देवान् पितृन्यान्ति पितृव्रताः।
भूतानि यान्ति भूतेज्या यान्ति मद्याजिनोऽपि माम्॥९.२५॥

सरल अर्थ—जो जिसको भजता है वह वैसा ही हो जाता है क्योंकि उसी में

उसकी श्रद्धा और लग्न होती है—इसलिए सबसे उत्तम गति ईश्वर को भजने से ही प्राप्त हो सकती है।

दूसरी उक्ति का विषय है पार्वतीजी की रामकथा में रुचि। बालकाण्ड में तुलसीदासजी ने यह स्पष्ट किया है कि पार्वतीजी के द्वारा बार-बार प्रश्न करना 'जगत हित' के लिए था—

तुम्ह रघुबीर चरन अनुरागी। कीन्हिहु प्रस्न जगत हित लागी॥

उत्तरकाण्ड में शिवजी कहते हैं कि पार्वतीजी कथा सुनने में इसलिए सफल हुईं क्योंकि उनकी कथा के प्रति गहरी प्रीति थी—

मति अनुरूप कथा मैं भाषी। जद्यपि प्रथम गुप्त करि राखी॥
तव मन प्रीति देखि अधिकाई। तब मैं रघुपति कथा सुनाई॥

भाव की दृष्टि से दूसरी उक्ति की पहली उक्ति से समानता है। गीता में भी यह भाव श्लोक ९.२५ के अतिरिक्त श्लोक ७.२३ में भी वर्णित है—जिसका एक अंश यहाँ प्रस्तुत है—

देवान्देवयजो यान्ति मद्भक्ता यान्ति मामपि॥७.२३॥
सरल अर्थ—देवताओं को पूजने वाले देवताओं को प्राप्त होते हैं और ईश्वर के भक्त ईश्वर को प्राप्त होते हैं।

तीसरी उक्ति विभीषण के प्रसंग में स्वयं श्रीराम द्वारा बोली गई। सुंदरकाण्ड में श्रीराम कहते हैं कि विभीषण ने पाप का मार्ग छोड़ दिया है और वह निर्मल मन से मेरी शरण में आया है, इसलिए मैं उसे स्वीकार करता हूँ—

निर्मल मन जन सो मोहि पावा। मोहि कपट छल छिद्र न भावा॥

सात्त्विक कर्मों के द्वारा मन की निर्मलता पाना और ईश्वर-भक्ति में लीन होना—यह भाव गीता के श्लोक ७.२८ में भी वर्णित है—

येषां त्वन्तगतं पापं जनानां पुण्यकर्मणाम्।
ते द्वन्द्वमोहनिर्मुक्ता भजन्ते मां दृढव्रताः॥७.२८॥
सरल अर्थ—सात्त्विक कर्मों से पापों का अंत हो जाता है और रागद्वेषादि द्वन्द्वों से छुटकारा मिलने पर मन निर्मल हो जाता है—ऐसी स्थिति ईश्वर-भक्ति के लिए अनुकूल है।

चौथी उक्ति विभीषण द्वारा रावण को दी गई सलाह में से ली गई है। रावण काम-

क्रोध-लोभ के नशे में चूर था। विभीषण ने कहा कि ये तीनों 'नरक के पंथ' हैं। यह प्रसंग सुंदरकाण्ड में वर्णित है—

काम क्रोध मद लोभ सब नाथ नरक के पंथ।
सब परिहरि रघुबीरहि भजहु भजहिं जेहि संत॥

गीता का श्लोक १६.२१ भी इसी विचार को प्रस्तुत करता है—

त्रिविधं नरकस्येदं द्वारं नाशनमात्मनः।
कामः क्रोधस्तथा लोभस्तस्मादेतत्त्रयं त्यजेत्॥१६.२१॥

सरल अर्थ—भगवान् कहते हैं कि काम-क्रोध-लोभ को नरक के तीन द्वार समझो। इन तीनों को छोड़ने से ही आत्मोद्धार हो सकता है।

पांचवीं उक्ति यह स्पष्ट करती है कि काम-क्रोध-लोभ को छोड़ने वाले निष्काम कर्मयोगी के पास सुख-सम्पत्ति बिना बुलाए ही आती है। बालकाण्ड में गुरु वसिष्ठ यह विचार प्रकट करते हैं—धर्मात्मा पुरुष की उपमा समुद्र से देते हुए—

जिमि सरिता सागर महुँ जाहीं। जद्यपि ताहि कामना नाहीं॥
तिमि सुख संपति बिनहिं बोलाएँ। धरमसील पहिं जाहिं सुभाएँ॥

गीता के श्लोक २.७० ने भी कर्मयोगी स्थितप्रज्ञ की उपमा समुद्र से दी है—

आपूर्यमाणमचलप्रतिष्ठं
समुद्रमापः प्रविशन्ति यद्वत्।
तद्वत्कामा यं प्रविशन्ति सर्वे
स शान्तिमाप्नोति न कामकामी॥२.७०॥

सरल अर्थ—नदियों के पानी से समुद्र की अचलता भंग नहीं होती क्योंकि समुद्र में पूर्णत्वभाव है और उसमें नदियों के पानी की कामना नहीं है। इसी प्रकार कर्मयोगी स्थितप्रज्ञ विषयों की कामना नहीं करता, इसलिए विषयों के सेवन से उसकी स्थिरता भंग नहीं होती।

छठी उक्ति के बोलने वाले स्वयं श्रीराम हैं। अयोध्याकाण्ड में श्रीराम मंत्री सुमंत्र से कहते हैं कि सत्य का पालन करना प्रत्येक दृष्टिकोण से उचित हैं। विशेषत: रघुवंशियों के लिए पूर्वजों का उदाहरण है। अब यदि कोई रघुवंशी सत्य-मार्ग का त्याग करता है तो कुल की प्रतिष्ठा को धक्का लगेगा—

धरमु न दूसर सत्य समाना। आगम निगम पुरान बखाना॥
मैं सोइ धरमु सुलभ करि पावा। तजे तिहूँ पुर अपजसु छावा॥

संभावित कहुँ अपजस लाहू। मरन कोटि सम दारुन दाहू॥

'संभावित' शब्द का प्रयोग गीता के श्लोक २.३४ की याद दिलाता है—

संभावितस्य चाकीर्तिर्मरणादतिरिच्यते॥२.३४॥
सरल अर्थ—समाज में कुल की प्रतिष्ठा बनाए रखने का विचार भी सत्य-मार्ग पर टिके रहने के लिए प्रोत्साहित करता है।

दसवें अध्याय की अंतिम उक्ति के बोलने वाले हैं भरत, और उक्ति का विषय इस पुस्तक के शीर्षक से—अर्थात् जगमंगल से—जुड़ा हुआ है। अयोध्याकाण्ड में यह वर्णित है कि चित्रकूट की सभा में समस्या को सुलझाने के लिए सब अपना-अपना सुझाव दे रहे थे। भरत ने कहा, मुख्य बात यह है कि श्रीराम क्या चाहते हैं, क्योंकि उसी से सबका हित—जगमंगल—होगा, और मैं यह विश्वास दिलाना चाहता हूँ कि मैं उनकी आज्ञा का पालन करूँगा—

राखि राम रुख धरमु ब्रतु पराधीन मोहि जानि।
सब कें संमत सर्ब हित करिअ पेमु पहिचानि॥

जग मंगल हित एक उपाऊ।

भरत का यह वक्तव्य अर्जुन के उन वचनों की याद दिलाता है जो उन्होंने गीता के श्लोक १८.७३ में कहे—

करिष्ये वचनं तव॥१८.७३॥
सरल अर्थ—अर्जुन ने यह विश्वास दिलाया कि मैं श्रीकृष्ण द्वारा बतलाए हुए मार्ग पर चलूँगा।

अध्याय ११

ग्यारहवाँ अध्याय इस पुस्तक का अंतिम अध्याय है, इसलिए कुछ नए और कुछ पिछले अध्यायों के प्रसंगों को इकट्ठा करके परिशिष्ट ४ को समाप्ति की ओर ले जाना है।

जगमंगल के महान् उद्देश्य को प्राप्त करने के लिए कर्मयोगी हनुमान् जैसे कार्यकर्ताओं की आवश्यकता है। उनकी निरहंकार-भावना का उल्लेख चौथे अध्याय में किया जा चुका है। यहाँ ध्यान दें उनकी रामकाज-सम्बंधी लग्न और उत्साह पर—जो सुंदरकाण्ड में कथित उनके शब्दों से स्पष्ट है—

राम काजु कीन्हें बिनु मोहि कहाँ बिश्राम।

गीता के श्लोक १८.२६ के अनुसार भी अपने कर्त्तव्य को उत्साह से पूरा करना सात्त्विक कर्ता का लक्षण है—

मुक्तसंगोऽनहंवादी धृत्युत्साहसमन्वितः ॥१८.२६॥

सरल अर्थ—अनासक्ति, निरहंकार-भावना, धैर्य और उत्साह सात्त्विक कर्ता के लक्षण हैं।

किंतु किसी भी महान् कार्य को करने में उतार-चढ़ाव आते रहते हैं जिनके विषय में काकभुशुंडि उत्तरकाण्ड में कहते हैं कि ईश्वर परीक्षा लेता है—

लीन्ही प्रेम परिच्छा मोरी।

ऐसी ही परीक्षा वानरों की हुई जब वे समुद्र के किनारे पहुँचकर चिंता करने लगे कि अब क्या करें। ईश्वर की कृपा से जटायु का भाई सम्पाती उस कठिन परिस्थिति में वहाँ आया और उसने वानरों के हृदय की दुर्बलता को दूर करने का महत्त्वपूर्ण कार्य किया—जैसाकि किष्किंधाकाण्ड में वर्णित है—

पापिउ जा कर नाम सुमिरहीं। अति अपार भवसागर तरहीं॥
तासु दूत तुम्ह तजि कदराई। राम हृदयँ धरि करहु उपाई॥

सम्पाती द्वारा कथित विचार गीता के दो श्लोकों में वर्णित है—अर्थात् श्लोक २.३ तथा श्लोक ८.७ में॥

क्षुद्रं हृदयदौर्बल्यं त्यक्त्वोत्तिष्ठ परंतप॥२.३॥

तस्मात्सर्वेषु कालेषु मामनुस्मर युध्य च॥८.७॥

सरल अर्थ—हृदय की दुर्बलता को छोड़ो और उठो। . . . . . सब समय ईश्वर का स्मरण करो और कर्त्तव्य-पालन में जुटे रहो।

पिछले दोनों प्रसंगों में राम-काज में जुटने वाले उच्च कोटि के कर्मयोगी तथा भक्त थे, किंतु मानस और गीता—दोनों ने साधारण कार्यकर्ताओं को प्रोत्साहन देने के उपाय भी बतलाए हैं। एक सरल उपाय का संकेत इस बात से मिलता है कि दोनों ग्रंथों में चार प्रकार के भक्तों का वर्णन है। इस योजना के अनुसार आगे बढ़ने वाला साधक धीरे-धीरे तीन श्रेणियों को पार करके पूर्णत्व को प्राप्त कर सकता है। पहले गीता के श्लोक ७.१६ को देखें—

चतुर्विधा भजन्ते मां जनाः सुकृतिनोऽर्जुन।
आर्त्तो जिज्ञासुरर्थार्थी ज्ञानी च भरतर्षभ॥७.१६॥

सरल अर्थ—चार प्रकार के भक्त ईश्वर को भजते हैं—आर्त्त, जिज्ञासु, अर्थार्थी, ज्ञानी। ये चारों पुण्य कर्म करने वालों के रूप में माननीय हैं।

बालकाण्ड में वर्णित इस प्रसंग में गीता के विचार तथा शब्दों की स्पष्ट झलक है—

राम भगत जग चारि प्रकारा। सुकृति चारिउ अनघ उदारा॥

जैसे चार प्रकार के भक्तों को सम्मान देने से भक्तिक्षेत्र में सहनशीलता को प्रोत्साहन मिला, ऐसा ही सुप्रभाव इष्टदेवता के नाम-रूप के चयन में व्यक्तिगत झुकाव को मान्यता देने से हुआ। मानस ने राम-भक्ति और शिव-भक्ति में कोई भेद नहीं देखा। उसी का विस्तृत रूप है सर्वधर्मसमभाव जिसका समर्थन करने के लिए बालकाण्ड के निम्नलिखित शब्दों का उपयोग किया जाता है—

जिन्ह कें रही भावना जैसी। प्रभु मूरति तिन्ह देखी तैसी॥

टीकाकारों ने गीता के श्लोक ४.११ का भी सहारा लेकर सर्वधर्मसमभाव के संदेश को दूर-दूर तक पहुँचाया है—

ये यथा मां प्रपद्यन्ते तांस्तथैव भजाम्यहम्॥४.११॥

सरल अर्थ—भगवान् का यह आश्वासन है कि श्रद्धापूर्वक जो जिस प्रकार उसके पास पहुँचने का प्रयत्न करते हैं, भगवान् उनको उनकी भावना के अनुसार स्वीकार कर लेता है।

भिन्न-भिन्न मार्गों पर चलने वाले सभी साधकों को ईश्वर स्वीकार कर लेता है, किंतु व्यावहारिक रूप से धर्म का कौन-सा रूप सर्वसाधारण के हृदयों को भी जीत सकता है? वह है 'सर्वहित' या 'सकल हित'। अयोध्याकाण्ड में महर्षि वाल्मीकि कहते हैं कि जो 'सब के हितकारी' हैं, उनके हृदय में राम-सीता-लक्ष्मण सदा बसते हैं। चौथे अध्याय में इस प्रसंग का उल्लेख करते हुए गीता का श्लोक ५.२५ प्रस्तुत किया गया। जिनको मानस ने 'सब के हितकारी' कहा है, उन्हीं को गीता ने 'सर्वभूतहिते रताः' कहकर पुकारा है—और गीता के श्लोक १२.४ में भी ये शब्द प्रयुक्त हुए हैं—

ते प्राप्नुवन्ति मामेव सर्वभूतहिते रताः॥१२.४॥

सरल अर्थ—भगवान् कहते हैं कि सब प्राणियों का हित करने वाले मुझे प्राप्त करते हैं।

तुलसीदासजी ने मानस को ''सकलकलिकलुषविध्वंसन' कहकर प्रत्येक काण्ड की समाप्ति की है क्योंकि वे कलियुग की समस्याओं को सुलझाना चाहते थे। सामाजिक दृष्टि से कलियुग का सबसे अधिक हानिप्रद प्रभाव है 'वैर-विरोध'—

जिसका उत्तरकाण्ड में वर्णन है—

कलि प्रभाव विरोध चहुँ ओरा।

तो कलियुग के वैर-विरोध को दूर करने का उपाय क्या है? उत्तर काण्ड में गुरु वसिष्ठ कहते हैं—

छूटइ मल कि मलहि के धोएँ।

तो यदि बुराई के बदले में बुराई करने से कोई लाभ नहीं तो संत लोग क्या करें? सुंदरकाण्ड में शिवजी कहते हैं—

उमा संत कइ इहइ बड़ाई। मंद करत जो करइ भलाई॥

गीता के श्लोक १४.१० ने इस विचार को 'सत्त्वगुण की वृद्धि करो'—ऐसा कहकर प्रकट किया है-

रजस्तमश्चाभिभूय सत्त्वं भवति भारत॥१४.१०॥

सरल अर्थ—रजोगुण और तमोगुण को दबाओ और सत्त्वगुण की वृद्धि करो।

उपरोक्त विवेचन के अनुसार कलियुग की वैर-भावना को हटाकर उसके बदले में निर्वैर-भावना स्थापित करने की आवश्यकता है। रामराज्य का वर्णन करने में तुलसीदासजी ने इस विचार को प्रमुखता दी है—

बयरु न कर काहू सन कोई।

गीता में इस विषय से संबंधित कई प्रसंग हैं जिनमें से एक का उल्लेख—'न द्वेष्टि' के रूप में—तीसरे अध्याय के संदर्भ में किया जा चुका है। यहाँ गीता के श्लोक ११.५५ की ओर ध्यान दिलाने की आवश्यकता है जहाँ 'निर्वैर' शब्द प्रयुक्त हुआ है—

निर्वैरः सर्वभूतेषु यः स मामेति पाण्डव॥११.५५॥

सरल अर्थ—सब प्राणियों के प्रति निर्वैर-भाव रखने वाला व्यक्ति ईश्वर को प्राप्त करता है।

रामराज्य के आधार-रूप तत्त्वों में से साम्य और स्वधर्म का उल्लेख क्रमशः तीसरे और पाँचवें अध्यायों के गीता-विषयक विवेचन में किया जा चुका है। यहाँ यह प्रसंग समाप्त करने से पहले एक अन्य महत्त्वपूर्ण तत्त्व पर दृष्टि डालें और वह है—पारस्परिक प्रेम—जिसको तुलसीदासजी ने प्रमुखता दी है—

सब नर करहिं परस्पर प्रीती।

इसके समान विचार गीता के श्लोक ३.११ में वर्णित है—

परस्परं भावयन्तः श्रेयः परमवाप्स्यथ॥३.११॥

सरल अर्थ—परस्पर प्रेम करते हुए एक-दूसरे की उन्नति के लिए प्रयत्न करने से ही सबका कल्याण हो सकता है।

मानस ने जगमंगल के भाव को साकार रूप दिया रामराज्य के वर्णन के द्वारा। इससे तुलसीदासजी का यह अभिप्राय भी है कि जगमंगल के लिए प्रयत्न करने वालों को ईश्वर का सहारा मिलना अनिवार्य है। रामराज्य का वर्णन समाप्त करते हुए मानस ने यह आश्वासन दिया है कि जिसके हृदय में सद्‌गुणों की वृद्धि हो, उसके लिए रामराज्य सर्वदा उपलब्ध है—

यह प्रताप रवि जाकें उर जब करइ प्रकास। .....

पूरि प्रकास रहेउ तिहुँ लोका।

इसी प्रकार का आश्वासन गीता के श्लोक १५.१७ में भी है—

उत्तमः पुरुषस्त्वन्यः परमात्मेत्युदाहृतः।
यो लोकत्रयमाविश्य बिभर्त्यव्यय ईश्वरः॥१५.१७॥

सरल अर्थ—परमात्मा पुरुषोत्तम है और वह तीनों लोकों के कण-कण में व्याप्त है। संसार का नियमित रूप से संचालन और सबका कल्याण ईश्वर के द्वारा ही होता है—और होता रहेगा।

इस आश्वासन के साथ जगमंगल के लिए कार्य करने वालों के लिए ईश्वर का सहारा और रामराज्य सदा सर्वदा उपलब्ध हैं। मानस और गीता की इस समानता के साथ परिशिष्ट ४ समाप्त होता है।

प्रकाशकीय परिशिष्ट–अ

बीसवीं शताब्दी की जगमंगल–परायण महिला–

कुन्ती गोयल

(जीवन वृत्त)

अतीत एवं मध्य–युगीन समस्त सुखद स्मृतियों को संजोये गंगा नदी पांचाल के मैदानों से, जिसे आधुनिक काल में उत्तर प्रदेश के हृदयस्थल में स्थित एक नगर फर्रुखाबाद के नाम से जाना जाता है, निर्बाध एवं शान से प्रवाहित होती है। यह १८५७ के सिवाय —जब स्वतन्त्रता संग्राम वन की आग के समान उत्तर भारत में फैल गया था—शान्त एवं उद्वेग रहित रहा है। इस तथ्य के बावजूद कि इस नगर की स्थापना नवाब मोहम्मद खान बंगश ने अवध प्रान्त के तत्कालीन गवर्नर फारुखसियर के सम्मान में की थी एवं इस नगर पर सदैव मुसलमानों का प्रभुत्व रहा है, यहाँ पर अभी तक साम्प्रदायिक दंगे कभी नहीं हुए। इस नगर में शिव, सीता–राम और राधा–कृष्ण के एक हजार से अधिक मन्दिर हैं; यह साम्प्रदायिक सामंजस्य एवं सहिष्णुता को उद्धृत करने योग्य प्रमाण है और कदाचित् इस तथ्य के कारण यह नगर लोकप्रिय रूप से एवं लोकोक्ति में द्वितीय काशी के नाम से जाना जाता है। सन्त एवं आध्यात्मिक गुरुजन यहाँ पर दूर–दूर से आते रहे हैं। शान्ति समृद्धि का मार्ग प्रशस्त करती है। आज यह नगर उद्योग का केन्द्र बन गया है और इसने पूरे देश में कपड़े एवं तम्बाकू के समृद्ध बाजार के रूप में साख स्थापित कर ली है।

सतीदास, फर्रुखाबाद में सर्वप्रथम आकर बसने वाले अग्रवालों में अग्रणी कहे जाते हैं। सतीदास के उत्तराधिकारियों में से एक शीतलदास थे, जिनके उत्तराधिकारी बनारसीदास थे। यद्यपि इनके जीवन के इतिहास का विवरण उपलब्ध नहीं है तो भी इस परिवार के बीसवीं सदी में विस्तार का आधार दामोदर दास (१८७१–१९१८) में पाया जाता है जो एक प्रसिद्ध व्यापारी थे, जिनका नाम कपड़े के व्यापार में गुजरात

तथा महाराष्ट्र तक फैला हुआ था। दामोदर दास के आठ पुत्रों में से दो जीवित रहे— नानकचन्द और गोपीनाथ, जिन्होनें फर्रुखाबाद के कपड़ा व्यापार को उसके उच्चतम बिन्दु तक पहुँचाया। आज तक बुजुर्ग लोग उनके नामों का स्मरण आदर के साथ करते हैं। नानकचन्द के केवल एक पुत्र था जबकि गोपीनाथ के तीन पुत्र तथा एक पुत्री थी। भाइयों (चचेरे सहित) में इकलौती बहिन का जन्म फरवरी २८, १९२८ को हुआ। वैष्णवों की पुरातन परम्परा के अनुरूप उसका नाम कुन्ती रखा गया (भगवान कृष्ण के पिता वासुदेव की बहिन का पवित्र नाम)। नानकचन्द ने १९३१ में भाई गोपीनाथ की पुत्री को गोद ले लिया।

इस प्रकार परिवार एवं स्थान से दूर न होने कारण बालिका कुन्ती को किसी प्रकार के परिवर्तन का बोध नहीं हुआ। वह दोनों परिवारों के दुलार का एक साथ आनन्द प्राप्त करती रही। सबसे छोटी होने के कारण वह सभी भाइयों की लाड़ली थी। यद्यपि बाद में वह कैलाशचन्द्र की बहिन बन गई परन्तु बुलाखीदास, भोलानाथ, और प्रकाशचन्द्र के प्रेम में कोई अन्तर नहीं आया।

एक ऐसे युग में जन्म लेने पर भी जिसमें स्त्रीशिक्षा वर्जना से कम नहीं थी, कुन्ती भाग्यशाली थी कि उन्हें प्रारम्भिक शिक्षा, संगीत सहित, घर पर ही समय-समय पर नियुक्त प्राइवेट ट्यूटरों द्वारा दी गई। समस्त शैक्षणिक सीमाओं से मुक्त इस अनौपचारिक शिक्षा ने उन्हें सीखने में अनन्त विविधता प्रदान की जिसमें पवित्र पुस्तकों का अध्ययन, कुछ गणित और थोड़ी अंग्रेज़ी, साथ ही संगीत सीखना भी सम्मिलित था। सीखने की प्रकृति सांसारिक या धर्मनिरपेक्ष की तुलना में धार्मिक एवं नैतिक अधिक थी।

उन्होंने वैष्णव जीवन दर्शन से परिपूर्ण अपने परिवेश से मानवता के प्रति प्रेम दर्शाने वाले अनेक संस्कार ग्रहण किये। बालिका के रूप में उन्हें गंगा में स्नान करना अतिप्रिय था। गंगा ऐसी नदी है जो तन और मन दोनों को शुद्ध करती है और अपने सम्पर्क में आने वाले को भक्ति-निष्ठा का वरदान देती है। कुन्ती प्रत्येक महत्त्वपूर्ण पर्व पर गंगा में स्नान करने जाती थी। कार्तिक माह (अक्तूबर/नवम्बर) में वह प्रतिदिन गंगा-स्नान करती थीं और भगवान कृष्ण को प्रिय एक पुनीत पादप तुलसी की पूजा करती थीं।

नानकचन्द्र द्वारा १९३१ में गोद लेने पर कुन्ती को वसन्ती देवी के रूप में नई माँ मिली परन्तु वह अपनी जन्मदात्री माँ केतकी देवी की समान रूप से प्रिय बनी रही। उनकी जन्मदात्री माँ का स्वर्गवास १९३४ में हुआ। उस समय कुन्ती छह वर्ष की थीं।

इस परिवार के लिए १९३६ का वर्ष अत्यन्त महत्त्वपूर्ण वर्ष था। इसमें कुछ महत्त्वपूर्ण घटनाएं घटीं। उत्तरीपुरा (कानपुर) के पं० मोतीलाल को, जो श्रीमद्भागवत्

पर अपने प्रवचनों के लिए प्रसिद्ध थे, सप्ताह (एक सप्ताह के प्रवचनों का समारोह), सम्पन्न करने के लिए आमंत्रित किया गया। उन दिनों सप्ताह एक ऐतिहासिक महत्त्व की घटना हुआ करती थी। स्वाभाविक था कि सप्ताह ने कुन्ती के मस्तिष्क पर एक अमिट छाप छोड़ी। सात दिन का यह उत्सव एक प्रकार का बौद्धिक अभ्यास होता था जिसका लक्ष्य जनता को अनौपचारिक रूप से शिक्षित करना होता था। अविचल निष्ठा जो कुन्ती के चरित्र का एक अपरिहार्य गुण बनी, वह इस धार्मिक-बौद्धिक आयोजन द्वारा प्रस्फुटित हुई।

२०वीं शताब्दी के पाँचवें दशक तक भी बालविवाह प्रतिबंधित नहीं था। कुन्ती तेरह वर्ष की भी नहीं हुई थीं कि उनके माता-पिता उसके विवाह के लिए चिंतित होने लगे। वे अपनी पुत्री के लिये उपयुक्त वर की तलाश में थे। नानकचन्द्र को कासगंज के करारीवालों के बारे में पता चला। जब उन्हें पता चला कि बांकेलाल अग्रवाल (करारीवाले) का पुत्र सतीशचन्द्र एक सुशिक्षित, उदात्त चरित्र का होनहार युवक है तो वे सतीश के माता-पिता को विवाह का प्रस्ताव भेजे बिना न रह सके। यह एक संयोग था, सतीश अपनी माँ (जो फर्रुखाबाद की रहने वाली थीं) के साथ अपनी ननिहाल में एक विवाह में सम्मिलित होने गए। ननिहाल में भोज के लिये स्थानीय अतिथियों को आमंत्रित करते समय सतीश और कुन्ती ने एक-दूसरे की झलक देखी। नानकचन्द्र के निवेदन पर दोनों पक्षों के बुजुर्गों की एक बैठक आयोजित की गई, जहाँ पर कुन्ती ने रामचरितमानस की चौपाईयों का वाचन किया। यह उस समय का विवाह सम्बन्ध स्थापित करने का एक प्रचलित रिवाज था।

सतीशचन्द्र के पिता बाँकेलाल उत्तर प्रदेश के एटा जिले के कासगंज के एक सुप्रसिद्ध अग्रवाल परिवार से थे। मथुरा की प्रसिद्ध नगरी के समीप स्थित एक छोटे-से गाँव करारी से लगभग ३०० वर्ष पूर्व आकर कासगंज में बसने वाले सर्वप्रथम अग्रवालों में श्री मलूकदास अग्रणी थे। इसीलिये यह परिवार करारी वाले के नाम से जाना जाता था। उत्तराधिकारियों में से एक शीतलप्रसाद थे जिनके उत्तराधिकारी देवीदास के पुत्रों में से एक फकीरचन्द्र एक सफल व्यवसायी थे जो बैंकिंग के साथ होलसेल व्यापार करते थे। यह परिवार अपनी ईमानदारी, निष्ठा एवं नैतिकता के लिए प्रसिद्ध था। फकीरचन्द्र के पाँच पुत्र एवं एक पुत्री थी। सबसे छोटे पुत्र की विवाह से पूर्व ही मृत्यु हो गई थी। दो बिचले पुत्रों की मृत्यु विवाह के बाद जल्दी ही हो गई थी। एक ने अपने पीछे दो पुत्रियाँ छोड़ी थीं और दूसरे ने एक पुत्र। परिवार के पालन-पोषण का सम्पूर्ण दायित्व बड़े बेटे बाँकेलाल पर आया जिन्होंने अपने दायित्व का प्रशंसनीय रूप से निर्वाह किया। उन्होंने व्यापार का विस्तार किया एवं परिवार में सब विवाह सम्पन्न कराये। उनके चार पुत्र थे—मोतीलाल, रामनारायणलाल, सतीशचन्द्र एवं कांतिचन्द्र

तथा तीन पुत्रियाँ थीं—कुन्ती, शान्ती तथा कुसुम। सतीश की आकांक्षा इंजीनियर बनने की थी जबकि अन्य तीन भाइयों ने अपनी शिक्षा पूर्ण करने के पश्चात् पारिवारिक व्यवसाय को आगे बढ़ाया।

यह १९४० की ग्रीष्म ऋतु की बात है कि सतीशचन्द्र ने अपनी बी॰ एस॰ सी॰ की परीक्षा के बाद आगरा केन्द्र से थॉमसन कॉलेज ऑफ सिविल इंजीनियरिंग, जो उस समय अत्यधिक प्रतिष्ठित माना जाता था और आजकल रुड़की विश्वविद्यालय कहलाता है, में प्रवेश पाने हेतु एक अखिल भारतीय प्रवेश-परीक्षा दी। यह शुभ संकेत था कि जिस दिन सतीशचन्द्र की सगाई थी उसी दिन उन्हें रुड़की इंजीनियरिंग कॉलेज में प्रेवश हेतु, समाचार-पत्र में, सफल घोषित किया गया। सतीशचन्द्र जब रुड़की में सिविल इंजीनियरिंग के प्रथम वर्ष में थे तब जनवरी १६, १९४१ के दिन उनका कुन्ती से विवाह हुआ। विवाह के समय सतीशचन्द्र साढ़े उन्नीस वर्ष के थे और कुन्ती केवल तेरह वर्ष की। उनके सबसे बड़े पुत्र अशोक का जन्म जून १४, १९४३ को हुआ। इसी दिन सतीशचन्द्र को रुड़की में दीक्षान्त समारोह में सिविल इंजीनियरिंग की डिग्री प्रदान की गई। अगस्त १९४३ में उन्होंने उत्तर प्रदेश के सार्वजनिक निर्माण विभाग में सेवा प्रारम्भ की और वहाँ जुलाई १९४७ तक कार्यरत रहे। तभी उन्हें थॉमसन कॉलेज ऑफ सिविल इंजीनियरिंग के प्रिन्सिपल ने सिविल इंजीनियरिंग के लेक्चरर के रूप में कार्य करने के लिये चुना। कुछ वर्षों पश्चात् उन्हें अपने अध्यापन कार्य के अतिरिक्त ओवरसियर स्कूल के प्रशासन का दायित्व भी सम्हालने के लिये कहा गया। उनका यह पद सिविल इंजीनियरिंग में रीडर के समकक्ष माना गया। थॉमसन कॉलेज को विश्वविद्यालय के स्तर तक उन्नत किया गया एवं रुड़की विश्वविद्यालय की औपचारिक स्थापना १९४९ में हुई। आध्यात्मिक प्रशिक्षण, ईश्वर की नित्य उपासना, रामायण एवं भागवत् जैसे ग्रन्थों के पठन और धार्मिक व्रतों को करने से कुन्ती को असामान्य शक्ति प्राप्त हुई। यद्यपि वे स्कूल नहीं गईं फिर भी—उनकी अनौपचारिक शिक्षा आधुनिक युग की समस्त विद्यालयीय उपलब्धियों से कहीं अधिक उच्च स्तर की थी। उन्होंने स्वयं में उन समस्त नैतिक एवं मानवीय मूल्यों को विकसित किया जो आज की औपचारिक शिक्षा में पाया जाना दुर्लभ है। उन्होंने चार पुत्रों एवं एक पुत्री को जन्म दिया—अशोक, सुषमा, अरुण, अरविन्द और आनन्द। माता के रूप में उनके द्वारा की गई देखभाल और छोटी-छोटी बातों पर भी दिये जाने वाले ध्यान के कारण ही सभी बच्चे मेधावी, सुशिक्षित, व्यवहार-कुशल एवं स्नेहशील व्यक्ति के रूप में विकसित हुए साथ ही, उनमें अपने कार्य की गुणवत्ता, श्रेष्ठता, परिशुद्धता को सुनिश्चित करने की उत्कंठा है।

अक्तूबर १९५४ में, वे अपने पति के साथ, जो एम॰ बी॰ एम॰ इंजीनियरिंग कॉलेज

में प्रोफेसर नियुक्त किये गये थे, जोधपुर आ गईं। वे शीघ्र ही जोधपुर लेडीज क्लब की, जिसकी स्थापना चीफ जस्टिस के० एन० वांचू (जो बाद में भारत के चीफ जस्टिस हुये) की पत्नी ने की थी, अध्यक्षा बनीं। वे सामाजिक कार्यों में अत्यन्त सक्रिय थीं, उन्होंने १९६०-६१ में दक्षिण भारत में आये चक्रवात से हुए विनाश में राहत प्रदान करने हेतु बाढ़ एवं राहत कोष के लिए धन एकत्र करने के प्रयोजन से नाटक का आयोजन किया और उसमें स्वयं भी अभिनय किया। उनमें निर्धन, दलित एवं अपंग के प्रति करुणा थी। वे कम-से-कम एक दर्जन छात्रों की इंजीनियरिंग शिक्षा सम्पन्न कराने में, सब प्रकार की सुविधाएं जुटाकर, निमित्त बनीं। होली एवं दिवाली उत्सवों पर छात्रों को मातृवत् वात्सल्य प्रदान करने हेतु वे सभी छात्रावासों के छात्रों को स्वादिष्ट व्यंजनों का आनन्द उठाने के लिये अपने घर आमन्त्रित करती थीं।

एक पुरातन मान्यताओं वाले परिवार से सम्बद्ध होने एवं शुद्ध शाकाहारी होने पर भी वे कट्टरपंथी नहीं थीं, वे परिवर्तन से सीखने की सम्भावना का द्वार बन्द नहीं रखती थीं। वे जाति, धर्म अथवा रंगभेद में विश्वास नहीं करती थीं। अनुसूचित जाति की निर्धनता से द्रवित होकर उनके उत्थान हेतु प्रयास करतीं थीं जिससे वे सामाजिक एवं आर्थिक रूप से उन्नति कर सकें।

उनका अपने पति को सहयोग आश्चर्यजनक था। जोधपुर, राजस्थान में एवं उत्तर प्रदेश के नैनीताल जिले के पन्तनगर में इंजीनियरिंग कॉलेज की स्थापना के दौरान एवं कुलपति के रूप में कार्यनिष्पादन करते हुए उन्हें प्रतिदिन लम्बे समय तक व्यस्त रहना होता था। वे सदैव शान्त, प्रसन्नचित्त रहकर यह समय सामाजिक कार्य हेतु समर्पित करने का प्रयत्न करती थीं। वे पढ़ने में तीव्र रुचि रखती थीं एवं चयनित गद्य एवं पद्य पर टिप्पणी लिखकर रखने की उन्हें आदत थी। उन्होंने स्वयं, अपनी हस्तलिपि में, सभी अवसरों के लिये उपयुक्त भजनों एवं गीतों का एक अच्छा संकलन तैयार किया जो अपने आप में एक निधि है। वे अपने पति के प्रशासनिक कार्यों में कभी हस्तक्षेप नहीं करती थीं लेकिन जब भी उनसे परामर्श लिया जाता तो बहुत अच्छी सलाह देती थीं। उन्होंने कार चलाना सीखा और उनका अपना स्वतन्त्र सामाजिक कार्यक्रम होता था। उन्होंने जोधपुर विश्वद्यालय में भी महिला क्लब प्रारम्भ किया जिसकी वे संस्थापक अध्यक्षा थीं। उन्होंने विभिन्न गतिविधियों के आयोजन में असाधारण संगठन क्षमता दर्शायी और सभी सदस्यों से सहयोग एवं सम्मान प्राप्त किया।

सितम्बर १९७९ से मई १९८७ तक उनके पति को ट्राइ स्टेट यूनिवर्सिटी, अंगोला, इंडियाना, यू० एस० ए० में सिविल इंजीनियरिंग के प्रोफेसर का दायित्व प्रदान किया गया। वे भारत में छह माह व्यतीत किया करती थीं एवं दीपावली के पश्चात् स्वतन्त्र रूप से अमेरिका जाती थीं और मई में पति के साथ लौटती थीं। यद्यपि उनका इंगलिश

का ज्ञान बहुत अच्छा नहीं था फिर भी वे अतिविशिष्ट व्यक्तियों जैसे विश्वविद्यालय के प्रेसीडेण्ट से भी एवं उसके परिवार के सदस्यों व अन्य व्यक्तियों से विचारों का आदान-प्रदान कर सकती थीं। वे नये व्यंजन, मिठाइयाँ आदि बनाने में निपुण थीं एवं बहुत-सी अमेरिकन महिलायें उनके पास इन्हें बनाना व उसकी विधि सीखने के लिये आती थीं। उन्होंने अपने पति के साथ अमेरिका में कार से लम्बी दूरी की यात्राएं कीं एवं अपने हाथ में रोडमेप लिये वे एक अच्छे नेवीगेटर के रूप में कार्य करतीं थीं।

उनके परामर्श पर, १९८७ में, उनके पति ने अवकाश ग्रहण कर भारत में विश्राम करने का निर्णय लिया। ट्राइ स्टेट यूनिवर्सिटी ने उन्हें मई १९८७ के दीक्षान्त समारोह में प्रोफेसर एमेरिटस नियुक्त किया। यह उन्हें प्रदत्त एक अद्वितीय सम्मान था। उन्होंने अपने पति के साथ जून १९८९ में और पुनः अक्तूबर १९९१ में चार-चार माह के लिये अमेरिका की यात्रा की। उनकी १९९१-९२ की यात्रा अच्छी नहीं रही। वे गिर गईं एवं उनके निचले होठ में कई टांके आए।

भारत लौटने पर फरवरी २७, १९९२ को उन्हें एन्जाइना का दर्द हुआ। अप्रैल में उन्हें बॉम्बे हॉस्पिटल ले ज़ाना पड़ा। कोई एंजियोग्राफी या सर्जरी नहीं की गई लेकिन उनकी तबियत में सुधार हुआ। जोधपुर के पब्लिक पार्क के शिवमन्दिर वासी स्वामी मौनीजी महाराज की प्रेरणा व आदेश से उन्होंने जन साधारण को समर्पित एक सुन्दर श्री राममन्दिर के निर्माण में महत्वपूर्ण भूमिका का निष्पादन किया।

देवी-देवताओं की प्रतिमाओं की प्राणप्रतिष्ठा १७ फरवरी, १९८९ को हुई जबकि ४० फीट ऊँचे शिखर ध्वज एवं कलश की स्थापना का समारोह श्री मौनीजी महाराज एवं हरिद्वार के स्वामी सत्यमित्रानन्द गिरिजी के सान्निध्य में अक्तूबर ५, १९९२ को सम्पन्न हुआ। उनकी अस्वस्थता के दौरान उन्हें अन्तर्राष्ट्रीय ख्याति प्राप्त सन्तों का आशीर्वाद प्राप्त हुआ; जैसे महाराज रामसुखदास, स्वामी सत्यमित्रानन्द ईश्वरानन्दगिरि, मौनी महाराज, और ओशो के सत्य वेदान्त। इसके कुछ समय पश्चात् उन्होंने इस नश्वर संसार का परित्याग कर दिया।

ऐसा प्रतीत होता है कि उन्हें अपने महाप्रयाण का पूर्वाभास हो गया था। उन्होंने स्वयं को इसके लिए तैयार किया और छोटी-से-छोटी चीज़ की सुनियोजित व्यवस्था की, कुछ भी अधूरा नहीं छोड़ा। उन्होंने स्वयं स्वाभाविक निजी श्वास द्वारा ही अपनी अन्तिम सांस ली। यह संयोग ही था कि उसी समय ऑक्सीजन नली सिलेण्डर बदलने के लिए क्षणमात्र के लिये हटाई गई थी। उनकी आत्मा के अनन्त में विलीन होने से १५ मिनट पहले ही अचानक उनकी अनन्य सखी राधारानी अपने पति श्री चौथमल अग्रवाल के साथ आ गई थीं। वह उनके समीप बैठी थीं। कुन्ती ने अपने हाथ में लिया

उनका हाथ दबाया और क्षण मात्र में प्रयाण कर गईं—नवम्बर १५,१९९२ सायं ८ बजे। देश-विदेश के उनके सभी सम्बधी उनके पास थे।

कुन्ती मरणोपरान्त भी मानवता के प्रति प्रेम दर्शा गईं। उन्होंने नेत्रहीनों के लिए पहले ही अपने नेत्र दान कर दिये थे। मृत्यु के उपरान्त उनके द्वारा दान किये गये नेत्र दो नेत्रहीन व्यक्तियों को प्रत्यारोपित कर दिये गए जो इस नाना वर्णमयी सृष्टि को उनकी आँखों से देख रहे हैं। वे आत्म-नियन्त्रित, दानशील एवं करुणामयी थीं।

प्रकाशकीय परिशिष्ट-आ

सतीश कुन्ती गोयल फाउण्डेशन

इस फाउण्डेशन की स्थापना १९९२ में उस समय हुई जब जोधपुर विश्वविद्यालय के अवकाशप्राप्त कुलपति तथा ट्राइ-स्टेट यूर्निवर्सिटी, अंगोला, इंडियाना, यू॰ एस॰ ए॰ के एमेरिटस प्रोफेसर सतीशचन्द्र गोयल ने अपनी धर्मपत्नी कुन्ती गोयल के सुझाव पर ट्राइ-स्टेट यूनिवर्सिटी के प्रेजीडेन्ट की स्वीकृति से मई १९९२ से प्रतिवर्ष ट्राइ-स्टेट यूनिवर्सिटी के सिविल इंजीनियरिंग के सर्वश्रेष्ठ छात्र को २५० डॉलर का **कुन्ती सतीश गोयल पुरस्कार** प्रदान करने की घोषणा की। इस पुरस्कार के लिए छात्र का चयन विश्वविद्यालय द्वारा किया जाता है और यह नकद पुरस्कार वार्षिक दीक्षान्त समारोह में प्रदान किया जाता है। नवम्बर १५, १९९२ को कुन्ती गोयल के निधन के अनन्तर प्रोफेसर गोयल ने १९९३ से **कुन्ती स्मृति व्याख्यान** का आयोजन प्रतिवर्ष करना प्रारम्भ किया एवं १९९५ से **कुन्ती गोयल अन्तर्राष्ट्रीय पुरस्कार** की स्थापना की।

फाउन्डेशन के उद्देश्य निम्नलिखित हैं—

यह फाउन्डेशन—जिसका नाम सतीश कुन्ती गोयल फाउन्डेशन है—निम्नलिखित से संबंधित सभी प्रकार की परियोजनाओं को आगे बढ़ाने, सहायता देने, प्रोत्साहन देने एवं उनका प्रबन्धन करने हेतु सक्रिय रहेगा—

1. दानशील गतिविधियाँ।
2. शैक्षणिक उत्कृष्टता एवं गुणवत्ता स्थापित करने हेतु सभी क्षेत्रों में मानव-जाति को लाभान्वित करने की ओर उन्मुख शोधकार्य के लिए छात्रवृत्ति, पुरस्कार एवं निधि प्रदान करना।
3. नये स्कूलों, कॉलेजों, पुस्तकालयों और विश्वविद्यालयों की स्थापना करना, उनके लिए पहल करना अथवा पहले से विद्यमान को अनुदान स्वीकृत करना।
4. प्रतिभाशाली योग्य छात्रों को इंजीनियरिंग या मेडिकल शिक्षा हेतु अथवा मास्टर ऑफ मैनेजमेन्ट जैसी व्यावसायिक शिक्षा हेतु छात्रवृत्ति अथवा ब्याज रहित ऋण प्रदान करना।

5. निम्नलिखित पुरस्कार प्रदान करना—
   (अ) ट्राइ-स्टेट यूनिवर्सिटी अंगोला आई एन ४६७०३ यू॰ एस॰ ए॰ में प्रतिवर्ष सिविल इंजीनियरिंग के सर्वश्रेष्ठ छात्र को २५० डॉलर का कुन्ती सतीश गोयल पुरस्कार प्रदान करना।
   (ब) कुन्ती गोयल अन्तरराष्ट्रीय पुरस्कार ५०० डॉलर अथवा भारतीय मुद्रा में तुल्य राशि।
   (स) निदेशक मण्डल द्वारा निर्धारित अन्य कोई पुरस्कार।
   (द) वक्ता को समुचित मानदेय सहित प्रतिवर्ष कुन्ती स्मृति व्याख्यान का आयोजन।
6. एड्स, कैन्सर, हृदयाघात जैसे जानलेवा रोगों के प्रति जागरूकता उत्पन्न करना, उनका निदान एवं उपचार; परिष्कृत महंगे चिकित्सा-उपकरणों के क्रय हेतु बीज, पूंजी अथवा उपयुक्त निधि का प्रावधान करना। विद्यमान चिकित्सालयों के लिए एम्बुलेंस क्रय कराना, दान देना या आंशिक रूप से योगदान करना। रोगों के प्रतिरोध हेतु उपाय के कार्य।
7. दानशील न्यासों, या इसी प्रकार के कार्य में संलग्न ऐसे ही संगठनों को निधि प्रदान करना।
8. नाटक, नृत्य एवं संगीत आदि के निष्पादन हेतु व्यवस्था करना।
9. पेन्टिंग, कलात्मक कार्य, क्राफ्ट आदि की प्रदर्शनी का आयोजन करना।
10. गोष्ठियों एवं वाद-विवाद प्रतियोगिताओं के लिए व्यवस्था करना।
11. कृषि, कृषि-उत्पादन के संसाधन, औषधि के लिए मरु पादप, सिंचाई के लिए जल-संरक्षण एवं ऐसे ही अन्य क्षेत्रों में शोध को प्रोत्साहित करना।
12. कोई अन्य प्रयोजन अथवा उद्देश्य जो न्यासी मण्डल की दृष्टि में न्यास के उद्देश्यों की पूर्ति करता हो जैसे निर्धनतम मनुष्य, दलिततम व्यक्ति या ऐसे व्यक्तियों के समूह अथवा अकाल, बाढ़, चक्रवात, भूकम्प, अग्नि आदि प्राकृतिक आपदाओं से त्रस्त व्यक्तियों के स्तर का उन्नयन करना उन्हें इनसे राहत प्रदान करना।
13. जन साधारण के लिए प्याऊ की योजना बनाना, निर्माण एवं स्थापना।
14. दानार्थ उद्देश्यों के लिए कुएं, टयूबवैल, जल के टैंक निर्मित करना।
15. जरूरतमंदों के लिए भोजन, वस्त्र, आवास, झोंपड़े, निर्धन व्यक्ति के लिए आश्रय, धर्मशालादि का प्रावधान करना।
16. सार्वजनिक उपयोगिता के किसी अन्य उद्देश्य को आगे बढ़ाना जिसमें लाभ अर्जित करने का कोई कार्य समाविष्ट नहीं हो।

फाउन्डेशन के अध्यक्ष, प्रो॰ सतीशचन्द्र गोयल के दो पते हैं—एक भारत में तथा एक अमेरिका में—

(अ) १ रेजीडेन्सी रोड, जोधपुर (राजस्थान) ३४२ ००१
(ब) ९ विलियम्सवर्ग सर्किल, नोर्थबोरो मैसाचुसेट्स ०१५३२